KNAUR

Mhairi McFarlane

Between Us

Die große Liebe kennt viele Geheimnisse

Roman

Aus dem Englischen
von Maria Hochsieder

KNAUR

Die englische Originalausgabe erschien 2023
unter dem Titel »Between Us« bei HarperCollins Publishers Ltd.

Besuchen Sie uns im Internet:
www.knaur.de

Aus Verantwortung für die Umwelt hat sich die Verlagsgruppe Droemer Knaur zu einer nachhaltigen Buchproduktion verpflichtet. Der bewusste Umgang mit unseren Ressourcen, der Schutz unseres Klimas und der Natur gehören zu unseren obersten Unternehmenszielen. Gemeinsam mit unseren Partnern und Lieferanten setzen wir uns für eine klimaneutrale Buchproduktion ein, die den Erwerb von Klimazertifikaten zur Kompensation des CO_2-Ausstoßes einschließt. Weitere Informationen finden Sie unter: www.klimaneutralerverlag.de

MIX
Papier | Fördert gute Waldnutzung
FSC® C014496

Deutsche Erstausgabe Oktober 2023
Knaur Taschenbuch

Redaktion: Friederike Arnold
Covergestaltung: FAVORITBÜRO, München
Coverabbildung: FAVORITBÜRO unter Verwendung des Umschlagdesigns von Holly Macdonald © HarperCollinsPublishers Ltd 2023
Umschlagillustration: © Maja Tomljanovic
Emojis im Innenteil von Cosmic_Design / Shutterstock.com
Satz: Daniela Schulz, Gilching
Druck und Bindung: GGP Media GmbH, Pößneck
ISBN 978-3-426-52935-5

2 4 5 3 1

Für Jeanie
Eine Frau, die großartige Geschichten erzählt

Prolog

2003
Stockport Plaza Theatre

Das Nummer-eins-Medium von Wythenshawe!, verkündete das Poster auf einer Staffelei auf der Bühne die Vorstellung des heutigen Abends: eine Hellseherin namens Queenie Mook. Der Name war derart absonderlich, dass er unmöglich erfunden sein konnte.

»Fragt sich, wer das entscheidet«, meinte Roisin. »Als so was wird man wohl kaum … akkreditiert.«

Mit ihren zwölf Jahren war sie stolz auf das Wort »akkreditiert«.

Mit zusammengezogenen Brauen sah ihre Mutter sie unter den Lancôme-schwarzen Wimpern an; sie witterte einen Aufstand.

Mit der Erlaubnis, ihre Mutter zu dem Abend mit den Freundinnen zu begleiten, war eine Warnung an Roisin erfolgt.

»Du brauchst gar nicht erst mitkommen, wenn du bloß wieder klugscheißt, das ist Diana und Kim gegenüber unhöflich«, hatte ihre Mum gesagt. »Rodney, der Vater von Di, ist im vergangenen November an einer akuten Bauchspeicheldrüsenentzündung gestorben, und sie hofft, dass er sich meldet.«

»Klar«, sagte Roisin, auch wenn sie es für wenig erfolgversprechend hielt, Queenie Mook als Vermittlerin ins Jenseits zu bemühen. Ihrem Werbeprospekt zufolge arbeitete sie hauptsächlich auf Kreuzfahrtschiffen.

»Seitdem herrscht Chaos bei ihnen. Rod hatte sich bis zuletzt um die Finanzen der Rohrreinigungsfirma gekümmert.« Bei Lorraine klang es so, als hätte Diana eine drängende praktische Frage: *Wo ist die Umsatzsteuererklärung von 2001?* – oder so.

Es gab zwei Gründe, weshalb Roisin dabei sein wollte: Einerseits interessierte es sie, wie ein Medium funktionierte, zweitens war es ein aufregendes Abenteuer. Ihre Mutter war in ein Kraftfeld Shalimar von Guerlain getränkt, ihr Haar im Friseursalon zu einer Löwenmähne geföhnt worden, das Satinkleid spannte über ihren Hüften, und dazu trug sie transparente Strumpfhosen und High Heels aus Lackleder.

Es machte Spaß, bei solchen Gelegenheiten Teil des Orbits ihrer Mutter zu sein und zu sehen, wie sich die Leute nach ihr umdrehten. Roisin kam sich vor wie die persönliche Assistentin einer Prominenten. Sie nahmen von Webberley aus ein Taxi, und Lorraines parfümierter Hexenzirkel verlangte vom Fahrer, dass er Lionel Richies *All Night Long* BITTE LAUTER stellte.

In fünfzehn Minuten sollte sich der Vorhang heben. Wegen diverser Karaffen Rosé, die sie beim vorangegangenen Abendessen in der Brasserie vernichtet hatten, wurde von allen noch einmal eilig die Damentoilette aufgesucht.

Den Anfang machte Lorraine, danach folgten gemeinsam Di und Kim.

»Musst du nicht pinkeln?«, fragte ihre Mum, nachdem sie ihren Schmollmund eine Minute lang von allen Seiten im Klappspiegel des Make-up-Döschens gemustert hatte. Flüchtig fragte sich Roisin, ob Lorraine sie aus dem Weg haben wollte. Um ein heimliches Telefonat zu führen vielleicht? Ihre Eltern hatten Geheimnisse, und Roisin war immer hin- und hergerissen zwischen dem Wunsch, ihnen auf den Grund zu gehen, oder lieber nichts zu wissen.

»Nö.«

»Hm. Ich denke, du solltest besser noch mal gehen. Wir sitzen ganz in der Mitte, und es wird bestimmt voll.«

Roisins Ahnung, dass ihre Mutter einen Hintergedanken hatte, verstärkte sich. Aber es war einfacher, nachzugeben, also stand sie auf und machte sich auf den Weg zur Toilette. Alle Kabinentüren waren geschlossen. Als sie sich auf die kalte Klobrille setzte, vernahm sie die Geräusche, die die anderen machten.

Spülen. Türenschlagen. Wasserhahnrauschen. Spülen. Türenschlagen. Wasserhahnrauschen.

»So wie Lorraine beim Pinot Rosé zulangt, wird sie wohl nicht länger ein Kind erwarten, oder?«, sagte die körperlose Kim.

Einen winzigen Augenblick lang dachte Roisin, die beiden sprächen über sie.

»O nein. Sie hat es wegmachen lassen. Vor zwei Wochen schon.«

»Hat sie Glen nichts davon erzählt?«

Glen? Roisins Dad hieß Kent. (Er war Wirt eines Pubs, und sein Superman-Name Kent bereitete jenen Gästen, die er hinauswarf, besondere Freude.)

»Du lieber Himmel, nein. Sie meint, das ändert auch nichts. Er würde nicht wollen, dass sie es behält, und ihr reichen zwei. Wer hat schon Lust, nachts wieder zum Stillen aufzustehen.«

»Was ist mit Kent? Wusste er davon?«

»Das bezweifle ich. Solange du nicht nachfragst, musst du dich auch nicht mit unangenehmen Wahrheiten auseinandersetzen.«

»Hm. Sie sollte besser aufpassen.«

»Sie sagt, sie hat im Fox & Hounds ein nicht ganz koscheres Omelett gegessen und die Pille ausgekotzt. Sie hatte gar nicht mehr daran gedacht.«

»Weißt du, ich habe das Essen im Fox schon länger im Verdacht. Ich hatte dort mal einen Krautsalat, der hat nach Thunfisch geschmeckt. Ich schwöre, davon habe ich Dünnschiss gekriegt.«

Was darauf folgte wurde vom Gebläse des Handföhns übertönt, bis Roisin wieder hörte: »… macht ja auch, was er will. Sie und Kent sind wie zwei unbekümmerte Teenager.«

»Hm, na ja. Immerhin ist sie die eine Sorge jetzt los. Sitzt mein Rock richtig?«

Sie stöckelten hinaus.

Mit der Unterhose an den Knien saß Roisin da und musste die Neuigkeit verkraften, dass ihre Mutter von einem der Freunde aus der Kartenrunde ihrer Eltern schwanger gewesen war.

Mit dieser Erkenntnis wurde ein verwirrendes, beunruhigendes Erlebnis aus dem Vorjahr quasi amtlich bestätigt. Hin und wieder gaben ihre Eltern zu besonderen geselligen Ereignissen, bei denen Texas Hold'ems und reichlich Tequila im Spiel waren, die strenge Anweisung aus, unter keinen Umständen aus dem ersten Stock herunterzukommen.

Roisin und ihr Bruder hatten schon vor langer Zeit eine Methode entwickelt, sich heimlich hinunterzuschleichen und einen Blick auf die Weihnachtsgeschenke zu werfen, und später, um den Hausarrest zu umgehen: Der Tresen im familieneigenen Pub war hoch genug, dass ein kleinerer Mensch in gebückter Haltung nicht weiter auffiel.

Man ging in den vorderen Gastraum, in dem sich die Erwachsenen üblicherweise nach der Sperrstunde aufhielten. Mit dem Geschick eines Tresorknackers entriegelte man vorsichtig die kleine Tür an der Seite und schlüpfte in den Hauptraum, von dort in den Wirtsgarten und weiter ins Dorf Webberley.

An besagtem Samstag hatte Roisin trotz des gedämpften Stimmengewirrs von unten heftiges Verlangen nach einem Dr Pepper gehabt. Im Rückblick fragte sie sich, ob es unterbewusst der Wissensdurst gewesen war, zu erfahren, was dort vor sich ging, denn der Reiz des Getränks stand in keinem Verhältnis zum potenziellen Ärger.

Roisin schlug das Herz bis zum Hals, als sie die Treppe hinunterschlich. Unbemerkt von ihrem Dad, der alkoholisiert lautstark mit Tina, der Frau von Glen, herumflachste, holte sie die Flasche aus dem Regal und öffnete sie. In der Luft kräuselte sich Zigarettenrauch, und aus der Jukebox erklang etwas Jazziges. Eiswürfel klimperten. Gelächter erklang.

Nach vollendeter Mission packte Roisin die Limonadeflasche, doch plötzlich veranlasste sie irgendetwas, das unvernünftige, unnötige Risiko einzugehen, die Seitentür aufzuschieben und den Kopf in die Bar zu stecken. Am Billardtisch waren zwei Körper ineinander verschlungen. Die Gesichter der beiden konnte sie nicht erkennen. Die Beine ihrer Mutter mit den lackierten Fußnägeln und den goldenen Sandalen, die Roisin so bewunderte, baumelten auf beiden Seiten eines männlichen Hinterns. Roisin nahm fremdartige, animalische Geräusche wahr, und schlagartig ereilte sie die Erkenntnis. Schockiert und angewidert hätte sie beinahe aufgeschrien, doch sie zog sich zurück und floh nach oben, wo sie schweißgetränkt und mit pochendem Herzen im Bett lag und zu verstehen versuchte, was sie gerade gesehen hatte.

Als sie nun zu ihrem Platz im Rang zurückkehrte, fühlte sich Roisin ähnlich.

Sie konnte nicht umhin, die kaum merkliche Kurve des Bauchs ihrer Mutter unter dem schillernden Stoff zu mustern, und suchte nach Hinweisen in ihrem stark geschminkten Gesicht. Wann war die Abtreibung gewesen? An einem Schultag?

Die schreckliche Information des heutigen Abends musste sie ganz allein verarbeiten, denn die Sache mit ihrem jüngeren Bruder Ryan zu besprechen, würde wie üblich scheitern. Egal, wie oft er ihr klarzumachen versuchte, dass er kein Interesse an Roisins Enthüllungen hatte, hoffte sie immer wieder, einen Vertrauten in ihm zu finden.

Roisin war heilfroh über die Ablenkung, als sie jetzt Queenie Mook bei der Ausübung ihres merkwürdigen Gewerbes im vielfarbig ausgeleuchteten kitschigen Alternativuniversum des Varietétheaters zusehen durfte.

Queenie war winzig und hatte eine fluoreszierende Helmfrisur in einem erstaunlichen künstlichen Orange, das an Johnny Rotten erinnerte.

Sie sprach die Menge mit »Schätzchen« an, und in ihrem Outfit aus Seidenbluse, hühnereigroßer Emaillebrosche, dunkelblauer Hose und abgestoßenen Pumps sah sie aus wie die Geschäftsführerin eines Billigoptikers. Roisin war etwas enttäuscht, hatte sie sich doch eine gebieterische Sechzigerjahre-Matriarchin ausgemalt mit einem Haarknoten und einem Mantel aus Biberpelz.

Die Show nahm Fahrt auf – Roisin ahnte, dass es darum ging, dem Publikum Informationen abzuringen und gleichzeitig die Illusion zu schaffen, sie selbst zu liefern. Die Geistererscheinungen, die ausschließlich von Queenie gesehen und gehört wurden, nannten nie etwas anderes als ausnahmslos alltägliche, weitverbreitete Vornamen. Keiner gab seinen Nachnamen an, was die Identifizierung deutlich beschleunigt hätte.

Eine Folge von Teds, Marys und Jacks marschierte auf, und meistbietend bot Queenie sie dem Publikum an, ausgeschmückt mit ein paar herausragenden, doch vagen Details. Möglicherweise liebte Mary Musik – *das hat man ihr immer nachgesagt, meint sie* –, oder Jack deutete ein Lenkrad an? *Mochte er … Autos? Oder war er Traktorfahrer? Oder starb er – verzeiht, Schätzchen, wenn das problematisch ist – durch einen Autounfall?*

Irgendwann kam ein Keuchen der Erkenntnis von irgendwoher aus den Sitzreihen, und Queenie nahm ihr Opfer ins Visier.

Allerdings war die Nachricht nur unter Vorbehalt für die aufgewühlten Empfänger gedacht. Widersprachen sie Queenie allzu oft, fuhr sie barsch dazwischen. »Tut mir leid, Liebes, diese Botschaft ist nicht für dich bestimmt«, und ging weiter zum Nächsten.

Lorraine, Kim und Di waren völlig hingerissen, hingen Queenie an den Lippen und wischten sich die Tränen ab, wenn Queenie eine fragwürdige Läuterung feilbot. Dianas Vater Rodney hatte keinen Auftritt. *Hätte einen gewöhnlicheren Namen haben müssen,* dachte Roisin.

Ihre Gemütsruhe geriet erst in den letzten zwanzig Minuten bei einem Wortwechsel mit einer Witwe in den vorderen Reihen ins Wanken.

Angeblich befand sich Clive, der verstorbene Ehemann der Frau, der einer chronischen Lungenerkrankung zum Opfer gefallen war, bei Queenie auf der Bühne.

Die Witwe schluchzte. Bis zu diesem Augenblick hatte Roisin die Scharlatanerie noch für einen einigermaßen harmlosen – wenn auch bizarren – Spaß gehalten. War Queenie bewusst, dass sie die Besucher aus dem Jenseits erfand? Glaubte sie ernsthaft an ihre Kräfte? Wussten Lügner immer, dass sie logen?

»Sein Tod kam sehr schnell?«, sagte Queenie, als die Frau sich etwas beruhigt hatte.

»Nein. Es dauerte lange. Er hing wochenlang am Beatmungsgerät.«

»Aber als er dann starb, ging es schnell?« Queenie hielt inne. »Clive sagt mir, dass es schnell ging, er ist da sehr klar«, fügte sie hinzu, um deutlich zu machen, wem die Frau hier widersprach. »Er zeigt immer wieder auf seine Brust, so als bekäme er keine Luft«, fuhr Queenie fort und schlug sich unnötigerweise mit der Faust auf den Brustkorb.

»Hm … na ja … ganz am Ende, da ging es vielleicht schnell«, lenkte die Witwe ein.

»Das habe ich gemeint.« Queenie nickte. »Er sagt: Es dauerte lang, aber am Ende ging es schnell.«

Roisin entfuhr ein Schnauben. Ein paar Leute wandten sich nach ihr um, und ihre Mutter machte wütend »Pscht!«.

»Wie kann es gleichzeitig langsam und schnell gehen?«, flüsterte Roisin, doch Lorraine sah sie nur zornig an.

»Clive will dir sagen, dass du alles richtig gemacht hast. Er liebt dich sehr. Er sagt, dort, wo er ist, ist es ganz wunderbar«, sagte Queenie.

Es folgten hörbares Schluchzen und weitere Dankesbezeigungen. Fraglos wusste Queenie, dass es an der Zeit war, die Sache mit einem positiven Finale zum Abschluss zu bringen.

»Danke, dass ihr hier wart und an meinen *Momenten der Erleuchtung*, wie ich sie nenne, teilgehabt habt«, sagte Queenie, und der Saal brach in stürmischen Applaus aus.

In ihrem langen Lauf beweist die Geschichte einen Hang zum schwarzen Humor. Als sich Roisin und Joe zwanzig Jahre später trennten, musste Roisin unvermeidlich daran denken, dass sich das Ganze mit dem Paradoxon von Queenie Mook wunderbar zusammenfassen ließ.

Es dauerte lange, aber am Ende ging es schnell.

1

»Miss, Miss, MISS. Miss? Wird das ein versautes Wochenende mit Ihrem Freund? Miss!«

Amir deutete auf den Rollkoffer, der hinter Roisins Pult Wache hielt und den sie notdürftig unter einer Regenjacke verborgen hatte. Amir gehörte zur frechen, aber gutartigen Fraktion unter ihren Schülern, also reagierte sie entsprechend.

»Absolut anständig, Amir. Ein Wellness-Wochenende mit ein paar Freundinnen.«

Wenn es eines gab, das Roisin Walters sowohl ihre Kindheit als auch ihre berufliche Laufbahn gelehrt hatten, dann das: Kinder zu belügen mochte nicht ehrenhaft sein, aber meistens erfüllte es seinen Zweck.

»Wellness? So was mit Sauna?« Er kaute auf seinem Kugelschreiber und zog eine vielsagende Grimasse.

»Zurück zum Text, bitte. Ich sammle eure Aufsätze in …«, sie warf einen Blick auf die Wanduhr, ihre stets verlässliche Lehrassistentin, »… fünf Minuten ein!«

»Miss«, ließ Amir nicht locker und bemerkte dann ihren skeptischen Blick. »Nein, nein, nein. Es hat mit dem Buch zu tun!«

Roisin verdrehte die Augen. »Schieß los.«

»Also, alle sagen, dass *Große Erwartungen* so ein gutes Buch ist. So anspruchsvoll. Und deswegen lesen wir es im Literaturunterricht.«

»Und?« Roisin erkannte Zeitschinderei von Weitem, und das taten auch Amirs Altersgenossen, die nun voll froher Zuversicht darauf warteten, dass etwas dabei rumkam.

Wenn Parlamentsabgeordnete die Sitzungen mit ziel- und zwecklosen Debatten zur Strecke brachten, nannte man es Filibustern, und die Zermürbungsstrategie im Internet, mit vorgegaukelter Ernsthaftigkeit und übertriebener Höflichkeit ständig neue Beweise einzufordern, Seelöwentaktik.

In Roisins Augen aber konnten weder Filibuster noch Seelöwen einem Haufen zappeliger Zehntklässler an einem sonnigen Freitagnachmittag kurz vor Schuljahresende in einem sogenannten Schnarchfach das Wasser reichen.

In der Woche zuvor war Pauly, einer von Amirs Komplizen, mit einem winzigen, grimmig wirkenden Rassehund, offenbar einem Brüsseler Griffon, in einem altmodischen Kinderwagen mit weißen Rädern zum Unterricht erschienen, angeblich sollte Pauly ihn im Auftrag seiner Oma babysitten. Der Hund mit dem Namen Sprout, der an eine nie fertiggestellte Muppet-Show-Puppe erinnerte, hatte ähnlich viel Aufruhr verursacht wie eine Landung des Präsidenten in der Air Force One.

»Dieses Buch von Dickens ist echt alt. Hundertsechzig Jahre«, fuhr Amir in seinem Streben nach Erleuchtung fort.

»Richtig.«

»Also in noch mal hundertsechzig Jahren – das ist dann in den 3080ern«, sagte er und tat so, als zähle er die Jahre an den Fingern ab. Rhetorische Pause. »Werden hier dann alle *Shades of Grey* lesen? Das ist dann auch ein echt altes Buch.«

Die Klasse reagierte mit dem obligatorischen Gelächter, und Amir grinste stolz. Roisin wartete ab, bis es aufgeflaut war.

»Das bezweifle ich, aber das ist eine durchaus berechtigte Frage. Danke, Amir.«

Wahrscheinlich hatte sie mehr Erfolg, wenn sie für den Rest der Stunde Amir untergrub, als zu versuchen, alle zurück zur Frage nach den Motiven von Abel Magwitch zu lenken.

»Und zwar liegt es daran, dass der Wert von Literatur sich nicht allein daran bemisst, wie viel Zeit vergangen ist«, sagte Roisin.

»Meiner Mum und meiner Tante gefällt das aber sehr«, sagte

Amir und erntete erneutes Gegacker. »Meine Tante liest es auf ihrem Kindle … in der Badewanne – Sie verstehen schon.«

Dieses Detail provozierte Hyänengeheul.

»Sollen sie Gefallen daran finden«, sagte Roisin und ignorierte die Anspielung. »Nicht alle Bücher müssen im Unterricht durchgenommen werden.«

»Aber warum ist *Große Erwartungen* besser als *Shades of Grey*? Weil es ein toter Mann geschrieben hat, Miss? Ist das nicht sexistisch? Und lebendig-istisch?« Wieder kaute Amir auf seinem Stift.

Roisin konnte sich ein Lächeln nicht verkneifen. Seine Zersetzungsstrategie verlangte ihm durchaus Einsatz ab.

»Weil es in *Große Erwartungen* um Klassenfragen, die Durchlässigkeit gesellschaftlicher Schichten und unseren Hang, Menschen nach ihrem gesellschaftlichen Status zu bewerten, geht. Während *Shades of Grey* davon handelt, dass ein Millionär Sex mit einer Studentin hat.«

Die Lehrerin dazu zu bewegen, das Wort Sex auszusprechen, war selbstredend ein enormer Triumph, und in ihrer zehnten Klasse verbreitete sich in dieser letzten Stunde vor dem Wochenende Feststimmung.

»Eben, Miss, genauso klettert eine Studentin auf der sozialen Leiter nach oben, wenn sie, sagen wir mal, Elon Musk vögelt.« Amir machte eine Pause, um sich mit dem von der Großmutter erkorenen Hundesitter Pauly abzuklatschen.

»Es klingt so, als hättest du dir darüber ernsthafte Gedanken gemacht und echte Erkenntnisse gewonnen«, sagte Roisin gegen das Pult gelehnt und verschränkte die Arme. »Vielleicht könntest du ein Referat halten über die Bedeutung und die Themen von *Großen Erwartungen*, und wie sie sich in *Shades of Grey* widerspiegeln?«

»Das mach ich gern, Miss. Ich muss allerdings einen Fernseher mitbringen, weil ich Auszüge aus dem Film zeigen müsste, um genau zu erklären, was ich meine.«

»Leider sind die Filme erst ab achtzehn, Amir, also ist das zum einen verboten, und zum anderen bin ich davon überzeugt, dass du sie nicht gesehen hast.«

»Ich habe sie tatsächlich nicht gesehen, weil meine Tante sie alle nicht auf Blu-Ray hat, Miss.«

»Das hat deine Tante gut gemacht.«

Die Schulglocke klingelte durchdringend und schrill, und an der Tür stellte sich das übliche Gedränge ein, während Roisin rief: »Bevor ihr geht, die Aufsätze auf mein Pult, bitte!«

»Läuft dieses Wochenende die neue Serie von Ihrem Mann, Miss?« Amir trödelte herum, während er sich den Rucksack aufsetzte.

Für einen Moment verschlug es Roisin die Sprache.

»Entschuldigung, ich mein: Ihrem *Freund*«, sagte Amir, der den Grund für ihre Überraschung falsch deutete.

Roisin hatte gedacht, dass Joes neuestes Projekt dem Radar der Schulgemeinschaft an der Heathwood School entgangen war. Sie hatte es auch extra nicht gegenüber ihren Kollegen erwähnt, und wenn sie danach fragten, war ihr der Titel entfallen. Sie hatte versprochen, ihnen zu sagen, wann der Film gesendet wurde, und es absichtlich vergessen.

Wenn Amir allerdings Bescheid wusste, dann wussten es alle oder würden es zumindest bald erfahren.

»Hm, ja, aber erst spät. Nach Zapfenstreich für dich.« Sie rang sich ein Lächeln ab. (Nannte man das heutzutage überhaupt noch Zapfenstreich?)

»Dann frage ich einfach meine Tante, wie es war«, erwiderte er, zwinkerte ihr zu und stolzierte kichernd hinaus.

Roisin blieb allein im Klassenzimmer zurück, packte mit heißen Händen den widerspenstigen Stapel linierter DIN-A4-Blätter zusammen und schluckte schwer.

2

Miss Walters, ein beliebtes und mit ihren zweiunddreißig Jahren noch junges Mitglied der Englischfachschaft, war für zwei Dinge bekannt.

Erstens – und das mag auf der Messlatte faszinierender Charaktereigenschaften eher im unteren Bereich angesiedelt sein, aber so war das nun mal an einer Sekundarschule in einem dörflichen Vorort wie Cheadle – hatte sie burgunderrotes Haar.

Roisin gab nicht viel Geld für ihre äußere Erscheinung aus, ihrer Eitelkeit frönte sie nur in einer Sache: ihren etwas mehr als schulterlangen, meerjungfrauengleichen Ringellocken. Das glänzende tiefe Weinrot wirkte nicht billig genug, um offensichtlich künstlich zu sein, auch wenn es außerhalb von Bilderbüchern, Marvel-Filmen oder Aveda-Werbeclips nicht existierte. Joe nannte es das Haar einer Space-Kriegerprinzessin.

Bei der Arbeit steckte sie es mit einer großen Haarklammer hoch, was bewundernde Schülerinnen nicht davon abhielt, sie über Kosten und nötige Behandlungsdetails auszuquetschen, und die männlichen Zöglinge manchmal zur Frage anstiftete, warum sie einen »lila Dutt« habe.

Die zweite Besonderheit, die über Miss Walters bekannt war, bestand darin, dass ihr Lebensgefährte Joe Powell Drehbücher schrieb.

Vor drei Jahren hatte er eine Fernsehserie über ein Team von Super-Recognizern bei Scotland Yard geschrieben, Menschen mit einer außerordentlichen Begabung für Gesichtserkennung. Sie hieß SEEN. (Die trendigen Großbuchstaben waren das Markenzeichen der Programmmacher.)

Anfangs hatte Joes besonderer Beruf nur als Gesprächsstoff im

Lehrerzimmer hergehalten, aber Klatsch und Tratsch ließen sich im Lehrerzimmer der Heathwood School nicht besser kontrollieren als ein durch Aerosole übertragenes Virus.

Sie hatte nicht damit gerechnet, dass Joes Serie zum nationalen Flurfunk-Megahit werden würde, von Millionen gesehen, und zu Roisins Verteidigung auch weder Joe noch die Fernsehbosse. Die ursprünglich unbekannten Schauspieler waren mittlerweile jedermann ein Begriff, die verwickelte Handlung Thema in Boulevardzeitungen, und an den Abenden der Ausstrahlung wurde auf Twitter von nichts anderem gesprochen.

Nach dem Cliffhanger am Ende der zweiten Staffel wurde Roisin in jeder Unterrichtsstunde gefragt, ob der Held Harry Orton tatsächlich tot sei oder ob er überlebt habe, als er angeschossen in die Themse stürzte.

Routinemäßig antwortete sie: »Ich weiß es nicht, und selbst wenn ich es täte, dürfte ich es nicht sagen!« (Die ehrliche Antwort von Joe lautete: »O Mann, ich wünschte, der divenhafte Jammerlappen wäre tot.«)

Sie war erleichtert gewesen, als SEEN vor der dritten Staffel trotz des landesweiten Aufschreis eine längere Unterbrechung verkündete.

Jedenfalls hatte sie Joes beruflicher Durchbruch nicht erwartungsgemäß in finanziell ruhigere, wärmere Fahrwasser geführt, sondern vielmehr wie eine Flutwelle ihr ganzes bisheriges Leben weggespült, während sie sich fassungslos an einen übrig gebliebenen Felsen klammerten. (Immerhin ein äußerst hübsch platzierter Felsen: Sie hatten sich ein Luxusapartment in einer umfunktionierten Kirche in West Didsbury gekauft. Bei der Schlüsselübergabe waren sie wie benommen gewesen und hatten sich wie Hochstapler gefühlt, als stamme das Geld aus einem Drogendeal.)

Für die Pause von SEEN war Joe mit Blankoschecks ausgestattet worden, die ihm erlaubten, zu schreiben, was immer er wollte, und er hatte sich *Hunter* ausgedacht, eine dreiteilige Serie über Jasper Hunter, einen eigenwilligen sex- und abenteuersüchtigen Detective in Manchester. »Viel düsterer und provokanter als SEEN«, wie Joe voller Stolz sagte.

Roisin hatte begriffen, dass sie auf dieser rauschhaften Achterbahnfahrt ohnehin nur ohnmächtige Passagierin war, und hatte in Bezug auf *Hunter* gemischte Gefühle. Sie wusste nicht, ob sie ein Scheitern oder den Erfolg fürchten sollte. Schon jetzt fand sie keinen Gefallen an ihrer unverhofften Berühmtheit an der Heathwood School, und sie hatte noch weniger Lust, mit Fragen zu einem Sexdrama gelöchert zu werden. Bettszenen, die der eigene Lebensgefährte geschrieben hatte, würden sich merkwürdig anfühlen, und ihr wurde noch nicht einmal zugestanden, sich im stillen Kämmerlein merkwürdig zu fühlen.

Doch was sollte sie zu Joe sagen? »Bitte schildere keine wilden Geschlechtsakte, bei denen jeder anfängt, über dich und deine Freundin der letzten neun Jahre nachzudenken.« Das Problem war unlösbar und außerdem das, was die Fachbereichsleiterin Wendy Copeland als »LSO« bezeichnete – leider suboptimal.

Also entschied sich Roisin für die unterschätzte Strategie namens »So tun, als sei nichts«, doch Amir hatte unbeabsichtigt klargemacht, dass sie sich Illusionen hingab.

Sie zerrte den Rollkoffer hinter dem Pult hervor.

Es würde schon gut gehen.

Der glamouröse Kurzurlaub im Lake District würde dem Ganzen das Unheilvolle nehmen. Sie würde die erste Folge im trauten Kreis ihrer Freunde ansehen und stolz darauf sein, weil sie indirekt Anteil daran hatte. Der Spott im Klassenzimmer würde an ihr abprallen wie Kiesel von einer Sicherheitsfrontscheibe, wenn sie über die Autobahn raste.

Roisin war bewusst, dass sie sich selbst zu beschwichtigen versuchte, und sie wäre erst überzeugt, wenn sie ein Glas Wein in der Hand hielt, und auch das würde kaum länger anhalten, als bis sie es wieder abgesetzt hatte. Ach, scheiß drauf! Es gab immer noch »So tun, als sei nichts«.

Den Wochenendurlaub hatten sie Dev zu verdanken, einem extrovertierten, unermüdlichen sozialen Motor und ehemaligen Reality-TV-Star, der vor knapp drei Jahren als Sieger des kurzlebigen, pikanten Formats *Flatmates* hervorgegangen war. Den Fotos in ihrer WhatsApp-Gruppe nach zu urteilen, hatte Dev als Unterkunft ein Schloss gebucht.

Heute Abend wollten sie beim Dinner die Verlobung von Dev und seiner Freundin Anita feiern. Morgen sollte es eine Party für Gina geben, die erst kürzlich Geburtstag gehabt hatte, und danach wollten sie in dem Vorführraum des Herrensitzes die Premiere von *Hunter* ansehen.

Roisin hatte eine Mitfahrgelegenheit bei Gina und Meredith, da Joe mit Dev bereits aufgebrochen war (weil Schriftsteller und ehemalige Reality-TV-Stars deutlich entspanntere Terminpläne hatten als Lehrerinnen in der Sekundarstufe). Ihr Kumpel Matt sollte direkt vom Flughafen kommen nach einer Art Weinverkostungstour in Lissabon mit seiner neuesten Freundin – klar, darunter machte Matt es nicht.

Roisin rollte den Koffer durch den Korridor und aus dem Haupteingang hinaus auf den Schulparkplatz. Überall wuselten Kinder herum, es ertönten Schreie, Bälle wurden herumgekickt, voller Vorfreude auf zwei freie Tage vor der letzten Woche in diesem Schuljahr.

Ginas orange-weiß lackierter Oldtimer-VW-Bus war nicht zu übersehen und von ein paar neugierigen Schülern bereits ausgemacht worden.

»Ahoi! Die bescheidene Kutsche erwartet dich schon. Schmeiß

das einfach irgendwohin. Nur rein in den Ethel.« Meredith deutete auf die Schiebetür und Roisins Koffer. Gina hatte den Bus, den sie letztes Jahr bei einer Tombola gewonnen hatte, »Ethelred der Unfertige« getauft. Angesichts der laufenden Kosten war es etwas dreist von den Organisatoren der Lotterie gewesen, das Ganze als Preis und nicht als Adoption zu bezeichnen.

»Pass auf, dass du ihn richtig festklemmst, sonst nimmt Gina eine Kurve zu scharf, und der Gedanke an deinen Koffer ist das Letzte, was dir in diesem Leben durch den Kopf geht. Bist du einverstanden, wenn ich vorne sitze und das Navigieren übernehme?«

»Absolut einverstanden«, sagte Roisin und rückte ihr Gepäck in eine Position, sodass sie sich nach vorne beugen und Meredith umarmen konnte.

Sie trug ein typisches Meredith-Outfit aus goldschimmernden Birkenstock-Sandalen, hochgekrempelten Jeans, einem T-Shirt, auf dem stand: ALEXA PLAY CHER, einem ausgefransten Kopftuch um ihren wilden blonden Schopf voller Fusilli-Locken. Den Look nannte sie selbst »lesbische Spießermum geht aufs Latitude-Festival«. (Aufgrund einer längeren Single-Phase bezeichnete sie sich als »arbeitslose Lesbe«.)

»Ich muss mir kurz die Beine vertreten«, sagte Gina und umrundete Ethel. »Hi, Rosh. In der Sainsbury-Tüte unter deinem Sitz sind ein paar Dosen Pornstar Martini, bedien dich. Ich selbst halte mich aus offenkundigen Gründen noch zurück.«

Gina, die vollbusig und gleichzeitig schmal war, trug ein flatteriges gelbes Sommerkleid und pastellrosa Ballerinas. Ihr schulterlanges braunes Haar hatte sie mit einem einfachen Haargummi zusammengebunden. Von diesem winzigen Zugeständnis abgesehen sah sie nicht im Entferntesten aus wie jemand, der mit großer Selbstverständlichkeit einen Blecheimer mit einem Lenkrad, das die Größe eines Fahrradreifens besaß, über eine Entfernung von achtzig Meilen steuern könnte. Und doch konnte man sich keine sicherere und kühnere Fahrerin als sie vorstellen.

»Miss! MISS! MISS WALTERS?«

Alle blickten dorthin, wo Amir und Pauly winkend standen.

Amir schrie: »LASSEN SIE SICH EINE VON DIESEN MASSAGEN MIT ÖL GEBEN!«

3

Also, dieses Haus«, sagte Meredith, als sie sich ihrem Ziel näherten. »Zwölftausend für das Wochenende«, formte sie lautlos mit den Lippen und tat geschockt.

»Machst du Witze?« Roisin setzte die Dose des metallisch schmeckenden, schäumenden Pornstar-Cocktails ab und verzog ein wenig das Gesicht. Er erinnerte ein bisschen an Schleim mit Ananasaroma.

Als die gewundene baumbestandene Straße eine Kehre machte und einen ungehinderten Blick auf Benbarrow Hall freigab, verschlug es Roisin buchstäblich den Atem.

Sie hatte mit einem herrschaftlichen Haus gerechnet, trotzdem kam sie sich wie eine vom Herrensitz ihres Verehrers eingeschüchterte Jane-Austen-Heldin vor. Eigentlich hätte ihre Ankunft von Hufgetrappel untermalt werden sollen anstelle des murrenden Motorbrummens des VW-Busses und Paul Simons *Graceland*.

Benbarrow Hall lag auf einem Hügel und war ein Gutshaus wie aus dem Bilderbuch, mit schiefergrauen gotischen Türmchen und sandsteinfarbener Fassade. Filmtauglich schimmerten die riesigen Rundbogenfenster im warmen Sommerlicht des Spätnachmittags.

»Scheiße noch mal!«, sagte Meredith voller Ehrfurcht. »Das ist *gigantisch.*«

»Sieht aus wie der Schauplatz für einen Krimi«, sagte Gina, nahm den Fuß vom Gas und ließ Ethel ausrollen, um die Aussicht in Ruhe zu bewundern. »Als Nächstes stoßen wir auf Oberst von Gatow im Arbeitszimmer mit einem Kerzenleuchter in der Hand.«

Nachdenklich schwiegen sie einen Augenblick.

»Das sollte uns zu denken geben«, sagte Meredith.

»Mir gibt es allenfalls zu denken, dass es das Risiko wert ist«, meinte Gina. »Stellt euch vor, wie groß die Schlafzimmer sein müssen!« Scheppernd legte sie den Gang ein. »Ethel, bitte sei vernünftig. In Beziehungen geht es ums Geben und Nehmen.«

Ruckelnd fuhren sie wieder an.

»Ich habe ein total schlechtes Gewissen, weil wir zulassen, dass Dev so viel Geld ausgibt«, sagte Roisin. »Sollen wir wirklich nur die Lebensmittel beisteuern? Ist das moralisch vertretbar?«

»Ach was, Dev tut, was er will. Und er will viel«, erwiderte Meredith und wandte den Blick zurück zur Straße. »Im Ernst. Du weißt selbst, man kann Dev ein sagenhaftes Vorhaben genauso wenig ausreden, wie man eine 747 zum Absturz bringt, indem man ihr mit der Faust droht.«

Das stimmte. Sie betrachteten die sanften, grünen Hänge hinunter zum See, auf dessen glatter Wasseroberfläche sich die Umgebung spiegelte, und fuhren fort, unisono zu seufzen.

Brummend blieb der Bus auf einem Stellplatz neben Devs funkelndem blauem Geländewagen stehen. Nach dem Gewinn von siebzigtausend Pfund bei *Flatmates* hatte er eine Medienagentur gegründet und beschäftigte mittlerweile zwanzig Angestellte.

Die Frauen in ihrer Freundesclique bezogen nach wie vor völlig normale Gehälter: Meredith arbeitete für die Steuer- und Zollbehörde, und Gina machte Presse- und Öffentlichkeitsarbeit an der Manchester University. (Gemeinsam hatten sie sich ein Haus in Urmston gekauft, eine Idee von Meredith, um ihnen beiden möglichst früh einen Platz auf der Immobilienleiter zu verschaffen.) Dev und Joe hingegen waren steinreich, und Matt, na ja, er arbeitete im Vertrieb eines Weinhändlers, also, wer wusste das schon so genau. Ein gutes Leben aber war für Matt so selbstverständlich wie das Atmen, da er einer Furcht einflößend wohlhabenden

Familie entstammte. Roisin hoffte, dass die zunehmende Ungleichheit ihres Vermögens sie am Ende nicht entzweite.

Es war eine Sache, aufgrund von drei besonderen Anlässen eine obszön teure Reise zu unternehmen. Aber es durfte kein Präzedenzfall werden.

»Welche Tür nehmen wir?«, fragte Meredith, während sie ihr Gepäck zum Haus zerrten. »Da wäre ich echt nicht gern Paketfahrer auf der Suche nach einem sicheren Ablageort.«

Roisin hielt ihr Gesicht in den warmen Wind und atmete mehr Landluft ein als üblich. Im Allgemeinen überließ sie Joe die Künstlerhirngespinste, aber jetzt hatte sie das Gefühl, dass ein *Ereignis* bevorstand. Ihr Bauchgefühl sagte ihr, dass etwas Ungewöhnliches passieren würde. Möglicherweise lag das in der Natur eines jeden Urlaubs, weil er einen aus vertrauten Gefilden herausholte und einem kurzzeitig einen Blick aus der Vogelperspektive auf das eigene Leben erlaubte. Man wurde dazu gebracht, die eigene kleine Welt der Unendlichkeit an Möglichkeiten gegenüberzustellen.

Sie entschieden, sich von der Rückseite heranzutasten, vorbei an ein paar Nebengebäuden, aus denen der unverkennbare Bauernhofmief und faszinierende raschelnde Geräusche nicht menschlichen Lebens kamen. Die Rollen ihrer Trolleys klangen auf dem unebenen Boden wie Winkelschleifer.

Sie drückten die geschwungene, schmiedeeiserne Klinke einer Tür auf, die in eine gewaltige Vorratskammer aus rotem Backstein mit Regalen führte und von dort in eine atemberaubende Küche, eine Mischung aus modernen Einrichtungsgegenständen aus gebürstetem Stahl, Art-déco-Pendelleuchten, einem cremefarbenen AGA-Herd und einem alten Steinboden.

Roisin schwindelte beinahe vor lauter Begeisterung. Ihre eigene Küche war toll, aber im Vergleich dazu einfach nur scheiße.

»Hallo!«, rief Meredith. »Die Stripperinnen sind da!«

Joe tauchte im Türrahmen auf, in der Hand eine Bierflasche Camden Hells.

»Verdammt, das muss ein Missverständnis sein! Ich hatte um vollbusige Sexbomben gebeten, nicht um volltrunkene Hexen!«

Gina johlte vergnügt. Meredith schimpfte ihn »Blödmann!«, und Roisin machte »Pfff«. Er umarmte sie der Reihe nach, zuletzt Roisin.

Joe sieht gut aus, dachte Roisin, während sie ihn dabei beobachtete, wie er sein Gesicht voller Zuneigung an Ginas zarte Schulter presste.

Als Überflieger hatte er subtil, doch unverkennbar sein Aussehen aufpoliert. Seine Schriftstellerblässe hatte durch die kalifornische Sonne Konturen bekommen, die Kieferpartie war markanter und der Körper schlanker geworden von den Trainingsstunden im Waterside Leasure Club mit Eric, seinem unglaublich gut aussehenden ghanaischen Personal Trainer. Joe war so verzweifelt darum bemüht, dem schönen Eric zu gefallen, als wäre der schöne Eric ein emotional wankelmütiger Vater.

Er, der früher manchmal tagelang im selben Pixies-T-Shirt herumgelaufen war, trug jetzt unaufdringliche, perfekt sitzende dunkelblaue und graue Sachen aus weichen, dünnen Stoffen, die in dezenten, mit Logos versehenen Schachteln geliefert wurden.

Joe legte den Arm um Roisin und küsste sie geistesabwesend aufs Haar, ohne sie eines Blickes zu würdigen. Gina und Meredith wurden Wärmewogen zuteil, Roisin war bloß Mobiliar.

Wieder einmal fragte sie sich, ob die vergangenen sechs Monate nur eine steinige Phase waren oder den endgültigen Tod eingeläutet hatten. Sechs Monate? Nein, eher acht. Okay, wenn sie ehrlich war, ein Jahr.

»Nur dass ihr Bescheid wisst: Auf einer Skala von eins bis zehn ist Dev schon jetzt ungefähr bei Level sieben oder acht«, sagte Joe. »Es lässt sich immer weniger sagen, ob das, was wir seine übersprudelnden Phasen nennen, nicht womöglich Anzeichen eines manischen Zustands sind. Gott sei Dank trinkt und kokst er nicht mehr!«

Irgendwo in den Tiefen des Gebäudes dudelte *Trash* von Suede. Sie rollten und schleppten ihr Gepäck durch einen erstaunlichen Korridor mit Deckengewölbe, der mit Büsten auf Sockeln und einer riesigen Steinvase von der Größe eines Kleinkinds dekoriert war, darin ein riesiger Blumenstrauß aus weißen Lilien, lindgrünen Hortensien, Gladiolen und Löwenmäulchen, so was gab es normalerweise nur in Hotellobbys. Sie blickten die breite Treppe mit der verzierten Holzbalustrade hinauf, die von einem Buntglasfenster erhellt wurde.

»Auf solchen Treppen schreitet man hinunter zum abendlichen Diner«, sagte Gina, während ihnen bewundernde Oohs und Aahs entfuhren.

»Und das werdet ihr auch. Abendessen gibt's um sieben. Angefangen mit Kanapees im Salon«, sagte Joe und schob sie weiter. Die Abmachung war, dass die Männer heute Abend kochten und die Frauen morgen. Diese Aufteilung war ein bisschen dämlich, aber keiner hatte mit einer anderen Idee aufgewartet.

Sie trafen Dev und Anita in der Bar an. Der Raum war mit einem Kristalllüster und einer unruhigen Velourtapete ausgestattet, und an der Wand stand in Leuchtschrift IRGENDWO IST JETZT MITTAG. Und unüberhörbar gab es auch eine Musikanlage.

Als Dev sie bemerkte, sprang er vom Hocker.

»LEUTE! Habt ihr das gesehen? Verdammt, wir haben HÜHNER!«, brüllte er und ballte die Fäuste, während er im Rhythmus der Musik das Becken bewegte und dabei grimassenhaft den Unterkiefer vorschob.

»Willst du sie vögeln, oder was?«, fragte Roisin.

Dev fuhr mit seinen Rotationsbewegungen fort und kreischte:

»ENTEN AUCH!«, wobei er sich mit einer beunruhigenden pantomimischen Geste auf den Po klatschte.

Seine Verlobte Anita stellte ihr Glas ab, in dem Wacholderbeeren in einem Gin-Tonic-Aquarium schwammen, ortete die Stereoanlage und regelte Suede auf eine Lautstärke, die eine Kommunikation ermöglichte.

»NAWASSAGTIHR?«, sagte Dev in die eingetretene Stille und breitete die Arme aus. »Ist das nicht der absolute Mega-Wahnsinn?!«

»Scheußlich, trostlos und schäbig«, meinte Meredith. »Findet ihr es nicht auch ganz schön heruntergekommen?«

»Ja, du solltest dein Geld zurückfordern«, stimmte Gina ihr zu. »Es ist so düster. Man müsste ein paar Velux-Dachfenster einbauen.«

»Im Ernst, Dev«, sagte Roisin, die nun, da der britische Teil erledigt war, aufrichtig sein konnte. »Es ist überirdisch. Wir haben weder dich noch das hier verdient.«

»Es gibt niemanden, den ich hier lieber hätte als euch.« Er strahlte über das ganze Gesicht und nahm sie alle gleichzeitig in seine langen Arme. Anita gesellte sich dazu.

»Wartet nur, bis ihr seht, wie viele Kleider ich mitgebracht habe«, sagte sie mit gedämpfter Stimme.

»Wir hätten fast einen Anhänger dafür gebraucht«, fügte Dev hinzu.

Die sinnliche Anita war Visagistin mit einer Spezialisierung auf asiatische Hautschattierungen und besaß eine riesige Gefolgschaft auf Instagram. Dev und sie hatten sich über den Austausch von Direktnachrichten kennengelernt.

Nach einem etwas holprigen Start hatte die Clique Anita ins Herz geschlossen. Sie war zu einem Zeitpunkt auf der Bildfläche erschienen, als Dev schon berühmt war, aber noch keinen Entzug gemacht hatte, und die Freunde waren äußerst argwöhnisch gegenüber jeglichen »neuen Kumpeln« von Dev und bemühten sich tatkräftig, ihm parasitäre Drogis vom Hals zu schaffen. Es war verheerend, wenn ein Drogenabhängiger mit einem prominenten Gesicht mit einer solchen Leichtigkeit und Offenheit Freundschaften schloss.

Deshalb war sich seine alte Garde anfangs ziemlich sicher, dass Anita mit dem berüchtigten Dev Doshi nur wegen seiner »Reichweite« angebandelt hatte. Tatsächlich aber stellte sie für ihn den reinsten Glücksfall dar – überschwänglich wie Dev, aber ohne seinen Hang zur Hyperaktivität. Sie hatte zu ihm gehalten, während er clean wurde, und schirmte ihn von jeglichem schlechten Einfluss ab.

Im Augenblick wohnten sie zur Miete, während in Alderley Edge ihr Traumhaus gebaut wurde.

Als Dev vor wenigen Monaten um Anitas Hand angehalten hatte, hatte die Clique aus ganzem Herzen und voller Kehle HURRA gebrüllt.

»O mein Gott! Da ist er ja, unser Gentleman-Künstler, Mr Staff WiFi!«, sagte Joe, der den Vorhang ein Stück angehoben hatte, um aus dem Fenster zu sehen.

4

Staff WiFi war einer von Joes neueren Spitznamen für Matt. Er rührte daher, dass Matt, wann immer sie irgendwo mit miesem öffentlichem WLAN waren, fröhlich Nachrichten verschickte. Wenn man ihn fragte, wie das möglich sei, zuckte er bloß mit der Schulter und meinte: »Ach, ich hab mir das Passwort für das interne WLAN geben lassen«, und deutete vage Richtung Geschäftsräume.

Es gab nicht den geringsten Grund, warum ein Gast, der das Passwort für die Belegschaft haben wollte, es auch bekommen sollte, außer man sah so aus, wie sich die *Cosmopolitan* einen Cowboy vorstellte.

Sie stellten sich ans Fenster und entdeckten Matt, der in einem Kurzmantel von Crombie, großen Stiefeln mit gelben (nur halb geschnürten) Schnürsenkeln und einem Seesack über der Schulter den Hügel heraufkam. Er hätte gewirkt wie jemand, der aus der Zeit gefallen und durch ein Loch im Weltall hereingeklettert war, hätte auf seinen Ohren nicht ein Sennheiser-Kopfhörer gesessen.

»Warum kommt er zu Fuß?«, fragte Meredith.

»Schaut euch diesen Vollpfosten an«, gackerte Joe. »Er sieht aus, als wollte er für die Rolle als der nächste *Doctor Who* vorsprechen.«

»Er hat ein Taxi vom Flughafen genommen. Er war in Portugal … mit …« Erfolglos zermarterte sich Roisin das Hirn. »Cassie?« Erwartungsvoll streckte sie die Hände wie im Gebet nach vorne und presste die Lippen aufeinander.

»Ha, Cassie ist LÄNGST passé«, schnaubte Meredith. »Du bist so April, Mai«, spottete sie. »Das war doch … fängt der Name nicht mit L an?«

Das Problem war, dass sie Matts glamouröse Freundinnen weniger nach Namen archivierten als nach dem hervorstechendsten Detail der postfaktischen Analyse.

Sie klangen wie die Episodentitel der Serie *Friends*. Die, deren Großvater die gestreifte Zahnpasta erfand. Die mit dem Chinchilla namens Shamone. Die mit dem nackten Videocall um drei Uhr nachts.

»Ruby«, steuerte Gina mit ruhiger, leiserer Stimme bei.

»Ruby! Natürlich«, sagte Meredith. »Die Bikram-Yoga-Begeisterte. Oder war das die andere?«

Schlagartig kamen sie darauf zu sprechen, wer Matt hereinlassen sollte, ein Themenwechsel, der aus unausgesprochener Rücksicht auf Ginas Gefühle häufig stattfand.

Gina liebte Matt ebenso heftig und ausdauernd wie unerwidert. Behutsam umschifften sie alle das Thema, während sie sich die Tatsache nicht wirklich eingestanden. Immer wieder einmal versuchten sie, einander erfolglos davon zu überzeugen, dass die Sache längst der Vergangenheit angehörte.

Da war nichts zu machen. Matt mochte Gina sehr. Egal, mit wem Gina sich einließ – und es herrschte kein Mangel an Männern, die sich in Ginas zarte Babyfüßchen verliebten –, doch den Freunden war immer klar, dass sie sich weiterhin vergeblich nach Matt verzehrte.

»Diese Hoffnung ist echt toxisch«, hatte Meredith einmal gesagt. »Wer hätte gedacht, dass es so etwas gibt?«

Matts Karussell bedeutungsloser Affären wirkte wie ein Artilleriefeuer auf Ginas Herz. Gleichzeitig hatten alle Angst vor dem Tag, an dem Matt der »Richtigen« begegnen und es noch schmerzlicher sein würde.

Dev sprang auf, um Matt aufzumachen, und präsentierte ihnen einen Augenblick später einen nicht minder ehrfürchtigen Gast.

»Das hier ist echt nicht ohne. Dev, du hast dich selbst übertroffen. Hallo allerseits.«

»Das Ensemble ist vollständig versammelt! Es ist ein bisschen wie bei *Peter's Friends,* nur mit noch schlimmeren Leuten«, sagte Joe. »Warte mal, was ist mit dir passiert?«

Üblicherweise trug Matt einen akkuraten Haarschnitt und war glatt rasiert, doch bei genauerer Betrachtung war auf seinem Gesicht ein dünnes Menjou-Bärtchen zu erkennen. Er legte die Finger an die Oberlippe.

»So schlimm? Ruby hat gemeint, es sieht gut aus.«

»Tut mir echt leid, aber Ruby arbeitet ganz offensichtlich für die gegnerische Seite«, sagte Joe.

»Warum bist du zu Fuß hergekommen?«, fragte Gina.

»Ich habe den Taxifahrer gebeten, mich früher rauszulassen. Es sah zu schön aus, um einfach herzufahren. Ich wollte es richtig genießen.«

»Eine gute Idee. Wenn ich nicht so faul wäre, hätte ich mir das auch überlegt«, sagte Meredith.

»Wir sind kurz stehen geblieben, das ist praktisch das Gleiche«, meinte Roisin. »War's schön in Lissabon?«

»Wunderbar. Sonnig. Auch wenn der Fitnessraum im Hotel nicht dem Standard entsprach. Ich musste mich für das Rudergerät anstellen. Echt entwürdigend.«

»Wer geht im Urlaub ins Fitnessstudio?«, fragte Roisin.

»Jetzt weißt du's«, sagte Joe.

»Nun, wo Matt da ist – lasst uns anstoßen!«, rief Dev.

Anita, die offensichtlich für diesen Augenblick instruiert war, stand bereits hinter der Bar, entkorkte eine Flasche Champagner und schenkte schwungvoll eine Reihe Gläser ein. Dev bekam einen trüben Kombucha.

»Auf den BRIAN CLUB!«, erklärte Dev, als die Gläser verteilt waren. Sie stießen mit den Sektflöten an und wiederholten lachend »Auf den Brian Club!«, und in diesem Sekundenbruchteil wurde Roisin klar, worum es dieses Wochenende wirklich ging.

Sie war so damit beschäftigt gewesen, über das Auseinanderdriften zwischen Joe und ihr nachzudenken, dass sie übersehen hatte, dass auch die Clique an den Säumen auszufransen drohte.

5

Der Name *Brian Club* war lange nicht mehr verwendet worden, obwohl ihre WhatsApp-Gruppe nach wie vor so hieß.

Er ging auf einen einschlägigen Vorfall vor zehn Jahren zurück, kurz nachdem sie sich bei der Arbeit in der Buchhandlung Waterstones an der Deansgate kennengelernt hatten. Brian war ein unglaubliches Arschloch, der sich fast jeden Tag als Wichtigtuer in der Buchhandlung aufspielte, unausstehlich und schwierig war und ständig fadenscheinige Beschwerden vorbrachte.

Nach einem Streit mit dem Filialleiter Dev um eine auf mysteriöse Weise beschädigte Biografie einer Cricketspielers hatte Brian eines Tages eine der Trittleitern im Laden in die Mitte der Abteilung für Biografien und Lebensgeschichten gezerrt. Er kletterte hinauf und deutete auf *Invasion der Körperfresser*-Art mit hervortretenden Augen und verzerrter Grimasse auf Dev.

»ARSCHLOCH«, kreischte er in einem Tonfall, als handle es sich um einen Feueralarm, und viele Kunden blieben wie angewurzelt stehen.

Dann fiel Brians Blick auf Roisin, die in der Nähe stand. »NOCH EIN ARSCHLOCH!«

»Arschloch, Arschloch, Arschloch«, zählte er auf und zeigte mit dem Finger nacheinander auf die bestürzte Meredith, Gina und Matt, die herbeigeeilt waren, um zu sehen, was den Tumult verursacht hatte.

Die Samstagsaushilfe Lia stand ebenfalls dabei, und als Nächstes fiel Brians Adlerauge auf sie.

»Du bist in Ordnung«, räumte Brian zur Überraschung aller ein.

Beim Anblick von Joe, der die Bühne von links betreten hatte, einen Stapel Bücher über Edmund Hillary im Arm, wirbelte er theatralisch herum.

Brian holte Luft, streckte den zitternden Zeigefinger aus und sagte: »EIN WICHSER!«

Roisin hatte sich gefragt, warum Dev nicht mehr Leute nach Benbarrow Hall eingeladen hatte – Platz hatten sie jedenfalls genug –, und jetzt wusste sie, dass er klarstellen wollte, wer dazugehörte. Er war der mildtätige Patriarch, der die verlorenen Söhne und Töchter zusammenführte, damit sie nicht vergaßen, wie wichtig die Familienbande waren.

»Weißt du, ich bin unentschlossen, was den Schnurrbart angeht«, sagte Roisin und begutachtete Matt nach einem halben Glas Moët. »Irgendwie hat er was Unwiderstehliches. Du siehst aus wie der Schuft in Royal-Air-Force-Uniform auf einem abgegriffenen alten Foto, das man beim Entrümpeln versteckt in einer Schublade findet. Und bei einem gigantischen Familienskandal stellt sich heraus, dass er der leibliche Großvater war.«

»Genau! Auf den Look des Air-Force-Sex-Opas hatte ich es abgesehen. Danke, Rosh«, sagte Matt.

Joe verdrehte die Augen.

»Wirst du Ruby also wiedersehen?«, fragte Gina, und alle Anwesenden versteiften sich.

»Dazu gibt es eine unglaubliche Geschichte. Ich bin bei Ruby sozusagen einem Fake aufgesessen, so was wie Catfishing, nur umgekehrt.«

»Was ist umgekehrtes Catfishing?«

»Catfishing heißt ja, dass jemand sich hinter einer gefälschten Identität versteckt. Und wenn die wahre Identität herauskommt, ist das ein schlimmer Schock. In *diesem* Fall aber …«

»Weißt du was? Heben wir uns das für später auf«, unterbrach ihn Joe. »Ich habe den Eindruck, das ist etwas, wofür wir einen süßen, blumigen Dessertwein brauchen.«

Matt zuckte die Achseln und sagte, klar, und das Gesprächsthema wurde gewechselt, doch Roisin war peinlich berührt von der Unhöflichkeit, auch wenn ihr klar war, dass Joe sich ritterlich für Gina einsetzen wollte. Insgeheim nahm sie sich vor, sich bei Matt zu entschuldigen und es Joe gegenüber anzusprechen. Zwischen Joe und Matt hatte es schon immer leichte Spannungen gegeben, aber Roisin hatte die Befürchtung, dass sie sich auf der Seite von Joe in jüngster Zeit zu einer ausgewachsenen Antipathie entwickelt hatten. Matt verharrte in seliger Ahnungslosigkeit, doch Matts Leben schien grundsätzlich aus einer Menge Glückseligkeit und Ahnungslosigkeit zu bestehen.

Vor einem Monat hatte Roisin Joe schon einmal gerüffelt, weil er Matt schlechtmachte, und hatte damit eine Tirade ausgelöst.

»Was mir bei Matt McKenzie so auf den Keks geht, ist, dass du ihn hassen würdest, wenn er eine Frau wäre. Ich persönlich finde ihn bloß nervig und hin und wieder …« Joe machte eine Pause, um nach Art eines Wort-Feinschmeckers den passenden Begriff zu wählen, »… *zermürbend*. Aber stell dir vor, er wäre eine Frau! Du lieber Himmel. Du würdest ihn so verurteilen und hättest ihn schon vor Jahren abgefertigt. Ich finde, du solltest nicht mich dafür verurteilen.«

»Warum?! Weil er öfter mal die Freundin wechselt? Dev kommt gut mit ihm aus!«

»Dev war der Sieger einer Reality-Sendung, weil er mit jedem gut auskommt. *Öfter mal die Freundin wechseln* klingt ziemlich beschönigend, als wäre er Michael Caine in den Sechzigerjahren. Vergiss nicht, dass ich aus den Gesprächen unter Männern mehr Einzelheiten kenne als du.«

Achselzuckend gestand Roisin ihm zu, dass er damit recht hatte.

»Der schlägt unerbittlich Profit aus seinem Aussehen und seinem ganzen ausgetüftelten …«, Joe wedelte mit den Händen, »… unbeschwerten Casanova-Gehabe. Dabei spielt er mit den

Frauen wie mit Katzenminzebällchen. Er schubst sie herum, bis der verlockende Duft des Neuen verflogen ist. Ich kann mir nicht vorstellen, dass es für die Frauen besonders schön ist, und für Gina ist es schrecklich.«

»Matt kann nichts für Ginas Gefühle. Oder seine eigenen nicht vorhandenen.«

»Hm, mag sein. Ich denke, er kann nicht mit ihr zusammen sein, weil es eine Bedeutung hätte, und dieses Risiko kann er nicht eingehen. Meiner Einschätzung nach wird er ihrer beider Leben ruinieren, weil er erst erkennen wird, dass sie zusammengehören, wenn es zu spät ist. Was typisch Matt ist.«

»Warum sollte er dann für Gina der Richtige sein, wenn er so schrecklich ist?«

»Er wäre nicht der Richtige. Aber so traurig es ist, Gina wird nie mit jemand anderem glücklich werden. Manchmal ist es einfach so, dass jemand über eine unglückliche Liebe nicht hinwegkommt.«

Roisin fand diese Aussage ein bisschen pathetisch. Typisch Schriftsteller eben.

»Denk an meine Worte«, sagte Joe. »Er erkennt erst, dass sie seine große Liebe ist, wenn er an ihrer Türschwelle steht und seinen drei Kindern nachtrauert, mit denen er keinen Umgang mehr haben darf. Bis dahin hat er außerdem ein Alkoholproblem, seine Hypothek im Krypto-Crash verloren und verwendet riesige Mengen Haarwuchsmittel. Und Gina wird ihre einigermaßen funktionierende Ehe in den Wind schlagen und ihn zu sich nehmen.«

Insgeheim hatte Roisin einen Verdacht, was Joe an Matt tatsächlich so auf die Palme brachte, aber sie war nicht so tollkühn, es zu erwähnen.

Joes Selbstverständnis – wenn nicht gar sein beruflicher Erfolg – basierte auf seinem Talent für spitze Bemerkungen und geistreiche Einzeiler. Doch unter uns gesagt war Matt darin nicht weniger gut. Er machte nur nicht so viel Wind darum. Beiläufig und unentgeltlich ließ er Bemerkungen fallen, die für Joe liebevoll gehegtes Zahlungsmittel waren.

Joe witterte den Konkurrenten, aber am schlimmsten war, dass dieser Konkurrent keinerlei Anstalten machte, sich mit ihm zu messen.

Als Joe seine Suada über Matts kriminellen Charakter beendet hatte, entsperrte er sein Handy und tippte ein paar Dinge, die er gesagt hatte, in die Notizen-App. Eine Geste, die Roisin mittlerweile allzu vertraut war.

6

»Musstest du Matt vorhin so runterbügeln, als er einfach nur eine Frage beantworten wollte?«, fauchte Roisin, kaum dass ihr die Sache wieder einfiel.

Roisin kam in ein Handtuch gewickelt und mit dem Kajalstift in der Hand aus dem Badezimmer, ein »Smokey Eye« geschminkt, das andere von der heißen Dusche leicht gerötet.

Joe saß im Schneidersitz, barfuß und in einer schicken Hose, auf der Tagesdecke ihres Himmelbetts. Ihr Zimmer war auf so royale Art verschwenderisch, dass Roisin einerseits Ehrfurcht, aber gleichzeitig eine leichte Übelkeit empfand, als hätte sie einen erhöhten Cholesterinspiegel. Verwendete man bei diesem Zustand den Ausdruck »weiche Knie bekommen«?

Als sie die schwere Tür aufgezogen hatten, hatten sie einen gigantischen Topffarn, einen gekachelten Jugendstil-Kamin und ein Himmelbett erblickt, in dem wahrscheinlich früher Frauen im Kindbett gestorben waren. Die dunkelroten Wände besaßen die Farbe von Blutgerinnseln. Wäre die himmelhohe Decke nicht gewesen, hätte es düster und erdrückend wirken können. In dem Badezimmer mit Marmorfliesen gab es eine frei stehende scharlachrote Badewanne und eine begehbare Dusche.

Joe hatte konzentriert auf sein silbernes MacBook Air gestarrt und blickte jetzt verblüfft auf.

»Was meinst du?«

Sie war sich sicher, dass Joe sehr genau wusste, wovon sie sprach. Es kam ihm nur gelegen, Verwunderung vorzutäuschen, weil er Roisin auf die Weise als klinisch zwanghaft Schrägstrich mega Nervensäge abtun konnte.

»Als Gina Matt nach seiner Lissaboner Freundin gefragt hat. *Pscht, Matt, dafür brauchen wir einen Drink.* Klar wollen wir alle Gina beschützen, aber er hat doch nichts Falsches getan.«

»Oh, er hatte offensichtlich vor, mit unanständigen athletischen Sexpraktiken zu prahlen – das muss Gina nun wirklich nicht hören.«

»Du weißt doch gar nicht, was er sagen wollte. Außerdem ist er nie wirklich vulgär oder anzüglich.«

»Ach, komm schon. Du kennst Matt. Der nutzt jede Gelegenheit, sich wichtig zu machen. Für den ist jede Kerze ein Rampenlicht. Und das umgekehrte Catfishing klang für mich reichlich verdächtig.«

»Na ja, immerhin hat Gina ihn gefragt, wie es gelaufen ist. Sie mag verliebt sein, aber sie ist kein Kleinkind.«

»Und Matt genauso wenig. Trotzdem handle ich mir eine Standpauke ein, bloß weil ich ihm gegenüber ein bisschen schnippisch war.«

Ratlos hob Joe die Hände und lächelte, um die Geste zu entschärfen. Diplomatisch legte Roisin den Kopf zur Seite und senkte ihre Stimme.

»Weißt du, ich fühle mich unter Druck, weil Dev dieses Wahnsinnszeichen setzen will. Er will nicht, dass wir uns kabbeln und alles kaputt machen. Um seinetwillen sollte das hier ein Erfolg werden.«

Oder zumindest wie einer aussehen, dachte sie.

»Du hast recht. Keine Kabbeleien«, sagte Joe. »Wie … das hier zum Beispiel.«

Er hatte Roisin ausgebremst.

Sein Blick wanderte zurück zum Bildschirm.

»Ich versuche gerade, mich auf meine PR-Termine in Amerika zu konzentrieren. Wenn das okay ist, Schatz.«

Roisin war diesen leicht bevormundenden Ton gewohnt, wenn

Joe sie daran erinnerte, dass er VIP-Angelegenheiten zu klären hatte. Anfangs war es noch ironisch gemeint gewesen, mittlerweile aber galt das eigentlich nicht mehr.

7

Roisin erinnerte sich an die Zeiten, als sie für Joes Zugtickets nach London und für seine Klamotten aufgekommen war, die über ausgebleichte Band-T-Shirts hinausgingen. Es hatte sie nicht gestört, und heute konnte Joe mit Recht darauf hinweisen, dass sich ihre Investition tausendfach ausgezahlt hatte. Die Eigentumswohnung war auf beide Namen eingetragen.

Sie sehnte sich nicht aus egoistischen Motiven nach den Zeiten zurück, in denen Joe von ihr abhängig gewesen war. Sie wünschte sich einfach, es hätte nicht zu diesem Ergebnis geführt.

Früher war Joes Karriere ein zu hundert Prozent gemeinsames Abenteuer gewesen; auf der Achterbahnfahrt hatte sie auf dem Platz neben ihm gesessen. SEEN war anfangs ein Projekt mit ungewissem Ausgang gewesen, das Drehbuch entworfen in Cafés und die überraschenden Wendungen in der Handlung zuerst an Roisin erprobt.

Augenblick: Also, er *stellt sich als der Mann heraus, der auf der Überwachungskamera vor der Haustür zu sehen ist? Wow, das hätte ich nun wirklich nicht kommen sehen. Das ist wirklich ausgeklügelt, Joe.*

Schließlich wurde daraus eine Pilotfolge im Texteditor – Roisin hatte mit Vergnügen den Text der weiblichen Hauptrolle laut für ihn vorgelesen. Sie war fast ein wenig beleidigt gewesen, als eine Schauspielerin ihr Haar herumschwenkte und, die Hände auf den Schreibtisch gestützt, sagen durfte: »Harry, ich verwette mein Leben darauf, dass wir es hier mit eineiigen Zwillingen zu tun haben. Und wenn unser Plan nicht aufgeht, dann *habe* ich mein Leben verwettet!«

Roisin hatte nicht nur die Wucht seines Erfolgs unterschätzt, sondern war ganz und gar selbstzufrieden gewesen. »Das Tolle ist ja, dass Joe Schriftsteller ist und nicht Schauspieler«, hatte sie der Clique gegenüber verkündet, »so kann er sich kreativ austoben, und niemand stellt ihm auf der Burton Road nach.«

Als die Verträge für SEEN unterschrieben waren, hatten sie Fish and Chips und eine Flasche Cava für zehn Pfund gekauft und ein Picknick im Park gemacht, statt in ein schickes Restaurant zu gehen. Es war ein Statement gewesen: Wir bleiben so, wie wir sind, plus ein nettes Extra.

Früher hatte Joes Leben so ausgesehen: aufstehen, eine Tasse schwarzer Kaffee, wenn möglich eine Dusche, schreiben, etwas in den Ofen schieben, weiterschreiben. Und am nächsten Tag dasselbe von vorne. Mittlerweile war sein Alltag kompliziert und voller Trara. Roisin lernte die Begriffe »Kopro«, »Splitscreen« und »Jump-Cut« kennen.

Nach einem Tag intensiver Frühstücks- und Mittagsmeetings in der Hauptstadt kam Joe abends mit dem Zug in Manchester Piccadilly an, und Roisin und er trafen sich zum Abendessen im Restaurant.

Er redete zu schnell, und sie tranken zu schnell, und sie kostete jede Einzelheit der neuesten Entwicklungen aus. Sie freute sich für ihn und war der Überzeugung – soweit sie es unvoreingenommen beurteilen konnte –, dass er das nötige Talent besaß, um groß rauszukommen.

Schließlich nahm die Arbeit derart zu, dass er oft über Nacht in London blieb, und dann kam der Ruf aus Hollywood, und er flog regelmäßig zwischen Los Angeles und England hin und her.

Eine Produktionsfirma in New York kaufte die Rechte an einer seiner Ideen. Irgendwann identifizierte Roisin den Spruch, »sie müssten nur diese Woche überstehen, dann würde es schon ruhiger werden«, als eine bewältigungsstrategische Lüge aus der Erwachsenenwelt.

Es störte Roisin nicht, dass Joe unterwegs war. Sie wusste sich auch allein zu beschäftigen und hörte gern zu, wenn er von seinen Abenteuern erzählte.

Doch irgendwann wurde aus hektisch und geistesabwesend kühl und distanziert.

Es brachte nichts, Joe Nachrichten zu schreiben, wenn er auf Reisen war, weil sie kaum je eine Antwort erhielt. Vermutlich war er der einzige Mann auf Erden, dachte sie, der das Herz-Emoji zum Abwimmeln verwendete.

Wie lief es bei Fox Searchlight? Herzchen. *Hast du Ersatz für das Mietauto bekommen?* Herzchen. *O Gott, dieser durchgeknallte rote Kater kackt wieder in unseren Garten! Dabei vibriert der Schwanz so komisch, und er starrt einen total gruselig an.* Herzchen. Du Herzchen kotender Kater.

Sie hatte es nicht angesprochen. Wenn jemand nach fünf Tagen Abwesenheit mit einer Toblerone aus dem Duty-free-Shop zur Tür hereinkommt, nörgelst du nicht gleich an ihm herum.

Roisin kam ein Gedanke, und als sie ihn einmal gedacht hatte, konnte sie ihn nicht mehr abschütteln: Die länger werdenden Abwesenheiten glichen einer Übung für die Trennung. Bei jeder Rückkehr war er noch ein bisschen distanzierter als zuvor.

Das Leben hatte sich von Grund auf verändert, oder vielleicht bestand die eigentliche und schmerzhaftere Erkenntnis darin, dass Joe sich verändert hatte. Veränderte der Erfolg einen Menschen wirklich, fragte sie sich. Vielleicht brachte er nur etwas an die Oberfläche, das auch vorher schon da gewesen war.

Der Humor, der sie früher verbunden hatte, fühlte sich wie ein von Verachtung geprägtes Duell an. Wie eine Runde Armdrücken, bei der es um den Sieg ging.

Verabredungen mit ihren Freunden wurden zu einer Pflichtveranstaltung oder gar einem Ärgernis – Joe hatte immer eine herablassende Bemerkung parat.

O Mann, gehen wir schon wieder dorthin? Was sind wir für Spießer geworden. Demnächst kleben wir uns noch »Ich wäre so gerne Müllionär«-Sticker auf die Mülltonnen.

Sie fragte sich sogar, ob die Abneigung gegen Matt ihm den Weg ebnen sollte, sich elegant aus dem Brian Club zu verabschieden. *Sorry, nicht, wenn er dabei ist. Ich kann den Kerl einfach nicht ausstehen.*

Der Sex war immer mehr versiegt, und wenn es doch mal dazu kam, dann herrschte unmissverständlich das Gefühl vor, eine Deadline erreicht zu haben, im Sinne von: Lieber tun wir es, bevor das Nichttun zu einem Aufreger wird.

Als sie sich kennengelernt hatten, hatte es auf Anhieb gefunkt. Allerdings hatte Joe sofort erwähnt, dass er eine Fernbeziehung mit seiner Freundin Bea in seiner Heimatstadt York führte.

Zwischen Roisin und Joe war nichts vorgefallen – und das wäre auch so geblieben, hätte seine Beziehung angedauert, denn Roisin hielt nichts von Betrügen. Doch sie ertappte Joe dabei, wie er sie über den Tisch hinweg beobachtete – in den Abendstunden, wenn der Alkoholgehalt im Blut anstieg und das Licht nachließ.

An einem Freitagnachmittag hatte Joe Roisin allein in einer Ladenecke angetroffen, wo sie »Vom Autor signiert«-Aufkleber auf Bücher von Terry Pratchett klebte.

»Ich wollte dir Bescheid sagen. Ich werde mich von Bea trennen.«

»Okay«, meinte Roisin.

»Wenn das erledigt ist, werde ich dich fragen, ob du mit mir ausgehst.«

»Okay«, antwortete Roisin und bemühte sich, nicht knallrot anzulaufen.

Er ging. Puh. Der stille Joe, der Comic-Romane von Alan Moore mochte und eine bestechende Ähnlichkeit mit dem jungen John Cusack hatte, besaß echtes Selbstvertrauen. Das wirkte unbestreitbar sehr anziehend.

Zu jener Zeit hatten sie einander an den Lippen gehangen. Sie hatten nichts anderes gemacht als reden: bei einem gemeinsamen Ausflug, beim Spaziergehen im Park, beim Stöbern im Plattenladen, bei zahllosen Gläsern Bier in Pubs voller alter Männer. Alles war interessant, wenn sie zusammen waren. Ach, was gäbe sie darum, wieder so jung zu sein, als sich alles neu und aufregend angefühlt hatte.

Sie waren das erste – und wie sich herausstellte, einzige – Paar der Clique, dessen Wohnung zur Anlaufstelle wurde, wenn sie kurz vor Zahltag kein Geld mehr hatten, um auszugehen. Joe war für Musik und Snacks zuständig, Roisin fürs Kerzenanzünden und die Cocktails. Als Team schufen sie ein Fundament und errichteten darauf ihr Reich.

Hatte er mittlerweile einer anderen Frau dasselbe Versprechen gegeben wie ihr damals in der Fantasy-Ecke von Waterstones? Roisin hatte die Sache vorwärts und rückwärts durchdacht und geschlussfolgert, dass 1. Der Anfang ihrer Beziehung zeigte, dass Joe in der Lage war, mit erbarmungsloser Entschlossenheit vorzugehen, und ein einjähriges Purgatorium ohne Intimitäten hatte nichts von erbarmungsloser Entschlossenheit, und 2. sprach er darüber, dass sie sich einen Hund anschaffen sollten.

Nach knapp einem Jahrzehnt ähnelte ihre Liebe einem vernachlässigten, mit Herbstlaub übersäten Pool. Im Grunde genommen existierte er noch, aber Joe hatte Zentimeter für Zentimeter das Wasser abgelassen. Wenn man hineinsprang, war dort nichts mehr. Man würde sich die Knöchel brechen.

Roisin hatte eine Therapie angefangen, ohne Joe etwas davon zu erzählen.

Glauben Sie, dass er Sie betrügt?

Ha, nein. Bei der Termindichte wäre das auf jeden Fall eine echte organisatorische Herausforderung.

Kann die Beziehung gekittet werden?

Ich weiß es nicht.

Wollen Sie die Beziehung kitten?

Ich weiß nicht. Ich glaube schon. Ich möchte, dass es wieder so wird wie früher. Aber ich weiß nicht, ob das nicht für immer vorbei ist.

Ständig redete sich Roisin ein, dass sie dies oder das aus dem Weg räumen müsste. Bringen wir Devs Downton-Abbey-Wochenende hinter uns, warten wir ab, bis *Hunter* in der Welt ist und ich Joe über eventuelle schlechte Kritiken hinweggetröstet habe. Danach ist immer noch Zeit für eine Bestandsaufnahme.

Offen gesagt rechnete sie damit, dass Joe irgendwann diese Bestandsaufnahme einfordern würde, doch sie war stolz und wollte ihm zuvorkommen.

Es schien sinnvoll, abzuwarten, aber Roisin durchschaute durchaus diese sinnlose Verzögerungstaktik, die sie sich selbst ausgedacht hatte. Es war das Äquivalent aus ihrem Privatleben zu Amirs Frage, ob *Shades of Grey* in der Zukunft zur Weltliteratur gezählt werden würde.

Selbsttäuschung funktionierte im Grunde nie.

»SEID IHR ANGEZOGEN?«, brüllte Dev vor der Zimmertür.

Joe, der am Tippen war, erschrak so sehr, dass er beinahe eine unfertige E-Mail abgeschickt hätte, und fluchte leise.

»Alles paletti!«, rief Roisin, riss die Tür auf und nahm in ihrem schwarzen Kleid eine verführerische Pose ein.

»Heiliger Bimbam, Rosh. Wäre ich nicht verlobt und dein Freund nicht auch mein Freund, und säße er nicht obendrein dort drüben neben einem Schürhaken aus Messing …«

»Haha! Danke.«

»Meredith und Gina sind schon unten zugange, du solltest dich zu ihnen gesellen. Anita braucht wie immer Ewigkeiten. Joe, jetzt sind wir dran. Du nimmst eine Schlüsselrolle ein als Chef der

Butterhühnchen-Crew«, sagte Dev. »Ich bin für das Paratha und die Raitas zuständig. Ich habe Matt an die Bhaji-Station gesetzt, und nebenbei überwacht er auch die Getränke. Mango-Lassis, Bloody Marys, was das Herz begehrt.«

»Ich würde Matt nicht in die Nähe der Marys lassen«, meinte Joe.

Ungewollt prustete Roisin los, und Dev trabte gackernd davon. Für Roisin war unübersehbar, dass Joe sich über die Unterbrechung ärgerte.

Joe freut sich über nichts mehr, dachte Roisin. Er freute sich nicht mehr an ihr. Freude war etwas, das anderswo stattfand.

»Schau ich okay aus?«, fragte sie, strich das Kleid über den Hüften glatt und zog den Bauch ein.

Kurz sah Joe vom Bildschirm auf. »Klar.«

»Klar. Und du nennst dich Schriftsteller.«

»Es – sieht – wirklich – hübsch – aus – du – siehst – immer – hübsch – aus«, sagte Joe übertrieben mechanisch. »Ist es so recht?«

Nein, natürlich nicht, dachte Roisin, doch sie sagte nichts. Ein Streit direkt vor dem Abendessen wäre überflüssig wie ein Kropf. Eines wusste sie sicher: In diesen Räumlichkeiten würde es keinen Showdown geben.

»Kommst du mit runter?«

»Ich schreibe nur eben die E-Mail fertig. Geh du schon mal vor.«

Lieben Sie ihn noch?

Gibt es dafür einen Test?

8

Vorsichtig stieg Roisin die breite Treppe hinunter, wobei sie in den goldenen High Heels mit T-Steg behutsam einen Fuß vor den anderen setzte. Es gehörte Verantwortung dazu, wenn man Kindern verbot, in Schulkorridoren herumzurennen und zu hüpfen. Für die letzte Schulwoche vor den Sommerferien wollte sie keinesfalls mit einem die Autorität untergrabenden orthopädischen Schuh aufkreuzen.

In der Ferne hörte sie Taylor Swift *Champagne Problems* singen. Der Song passte so perfekt zu dem Moment, allein und einsam in ihrer Abendgarderobe, dass sie sich für einen Augenblick wie die Darstellerin in einem Baz-Luhrmann-Film fühlte.

Auf der untersten Stufe zögerte sie kurz und versuchte, die Aufnahmetaste ihres Gedächtnisses zu drücken. Sie wollte sich die außerirdische Atmosphäre der Statuen mit ihren leeren Blicken, der altehrwürdigen Böden und der himmelhohen Räume einprägen, den süßlich-staubigen Lilienduft.

Es war ein Klischee, dass Freunde die Familie waren, die man sich selbst ausgesucht hatte, und egal, wie abgedroschen es klang, auf Roisin traf es dennoch zu. Niemals sonst war sie Menschen begegnet, die so sehr zu ihr hielten und sie zum Teil einer eingeschworenen Gruppe machten.

Und gerade weil sie einander heutzutage wohl nicht mehr auswählen würden – dass sie sich überhaupt begegnen würden, wäre unwahrscheinlich –, machte das Ganze so besonders und unverzichtbar. Sie konnten die unbeschriebenen Blätter, die sie in ihren frühen Zwanzigern gewesen waren, nicht wieder zum Leben erwecken. Aber sie konnten einander festhalten.

Vermutlich legte Joe weniger Wert darauf, weil er eine Alternative hatte. Er kam aus einer typischen Mittelklassefamilie, hatte wunderbare, glücklich verheiratete Eltern, die ihn unterstützten, die im Garten werkelten, Liegenschaften des National Trust besuchten und ihn anriefen, kaum dass der Abspann jeder neuen Folge von SEEN lief. Er besaß immer noch einen Freundeskreis aus Schulzeiten in York, einschließlich seines Durch-dick-und-dünn-Kumpels Dom.

Der Brian Club war für ihn nur ein nettes Extra, wohingegen er Roisin alles bedeutete. Er gab allem einen Sinn.

Sie folgte der Musik in den großen Salon, wo Meredith und Gina, umgeben von einer Unmenge flackernder Kerzen, verschwörerisch kichernd am Kamin saßen.

Die Musik kam aus einem großen zigarrenförmigen Bluetooth-Lautsprecher, der etwas respektlos auf der Hutkrempe einer Kaminfigur platziert worden war, als stecke eine überdimensionierte Feder im Hutband.

Falls Benbarrow Hall mit Flüchen belegt und von Geistern bewohnt war, würden sie das bestimmt zu spüren kriegen.

Meredith trug ein Seidentop in einem knalligen Orange und eine himmelblaue Hose. Gina hatte sich ein geschmeidiges cremefarbenes Kleid angezogen, das sich an ihre kurvige Marilyn-Monroe-Figur im Miniaturformat schmiegte und an ihrem schmalen Nacken mit einer großen Schleife versehen war. Das Haar hatte sie hochgesteckt.

»O Gott, ihr zwei seht unglaublich aus. Dagegen wirke ich wie die Verabredung zum Abschlussball im Jahr 1996.«

Für den heutigen Abend hatte Roisin ein altes Kleidungsstück hervorgeholt, mit dem man bei einem schicken Anlass nichts falsch machen konnte, das der Figur schmeichelte und unkompliziert, wenn auch unspektakulär war. Das Kleid hatte einen wadenlangen Tellerrock, der an ein Puppenkleidchen erinnerte. In Roisins Zwanzigern hatte es niedlich gewirkt, aber sie fürchtete, dass es in ihren Dreißigern ein wenig linkisch aussah. Als sie darüber geklagt hatte, dass sie für das Wochenende nichts zum Anziehen habe, hatte Joe sie ermuntert, mit seiner Kreditkarte auf Shoppingtour zu gehen. Es war großzügig, aber es war immer noch seine Kreditkarte, und diese Vorstellung gefiel ihr nicht.

»Du siehst aus wie das Mädchen, mit dem sich alle Jungs zum Abschlussball verabreden wollten«, meinte Gina mit der ihr eigenen liebenswürdigen Ernsthaftigkeit und leisen Ehrfurcht. Gina behandelte Roisin immer so, als besitze sie einen geheimen Code fürs Leben, der Gina versagt geblieben war. Roisin verstand nicht, woher das rührte, denn soweit sie begriff, hatte sie sich es durch nichts verdient.

»Ist euch aufgefallen, dass wir, solange wir uns kennen, nie darüber nachdenken mussten, ob wir versehentlich dasselbe anziehen?«, sagte Meredith, nahm eine Flasche Schampus aus einem Eiskübel und schenkte ein drittes Glas ein. »Keine Angst«, sagte sie, weil sie Roisins besorgten Blick bemerkte. »Das war Teil der Supermarktbestellung.«

»Und das hier sind Prä-Kanapees. Matt hat improvisiert, falls wir schon Hunger haben«, erklärte Gina mit der üblichen Bewunderung in der Stimme. »Brie-Würfel auf Sour-Cream-Pringles. Schlampen-Kanapees.« Gina deutete auf einen Teller, der auf einem samtenen Puff balancierte.

»Schicke Studenten-Horsd'œuvres«, meinte Meredith.

»Schicksen-Horsd'œuvres«, sagte Gina, und sie klatschten sich ab.

»Tut mir leid, wenn ihr dachtet, ich verkneif mir das«, sagte Roisin, beugte sich vor, nahm einen Chip mit Käsewürfel zwischen Daumen und Zeigefinger und beförderte ihn behutsam in ihren Mund.

»Oh, wir zwei hatten bestimmt schon zehn Stück«, meinte Meredith.

»Da wären wir! Hier kommen die richtigen Kanapees«, sagte Matt und betrat das Zimmer mit einem Tablett auf der Handfläche wie ein Kellner.

Er trug ein weißes Hemd und sah mit seinem dunkelbraunen Haar und der sonnengebräunten Haut auf dämliche Art gut aus – wie der Playboy-Sohn eines amerikanischen Tabakmagnaten.

Mit so einem Gesicht konnte man vermutlich eine Menge Spaß haben. Bislang war Roisin der Gedanke nie gekommen, dass manche Menschen sich möglicherweise einfach in Gegenwart derart offensichtlicher Schönheit aufhalten wollten, um zu sehen, wozu es führte.

Sein Schnurrbart … war ab?

»Du hast es dir anders überlegt?«, fragte Roisin und deutete auf ihre Oberlippe.

»Ja. Nachdem selbst die Schnurrbart-Fans fanden, dass er Assoziationen mit verantwortungslosen Zeugungsakten weckt …«

»… verrät er vielleicht einfach zu viel?«, vervollständigte Roisin seinen Satz mit einem Grinsen.

Matt erwiderte es mit einem angespannten Lächeln. »Ich stelle das auf dem Tisch ab«, sagte er und durchquerte den Raum. »Mini-Zwiebel-Bhajis mit Minz- und Koriander-Chutney. Überraschenderweise haben die weniger Panikattacken ausgelöst als das Butterhühnchen.«

»Ah, Joes Zuständigkeit«, sagte Roisin und tippte sich auf die Nase.

»Kein Kommentar.«

»Übrigens sind die Pringles toll«, murmelte Roisin undeutlich, nachdem sie sich einen zweiten in den Mund gesteckt hatte. »Eine ausgezeichnete Improvisation.«

»Freut mich. Wart ab, bis du meinen White Russian mit Whiskas-Katzenmilch probierst!«

Lachend legte Roisin die Hand auf den vollen Mund.

»Lasst es euch schmecken«, meinte Matt und kehrte in die Küche zurück.

Mit den bereitliegenden Servietten nahmen sie die Mini-Bhajis in die Hand und steckten sie sich in den Mund.

»Seht uns an, ganz die Damen, als hätten wir uns nicht gerade wie die Kojoten durch einen Haufen Chips gefräst«, meinte Roisin.

»So ist das Leben«, sagte Meredith, zerknüllte die Papierserviette und sah sich im Zimmer um. »Hätte sich einer von uns beim Inventurmachen je träumen lassen, in zehn Jahren an einem Ort wie diesem zu landen?«

»Damit hätte ich auch vor zehn Monaten nicht gerechnet«, meinte Roisin.

»Ich hätte niemals damit gerechnet«, fügte Gina hinzu.

»Im Grunde genommen sind wir vermutlich gar nicht richtig hier. Das hat Dev ganz allein bewerkstelligt, es ist sein Ding, sein ureigenes Devtonbury Festival«, sagte Meredith.

»Devrock?«, meinte Roisin.

»Aber wir sind hier, im Sinne von: Wir sind immer noch ein Team«, sagte Gina, und Roisin antwortete mit einem enthusiastischen »Yes!«, während sich ihr der Magen zusammenzog.

Genau genommen wollen Sie also die Beziehung zu Ihrem Freund nicht beenden, weil Sie fürchten, dass die Clique daran zerbricht?

9

Es war lächerlich, sich solche Sorgen zu machen. So zerbrechlich war ihre Gang, der Brian Club, doch gar nicht, oder? Sie würden sich umgruppieren, und die Hauptversammlungen würden zwischen Roisin und Joe aufgeteilt wie das Sorgerecht geschiedener Eltern. Solche Dinge passierten jeden Tag.

Wovor haben Sie Angst?

Immer musste die Psychologin derartige Atombombenfragen fallen lassen. Das konnte doch unmöglich Stoff der zweiten Sitzung sein. Roisin schämte sich für ihre Antwort. Dass keiner verstehen würde, wenn sie die Sache mit Joe beendete. Und wenn es für andere derart unverständlich war, deutete das nicht vielleicht auf eine Fehlentscheidung hin?

Warum ist die Meinung anderer Leute so wichtig?

»Ich weiß nicht«, hatte Roisin gesagt und insgeheim gedacht: Genügt die schleichende, doch verschwommene Überzeugung, dass deine Beziehung nichts als hohler Schein ist, um die gesamte Zukunftsplanung in die Tonne zu treten? Womöglich war sie einfach nur übertrieben genervt, weil sie seit zehn Jahren mit einem Workaholic zusammenlebte. Sie hörte ihre Mutter sagen: »Es gibt schlimmere Suchtkrankheiten, Schatz.«

Nein, das war es auch nicht. Die wahre Antwort lautete nämlich: »Ja, sie genügt vollkommen, denn das, was du hier beschreibst, ist liebloser Pragmatismus.«

Genau deshalb saß sie in der Falle. Und auf irgendeine Weise hatte der Abstand von zu Hause diese Erkenntnis wachgerüttelt. Roisin konnte einfach nicht sagen, ob der »Joe von heute« auch der »Joe von damals« war – ob der eine den anderen überschrieben hatte, überspielt wie eine alte Videokassette, oder ob die alte

Version noch existierte und zurückkehren könnte, wenn Roisin nur lange genug ausharrte. Bis sie das herausgefunden hatte, konnte sie keine Entscheidung fällen.

Roisin ertappte Meredith dabei, wie sie sie beobachtete, und eilig verwandelte sie ihre sorgenvolle Miene in ein Lächeln.

Dev wollte das Essen in der Küche servieren, auch weil Ginas Geburtstagsfeier am folgenden Tag im Esszimmer stattfinden sollte. Die Küche war beileibe nicht die schlechtere Wahl. Der robuste Holztisch mit den schwarzen Bistrostühlen bildete einen Halbkreis um den frei stehenden Herd. Den Tisch hatten sie mit Unmengen an Teelichtern wie einen mit Sternen übersäten Himmel geschmückt, wo immer sich zwischen den Tellern Platz fand. Die weißen Porzellanlampen über dem Tisch funkelten wie Glühwürmchen. Das Ganze hätte direkt aus einer exklusiven Wohndesignzeitschrift stammen können.

Roisin hatte vergessen, was für ein fantastischer Koch Dev war. Seine Küche besaß jene unverkennbare Souveränität, die sich darin zeigte, dass er nie zu übertreiben versuchte.

Heute gab es Hühnchen aus dem Bräter, dazu stapelweise Paratha-Fladen, einen Reisberg mit den Ausmaßen eines Wildschweins und als Beilage ein Saag Aloo aus Kartoffeln und Spinat, das die anwesende Vegetarierin Gina als Hauptspeise aß. Auf dem Tisch standen Schüsseln mit Raita, etwas Krevettenfarbenes aus Roter Bete sowie Schälchen mit verschiedenen Chutneys und Relishes.

Dev, der von Natur aus eine Gastgeberpersönlichkeit besaß, hatte einen Rahmen gefunden, der seiner Begabung würdig war.

Alle hielten ihre Handys hoch – das Ritual unserer Zeit.

Sie blickte zu Joe, um für einen Augenblick eine Verbindung herzustellen, aber der hatte sich mit einer Servierkelle neben dem Butterhühnchen positioniert.

»Wir werden kein Tischgebet sprechen, also lasst uns stattdessen ›Danke, Dev‹ sagen und auf ihn und die Küchenmeister anstoßen«, sagte Roisin und hob das Glas Richtung Joe und Matt, und die anderen folgten ihrem Beispiel.

»O Gott, wisst ihr noch, wie dieser Oberboss aus London zu Besuch kam und uns zu Beginn jedes Meetings aufforderte, ›eine interessante Begebenheit, die uns kürzlich widerfahren ist‹ zu erzählen? Der immer übertrieben peppig aufgetreten ist?«, sagte Meredith und erschauderte theatralisch.

»Es gibt nichts Schlimmeres auf Erden als Teambuilding«, stimmte ihr Matt zu.

»Ich hab was Interessantes zu erzählen. Vor ein paar Wochen hatte ich einen so schlimmen Kater, dass mich meine Face-ID auf dem iPhone nicht mehr erkannt hat«, sagte Gina.

Sie wirkte überrascht, als alle hysterisch zu gackern anfingen.

»Das ist doch unmöglich!«, meinte Matt. »Das ist Biometrie.«

»Es war nicht Biometrie, es war Mezcal.«

»Ooh, war das der Abend, als du mich angerufen und so geheult hast, dass du kein Wort herausgebracht hast, und ich dachte, es sei etwas ganz Furchtbares passiert …«, fragte Meredith.

Gina nickte. »Ich hatte mich endgültig damit abgefunden, dass ich niemals mit Jason Momoa vögeln werde. Es hat sich angefühlt wie ein Trauerfall.«

»Puh, bis ich mich damit abfinde, ist das für mich noch ein weiter Weg«, sagte Matt.

Als das Prusten abgeebbt war, folgte ein friedliches Interludium, alle schaufelten sich Curry in den Mund, nur hie und da unterbrochen von einem gemurmelten »Mann, schmeckt das geil«.

»Ich mache eine gute Partie, stimmt's?«, sagte Anita.

»Gut, dass du mich daran erinnerst. Ich habe eine Ankündigung zu machen«, sagte Dev und klimperte mit der Gabel gegen die Pfeffermühle. »Wir haben uns für den Ort unserer Hochzeit entschieden.«

Die Hochzeit sollte im kommenden Frühling stattfinden, denn Dev hielt nichts davon, schöne Dinge hinauszuschieben. Joe gegenüber hatte Roisin vage Überlegungen angestellt, ob sich innerhalb dieser kurzen Frist ein Austragungsort finden würde, der die nötige Grandezza besäße.

»Ich könnte mir vorstellen, dass Dev jemanden schmiert, damit jemand anders seinen Termin verlegt«, hatte Joe geantwortet.

»Was? Du meinst, die Miete eines Veranstaltungsorts buchstäblich zweimal zahlen, damit ein anderes Paar absagt?«

»Jepp. Ihn interessiert Geld doch nicht als Wert an sich, sondern nur, was er damit erreichen kann. Eigentlich bewundernswert«, sagte Joe.

»Hm.« Roisin war erschüttert gewesen und war sich klein und naiv vorgekommen.

»Ort?«, wiederholte Meredith jetzt und brachte zaghaft das allgemeine Unbehagen zum Ausdruck.

»Der Comer See.« Dev streckte die Arme aus wie ein Verkäufer im Shoppingkanal, der die unglaublichsten Sonderangebote anpries. »Ich schicke euch Bilder von der Villa, in der die Trauung stattfinden soll. Die ist absolut irre. Ehrlich, dieser Teil von Italien ist …« Er legte Daumen und Zeigefinger zusammen, deutete einen Kuss an und widmete sich dann wieder seinem Paratha-Fladen.

»Zypressen, mit Fresken verzierte Gemäuer, Kronleuchter aus Muranoglas, abgeblätterte Fensterläden«, führte Anita aus. »Die perfekte Ästhetik. Zum Sterben schön.«

»Man kann in der Villa übernachten, aber wenn das zu teuer ist, gibt es in der Nähe andere Möglichkeiten. Ich erstelle eine WhatsApp-Gruppe«, sagte Dev und winkte ab. »Macht euch keine Sorgen.«

»Wow. Das ist echt aufregend. Am besten stocke ich schon mal meinen Fonds auf«, sagte Meredith fröhlich.

Roisins Umgang mit Geld basierte auf einer Strategie, die Meredith in ihren Zwanzigern für sie entwickelt hatte, und sie hatte sich Gewohnheiten zugelegt, für die sie Meredith ewig dankbar sein würde.

»Gibt es ein Sofitel am Comer See?«, fragte Matt. »Dieses Jahr muss ich schon auf so viele Junggesellenabschiede.«

»Augenblick mal, ich dachte, du bist stinkreich«, meinte Joe.

Roisin verkrampfte sich.

»Meine Familie ist stinkreich, aber ich nicht«, erwiderte Matt.

»Das klingt nach einer äußerst juristischen Differenzierung«, gluckste Joe.

»Daran ist nichts juristisch, es ist einfach nur wahr.«

Es folgte angespanntes Schweigen, und Roisin fühlte sich bemüßigt, die Stille zu füllen. »Ich versuche mir gerade vorzustellen, zu was für Junggesellenabschieden du eingeladen wirst, Matt. Sag, ob ich recht habe: feine Pinkel mit Strohhüten, verspiegelten Sonnenbrillen und rosa Polohemden, die sich an der Cabana Poolbar in Ibiza mit Rosé volllaufen lassen?« Sie lächelte ihn an, um klarzustellen, dass sie, anders als Joe, ihn nur aufzog.

»Warum nur bist du so voller Hass, Roisin? Immer bis obenhin voll mit Wut«, erwiderte Matt mit einem breiten Lächeln. »Du bist nicht befugt, mit den Schaumschlägern und Zampanos an Bord der MS Großmaul zu gehen.«

»Mach dir keinen Kopf, mein Lieber! Wenn du dir das nicht leisten kannst, zahl ich das«, wandte sich Dev an Matt.

»Uh …« Matt ließ den Blick über andere, ähnlich angespannte Mienen gleiten. »Danke, aber das würde ich nicht wollen.«

»Blödsinn! Mir ist nur wichtig, dass du dabei bist! Und … Trommelwirbel … zum Junggesellenabschied geht es nach … MIAMI.«

Es folgte eine überraschte, wenn nicht sogar schockierte Stille. Alle Hoffnungen, dass Dev die zwiespältige Reaktion auf die Enthüllung seiner Italien-Pläne gespürt hatte, waren zerstoben.

»Gibt es in Northamptonshire ein Miami, von dem wir noch nie gehört haben, oder meinst du *das* Miami?«, fragte Joe.

»Ja, hoffen wir, dass es einen Miami Nightclub in Bolton gibt«, sagte Matt an Joe gewandt, der ihn ignorierte.

»Ich übernehme die Flüge.« Dev machte eine wegwerfende Geste. »Macht euch keinen Kopf, Kumpel.«

Seine Kumpel machten höflich ungläubige Geräusche. Geschickt wechselte Meredith das Thema und bat um das Rezept für das Butterhühnchen, bevor Anita auf die Idee kommen konnte, einen Junggesellinnenabschied in Australien zu verkünden.

Dass Dev sie – wenn auch unbeabsichtigt – derart in Verlegenheit brachte, war nicht gut. Sie konnten seine verschwenderische Großzügigkeit nicht annehmen und gleichzeitig die Aufforderung, Europa und Amerika zu bereisen, ablehnen. Er hatte sie kompromittiert, und sie hatten sich schuldig gemacht, indem sie mit einer Hand nahmen und mit der anderen Einhalt zu gebieten versuchten.

Dev befand sich jetzt in einer anderen Steuerklasse, in die sie vermutlich niemals aufsteigen würden, und er müsste sich wieder zu ihnen herabbegeben, wenn er weiterhin Zeit mit ihnen verbringen wollte.

Wie hatte Roisin übersehen können, was hier vor sich ging? Klar, es hatte sie beunruhigt, dass dieser Wochenendtrip übers Ziel hinausschoss, aber innerhalb der vertrauten Abläufe und Muster ihrer Zusammenkünfte in Manchester war die Sache bisher nicht so offensichtlich zutage getreten.

Hatte Dev die Sucht nach Drogenexzessen gegen Verschwendungssucht eingetauscht? Seine Chase-Sapphire-Kreditkarte formte nicht länger die Kokslines – sie war das Koks?

»Da wir schon bei Ankündigungen sind«, sagte Joe, »auch an dieser Seite des Tisches gibt es etwas zu verkünden.«

10

In den Sekunden, die auf Joes Worte folgten, erkannte Roisin, dass Selbsttäuschung tatsächlich niemals wirklich funktionierte. Offensichtlich spürte die Gruppe, dass Joes und Roisins Beziehung am Schwächeln war.

In früheren Jahren wäre ein aufgeregtes Luftschnappen erfolgt, in der Erwartung, dass die Verlobung verkündet würde. (Roisins unbeirrter Konsum des Moët schloss die andere Möglichkeit aus.)

Stattdessen trat nach Joes Erklärung absolute Stille ein, weil sie zweifellos instinktiv wussten, dass es nicht darum ging, dass einer der beiden einen Antrag gemacht hatte. Es war erstaunlich, wie verräterisch selbst eine mikroskopisch kleine Pause sein konnte.

Auch Roisin hatte keinerlei Ahnung, worum es ging. Ganz sicher würde Joe jedoch nicht seinen Stuhl zurückschieben und vor ihr auf die Knie sinken.

»Ich muss am Sonntag früher abreisen … weil ich in die Staaten muss«, sagte Joe, nun, da er ihrer aller Aufmerksamkeit hatte. »Ich habe eine Verabredung mit J. J. Abrams.«

»Verfluchte Scheiße!«, überbrüllte Dev das allgemeine Kreischen. »Ernsthaft?«

»Ist das der Typ von *Star Treck* oder von *Star Wars?*«, fragte Gina.

»Beides«, antwortete Joe stolz.

»Geht es um eine Spielfilmversion von SEEN?«, fragte Meredith.

»Jepp. Ach, und bitte versteht, dass diese Information einer mündlich vereinbarten NDA unterliegt. Ich bin mit NDAs nur so zugeballert worden.«

»Was ist eine NDA?«, fragte Gina.

»Eine Geheimhaltungsvereinbarung. Eine juristische Methode,

dich vom Tratschen abzuhalten«, erläuterte Joe. »Nicht dich persönlich, meine ich, sondern allgemein.«

»Wann hast du das erfahren?«, fragte Roisin, obwohl sie eine Ahnung hatte.

»Heute Abend«, meinte Joe. »Seine Leute haben bei meinen Leuten angefragt und so weiter.«

Er hatte es also gewusst, als er vorhin in ihrem Zimmer wichtigtuerisch E-Mails versandt und Roisin schon mal alleine runtergeschickt hatte. Absichtlich hatte er die Information bis zu dem Augenblick zurückgehalten, wenn der ganze Freundeskreis beieinandersaß, statt es seiner Lebensgefährtin persönlich zu sagen.

Niemals mehr ging es um sie beide. *Champagne Problems*.

»Richtige Hollywood-Leute. Joe! Das ist so cool«, sagte Gina und schüttelte den Kopf mit dem ungläubigen Gesichtsausdruck einer stolzen Mutter.

»O Gott, was ziehst du bloß an?«, fragte Anita.

Alle lachten schallend über den Gedanken, dass die Wahl des Hemds entscheidend sein könnte, und Roisin war froh, weil mit der arglosen Freude die Anspannung nach Devs Flugmeilenrede verpufft war.

»Was genau sagst du bei so einer Begegnung?«, wollte Meredith wissen.

»Um ehrlich zu sein, nennt mein Agent es ein ›Lasst uns den mal anschauen‹-Treffen. Wenn sie deine Idee wirklich zu einem Geschäft machen und dich zu einem gewissen Grad miteinbeziehen wollen, möchten sie erst wissen, ob du einigermaßen erträglich bist. Also werde ich wohl nicht allzu viel sagen. Die Devise lautet: Mach keine anzüglichen Dinge mit dem Besteck und lach nicht an den falschen Stellen.«

»Ist es ein gemeinsames Abendessen?«, fragte Dev.

»Ein Brunch. Aber man hat mich schon vorgewarnt, dass eigentlich niemand etwas isst.«

»Ihr bestellt etwas und schaut es euch dann bloß an? Oder bestellt ihr gar nicht erst?«, fragte Gina.

»Zuerst heißt es: Bringen Sie alles an den Tisch, und dann ignorieren alle das Essen und trinken schwarzen Kaffee.«

»Heißt nicht umsonst *La La Land*«, meinte Dev und nickte. »Fort mit den Elfen und Feen. Land der Lotoslecker.«

»Ich glaube, das waren die Lotosesser«, sagte Joe.

»Du könntest die Machtdynamik destabilisieren, indem du den Kellner im Chateau Marmont um eine große eisgekühlte Bananenmilch, garniert mit einer halben Banane, bittest«, sagte Matt. »In so einem Restaurant können sie dir das nicht abschlagen.«

»Ist es denn im Chateau Marmont?«, fragte Anita.

»Das war nur als Beispiel gemeint«, sagte Matt.

»Tatsächlich, ja«, sagte Joe, und Roisin spürte, wie sehr es Joe nervte, dass ihm Matt durch nur eine einzige Bemerkung die Schau gestohlen hatte.

»Um wie viel Uhr musst du am Sonntag los?«, fragte Roisin. Sie wusste, sie klang wie die zänkische Vettel. Eine lustige Freundin würde bewundernd gurren, aber das brachte sie nicht über sich.

»Das Taxi holt mich um Viertel vor sieben ab.«

Als Dev das hörte, gab er ein gequältes Geräusch von sich. »Wir sagen Samstagabend Tschüss, wenn das okay ist, Alter.«

»Klar!«, wandte sich Joe an alle. »Ich erwarte sicher nicht, dass jemand aufsteht, um mich zu verabschieden.«

Jemand?, dachte Roisin. Was bin ich? Die Mutter des Hundes, den wir nicht haben?

»Was du geschafft hast, Joe, ist wirklich unglaublich«, meinte Gina. »Ich weiß noch, wie wir dir unsere voll gestempelten Kundenkarten vom Café spendiert haben, damit du, während du arbeitest, ein Getränk umsonst bekommen hast. Und jetzt sieh dich an!«

»Ich weiß das immer noch sehr zu schätzen«, antwortete Joe.

»Auch wenn ich übermorgen in der Businessclass von Virgin Atlantic sitze, bleibe ich im Herzen doch der Junge aus Diddy B.«

»Diddy B!«, rief Gina voller Begeisterung über ihren gemeinsamen Spitznamen für Didsbury.

Joe blickte sie voll aufrichtiger Zuneigung an.

Auch Roisin mochte Gina sehr. Doch in diesem Moment dachte sie ohne jegliche Eifersucht: Joe, du verstehst dich so gut mit Gina, weil sie süß aussieht, den Körperbau von Jessica Rabbit besitzt und ein unerschrockener Fan von dir ist. Sie betet dich an und erwartet nichts von dir.

Vielleicht sollte sie nicht so streng über sich selbst urteilen, was Joes nachlassendes Interesse an ihr anging. Möglicherweise würde er das mit jeder Partnerin tun, die nicht voll in der Anbetung von Joe aufging. Es hatte Zeiten gegeben, da hatte er Gefallen an der Herausforderung gefunden.

»Ist jetzt der richtige Augenblick gekommen?«, fragte Anita Dev. »Für die Überraschung?«

Dev nickte, und Anita sprang vom Stuhl auf und trippelte unter den überraschten Blicken aller in die Eingangshalle.

»Entschuldigt meine Verlobte. Ihre Energie ist wie eine Kreuzung aus Teufel und Ziegenbock«, meinte Dev. »Ja, ich weiß, und das aus meinem Munde.«

Schwer beladen stolperte Anita wieder ins Zimmer, einen flachen, rechteckigen, in ein Tuch gewickelten Gegenstand im Arm, der so groß war, dass sie seitlich durch die Tür gehen musste.

»Wir haben uns das für unser Haus machen lassen, aber für jeden, der will, gibt es auch eins«, sagte Dev und stand auf.

Joe warf Roisin heimlich ein amüsiertes Grinsen zu, und sie lächelte schwach. Ihr war nicht klar, warum alles immer ins Lächerliche gezogen werden musste. Wobei sie genau genommen ziemlich sicher wusste, warum. Es war einfacher, etwas loszulassen, das man zuvor verächtlich gemacht hatte.

Dev half Anita, den Gegenstand, der die Größe eines Flachbildfernsehers hatte, auf dem Boden abzustellen. Mit Schwung und einem gemeinsamen »Tada« zogen sie das Tuch weg.

Alle außer Joe kreischten. Es war ein gerahmtes Foto von allen sechs, eng gedrängt auf einem schwarzen Ledersofa in einer Bar im Northern Quarter. Sie saßen unter einer amerikanischen Verkehrsampel, auf der die Worte DON'T WALK aufleuchteten. Das Ehemaligentreffen des Waterstones-Deansgate-Teams von 2013.

Dev in der Mitte wirkte gut zehn Kilo leichter als heute und hatte das damals typische Bier und einen Schnaps vor sich stehen. Roisin, links von ihm, grinste. Ihre naturbraunen Haare hatte sie zu zwei tief angesetzten Zöpfen gebunden (puh, was hatte sie sich dabei nur gedacht?), und sie trug ein sehr eng anliegendes Muppet-Show-T-Shirt, das ihre Oberweite ausgesprochen üppig wirken ließ (*o Mann*, was hatte sie sich nur gedacht?). Pepe, die Riesengarnele sollte sich lieber nicht über einen Busen spannen.

Joe, der bald darauf ihr Freund wurde, kauerte auf der Armlehne und verbarg sein Gesicht hinter einem Bierglas, wobei nur seine hochgezogene Augenbraue zu sehen war. Damals war er schüchterner gewesen. Roisin erinnerte sich an die Anziehung zwischen ihnen, und sie überkam Trauer.

Rechts von Dev saß Gina. Sie hatte einen Kurzhaarschnitt und trug ein Trägerkleid mit schweren Stiefeln. Kokett kauerte sie auf dem Schoß von Meredith. Meredith, von der hauptsächlich die grünen Chucks zu sehen waren, wirkte ganz wie sie selbst. Sie war von Anbeginn diejenige von ihnen gewesen, die sich selbst am meisten treu blieb.

Matt hockte am Boden und neigte den Kopf zur Seite, um mit aufs Bild zu kommen. Er sah weniger modelliert und selbstsicher aus als heute, sondern hatte noch mehr von dem aufgeweckten, schlaksigen, jungen Sportler an sich, auch wenn er damals schon hübsch war wie das Mitglied einer Boygroup.

Es ist ein merkwürdiges Gefühl, einen Blick auf die Vergangenheit zu werfen, dachte Roisin, während alle Oh und Ah riefen und Witze machten. Sie hatten diese jüngere Version von sich nicht unbedingt vergessen, aber die Konfrontation damit gab ihnen doch einen Ruck. Irgendwie verlor man die Einzelheiten immer aus dem Gedächtnis.

»Ich dachte, wir könnten noch ein Bild machen, während wir hier sind. Damals und heute«, meinte Dev. »Auf jeden Fall gibt es hier eine Menge Sofas zur Auswahl.«

»Ihr könntet eins machen, auf dem ihr genau dieselben Posen einnehmt«, schlug Anita vor, die stets die künstlerische Gestaltung im Blick hatte.

»Und in zehn Jahren machen wir wieder eins!«, sagte Dev und ließ den Blick schweifen. »Und dann wieder nach zehn Jahren!«

Auch wenn sie Devs Idealismus liebte, so war sich Roisin sicher, dass die beiden Porträts weniger eine Reihe als den Anfang und das Ende bilden würden.

11

Okay, ich glaube, so passt das …« Anita stand vor dem Kamin und musterte sie durch ihr iPhone, das in einer Schutzhülle in Tarnfarben steckte. Es hatte einen dieser knubbeligen Pop-Socket-Griffe an der Rückseite und sah nicht nur wie ein professionelles Werkzeug aus, sondern war auch eins.

Als Requisite hatte sie Dev ein Bier- und ein Schnapsglas hingestellt und sie mit Wasser befüllt. Auch Joe sollte ein Glas vor sich halten: Alles musste exakt so sein wie damals.

»Es spricht Bände, dass ich schon damals keinen Platz auf dem Sofa ergattert habe und es *bis in alle Ewigkeit* so bleiben wird«, sagte Matt und malte Anführungszeichen in die Luft, während er seine Hockstellung einnahm.

»Alle Freunde haben ihren Günther«, sagte Joe und erntete Gelächter.

»In *Friends* war er keiner von den ursprünglichen sechs«, sagte Roisin und ärgerte sich im selben Augenblick über ihre dämliche Untermauerung von Joes Aussage.

»Entschuldige, ich wiege ein bisschen mehr als mit zweiundzwanzig«, sagte Gina zu Meredith, die mit gedämpfter Stimme antwortete: »Gott sei Dank sind auch meine Knie knubbeliger geworden.«

»Bleibt bitte einen Moment in dieser Position!«, forderte Anita sie auf, bevor sie auf ihr Handy tippte. »Okay, ich habe ganz viele gemacht, jetzt könnt ihr euch darüber streiten, auf welchem ihr am besten ausseht«, sagte sie dann. »Nächste Woche kriegt ihr von den Bildern Abzüge!«

Dev schaltete die Deckenbeleuchtung aus, und der Raum wurde in stimmungsvolles Schummerlicht getaucht.

»Das hier ist eure Verlobungsfeier, Dev – wir sollten euch beide feiern und nicht uns«, sagte Roisin und stand auf.

»Wir können uns nichts Schöneres vorstellen«, erwiderte Dev, und Anita nickte.

»Das ist wahr. Letztes Wochenende waren wir mit meinen Schwestern unterwegs, und Dev hat sich noch immer nicht davon erholt.«

Dev schauderte. »Chaosdämonen.«

»He, wo wir von Dämonen reden: In diesem Haus muss es doch einen Geist geben, meint ihr nicht?« Joe zog sein iPhone aus der Hosentasche und schüttelte es leicht wie einen Satz Karten. »Wer möchte wissen, ob es eine Spukgeschichte über diesen Ort gibt?«

»Joe …«, wandte Roisin ein. »Jag uns keine Angst ein.«

»Ich will es wissen!«, sagte Gina.

»Wirklich?«, meinte Roisin zweifelnd.

»Wenn es nicht supergruselig ist«, erwiderte Gina.

»Joe, die Zustimmung erfolgt unter strengen Bedingungen«, sagte Roisin.

»Nachdem ich eh nicht an Geister glaube, ist es mir egal«, sagte Meredith.

»Ich bin Agnostiker«, meinte Dev. »Was ist mit dir, Anita?«

»Ich glaube dran«, antwortete die, setzte sich und griff wieder nach ihrem aquariumartigen Gin Tonic. »Aber mach nur.«

Kaum hatte sie die Worte »Ich glaube« ausgesprochen, flackerten die Kerzen auf dem Kaminsims auf. Gina und Anita stießen spitze Schreie aus.

»Matt, glaubst du an so was?«, fragte Gina.

»Nein. Aber ich bin allem gegenüber aufgeschlossen.«

»Das ergibt keinen Sinn«, meinte Roisin lachend, und Matt entgegnete: »Immer mit der Ruhe, Fräulein Knüppelkuh«, woraufhin Roisin noch mehr lachen musste. Sie hatte ganz vergessen, dass Matt sie früher immer aufgezogen und sie als humorlose Autoritätsperson bezeichnet hatte.

»Ist das also ein einstimmiges Ja?«, fragte Joe ungeduldig. »Rosh, du bist Skeptikerin, dir kann es also nicht wirklich etwas ausmachen. Man kann unmöglich vor spukenden Geistern Angst haben, an die man nicht glaubt.«

Damit hatte er sie am Haken.

Joe scrollte auf seinem Handy. »Ha, ich hab was gefunden! Los geht's.« Joe nahm die Stimme eines Nachrichtensprechers an. »Geisterhotspots von Cumbria. Die Legende besagt, dass im prächtigen Herrenhaus Benbarrow Hall der Geist eines Dienstmädchens umgeht, das sich im späten neunzehnten Jahrhundert im See ertränkt hat.«

»O Mann! Warum sind es immer Tragödien über zurückgewiesene Frauen oder wütende Männer auf Pferden?« Roisin merkte, dass in ihr immer noch die pampige Zwölfjährige steckte, die Zeugin von Queenie Mooks Fantastereien geworden war. Nichtsdestotrotz war sie froh, dass sie nicht allein ins Bett gehen würde, als sie den flackernden Kerzenschein an den Wänden betrachtete.

»Dann gibt es immer noch die Ladys«, fügte sie hinzu. »Die Lady von Irgendwas. Tragische, sexy junge Ophelias. Falls das nicht eh schon geschehen ist, sollte sich jemand mal in einer Doktorarbeit dem Thema annehmen, welche gesellschaftlichen Erwartungen sich in Spukgeschichten widerspiegeln.«

»Wow, man merkt echt, dass du Lehrerin bist«, meinte Dev.

»Verzeiht meiner Freundin ihren schrillen Feminismus«, sagte Joe. »Angeblich war das Mädchen heimlich mit dem Sohn der hier lebenden Familie verlobt. Als die skandalträchtige Verbindung mit einer Frau niederer Herkunft ans Licht kam, verleugnete er sie und brandmarkte sie als Lügnerin.«

»Mistkerl«, sagte Gina mitfühlend. »Klingt exakt so wie mein Ex.«

»Voller Verzweiflung floh sie aus ihrem Zimmer und ertränkte sich im Mondschein«, fuhr Joe fort. »Besucher von Benbarrow Hall berichten, nachts beim Blick aus dem Fenster am Seeufer eine geisterhafte Gestalt beobachtet zu haben.«

»Aah!«, kreischte Gina, als Meredith plötzlich aufsprang, ans Fenster rannte, die Augen mit den Händen abschirmte und das Gesicht an die Scheibe presste.

»Meredith, nicht!!«

»Was soll denn passieren?«, fragte Meredith.

»Wenn du lange in einen Abgrund blickst, blickt der Abgrund auch in dich hinein!«, rief Gina.

»War das nicht der Untertitel eines Films?«, fragte Dev.

»Ich glaube, das ist von Nietzsche, oder?«, sagte Matt zu Gina.

»Ich hab's auf einem Poster gesehen«, erwiderte Gina.

Anita gesellte sich zu Meredith, während Gina theatralisch mit den Zähnen klapperte.

»O Gott, nein, da ist jemand!«, flüsterte Meredith düster und drehte sich mit erschrockener Miene zu Gina um. »Sie … tanzt TWERK?«

Gina reckte ihr den Mittelfinger entgegen.

»… andere Augenzeugen berichten von Schritten auf der Treppe und einer jungen Frau in einem durchnässten Nachthemd, die nachts den Garten durchquert. Wegen ihres tropfnassen Haars und ihrer leidvollen Erscheinung wird sie ›die weinende Lady‹ genannt …«, sagte Joe.

»BINGO«, sagte Roisin. »Eine trauernde Lady. Ich hab's euch ja gesagt.«

Joe tippte weiter auf seinem Handy herum. »Es gibt einen Blog von einem Heimatforscher mit dem Titel: Der Fluch von Benbarrow Hall …«

»Neeein! Was für ein Fluch ist das?«, rief Gina und hielt sich die Satinbänder der Schleife an ihrem Kleid wie eine Binde vor die Augen.

»Er betrifft ausschließlich Liebespärchen«, las Joe vor. »Jede Liebesbeziehung, die unter diesem Dach zustande kommt, endet tragisch. Die Mutter des Dienstmädchens belegte das Haus mit diesem Fluch. Ich wette, die Hochzeitsagentur hat heftigen Lobbyismus betrieben, dass das nicht im Wikipedia-Eintrag steht.« Grinsend blickte er auf.

»Uh, nein«, sagte Anita.

»Augenblick mal, was war das?«, sagte Joe, während er mit dem Ellbogen heimlich einen Kerzenständer ohne Kerze auf den Boden stupste und so tat, als sei er erschrocken. Alle hielten die Luft an, gackerten los und schrien.

»Mist, was, wenn Dev und ich jetzt verflucht sind?«, sagte Anita.

»Ihr seid schon verlobt und kommt nicht erst zusammen. Ihr seid sicher. Also, keine Brautwerbung unter diesem Dach. Was auch immer das ist. War das nicht ein Frosch?«, wandte sich Roisin mit gespielter Ernsthaftigkeit an die beiden.

»Du hast gesagt, ich soll nur machen!«, sagte Joe zu Anita.

»Anita tut sich schwer, vorherzusagen, wie sie sich ein paar Minuten später fühlen wird«, meinte Dev. »Als wir in Kalifornien waren, habe ich sie gefragt, ob sie eine Wanderung durch den Canyon machen will. Sie meinte: Ja klar, und nach fünf Minuten Wandern erklärte sie, sie hasst Wanderungen, Hitze und große Höhen und überhaupt Canyons. Sie war am Heulen. Was genau würde dir daran Spaß machen, dachtest du?!«

»Ich hatte einen tollen Jeans-Overall dafür. Das sind die Gedanken, die ich mir mache – was ich anziehen werde«, erklärte Anita.

»Darf ich mir den Jeans-Strampler für mein Treffen mit J. J. borgen?«, fragte Joe.

»Na klar. Ich sprüh ein bisschen Febreze auf den Zwickel«, sagte Anita und zwinkerte neckisch. Sie hatte flüssigen Eyeliner und kupferfarbenen Lidschatten aufgetragen. Ihr Gesicht wirkt wie aus Edelmetallen gegossen, dachte Roisin.

Dev lachte schallend, und Anita strahlte. Sie waren ein gutes Team. Roisin wurde bewusst, dass sie es vermisste, Teil eines guten Teams zu sein.

»Denkt ihr, irgendetwas stimmt an dieser Geschichte?«, fragte Meredith und setzte sich wieder, während ihr Blick ans unbenutzte Ende des Salons wanderte. »Ich meine das mit dem Selbstmord des Dienstmädchens, nicht die Wiederauferstehung als Gespenst. Oder meinetwegen auch die Geisterauferstehung, wenn ihr wollt.«

»Nein«, meinte Roisin. »Und zwar weil es genauso klingt wie alle anderen Geistergeschichten.«

»Falls uns jetzt ein Spuk ereilt, dann trifft es mit absoluter Sicherheit dich«, sagte Matt. »Die Zyniker erwischt es immer. Du hast auf dich aufmerksam gemacht, Rosh.«

»Stimmt schon. Ich lass es darauf ankommen«, erwiderte sie. »Auch weil ich weiß, dass der spöttische hübsche Junge gleich nach mir dran ist. Da kommst du nie und nimmer lebend raus. Dummerweise lässt du dich auf ein verstohlenes Rendezvous am Hühnerstall ein, und dann …« Roisin ließ den Oberkörper zusammensacken und fuhr sich mit dem Finger über die Kehle.

»Wer wird am Ende überleben?!«, kiekste Gina, als handle es sich um ein ernst zu nehmendes Szenario, auf das sie vorbereitet sein sollte.

»Die tatkräftige Hauptdarstellerin Meredith in glitzernden Birkenstocks, die eine Petroleumlampe schwingt«, sagte Roisin. »Wenn man danach geht, welche Archetypen es wert sind, gerettet zu werden, wird sie vermutlich dich und Dev retten. Joe hat die Gespenstergeschichte vorgelesen, ich habe mich über die Gespenstergeschichte lustig gemacht, Matt ist wie gesagt Matt, und Anita hat gesagt, sie hat Angst – die kann man also abschreiben. Wir sind offensichtliches Futter für den Handlungsbogen.«

Es herrschte Schweigen.

»Wisst ihr, ich glaube, eine Scharade wäre mir lieber gewesen«, sagte Matt.

12

Warum geben die Kinder aus reichen Familien nie zu, dass sie reich sind? Steht das in irgendeinem Leitfaden? Schiebt man ihnen allen unterm Tisch ein Buch über die Regeln fürs Reichsein zu? So wie der Straßentest bei den Taxifahrern?«, sagte Joe, die Zahnbürste im Mundwinkel, in seinem lustig gestreiften Großvater-Pyjama von Paul Smith. Er hatte die Stimme übertrieben gesenkt, zweifellos, weil er Roisin zum Lästern anstiften wollte. »Ich habe die ganze Zeit auf den Satz gewartet: Wir hatten nicht viel Geld, meine Eltern haben alles zusammengekratzt, um uns auf eine Privatschule zu schicken. Jedes Mal läuft das so.«

»Du meinst Matt?« Roisin lag im Bett, das Haar hochgebunden auf dem weißen Kissen und das blasse Gesicht glänzend von der Feuchtigkeitscreme.

Es war erstaunlich, wie sehr sie sich heute Abend beim Alkohol zurückgehalten hatten. Vielleicht lag es an der Kombination aus einem vollen Arbeitstag, der hinter ihnen lag (zumindest in ihrem Fall), der Hitze, der Reise, dem Curry und dem mulmigen Gefühl wegen der Gespenstergeschichten. Wie auch immer, ihr Flugzeug war auf die Startbahn gerollt, hatte aber nicht abgehoben. So konnte Roisin sich wenigstens auf den morgigen Spaziergang über das Anwesen freuen. Sie hatte sich schon verstohlene Kotzorgien hinterm Busch ausgemalt.

»Ja. Meine Eltern sind reich, nicht ich. Ich bitte dich. Wie groß ist Matts Erbanteil am Grundbesitz in Knutsford, neben dem jährlichen Einkommen aus dem Privatvermögen?«

»Ich habe mir noch nie Gedanken über Matts Finanzen gemacht«, sagte Roisin.

»Matt auch nicht.«

»Ich mache mir weniger Sorgen um Matt als um Dev«, sagte sie.

»Mit seiner Verschwendungssucht entwickelt er sich gerade ein bisschen zur Viv Nicholson.«

»War das die Tippspielgewinnerin in den Sechzigerjahren, die alles vermasselt hat?«

»Genau. Am Ende war sie pleite.«

»Oje, scheiße, sag so was nicht. Du glaubst doch nicht, dass er zu so was in der Lage wäre?«

»Weiß nicht. Ich habe Dev noch nichts gesagt, aber die Chancen stehen eh bei etwa fünfzig Prozent, dass ich nicht kommen kann, auch nicht zur Hochzeit. Ich habe keine Ahnung, wie mein Terminkalender bis dahin aussieht.«

»Wie bitte? Es erwartet doch wohl keiner von dir, dass du eine Hochzeit sausen lässt?«, sagte Roisin.

»Ich habe den Eindruck, dass die Leute in Hollywood durchaus von mir erwarten, Geburten, Todesfälle, Hochzeiten und dergleichen sausen zu lassen«, meinte Joe. »Egal. Es hat keinen Sinn, Dev etwas zu sagen, bevor nichts feststeht.«

Sie hätte es nett gefunden, wenn Joe ihr die Nachricht etwas schonender beigebracht und anerkannt hätte, dass es für sie eine ebenso schlechte Nachricht war wie für Dev. Joe würde auf keinem Hochzeitsfoto auftauchen, sie hätten keine gemeinsame Erinnerung an diesen Tag. Spielte das gar keine Rolle für ihn?

»Hm … wann wolltest du mir das sagen?«

»Na ja, siehe oben. Es hat wenig Sinn, schon vorab anzufangen, sich aufzuregen.«

Allerdings hatte er sie soeben in Aufregung versetzt.

Sie hatte das Gefühl, dass Joe sie ständig vor neue Rätsel stellte. Er mochte ein Talent für Dialoge haben, besonders empathisch aber war er nicht.

Roisin sagte nichts weiter, es war nicht der richtige Zeitpunkt. Andererseits ahnte sie auch, dass *der Zeitpunkt* sich nicht aus lauter Nettigkeit von selbst materialisieren würde.

Ein markerschütternder Schrei rüttelte Roisin wach. Zitternd setzte sie sich auf und versuchte, sich in der tiefschwarzen ländlichen Dunkelheit zu orientieren. Auf den Schrei folgte das Geräusch von Schritten, die über den Korridor polterten.

Sie drehte sich zu Joe, der wie üblich wie eine Zigarre straff ins Laken gewickelt war und tief und fest schlief. In ihrer ehemaligen Wohnung waren sie regelmäßig von Lärm umgeben gewesen, dem Rummel vor dem Kebab-Laden, knatternden Auspuffen und Rhythm 'n' Blues aus der Nachbarwohnung um vier Uhr früh. Joe hatte sich nie geregt. Das war seine Superkraft.

Sie hörte gedämpfte Stimmen, unklar, ob männliche oder weibliche oder beides. Daraufhin gab es einen merkwürdigen, lauten, dumpfen Knall, den Roisin nicht deuten konnte; immerhin war sie sicher, dass es kein Schuss war. Darauf folgte ein weiterer schauriger weiblicher Schrei, der Roisin durchfuhr wie ein heißes Messer ein kaltes Butterstück.

Der Adrenalinschub trieb sie aus dem Bett, und verzweifelt tastete sie nach dem Kimono mit dem Blütenmuster, den sie sich gekauft hatte, als sie von diesem Ausflug erfahren hatte. Roisin war nicht allzu scharf darauf, dass ihre Freunde erfuhren, dass sie meistens in alten, abgeschnittenen Leggings und einem Werbe-T-Shirt des Raccoon Lodge NYC schlief, »die Bar für Mix und Tex Mex«.

»Ja, lass die prämenstruelle Rosh-Kleidung zu Hause«, hatte Joe gesagt, »den Bademantel des Grauens, die Tony-Soprano-Robe und die Schlappen, die aussehen wie Hufe der Fraggles.«

Unbeholfen stolperte sie durch den dunklen unvertrauten Korridor zum Treppenabsatz, wo Dev in Unterhemd und Jogginghose und Anita unzweifelhaft ohne BH in einem seidenen Leibchen und Shorts standen. Roisin beneidete sie um ihr Selbstbewusstsein in körperlichen Fragen. Oder möglicherweise auch das nur halb vorhandene Bewusstsein in einer Notsituation.

»Ich habe euch doch gesagt, ich hatte Angst, ihr sei etwas passiert«, sagte Matt, der hinter ihnen stand. Er trug nichts als Boxershorts, wirkte schlaftrunken, merkwürdig schuldbewusst und – das musste man ihm lassen – bauchtechnisch perfekt modelliert. *Deswegen* also gehst du im Urlaub ins Fitnessstudio.

»Ich habe die Tür nicht aufgekriegt«, sagte Matt. »Ich habe es einfach gemacht, ohne nachzudenken.«

»Weil sie die Tür abgesperrt hatte!«, sagte Anita.

»Das ist mir jetzt auch klar …«

»Was wäre die andere Erklärung dafür gewesen, dass sie nicht aufging? Dachtest du, das Gespenst hält auf der anderen Seite den Türknauf fest?«, fragte Dev amüsiert.

»Ehrlich, ich weiß es nicht. Ich war in Panik …«

Matts Verlegenheit erinnerte sie an ihren Bruder Ryan, der mit siebzehn bekifft auf das Auto eines Nachbarn geklettert war und die Windschutzscheibe eingetreten hatte. Er hatte ein Alien stoppen wollen, das sich als eine aufblasbare Minions-Figur herausstellte.

13

Ich wollte helfen.« Matt klang niedergeschlagen. »Ich wollte ihr doch keine Angst einjagen … o Gott …«

»Erst klopfen, mein Freund! Immer erst klopfen! So einfach ist das!«, sagte Dev mit dieser leicht genervten Freundlichkeit, die er in Notsituationen im Buchladen gebraucht hatte.

»Ich weiß, ich weiß. Ich zahl den Schaden.« Matt blickte auf eine Tür, an deren Rahmen Roisin jetzt Splitter bemerkte.

»Du meinst ihre Therapiesitzungen«, sagte Anita, und Dev warf seiner Verlobten einen strengen Blick zu.

»Hi. Was ist passiert?«, fragte Roisin.

Sie drehten sich zu ihr um.

»Gina ist einem Geist begegnet!«, sagte Dev.

»Der weinenden Lady?«, fragte Roisin und kam sich sofort etwas dumm vor, weil es klang, als handle es sich um einen echten Menschen. Ihr Herz begann schneller zu pochen. »Im Ernst?«

»Ja«, antwortete Dev. »Zumindest denkt sie das. Sie ist aufgewacht und hat eine Frau am Fußende ihres Betts stehen sehen.«

»Deswegen hat sie geschrien?« Roisin war verunsichert. Zwischen den hoch aufragenden Schatten des alten Hauses in den frühen Morgenstunden fühlte sie sich plötzlich weitaus weniger überlegen als während Joes Berichten aus dem Internet.

»Matt ist in ihr Zimmer gestürzt, als er sie schreien hörte. Er war der Ritter in der schillernden … Unterhose«, erklärte Anita, ließ den Blick von oben nach unten über seinen Körper wandern und pfiff leise. Roisin registrierte, dass Anita nie mehr als ein paar Minuten ernsthaft blieb.

Abwehrend verschränkte Matt die Arme vor der leicht behaarten Brust. Es war nicht das erste – eher das zweite oder dritte

Mal –, dass sie einander im Urlaub eher formlos bekleidet begegneten, aber Roisin war trotzdem froh, eine Schicht über der Schlafbekleidung zu tragen.

Matt wirkte ernsthaft niedergeschlagen, und Roisin spürte, dass ihr eine entscheidende Information fehlte. War das von ihm nicht galant gewesen? Wieso sollte er genauso verantwortlich für Ginas Schock sein wie das klatschnasse Gespenst?

»Okay …« Roisin runzelte die Stirn. »Dein Eingreifen wurde also nicht gutgeheißen?«

»Nö«, sagte Matt.

»Weil du ihre Tür aufgebrochen hast?«

»Er hat sie aus den Angeln gerissen«, erläuterte Anita.

»Verstehe«, sagte Roisin nachdenklich. Das musste ihm einiges abverlangt haben angesichts der fünf Zentimeter dicken Holztüren. »Und jetzt kann sie die Tür nicht mehr absperren, falls das Gespenst wiederkommt? Aber es ist doch ohnehin durch die Wand gekommen …«

»Nein. Das Ding ist: Gina war … nicht angezogen«, fügte Anita hinzu.

»Oh«, sagte Roisin, die sich schon im Schlafanzug verunsichert gefühlt hatte.

Matt bedeckte die Augen mit der Hand, als habe er sich schuldig gemacht. »Ich komme mir vor wie der letzte Widerling. Es war ja nicht so, dass ich auf einen Anlass aus war, in ihr Zimmer zu stürmen. Ich kann nur immer wieder sagen, wie leid es mir tut.«

»Soll ich reingehen und mit ihr reden?«, fragte Roisin.

»Ja, gute Idee«, meinte Dev. »Mit dir will sie bestimmt reden.«

Behutsam drückte Roisin die Klinke der Tür hinunter, die wieder in den Rahmen eingesetzt worden war und nun in den beschädigten Angeln weit aufschwang. Drinnen saß Gina in einem Sweatshirt bei gedämpftem Licht in der Mitte ihres Himmelbetts, eine winzige, in ein Meer aus Laken gewickelte Gestalt. Die Arme tröstend um sie gelegt, kauerte Meredith unbeholfen auf der Bettkante.

Als Roisin eintrat, bedeutete ihr Meredith mit weit aufgerissenen Augen, dass Umsicht und Zurückhaltung gefragt waren.

»Alles okay, G?«, fragte Roisin sanft.

»Soll ich es erklären?«, wandte sich Meredith an Gina, die den Kopf schüttelte, sich die Nase abwischte und tränenblind zu Roisin aufsah. Sie schniefte schwer.

»Ich bin schlafen gegangen und dann aufgewacht, und vielleicht hatte ich diese Schlafparalyse oder so und war noch im Traum, ihr wisst schon«, sagte sie mit bebender Stimme. »Ich dachte, da wäre jemand am Fußende des Betts. Als ich das Licht angemacht habe, war es der Kleiderschrank, aber ich habe trotzdem geschrien.«

Roisin hatte es doch gewusst. Augenblicklich war alle Angst verflogen. Keine schwebenden Spektralkörper – nur die Suggestionskraft plus Alkohol. Der verfluchte Joe. Joe Powell, der schlief wie ein Baby, während sie sich stritten. Er hätte bis zur Abreise warten können, um zu googeln, ob es in dem Haus spukte.

Niemand wusste besser als eine Lehrerin – oder ein U-Boot-Kapitän –, was für eine idiotische Idee es war, einer in einem geschlossenen Raum befindlichen Gruppe Flausen in den Kopf zu setzen.

»Plötzlich war Matt vor der Tür und sagte: Gina, ist alles in Ordnung, was ist los? Ich hatte die Tür abgesperrt, und dann ging alles ganz schnell … Ich sprang aus dem Bett, und plötzlich stand er im Zimmer … und ich war … ich schlafe nackt …« Sie vergrub das Gesicht in den Laken und wimmerte.

»Matts heroischer Einsatz hat sie traumatisiert«, schloss Meredith.

»Es ist bloß …« Gina hob den Kopf. »Ich weiß ja, dass er nett sein wollte. Aber für den Rest meiner Tage werde ich jedes verfickte Mal, wenn ich ihn sehe, vor Scham sterben. Ich kann nicht aufhören, das Ganze wieder und wieder im Kopf durchzuspielen.«

Natürlich gab es einen bestimmten Grund, warum die unverhoffte Nacktbegegnung nicht einfach nur peinlich war, sondern geradezu entsetzlich, und zwar den, dass Gina in Matt verliebt war. Niemand erwähnte das, aber diese unsichtbare, beklemmende Tatsache stand im Raum. Stärker noch als die weinende Lady.

Kein Mensch will ausgerechnet der Person nackt gegenübertreten, für die er schwärmt, dachte Roisin.

Zumindest dann nicht, wenn man nicht spezielle Vorlieben hat.

14

Roisin setzte sich auf die andere Bettkante. »Ich weiß, momentan fühlt sich das noch nicht so an, aber du wirst das viel schneller vergessen, als du denkst, und er genauso. Im Zimmer war es halbdunkel, und es war doch nur ein kurzer Augenblick.«

»Es waren ein paar Augenblicke, während ich herumgehupft bin, und er …« Sie imitierte jemanden in Schockstarre. »Dann hat er sich umgedreht, und ich wollte ihn panisch rausschieben, und wir … ich … ich bin quasi gegen ihn geklatscht …« Sie legte die Hand an die Stirn. »Au weia. Mach das bitte ungeschehen, Roisin. Ich werde jeden Tag meines Lebens daran denken.«

Meredith strich ihr weiter über den Rücken. Normalerweise brachte Roisin Matts wildes Liebesleben nicht zur Sprache, aber jetzt musste es sein.

»Gina, denk an eines«, sagte sie bestimmt. »Matt ist ein Mann von Welt. Sein größtes Hobby sind nackte Frauen. Er hat schon so viele nackt gesehen, dass er dich bei einer Gegenüberstellung sicherlich nicht erkennen würde.«

Gina wurde etwas ruhiger. »Meinst du?«

»Natürlich! Schon während wir hier reden, lässt die Erinnerung nach. Mit dreizehn fangen die für das Gedächtnis zuständigen Hirnzellen an abzusterben. Dafür ist eine ganze Reihe meiner Schüler der beste Beleg.«

Mit einem Kopfnicken gab Roisin Meredith einen Wink, ihr beizustehen.

»Das trifft insbesondere auf Weiberhelden zu. All die Frauen, unendlich viele Frauen. Nur mehr ein verschwommenes Bild voller Titten«, sagte Meredith. »In einer langen Laufbahn. So wie die

Wildnis für David Attenborough. Das wäre, als würde man David Attenborough nach einer ganz speziellen Riesenschildkröte fragen. Unter all den riesigen Schildkröten …«

»Also ist er David, und ich bin eine von den vielen Galapagos-Schildkröten?«, meinte Gina.

»Ja!«, bestätigten sie voller Nachdruck im Chor.

»Der ist denen so selten begegnet, dass er ihnen sogar Namen gegeben hat! Die sind alle gestorben! Ich habe einen Dokumentarfilm über eine gesehen, die einsamer George hieß!«

»Vielleicht war George einfach nur unbeliebt?«, warf Roisin ein.

Meredith legte sich die Hand vor den Mund. »Vielleicht dann eher ein gewöhnlicheres Tier. Pinguine?«

»Ich bin mir ziemlich sicher, dass sich David Attenborough an eine Pinguinfrau erinnern würde, die ihm die Titten ins Gesicht gestreckt und RAUS HIER geschrien hat«, sagte Gina, legte die Hände an die Hüften und mimte einen Bauchtanz.

Roisin verkniff sich nur mühsam das Lachen, und Meredith zitterte vor Anstrengung, weil es ihr ebenso ging.

»Außerdem hätte ich mir die Haare epiliert, wenn ich gewusst hätte, dass so was passiert«, sagte Gina. »Ich mache gerade eine Renaturierung, um bis zum Sommer den Siebzigerjahre-Hustler-Look zu haben, weil ich in der *Elle* gelesen habe, dass die Busch-Ära wiederkommt. Es ist ganz … ungleichmäßig und fleckig.« Ihre Stimme bebte wieder. »Also, ich würde noch nicht einmal wollen, dass eine von euch beiden das sieht. Ganz zu schweigen von …« Sie verzog ihr Gesicht.

»Renaturierung?«, brachte Roisin voll Staunen heraus.

Gina nickte düster. »Wie meine Kosmetikerin sagt, kann man jahrelange Intimrasuren nicht über Nacht rückgängig machen.«

»Immerhin bleibt mir das bei meinem Regenwald erspart«,

meinte Meredith. »Die Natur gedeiht, da gibt es eine Menge natürliches Weideland.« Ihre Stimme versagte.

Zu guter Letzt erlaubte sich Roisin zu lachen. »Perfekt für große Pflanzenfresser … hahaha …«

»Ja, auch wenn ich meine Ex nicht unbedingt so beschreiben würde.«

»Du willst also sagen, du hast ein richtiges Paradies geschaffen«, sagte Roisin.

»Genau, die Wildnis freut sich des Lebens.«

Meredith und Roisin brachen lachend zusammen.

»Haut doch ab, ihr Ärsche!«, übertönte Gina ihr Gegröle, aber sie meinte es nicht ernst. Endlich zeichnete sich auf ihrem Gesicht ein widerwilliges Lächeln ab.

Roisins Lachen ebbte ab. Sie hatte ein schlechtes Gewissen, weil sie aufgrund von Ginas traumatischem Erlebnis das erste Mal seit ihrer Ankunft aufrichtige Freude verspürte.

»Gina, er hat bestimmt keine Details wahrgenommen, aber ich bin fest davon überzeugt, dass du unbekleidet umwerfend aussiehst. Du hast nämlich etwas Entscheidendes weggelassen«, sagte Roisin und wischte sich über die Augen. »Wenn irgendetwas hängen geblieben ist, dann dein durchtrainierter Körper. Wäre ihm das mit mir passiert, hätte er mich wegen psychischer Folgeschäden verklagen können. Und überhaupt …« Roisin musste das so ausdrücken, dass es keine falschen Hoffnungen weckte. »Es zeigt doch, dass du ihm nicht egal bist.«

»Hi? Darf ich reinkommen?«, unterbrach sie Matts Stimme von der anderen Seite der Zimmertür.

Auf der Suche nach einer Antwort oder Vergewisserung blickte Gina ihre beiden Freundinnen an.

»Du musst nicht mit ihm reden, wenn du nicht willst«, sagte Roisin.

»Mir wäre es lieber, wenn ihr zwei dabei seid«, flüsterte Gina.

Sie wischte sich über das Gesicht und ordnete das Haar um ihre Schultern. »Komm rein.«

Matt betrat das Zimmer, mittlerweile trug er auch ein T-Shirt zu seinen Boxershorts. »Ich wollte mich noch einmal entschuldigen. Ich war ein Vollidiot. Sich gegen eine abgesperrte Tür zu werfen, ist absolut nicht in Ordnung. Mir ist das so peinlich. Bitte versprich mir, dass du mich nicht für den Rest unseres Lebens mit dieser schwachsinnigen Aktion assoziierst.«

Roisin wusste nicht, ob es emotionale Intelligenz oder gute Erziehung war, die Matt veranlasste, die Beschämung dieses Vorfalls auf sich zu nehmen. Wie auch immer, es war clever.

»Ist schon okay. Du hast es ja nicht so gemeint«, erwiderte Gina mit sehr höflicher und einigermaßen beherrschter Stimme. Dann setzte sie hinzu: »Ist schon vergessen, versprochen.«

»Danke«, sagte Matt.

»Gute Nacht«, sagten sie im Chor, als er das Zimmer verließ.

Roisin wandte sich an Gina. »Siehst du, es ist alles in Ordnung. Matt ist derjenige, der sich blöd vorkommen muss, genau wie er gesagt hat. Du kannst dich wohl und selbstsicher in deiner Haut fühlen – ich jedenfalls würde das an deiner Stelle tun.«

»Ich wette, du bist eine ganz wunderbare Lehrerin«, meinte Gina. »Du sagst einfach immer das Richtige.«

Roisin umfasste ihre zarten Schultern. »Ich weiß, wie es sich anfühlt, wenn einen nichts als Maulheldentum und Charlotte Tilbury aufrecht hält.«

»Was ist passiert? Wo bist du gewesen?«, fragte Joe, der wider Erwarten wach war, als Roisin vorsichtig die Tür hinter sich zuzog.

»Deine Geistergeschichte hat Gina Angst eingejagt. Sie hat geschrien, und Matt ist in ihr Zimmer gestürzt, um sie zu retten. Sie war nackt und schämt sich sehr.«

»Im Ernst? Du verarschst mich nicht?«

»Nein.«

»Der Glückspilz, wie immer«, murmelte Joe und vergrub sein Gesicht im Kissen.

Roisin seufzte und löschte das Licht.

15

Am nächsten Morgen teilte Dev in der Küche Spiegeleier und Bacon mit derselben Seelenruhe aus, mit der er in der Reality-Show *Flatmates* Frühstück für alle zubereitet hatte, während die Polizei angerückt war, weil ein tätlicher Angriff der Dragqueen Margaret Snatcher auf einen Hersteller von veganem Sexspielzeug gemeldet worden war.

Die Tatwaffe war ein Mini-Vibrator in der Form einer Chilischote, und die Aufnahmen der Polizisten, die sie inspizierten und eintüteten, brachten der Show höchste Einschaltquoten ein.

Alle wurden munter, als sie in der überwältigenden Küche den Frühstückskoch und Anita erblickten, die alkoholfreie Bloody Marys mixte – »Bloody Shames«, wie Dev sie nannte. Wieder dachte Roisin voller Schuldbewusstsein, dass Ginas traumatisches Erlebnis in der Nacht etwas zwischen ihnen aus dem Weg geräumt hatte – wie ein Regenguss während einer Hitzewelle.

Weil sie sich, etwas gekünstelt, von ihrer besten Seite gezeigt hatten und damit der Bann gebrochen war?

Wie auch immer, Roisin freute sich über die gute Laune, während sie in einer Zickzacklinie Sriracha-Soße auf ihr Spiegelei träufelte und Devs Kochkünste sowie Merediths Weitsicht in Sachen Lebensmitteleinkäufe pries. Nicht der übliche Gemeinschaftsurlaub mit zwei knausrigen zugeteilten Weetabix, No-Name-Teebeuteln und H-Milch – sie hatte wirklich an jeden Luxus gedacht.

(Und Dev hatte auf tonnenweise Klopapier bestanden, mit den unsterblichen Worten: »Ich fange gar nicht erst an, mit meinem Arsch Fangen zu spielen.«)

Sie waren fröhlich am Plaudern und unterhielten sich darüber, wie sie das Gelände erkunden würden, als Gina in der Tür auftauchte, mit wildem Blick und dramatischer Geste, als habe sie den weiblichen Solo-Auftritt in einem Meatloaf-Video.

»Matt, was zum HENKER?!«, sagte sie mit brüchiger Stimme, und Matt zuckte sichtlich zusammen. Alle sahen sich überrascht an. Es schien ausgesprochen unwahrscheinlich, dass Matt erneut Gräueltaten vollbracht und sich im Anschluss um halb zehn frisch geduscht und im gebügelten Hemd in die Küche gesetzt hatte.

»Was hab ich getan?«

»Deine Nachricht. Hältst du das für witzig?«

»Welche Nachricht?«

»DU WEISST, WAS ICH MEINE! Die WhatsApps!«

Alle Gesichter wandten sich Matt zu, der mit offenem Mund und zusammengezogenen Augenbrauen dasaß. Er legte die Toastscheibe, die auf dem Weg zum Mund gewesen war, wieder auf dem Teller ab.

Gina hielt ihm das Handy hin.

Kurz runzelte er die Stirn. »Das habe ich dir nicht geschickt! Warum sollte ich dir so was schicken?«

»Sag du's mir! Vierzehnmal!«

Mit steifem Rücken erhob Matt sich vom Stuhl, damit er in die Hosentasche langen und das Handy herausziehen konnte.

»Das war ich nicht! Ich habe keine Ahnung, was los ist …«, sagte er, tippte auf den Bildschirm und scrollte hektisch zu den Textnachrichten. Eine kurze, sehr angespannte Pause entstand. »Fuck. Sieht so aus, als hätte ich die geschickt, aber das wollte ich nicht, ehrlich! Das muss irgendwie in der Hosentasche ausgelöst worden sein!«

»Was hast du ihr denn geschickt?«, fragte Anita, die nicht länger an sich halten konnte. »Schwanzbilder, oder was?«

Mit ausgestrecktem Arm marschierte Gina die komplette Tischlänge ab und hielt nacheinander jedem Einzelnen das Handy so lange unter die Nase, bis das Bild vor den Augen scharf wurde – wie eine Staatsanwältin, die sichergehen wollte, dass sämtliche Mitglieder der Jury informiert waren. Roisin kniff die Augen zusammen. Auf dem iPhone-Bildschirm war ein Kackhaufen-Emoji mit Herzchenaugen und einem breiten Grinsen zu sehen. Eine kecke, lachende Kackwurst, die an einen braunen Softeiskringel erinnerte. Leider konnten die Herzaugen durchaus als taktlose Schadenfreude verstanden werden.

»Vierzehnmal«, flüsterte Gina theatralisch, als ob die Zahl irgendeine Illuminaten-Bedeutung besäße.

Niemand hatte eine Ahnung, was er zum Trost sagen sollte. Im Grunde wusste Gina vermutlich, dass es ein Missverständnis war, aber sie hatte sich so lange mit der Frage herumgeschlagen, was dahintersteckte, dass ihre überreizten Nerven eine Verschwörung konstruiert hatten. Jedes Mal, wenn ihr Handy brummend den Eingang einer neuen Nachricht meldete, steigerte sie sich noch ein wenig weiter hinein. Kerosin bringt Stahl nicht zum Schmelzen, und Matt konnte unmöglich einen gekringelten Haufen anthropomorpher Kacke irrtümlich verschickt haben.

»Das ist doch ganz offensichtlich ein Versehen!«, sagte Matt. »Was sollte ich denn bitte mit diesen Bildern aussagen wollen? Die sind doch ohne jeden Sinn!«

»Soll ich wirklich glauben, dass du mir die nach allem, was letzte Nacht passiert ist, rein zufällig geschickt hast?! Das wäre schon ein sehr großer Zufall«, raunzte Gina.

»Nicht so sehr Zufall!« Matt wurde so rot wie das Rote-Bete-Raita vom Vorabend. »Ich war heute früh kurz davor, dir eine Nachricht zu schicken, aber ich wusste nicht, was ich schreiben soll, also habe ich das Handy wieder eingesteckt. Wahrscheinlich war es noch entsperrt, als ich es zurück in die Hosentasche gesteckt habe … Und dann habe ich mich daraufgesetzt.« Mit den Handflächen deutete er auf seinen Hintern.

»Du willst dich doch nur herausreden, weil der Witz danebenging! Weil ich dich vor allen anderen bloßgestellt habe!«

»Nein, das stimmt nicht! Warum zum Teufel sollte ich dir einen grinsenden Scheißhaufen schicken?«

»Das weiß ich nicht! SAG DU ES MIR!«, brüllte Gina aus voller Kehle. Laut schluchzend rannte sie aus der Küche.

Totenstille breitete sich am Tisch aus.

»Ich weiß nicht, ob ich ihr hinterhergehen soll«, sagte Matt und sah ehrlich bedrückt aus. »Keine Ahnung, wie ich das erklären soll, solange sie darauf besteht, dass es Absicht war.«

Meredith legte ihr mit Ei und Bacon belegtes Brötchen ab, stand auf und wischte sich die Finger an einem Stück Küchenrolle ab.

»Du machst die Sache nur schlimmer, wenn du ihr folgst. Ich rede mit ihr und bringe das in Ordnung. Bis zum Spaziergang ist Gina wieder okay.« Sie warf einen Blick auf ihre Armbanduhr. »Eine halbe Stunde. Länger dauert es nicht, ich schwöre. Aber, Matt, auch wenn ich weiß, dass du es nicht böse gemeint hast: keine … Zufälle mehr, bitte. Geh ihr aus dem Weg, bis sie sich beruhigt hat. Und an alle: Finger weg von meinem Brötchen, das hole ich mir später noch.«

»Danke, Meredith. Ich bin dir wirklich dankbar«, sagte Matt geknickt.

Meredith verließ den Raum, aber die fröhliche Atmosphäre hatte sich verflüchtigt wie der Morgennebel im Hochsommer.

»Mit ein bisschen frischer Luft ist das bis zum Mittagessen vergessen«, tröstete Dev seinen Freund. »Du weißt, wie vernarrt Gina in dich ist, sie vergöttert dich doch.«

Roisin krümmte sich innerlich.

»Bestimmt ist sie dir nicht lange böse.«

Er prostete Matt mit seinem Glas Bloody Shame zu, rührte mit einer Stange Sellerie darin und nahm einen großen Schluck.

Es trat ein beklommenes Schweigen ein.

Wie ein Welpe im Porzellanladen hatte Dev, der stets zu großzügigen Übertreibungen neigte, dieses eine Mal einfach nur den tatsächlichen Sachverhalt dargelegt. Zweifellos hatte er ihm spontan damit schmeicheln wollen, dass Gina große Stücke auf ihn hielt, und dabei unbeabsichtigt ausgesprochen, worüber sie nie ein Wort verloren.

»Ich habe keine Ahnung, was ich ihr sagen soll, wenn sie wirklich glaubt, dass ich sie absichtlich verletzen wollte«, sagte Matt schließlich mit heiserer Stimme.

»Hör einfach mit deinen versehentlichen Attacken auf Ginas Seelenzustand auf«, meinte Joe.

»Danke«, sagte Matt. »Dein positiver Input tut immer gut. Dir ist noch nie ein technischer Fehler unterlaufen, das ist klar.« Er zog die Augenbrauen hoch und sah Joe direkt ins Gesicht, als sich die Wut endlich Bahn brach. Wohlweislich mied Joe seinen Blick und stippte das Eigelb auf seinem Teller mit einer Brotkruste auf.

»Na ja, das geschmacklose Schmierentheater mit dem grinsenden Stück Scheiße kann man Gina zumindest nicht vorwerfen.«

»Nein, aber du bist immer schnell dabei, wenn es darum geht, mir meine Fehler vorzuwerfen. Ich frage mich schon, warum.«

Joe zuckte die Achseln. Roisin spürte, dass Joe mit einer Mischung aus Selbstzufriedenheit und Verunsicherung auf Matts Feindseligkeit reagierte. Wie ein Kind, das sein Glück herausfordert, immer kurz davor, sich einen Rüffel einzuhandeln, und wenn es dann so weit ist, nur ein klein wenig Angst hat.

Matt erhob sich, er hatte sein Frühstück nicht aufgegessen. Es herrschte angespanntes Schweigen, während er den Teller zur Spüle trug.

»Natürlich habe ich heute Nacht Scheiße gebaut, aber denkt ihr wirklich, ich schikaniere sie, wo ich doch weiß, dass es ihr nicht gut geht? Habt ihr echt eine so schlechte Meinung von mir?«

»Nein, nein, alter Kumpel, auf gar keinen Fall«, erwiderte Dev, und Anita fiel ein: »Nein!«

Nachdrücklich sagte Roisin: »Natürlich nicht. Du würdest Gina niemals was antun.«

Joe schwieg demonstrativ.

Trotzdem hatte Meredith mit ihren Worten recht: Ob absichtlich oder nicht, Matt hatte sein Kontingent an ungewollten Fehlern zur Gänze aufgebraucht.

16

Wie versprochen war Meredith in Begleitung der verhaltenen, aber kooperativen Gina, als sie sich für ihren Spaziergang vor den Nebengebäuden versammelten. Roisin war erleichtert, dass sie sich offensichtlich gefasst hatte; sie hatte sich schon ausgemalt, einen Motor aufheulen zu hören und Ethelred Richtung Horizont verschwinden zu sehen. Nichtsdestotrotz behandelte Gina Matt weiterhin wie radioaktives Material. Er hielt Abstand.

Dev bestand darauf, in die Scheune zu gehen und den Hühnern Hallo zu sagen, die weit weniger Interesse daran hatten, ihn zu begrüßen, und sich in einer Ecke drängten und gackernd über die Störung schimpften.

»Es gibt so eine Art Hausmeister, der zweimal am Tag kommt und sie füttert«, erzählte Dev.

»Man mag sich gar nicht vorstellen, was er über die ganzen Snobs denkt, die hier regelmäßig hereinschneien«, sagte Joe. »Die aus dem Hubschrauber hüpfen, den Freixenet ploppen lassen und den armen Hahn damit bespritzen.«

»Kein Hahn. Sir Drumstick ist jüngst verstorben.« Dev tippte sich an Stirn, Brust und beide Schultern. »Man hat mir gesagt, dass wir unweigerlich Bekanntschaft mit ihm gemacht hätten, wäre er noch am Leben. Der muss im Morgengrauen gekräht haben, dass die Wände wackelten.«

»War es Mord?«, fragte Roisin.

»Sir Drumstick! Graf Hähnchenkeule, das finde ich großartig«, sagte Meredith.

»Es ist geschmacklos«, schniefte Gina.

»Warum?«, fragte Joe.

»Weil es was zu essen ist! Da hätte man ihn gleich Lord KFC nennen können.«

»Ach so, verstehe«, meinte Joe. »So wie Krabben, die sich auch nicht als Spießchen begreifen.«

Er grinste, und Gina rempelte ihn kokett, aber wirkungslos an.

Niemand außer ihr erntete einen versöhnlichen, herzlichen Ton von Joe. Im Großen und Ganzen war Roisin froh, dass wenigstens eine von ihnen etwas Nettigkeit abbekam.

»He, wen meinst du mit Snobs?«, sagte Anita und deutete auf ihren fliederfarbenen Rock mit der Feder-Bordüre. Roisin war schon gespannt darauf, sie im Hochzeitskleid zu sehen – es dürfte Tim-Burton-tauglicher Hollywood-Kitsch sein. Einschließlich Kopfputz.

»Andere natürlich«, erwiderte Joe. »Neureiche, betrunkene Snobs, die aus London einfliegen. Keine stilvollen Bewunderer großer Herrenhäuser wie wir.«

Sie machten sich auf den Weg zum See, und Devs Optimismus erwies sich als richtig: Roisin hatte das Gefühl, dass ihr die schwache Sonne und die sanfte frische Brise durch Körper und Geist blies.

Taktvoll nahm Anita Gina unter ihre Fittiche und ging mit ihr voraus, sodass Matt kein Thema war. Dev marschierte im Gleichschritt zwischen Joe und Matt, eine Rose zwischen zwei Dornen, und Meredith und Roisin bildeten das Schlusslicht. Genau genommen hatte Roisin den Eindruck, dass Meredith sich ganz bewusst an sie hielt.

»Was hältst du von dem Ganzen?«, fragte Meredith nach vielleicht zehn Minuten.

»Dem Ganzen?« Über die Schulter warf Roisin einen Blick auf das Haus. »Als Location für einen Kurzurlaub?«

»Nein, was sagst du zu der Seltsamkeit?«

»Die Seltsamkeit … zwischen uns? Das klingt wie der Titel der schlimmsten Komödie aller Zeiten.«

»Die seltsame Stimmung, seit wir hier sind. Es ist doch so, als ob alle nur etwas vorspiegeln. Außer dir und mir, versteht sich.«

Roisin mutmaßte, dass Meredith eigentlich zu sagen versuchte: abgesehen von der himmelschreienden Spannung, die zwischen dir und Joe herrscht.

»Ich weiß, was du meinst. Ich hatte ein total schlechtes Gewissen, mir das einzugestehen, aber Ginas Exhibitionisten-Einlage war der erste wirklich lustige Moment für mich.«

»Geht mir genauso. Komisch, oder?«

»Vielleicht ist es einfach schlechtes Timing. Ein paar Probleme, die sich zugespitzt haben.«

»Dev und Anita hatten im letzten Monat richtig Stress.«

»Echt?« Roisin blieb stehen und senkte die Stimme, obwohl die anderen ein gutes Stück entfernt waren. »Ich dachte, die schweben im siebten Himmel.«

»Das glaube ich schon auch, aber im siebten Himmel gibt es Stau auf der Umgehungsstraße. Eigentlich wollte ich dich deswegen um einen Rat bitten. Ich weiß nicht, ob ich noch einmal die Gelegenheit bekomme. Ich stecke in einem moralischen Dilemma.«

»Erzähl.«

»Im letzten Monat hatten wir eine Firmenfeier im The Alchemist, und ich habe Dev und Anita in einer Ecke sitzen sehen. Bevor ich Hallo sagen kann, merke ich, dass sie sich streiten. Und zwar so schlimm, dass Anita aufsteht und rausrennt. Okay, denke ich, ich tu so, als hätte ich sie nicht gesehen, aber unglücklicherweise rennt Anita direkt an mir vorbei. Unsere Blicke treffen sich, und ich machte so eine Geste …« Meredith hielt inne und machte eine Handbewegung, als würde sie ihren Mund wie einen Reißverschluss zuziehen, was offensichtlich bedeuten sollte: »Kein Angst, ich habe nichts gesehen, wir müssen kein Wort darüber verlieren«.

»Okay.«

»Anscheinend hat Dev also noch immer keine Ahnung, dass ich davon weiß. Am Tag darauf habe ich eine Textnachricht von Anita bekommen, ob wir uns auf einen Kaffee treffen können, aber ›bitte kein Wort zu Dev‹. Unter diesen Umständen würde ich das natürlich lieber bleiben lassen, aber was soll man machen – es handelt sich um einen Notruf.«

»Oje. Ja.«

»Wir gehen also Kaffeetrinken, und sie erzählt, sie hätten sich darüber gestritten, ob sie vor der Hochzeit in Italien die Pille absetzen soll, damit sie schwanger wird. Es gibt Hinweise, dass es eine Weile dauern könnte, bis es klappt. Dev aber ist absolut dagegen, dass sie auf einer fünfzigtausend Pfund teuren Hochzeit womöglich unter morgendlicher Übelkeit leidet und nichts trinken kann …«

»Fünfzig Riesen!«, flüstert Roisin.

»Oh, plus die Extras. Wahrscheinlich hat Anita mir eh einen Teil der Wahrheit verschwiegen. Jedenfalls hat mir Anita über unseren Milchkaffees anvertraut, dass sie die Pille nicht mehr nimmt und Dev gegenüber behauptet, sie tue es. ›Ist das schlimm von mir, Meredith?‹ Ich so: ›Ja, Anita, das ist schlimm.‹«

»Wow.«

»Mhm. Ich habe sie gefragt: Und was machst du, wenn du schwanger wirst, sagst du dann, dass du zu dem einen Prozent gehörst, bei denen die Pille versagt? Obwohl er wusste, dass du es versuchen wolltest? Sie meinte: Nein, er wird sich das schon denken können, aber sobald das Baby da ist, wird er sich total freuen, und dann spielt es keine Rolle mehr, dass ich gelogen habe.«

Roisin sah Meredith an, die das Gesicht verzog. »Das ist nicht der richtige Weg, um Eltern zu werden. Mit Lügen. Außerdem ist es ein verfluchtes Wagnis, darauf zu setzen, dass Dev sich schon nicht hintergangen fühlt.«

»Genau. Ich habe ihr gesagt, das ist nicht okay. Sie sollte die Pille nehmen, heiraten – sie ist einunddreißig, das wird schon klappen. Aber da Anita einen etwas launenhaften Charakter hat, rechne ich nicht damit, dass sie meinen Rat akzeptiert. Weder den noch die Pille.«

»Sie ist doch so feierfreudig, da besteht durchaus eine gute Chance, dass sie es doch bereut, wenn sie auf der Hochzeitsreise schwanger ist. Wie hat es Dev formuliert? ›Anita tut sich schwer vorherzusagen, wie sie sich ein paar Minuten später fühlen wird.‹«

»O ja, die Canyons.«

Eine Weile gingen sie schweigend weiter.

»Ihr Heteros seid mir wirklich ein Rätsel«, sagte Meredith. »Obwohl mir genau genommen feste Beziehungen ein Rätsel sind, also sollte ich mir vielleicht kein Urteil erlauben.«

»Mir scheint, es geht nicht bloß ums Kinderkriegen.« Roisin runzelte die Stirn. »Da gibt es doch eine ziemlich große und bedeutende Meinungsverschiedenheit, was die Prioritäten betrifft. Wenn Anita eine Schwangerschaft wichtiger ist als eine exotische Hochzeit, dann sollte sie Dev bitten, die Sache etwas runterzuschrauben oder im Zweifel sie auf später zu verschieben, wenn sie Kinder haben.«

»Ach, das habe ich auch gesagt, aber das geht nicht. Ihre Angehörigen sind zwar liberale Hindus, aber so liberal nun auch wieder nicht. Man heiratet zuerst und kriegt dann die Kinder, andernfalls ist die Kacke am Dampfen. Sollte sie wirklich schwanger werden, dann heißt es auf nach Gretna Green, und zwar mit Vollgas. Der Bräutigam und die Familie machen ziemlichen Druck, dagegen kommt man nur schwer an.«

Zischend atmete Roisin aus. »Wenn du Anita schon gesagt hast, dass du es für falsch hältst, worin besteht dann dein moralisches Dilemma?«

»Soll ich Dev sagen, dass sie die Pille abgesetzt hat?«, fragte Meredith.

»Du lieber Himmel, NEIN!«, erwiderte Roisin. »Ist das eine ernst gemeinte Frage? Oder hat das bloß mit meiner Feigheit zu tun, meinem Selbsterhaltungstrieb? Aber nein. Es würde nichts Gutes dabei herauskommen, wenn du Anitas Vertrauen missbrauchst. Auch wenn es nicht in Ordnung war, dass sie dir das aufgebürdet hat.«

»Danke! Das ist genau der Rat, den ich wollte. Jedenfalls ist es das, was ich hören wollte«, sagte Meredith lachend.

Sie blieben stehen und ließen den Blick über die gekräuselte Wasseroberfläche schweifen.

»Der Comer See ist das Problem, weißt du.« Roisin senkte wieder die Stimme, als wäre es ordinär, es in normaler Lautstärke auszusprechen. »Es ist wirklich schön, dass Dev so erfolgreich ist, aber seine Einstellung zu Geld gerät außer Kontrolle. Mir ist eingefallen, woran mich das erinnert: Diese Abende, wo wir alle schon megamüde waren und Dev plötzlich ein Tablett mit Shots auf den Tisch knallte, um die ihn keiner gebeten hatte, und verkündete, dass wir jetzt weiterziehen. Wie schnell das eskalierte.«

»Der Gedanke ist mir auch schon gekommen. Dass er als Nächstes in der Entzugsklinik für Verschwendungssucht landet«, sagte Meredith.

»Eine alternative Herangehensweise wäre«, sagte Roisin, »einer von uns redet Dev die Sache mit Miami und dem Comer See aus. Daraus ergibt sich dann ein vertrauliches Gespräch mit seiner Verlobten über die Terminierung von Babys und Hochzeiten.«

»Einer von uns? Na dann viel Glück, Rosh!« Sie lachten. »Ich hoffe, es ist okay, dass ich dir das jetzt auch noch aufgebürdet habe. Du bist in solchen Sachen einfach so ein bodenständiger Mensch.«

»Ich fühle mich geehrt.« Roisin tätschelte ihr den Arm.

»Weißt du, als ich das Foto von damals gesehen habe, musste ich daran denken, dass du unser Star warst. Ich bin noch nie jemandem begegnet, der eine so natürliche Führungspersönlichkeit ist wie du, immer im Zentrum des Geschehens, aber gleichzeitig ohne jedes Ego. Dev war der Geschäftsführer, aber du warst es inoffiziell irgendwie auch, was das Zwischenmenschliche anging.«

»Oh.« Roisin errötete. »Meinst du wirklich?«

»Ja, ja. Wir waren alle der Meinung, Joe hätte den Jackpot geknackt, als wir euch das erste Mal beim Händchenhalten ertappt haben.«

»Du meine Güte, wie seid ihr denn darauf gekommen?! Trotzdem danke.«

»Ich habe den Eindruck, dass du solche Dinge nicht oft genug zu hören kriegst«, sagte Meredith und blickte sie eindringlich an.

Überrascht öffnete Roisin den Mund, aber es kam nichts heraus.

»LEUTE! Wollt ihr euch ertränken, oder was? Jetzt macht mal hinne!«, brüllte Dev aus der Ferne und machte ein paar Riverdance-Schritte.

Sie lachten und gingen weiter, und Roisin war froh, denn sie hatte keine Ahnung, was sie darauf hätte erwidern sollen.

17

Weil sie mit dem Abendessen am Samstag Ginas Geburtstag nachfeiern wollten, war Gina für die Speisenfolge zuständig. Voller Begeisterung stürzte sie sich auf diese Aufgabe und übernahm beim Kochen die Regie. Andere waren weniger begeistert.

»Um ehrlich zu sein, graut mir schon davor«, hatte Joe eine Woche zuvor gesagt. »Das ist kein Witz – ich weiß, wie wenig Gina isst, und Fleisch wird es auch nicht geben. Für hinterher werde ich Schokoriegel und eine Großpackung Salz-und-Essig-Chips im Zimmer verstecken.«

»Joe!«, hatte Roisin geschimpft. »Sie ist eine tolle Köchin.«

»Ich weiß. Sie macht Wahnsinns-Festmahle. Für eine Mäusefamilie!«

»Zur Inspiration habe ich Dinnerfotos aus der *Vogue* und dem *Tatler* gesammelt«, hatte Gina ihnen erzählt. »Heutzutage kocht kein Mensch mehr. Wenn du was auf dich hältst, dann servierst du eine Platte mit Radieschen und Shrimps, an denen der Schwanz noch dran ist, mit Aioli und große Schüsseln voller Kirschen.«

»Ein Radieschen, ein Shrimp und ein paar Kirschen. Ich werde achtgeben müssen, dass ich mich nicht überfresse«, hatte Joe gemeint.

Als Gina mittags in der Küche Meredith, Anita und Roisin schließlich ihr geplantes Drei-Gänge-Menü vorstellte, musste Roisin insgeheim tatsächlich zugeben, dass es etwas spärlich ausfiel. Offenbar fehlte Gina das Gefräßigkeitsenzym.

Halt – dich hat Joe angesteckt!, sagte sie sich. Wie hat Dev gesagt: Ein paar wenige Zutaten, richtig zubereitet, sind viel besser als ein hektisch zusammengestelltes Mischmasch aus einem Dutzend.

Gina zählte die Speisen auf, darunter »angemachte rote Salatblätter«.

»Wie ist das gemeint?«, fragte Meredith.

»Roter Chicorée! Vermutlich soll das heißen, dass weder ein Dressing mit Blauschimmelkäse oder Mais noch ein Joghurt-Mayonnaise-Dressing dazukommt.«

»Joghurt-Mayonnaise-Dressing, da könnte ich mich reinsetzen«, sagte Anita verträumt, deren Appetit eher dem von Meredith und Roisin ähnelte.

Zur Nachspeise gab es Tiramisu.

»Das Beste daran ist, dass man das alles mehr oder weniger im Voraus zubereiten kann«, erklärte Gina. »Direkt vor dem Essen müssen nur noch die Arancini-Bällchen angebraten und die Spaghetti gekocht werden.«

Da um neun Uhr *Hunter* anlaufen sollte, empfahl es sich nicht, die Sache allzu locker anzugehen. Gina hatte einen Zettel mit dem Zeitplan an den riesigen Kühlschrank geheftet. Sie wollten mit dem Abendessen um sechs Uhr starten, damit sie nicht nervös die Uhr im Blick behalten mussten.

Um halb sechs zündete Roisin die Leuchterkerzen auf dem langen Mahagonitisch in dem herrschaftlichen Esszimmer an, betrachtete das riesige Fenster mit Blick auf den See und seufzte. Hier könnte man sogar Joes altes Arme-Schriftsteller-Essen servieren, das er Knast-Ramen getauft hatte (Ramen-Nudeln mit Käse-Flips), und es würde wie ein Festmahl wirken.

»Meint ihr, man kann sich mit Deliveroo was nach Benbarrow liefern lassen?«, fragte Matt, als sie sich hinsetzten, und fügte eilig hinzu: »Nicht, dass ich das vorhabe, natürlich!«

Roisin stellte ein paar Flaschen billigen Rotwein auf den Läufer in die Tischmitte. Gina war noch nicht da, weil sie letzte Hand an die Bällchen legte.

»LOL, nein, natürlich nicht«, meinte Joe. »Stell dir den armen

Penner vor, wie er mit dem Fahrrad den Weg hier raufstrampelt. Da müsste das Trinkgeld schon enorm sein, dass jemand den Job annimmt. Außerdem wäre alles schon eiskalt.«

»Jetzt kennen wir die eine Kehrseite, wenn man so was wie das hier besitzt. Kein Pizzaservice«, sagte Matt. »Wer hätte gedacht, dass sich die Superreichen kein Essen liefern lassen können.«

»Der Leibkoch nimmt diesem Umstand vermutlich den schlimmsten Stachel«, meinte Dev.

Roisin kehrte in die Küche zurück, um die Vorspeiseteller zu holen, und sie, Anita, Gina und Meredith trugen sie von Applaus begleitet herein.

»*Porcini arancini*«, sagte Gina, als sie mit dem Essen begannen.

»Das reimt sich so schön«, sagte Matt, und sie lächelte ihm zu, bevor ihr einfiel, dass sie ihn im Augenblick verabscheute, ihr Gesicht ulkig zuckte und sie den Blick senkte.

»Das schmeckt wirklich gut, G«, befand Roisin nach ein paar Bissen. »Und ich kann das ohne jede Selbstbeweihräucherung sagen, weil ich nur indirekt daran beteiligt war.«

»Ja, sehr gut«, murmelten alle bestätigend.

»Echte Feuerbälle!«, sagte Dev, der ein besonders scharfes Stück flüssigen Käse erwischt hatte, und griff nach seinem Wasserglas.

Es dauerte nicht lange, bis alle ihr zwei Bällchen verzehrt hatten, und Roisin bereute, dass sie sich in den vorangegangenen Wochen nicht an den Mengendiskussionen beteiligt hatte. In ihrem Job trudelten oft eine ganze Stunde lang Nachrichten in der WhatsApp-Gruppe herein, bis sie Gelegenheit hatte, auf ihr Handy zu sehen.

»Da bleibt genug Platz für die Hauptspeise«, sagte Joe, und Roisin warf ihm einen finsteren Blick zu, als sie die Teller abräumte.

Meredith und Roisin schlugen die Männer gerade beim Billard, und Anita zog durchs Haus, um »Moodboard«-Bilder zu schießen, als Gina völlig aufgewühlt in der Tür zum Spielzimmer auftauchte.

»Kann ich euch zwei mal ausleihen?«, sagte sie zu den Frauen.

Sie lief Richtung Küche und jammerte: »Die verdammten Spaghetti werden nicht gar!«

Die Freundinnen liefen schneller, um durch die Diele mit Gina Schritt halten zu können.

»Das wird schon. Wahrscheinlich ist das so eine schicke braun gefärbte Sorte, die einfach nur ein bisschen länger braucht«, meinte Meredith.

»Probier mal!«, sagte Gina und deutete auf den Riesentopf auf der Herdplatte.

Sowohl Meredith als auch Roisin angelten sich je ein Spaghetto aus dem blubbernd kochenden Wasser und kauten nachdenklich, innerlich darauf vorbereitet, Gina in beschwichtigendem Tonfall zu erklären, dass sie wunderbar »al dente« und »exakt so, wie es die Italiener mögen« seien.

Puh. Roisin musste zugeben, es war, als würde man auf einem gipsartigen Schnürsenkel herumkauen. Es schmeckte roh. Heiß und roh.

»Noch eine Viertelstunde, und sie sind perfekt«, sagte Meredith, machte aber ein ähnlich zweifelndes Gesicht. »Wie lang sind sie schon drin?«

»Eine halbe Stunde! Mehr sogar!«, kreischte Gina.

»Dann ist es bestimmt jeden Augenblick so weit«, meinte Meredith. »Warten wir ab und trinken ein Glas Wein.«

Sie schenkte Rotwein in drei frische Gläser.

»Wenn die nach einer halben Stunde noch nicht gar sind, glaube ich kaum, dass ein paar Minuten mehr was ändern«, sagte Gina, und Roisin leuchtete das Argument durchaus ein.

»Nur keine Panik«, erklärte Meredith bestimmt. »Okay«, sagte sie mit einem Blick auf die Wanduhr. »Um halb acht machen wir einen neuen Test. Die Jungs sollen halt noch eine Runde Billard spielen.«

Der Alkohol hatte die nötige beruhigende Wirkung, sie plauderten vor sich hin, und so war es schon fast Viertel vor acht, als sie sich an die Spaghetti erinnerten. Unheil ahnend bissen sie diesmal zaghaft hinein: Ja, es waren hartnäckige, nicht essbare Hartweizenstränge.

»SCHEIßE NOCH MAL!«, sagte Gina. »Was sollen wir nur machen? Joes Sendung fängt um NEUN an! Wie konnten die mir diese BESCHISSENEN SPAGHETTI verkaufen?«

Besorgt blickte Roisin auf die Uhr. Sie wollte nicht, dass Gina völlig durcheinander kurz vor neun beschissene Spaghetti austeilte, Joe sich weigerte zu bleiben und es schon wieder einen Riesenstreit gab. Ginas Stimmung stand auch so schon auf Messers Schneide.

»In Ordnung. Vermutlich müssen wir uns damit abfinden, dass die Pasta nicht gar wird, außer das ist irgendeine seltsame Masochistensorte, die nicht gar werden soll«, meinte Roisin. »Krisenplan. Meredith, haben wir, was die Kohlenhydrate angeht, irgendwelche Alternativen?«

»Brot, Unmengen an Brot und zwei Tüten Tiefkühl-Pommes«, antwortete Meredith. »Ich glaube, Dev hat die Kartoffeln im Saag Aloo aufgebraucht.«

»Wie wären … Bruschette? Wir benutzen die Tomatensoße, und dazu gibt es einen Haufen Pommes und den Salat.« Roisin hob die Hände. »Ich mag eine Banausin sein, aber ich würde das essen.«

»Ja!«, stimmte Meredith ihr zu. »Außerdem, haben wir nicht auch Butter und Knoblauch? Knoblauchbrot!«

Roisin ballte triumphierend die Faust.

»Was denken die anderen von mir, wenn ich ihnen dämliche Toastbrote serviere?!«, klagte Gina.

»Sie werden begeistert sein. Schlicht ist schick, so wie die Radieschen«, sagte Roisin. »Ich hole Anita.«

Roisin, Meredith und Anita gaben sich alle Mühe, um Gina mit ihrem Krisen-Teamgeist aufzumuntern, aber es entging Roisin nicht, dass Gina von dem Essens-Fiasko niedergeschmettert war.

Je weniger Worte über die Flüche verloren wurden, die Gina ausstieß, als sie endgültig aufgaben und die mysteriösen, nie gar werdenden Spaghetti abgossen und in die Tonne warfen, desto besser.

»Dieses Delikatessengeschäft kriegt von mir die schlimmste Kundenbewertung aller Zeiten!«, wetterte sie. »Die werden meine tiefsten Abgründe kennenlernen!«

»Aber erst, wenn du wieder nüchtern bist«, bat Meredith. »Einen Terroranschlag auf den einzigen Laden, in dem man Burrata bekommt, kann ich nicht brauchen.«

18

Für Roisin lauteten ab jetzt die drei schönsten Worte der Welt »im Voraus zubereiten«. Sie rühmte den Himmel für die Schönheit eines in aller Ruhe vorbereiteten und im Kühlschrank stehenden Nachtisches.

Der Hauptgang verlief etwas angespannt, aber immerhin schmeckte das Tiramisu ausgezeichnet. Nichts eignete sich besser, um sich mit den Umständen zu versöhnen, als eine üppige Portion Fett, Kakao und Zucker. Roisin spürte, wie schon mit den ersten Bissen ihre Gemütsruhe und ihr Gleichmut wiederkehrten.

»Das ist das beste Tiramisu, das ich je gegessen habe«, sagte Matt zu Gina. »Und ich habe wirklich schon überall Tiramisu probiert.«

»Das glaube ich sofort«, meinte Joe.

»Danke«, sagte Gina und mied Matts Blick.

»Nach dem hier wird kein Mensch mehr ein Wort über Doshis Langweiler-Currys verlieren.« Dev prostete Gina mit seinem Cranberry-Saft zu. »Ginas italienisches Festessen hat alles übertroffen. Auf Gina. Nachträglich alles Gute zum Geburtstag, meine Schöne. Wir haben dich lieb.«

Sie erhoben die Gläser und wiederholten den Toast, während Gina auf Prinzessin-Diana-Art die Augen niederschlug und Danke sagte.

»He, bekommen wir Besuch?«, sagte Joe und wandte sich zum Fenster.

Das Panorama, das sich ihnen durch das Esszimmerfenster bot, erlaubte ihnen, in der heraufziehenden Dämmerung schon aus meilenweiter Entfernung die Scheinwerfer eines herannahenden

Autos auszumachen. Wobei »meilenweit« an dieser Stelle keine reine Redensart war.

»Kommt da ein Auto?« Anita sprang vom Stuhl auf und stellte sich ans Fenster. »Ein schicker Range Rover oder so was in der Art.«

Nachdem das einzig mögliche Ziel Benbarrow Hall war, drängten sich bald alle neugierig am Fenster.

»Wahrscheinlich kontrolliert der Besitzer stichprobenartig, ob wir das Haus auch nicht kurz und klein schlagen«, meinte Joe.

»Das bezweifle ich«, sagte Dev. »Die machen so ein Bohei darum, dass sie dich hier in Ruhe lassen und nur der Mann zum Hühnerfüttern herkommt. Ich habe mich schon gefragt, ob das Haus öfter mal für Fetischpartys oder so gemietet wird.«

»Vielleicht hat sich jemand verfahren«, sagte Gina.

Der Jeep blieb auf dem Kies vor dem Haus stehen, der Motor lief noch eine Weile und wurde dann abgestellt.

Aus dem Fond stieg ein Mann in dunklem Anzug, schwarzem T-Shirt und mit Angeber-Sonnenbrille. Er ging um den Wagen herum und öffnete die hintere Tür auf der anderen Seite. Die Freunde am Esszimmerfenster sahen einander an.

»O Gott, vielleicht sind das Auftragskiller«, sagte Gina.

»Wer sollte die angeheuert haben?«, erwiderte Joe und fügte dann im Flüsterton hinzu: »Die Lebensmittelbehörde.«

Roisin reckte den Hals wie ein Erdmännchen, um Joe über die Köpfe der anderen hinweg einen KLAPPE-Blick zuzuwerfen. Glücklicherweise galt Ginas Aufmerksamkeit ganz den unerwarteten Gästen.

»Oder das Haus wurde versehentlich doppelt vermietet«, sagte Roisin.

»Nee«, widersprach Joe. »Die sehen doch, dass hier Lichter brennen, außerdem ist Samstagabend. Wer mietet so was ab Samstagabend? Dev, raus mit der Sprache. Hast du Stripper engagiert?«

»O ja, zum Geburtstag! Magic Mike XXL!«, kreischte Gina und klatschte in die Hände.

Eine Frau mit rotbraunem Haar, die ebenfalls eine Sonnenbrille trug, stieg aus dem Fond, in einer weißen Bluse, grauen Skinny Jeans und mit turmhohen hellbraunen Plateausandalen. Sie hatte eine schmale Figur und trotzdem weibliche Kurven, wie ein durchgestyltes Model. Sie beugte sich an der offenen Tür nach vorne und klopfte auf ihre Knie, anscheinend saß noch jemand im Auto.

»Magic Michaela XXL«, sagte Joe. »Es wird immer besser.«

»Scheiße noch mal«, rief Matt laut aus, und alle zuckten zusammen und sahen ihn an. Er stürmte aus dem Esszimmer in die riesige Diele.

Einen Moment lang wechselten sie Blicke und stürzten dann hinter ihm her.

Vor der gewölbten Haustür standen zwei Männer neben dem Wagen, wobei der eine mehr oder weniger genauso gekleidet war wie der andere.

»Na los, Granville, komm schon. Na also! Genau!«, sagte die rothaarige Frau, die sich immer noch nach vorne beugte und auf die Knie klopfte.

Ein kleiner, tief liegender, stämmiger Hund kämpfte sich schwer atmend aus dem Auto. Die Frau nahm ihn hoch, drehte sich endlich um und sah zu ihnen.

»Wo ist Matthew?«, fragte sie, schob sich die Brille ins Haar und musterte sie. Nicht gerade charmant, die Begrüßung, dachte Roisin. Etwas von oben herab. Matthew? Das hier waren Freunde von Matt?

»Ah, da bist du ja! Überraschung! Granville, mach winke, winke!« Sie nahm die Pfote des Hundes und wackelte damit auf und ab. Sie hatte einen komischen Akzent: glockenhelles Aristokratenenglisch, doch vermischt mit einem transatlantischen näselnden Singsang.

»Was tust du hier?!«, fragte Matt.

Roisin bemerkte, dass er derart bleich war, dass sein Gesicht beinahe einen Stich ins Zitronengelbe hatte.

»Wir waren doch davon ausgegangen, dass ich vor Mexiko keine Zeit mehr hätte?«, sagte die Frau. »Aber dann kam mir ganz plötzlich die Erleuchtung, und ich dachte, ich mache einfach einen Abstecher zur Party. Na, ist mir die Überraschung gelungen?!« In ihrer Stimme klang keinerlei Schuldbewusstsein mit, ihre Worte waren voller Vorfreude auf das erwartete Lob.

»Ja, kann man so sagen. Wieso konntest du dich überhaupt an den Namen des Hauses erinnern?«

»Du hast die Homepage auf meinem Handy aufgerufen, als du es mir gezeigt hast, weißt du noch? Die Seite war noch da. Ich habe das als Zeichen gedeutet.«

Sie hatte den Hund auf ihrem Arm, als würde sie das Jesukindlein wiegen. Mann, sie ist wirklich wunderschön, dachte Roisin. Keine Feld-Wald-und-Wiesen-Schönheit, sondern ein überirdisches Wesen. Als hätte sich Galadriel aus *Der Herr der Ringe* verflüchtigt und wäre mal so eben über die M6 hergekommen.

»Darf ich vorstellen«, sagte Matt. »Das ist Ruby.«

»Das ist Ruby von Hinge?«, fragte Meredith ungläubig nach. Es war nicht gerade höflich, die Dating-App zu erwähnen, aber sie hatten ordentlich gebechert und standen außerdem unter Schock.

»Ja«, antwortete Matt mit tonloser Stimme. Er wirkte nicht im Geringsten erfreut über diesen Auftritt, sondern eher wie ein Verurteilter auf dem Weg zum Schafott.

Ruby wandte sich den beiden Männern zu. »Bring mein Gepäck in die Eingangshalle, Mark, und stell es irgendwo ab, bis wir die Zimmer gewählt haben.«

Gepäck? Die Zimmer wählen? Wer war die Entourage?

Es war sonnenklar, dass sie nicht die ganze Geschichte von »Ruby von Hinge« kannten, dem umgekehrten Catfish.

19

Ich brauche ein Zimmer nach hinten raus, falls es dort eins gibt«, sagte Ruby zu Matt, als wären nur sie beide anwesend, während tatsächlich acht Leute rund um den Esstisch saßen, nachdem sie sich zur zwangsläufig unterbrochenen Nachspeise zurückbegeben hatten. Darüber hinaus hatte sich ihre Gruppe um einen Rassehund und zwei Männer vergrößert, die aussahen wie *Matrix*-Agenten und irgendwo in den Tiefen des Hauses herumstöberten.

»Mark und Ted brauchen auch Zimmer, aber ich setze voraus, dass hier genug Platz ist. Sind das alle?« Sie musterte die Galerie entgeisterter Gesichter.

Du setzt ganz schön viel voraus, dachte Roisin.

Matt umrundete den Tisch, deutete nacheinander auf jeden und stellte ihn mit Vornamen vor, während Rubys Miene unbewegt blieb.

»In meiner Nähe dürfen leider keine Smartphones sein«, sagte Ruby zu Gina, die in einer Übersprunghandlung mit ihrem iPhone spielte. »Wenn du nichts dagegen hast, dann …«

Mit beiden Zeigefingern deutete sie ans andere Ende des Tisches und wedelte ein wenig mit ihnen, wie eine Stewardess, die auf die Fluchtwegleuchten in der Flugzeugkabine hinweist.

»Was?«, sagte Gina nicht ohne Berechtigung.

»Ich kann keine Handys zulassen, wenn das okay ist. Keine Kameras. Keine Fotos. Es ist am einfachsten zu sagen, keine Handys. Die Leute vergessen das.«

Ruby wandte sich wieder dem arschgesichtigen Köter zu und flüsterte ihm dämliche Nichtigkeiten ins Ohr.

»Nein, ich verstehe nicht. Niemand macht hier irgendwelche Bilder«, sagte Gina, und Roisin krümmte sich innerlich.

»Ich weiß, dass ihr keine Fotos macht«, erklärte Ruby mit übertriebener gnädiger Feierlichkeit. »Aber du musst verstehen, dass es einfacher ist, gar nicht erst ein Risiko einzugehen.«

»Du sagst andauernd, dass ich schon verstehe, warum du keine Fotos willst, aber ich verstehe dich wirklich nicht.« Gina klang jetzt ernsthaft sauer.

»Ich bin eine Person der Öffentlichkeit«, sagte Ruby.

Es folgte eine Pause, in der sich alle fragten, wie sich höflich ausdrücken ließe, dass ihnen das am Arsch vorbeiging.

»Eine was?«, meinte Gina. »Anita hat auch eine Menge Follower auf Instagram, und sie kümmert das auch nicht.«

»Was ich meine, ist: Ich bin eine prominente Künstlerin.« Sie warf den makellosen zimtfarbenen Haarvorhang nach hinten. »Oh, Granville, nein! Ach je, er ist scheu, der Arme«, sagte sie, als der Hund plötzlich von ihrem Schoß sprang und mit dem Kopf rhythmisch gegen die Tür stieß. Als »scheu« hätte Roisin sein Verhalten nicht gerade bezeichnet.

Rubys ungewöhnliches Auftreten passte irgendwie nicht zu ihrem merkwürdigen Akzent – eine Kreuzung aus Schülersprecherin im Internat mit der geradezu bigotten Selbstgewissheit eines Wellness-Gurus von der amerikanischen Westküste. Roisin konnte sich Ruby gut vorstellen, wie sie einem einen Fünftausend-Dollar-Gurkeneinlauf verkaufte und gleichzeitig vermittelte, man könne froh sein, dass sie sich überhaupt zu einem Gespräch mit jemandem herabließ, dessen Arsch nicht nach Salat schmeckte.

Roisin warf Matt einen Blick zu, dem der üble Gefühlsmix aus maximalem Stress und Fassungslosigkeit anzusehen war. Wieso? Natürlich war es peinlich, wenn sich ein Date derart aufdrängte, aber für jemanden, der sich normalerweise mühelos durchs Leben bewegte, schien er sich ausgesprochen unbehaglich zu fühlen.

»Möchtest du einen Wein oder etwas Tiramisu, Ruby?«, fragte Dev freundlich, der sich als Einziger daran erinnerte, dass sie ein Gast war, wenn auch aus heiterem Himmel hereingeschneit.

»Danke, ich habe mein eigenes Essen dabei«, sagte sie und setzte sich den überzüchteten Hund wieder auf den Schoß. »Und ich trinke nicht. Ich versuche auch Matthew davon zu überzeugen, dass das die Zukunft ist. Ich krieg das schon noch hin …«

Sie ließ ein Lachen erklingen, wobei ein Mund voller außerordentlich weißer, teurer zahnärztlicher Kunst zum Vorschein kam.

»Ich dachte, eure Reise nach Lissabon war eine Weinverkostungstour?«, sagte Meredith.

»Ich schmecke und spucke«, antwortete Ruby ungerührt, und keiner traute sich den Witz auszusprechen, der sich geradezu aufdrängte.

Irgendwas an Ruby ließ Roisin keine Ruhe. Während sie die eigenartig makellosen, hauchzarten Gesichtszüge und die weiße, durchscheinende Haut betrachtete, wurde ihr bewusst, was es war. Aus irgendeinem Grund konnte sie sich Ruby perfekt in einer Vierzigerjahre-Aufmachung vorstellen: strichdünne Augenbrauen, ein mit dunklem Lippenstift nachgezogener Amorbogen. Gelocktes, hochgestecktes Haar, darauf das zu Kriegszeiten typische Häubchen, an dem in Höhe der Ohren ein Schleier herabhängt.

Wo hatte sie Ruby schon einmal gesehen, und warum assoziierte sie sie mit den Vierzigerjahren? War sie der selbstbewussteste Geist aller Zeiten? Die herrschsüchtige Lady? Hatte Roisin vergessen, dass sie ihr auf einer Kostümparty begegnet war?

Ganz plötzlich fiel es ihr wie Schuppen von den Augen – eine vollkommen verrückte, aberwitzige Idee, die jedoch wie durch Magie treffsicher einrastete, wie es nur eine richtige Antwort tat. Im Ernst? Das war unmöglich, oder etwa doch nicht?

Bevor sie sich bremsen konnte, hatte ihr der Wein bereits die Zunge gelöst. »Äh, bist du Amelia Lee?«

Niemand sagte ein Wort.

Ruby sah Roisin hektisch blinzelnd an und wirkte beinahe beleidigt, als hätte ihr ein lüsterner Straßenhändler nachgepfiffen.

»Ja … Hat Matthew gar nichts gesagt?«

Roisin schluckte schwer. Augenblick mal, wie bitte? Geschah das hier gerade tatsächlich? Das konnte sie doch nicht wirklich sein. Roisin hatte etwas furchtbar Dummes gesagt, und diese Frau bestätigte das?

»Ich dachte, du heißt Ruby?«

»Ist mein Spitzname. So nennt mich meine Familie. Wegen meiner Haare«, sagte sie, strich sich mit den Fingerspitzen durch den Schopf und kraulte dann wieder Granville.

»Verfickte Scheiße«, sagte Meredith, doch Amelia ließ sich nicht anmerken, ob sie es gehört hatte.

20

Im Zimmer fiel augenblicklich der Luftdruck ab, so wie es nur dann geschieht, wenn alle ganz plötzlich erkennen, dass sich jemand sehr, sehr Berühmtes unter ihnen befindet. Es war, wie wenn ein Flugzeug unvermittelt ein paar Tausend Fuß absinkt und die Sauerstoffmasken herauspurzeln.

Zumindest vermutete Roisin das, denn tatsächlich war ihr etwas Derartiges bislang noch nicht passiert, wenn man von dem einen Mal absah, als sie Mick Hucknall aus der Ferne in einer Pizzeria in Spinningfields gesehen hatten.

Amelia »Milly« Lee war kein Star aus dem Reality-Fernsehen oder aus einer Soap-Opera, sie war richtig berühmt: roter Teppich, Leuchtschriftname, und der mutmaßlich letzte Freund war ein Promi auf Tom-Cruise-Niveau.

Vor Kurzem war sie in die Hauptrollenliga aufgerückt und Heldin eines Films über eine verführerische Spionin im Zweiten Weltkrieg gewesen, den Joe und Roisin an einem selten gewordenen gemeinsamen Kinoabend angeschaut hatten. Hinterher im Pub hatte Joe die miese Story zerpflückt – und Roisin den Sexismus.

Da war sie, nur wenige Meter entfernt, und forderte den angeheuerten muskelbepackten Typen, der im Türrahmen stand, auf, »Granny sein luftgetrocknetes Bio-Springbock-Biltong« zu holen.

Catfishing bedeutete, die wahre Identität zu verheimlichen? Oooh. Zu gern hätte Roisin gesagt: Natürlich! Matt, jetzt weiß ich, was du gemeint hast! »Ruby« war also das Pseudonym für die Hinge-Dating-App. Sie hatte sich ihn als Undercover-Promi im Gewand eines Normalbürgers geangelt.

»Warst du wirklich auf Hinge?«, stellte Meredith die Frage, die ihnen allen auf der Zunge lag – und warum auch nicht. Sie schien Meredith unwillkürlich herauszurutschen.

Angesichts dieser Indiskretion warf Amelia Matt einen abschätzigen Blick zu. »Klar«, antwortete sie steif. »Warum nicht?«

»Gibt es keine Dating-App, wo berühmte Leute andere berühmte Leute treffen? Nimm's mir nicht übel, Matt, aber du bist bloß … Matt«, sagte Meredith zu ihm.

Matt lächelte gequält, und Roisin hatte Mitleid mit ihm. Wieder einmal war offensichtlich, dass all das nicht seine Absicht gewesen war. Und wieder einmal würde ihn dieser Umstand vor den Konsequenzen nicht bewahren.

»Die heißt Raya, auf der bin ich auch.« Sie spielte mit Granvilles Ohren und schnupperte an seinem Kopf. »Aber, du musst wissen …« Mit ausgestreckter Hand hielt sie inne, und es dauerte einen Moment, bis Meredith klar war, dass sie ihren Namen nennen sollte.

»Meredith.«

»Meredith … es gibt dort draußen ein paar echt widerliche Wichser …«, kurz glitt sie in ein schleppendes Amerikanisch ab, »… die es auf Schauspielerinnen abgesehen haben. Die Promis ficken wollen – du verstehst schon.«

Sie verzog das Gesicht, als würde sie etwas Bedeutendes offenbaren. Automatisch reagierte Meredith mit einem erschrockenen »Ja«, was bei Roisin beinahe zu einem hysterischen Lachkrampf führte.

»Es war nett, sich mit normalen, bodenständigen, ehrlichen Typen zu verabreden, die Ruby kennenlernen wollten«, fügte Amelia hinzu.

»So wie Matt!«, machte Joe seinen ersten Joe-Powell-typischen Witz, seit Amelia eingetroffen war.

Amelia starrte ihn bloß an, als habe er einen fahren lassen.

»Stört es euch sehr, wenn wir die Vorhänge zuziehen?«, fragte Amelia. »Ich glaube zwar nicht, dass eine Fotoagentur irgendwen so weit in die Pampa schickt, aber es wäre echt ärgerlich, wenn doch.«

»Ja, es stört uns«, meldete sich Gina plötzlich zu Wort, und alle versteiften sich. »Und es stört uns auch, wenn du uns vorschreibst, unsere Handys nicht zu benutzen und welche Schlafzimmer du und deine Türsteher haben wollt.«

»Türsteher? Mark ist mein Chauffeur, und Ted ist mein Leibwächter«, sagte Amelia, als wäre das für jeden offensichtlich, der nicht an kognitiven Beeinträchtigungen litt.

»Mir doch egal«, sagte Gina. »Du besuchst hier nicht nur deinen Freund, sondern hast dich hier ungeladen aufgedrängt. Du erzählst uns nicht, was wir tun und lassen sollen.«

Roisin krümmte sich innerlich, konnte Gina allerdings nicht vorwerfen, die Sache falsch darzustellen. Insofern schien ein Eingreifen unmöglich. Vermutlich hatten alle anderen ähnliche Schlussfolgerungen gezogen. Auf welcher Grundlage hätten sie Gina ausbremsen sollen? Die eigentliche Provokateurin war Amelia.

»Gina.« Matt räusperte sich. »Es ist doch in Ordnung, wenn Ru… Amelia hierbleibt? Okay, Dev?«

»Natürlich!«, sagte Dev.

Gina wurde rot und zappelte auf ihrem Stuhl herum, als habe man sie mit einem Taser attackiert. »Sagt wer genau? Willst du uns andere nicht fragen?«

»Dazu bin ich noch nicht gekommen, aber …«

»Läuft da irgendwas zwischen Matt und dir?«, schaltete sich Amelia in einem leidenschaftslosen, makellos artikulierten Tonfall ein.

»Äh, *nein*«, erwiderte Gina eilig, begleitet von einem bitteren Lachen. Gina war betrunkener, als Roisin gedacht hatte.

»Sorry, wo liegt hier dann das Problem? Ich bin mir nicht ganz im Klaren …«, meinte Amelia. Einer ihrer anonymen Männer betrat den Raum, und sie sagte: »Ted, würdest du bitte die Vorhänge zuziehen? Danke.«

»DAS LÄSST DU VERFICKT NOCH MAL BLEIBEN, TED!«, brüllte Gina, sodass Amelias Hund mit einem Rums auf den Boden purzelte und zu jaulen anfing.

»Im Ernst.« Gina stand auf und wandte sich an Matt. »Wie kannst du es wagen? Das hier ist meine Geburtstagsfeier, und schon wieder machst du alles kaputt. Du bringst diese Giftspritze her …« Gina drehte sich um und deutete mit dem Finger auf die Oscar-Kandidatin. »Lass mich raten, Matt: Das war nicht deine Absicht. Aber du hast es trotzdem gemacht. Ich habe es so satt, dass du ständig so tust, als wärst du nie an etwas schuld. SIE ist deine Schuld. Es ist dein Job, einen Platz für sie zum Schlafen zu finden, denn sie bleibt scheiße noch mal ganz bestimmt nicht hier!«

Auf Ginas Gesicht waren lachsfarbene Flecken zu sehen, und ihr Atem kam stoßweise.

»Okay, es ist schon spät«, sagte Matt, der fraglos einen seiner schlimmsten Momente erlebte und nach einem Weg suchte, wie er sich auf Zehenspitzen aus dem krokodilverseuchten Sumpf retten könnte, in dem er sich plötzlich wiederfand. »Wie wäre es, wenn wir morgen …«

Amelia unterbrach ihn und drehte eine große goldene Uhr an ihrem zierlichen Kinderhandgelenk herum, sodass sie das Zifferblatt sehen konnte. »Wenn wir hier nicht bleiben können … bis Manchester sind es ungefähr zwei Stunden, oder? Aber dort gibt es keine Hotels.«

Alle sperrten den Mund auf, um diese Feststellung zu hinterfragen, bevor ihnen klar wurde, dass sie damit nicht sagen wollte, es gäbe keine Hotels, sondern es gäbe keine *Hotels*.

»Vier Stunden bis London?«, fuhr Amelia fort.

Ted beugte sich zu ihr und flüsterte ihr etwas ins Ohr.

»Vier oder fünf, plus minus. Matt, pack deine Sachen, dann sind wir bis eins im Soho House. Ich schreibe Nick eine Nachricht, ich bin Mitglied.«

Matt sagte: »Ähm …?«

»Wir treffen uns draußen am Auto. Granny, hopp! Wir bleiben nicht! Na los, Granny.« Sie angelte die Französische Bulldogge zwischen den Stuhlbeinen heraus und hob sie hoch. Alle wappneten sich für eine spitze Bemerkung zum Abschied und hielten die Luft an, aber es kam nichts. Ohne ihre Anwesenheit noch einmal zu würdigen, verließ sie den Raum.

Schweigen breitete sich aus. Nicht einmal Joe Powell fiel eine geistreiche Bemerkung ein, um sie aus der Erschütterung zu reißen.

»Dev, es ist furchtbar unhöflich, wenn ich mit ihr fahre, aber ich weiß einfach nicht, wie ich die Sache anders hinbiegen kann. Soll ich ihr sagen, dass ich hierbleibe?«, fragte Matt. Er kratzte sich die Stirn.

»Ja, es ist unhöflich, aber wir wollen dich hier gar nicht mehr!«, sagte Gina. Dann hielt sie inne und fügte hinzu: »Jedenfalls will ich dich hier nicht mehr.«

»Gina! Matt gehört wie jeder andere auch zu diesem Wochenende«, wandte Roisin ein.

»Ja«, stimmte ihr Meredith zu. »Beruhige dich, G. Das ist nicht seine Schuld.«

»QUELLE SURPRISE!«, johlte Gina und hielt sich das Weinglas ans Gesicht.

»Ich will kein Spielverderber sein«, sagte Matt mit einem dezidierten Blick Richtung Roisin und Meredith. Sie verstanden die Bedeutung. Ganz offensichtlich würde Ginas und Matts Zerwürfnis nicht über Nacht heilen, kein zweites Mal, und wenn er bliebe, wäre die Stimmung ziemlich sicher endgültig verdorben.

»Kumpel, mach, was du für richtig hältst!«, sagte Dev. »Nichts für ungut. Dein Mädel ist echt ein Tornado, ha.«

»Dein Mädel ist ein A-Promi! Zum Henker, Matt?«, sagte Meredith. »Du hast uns kalt erwischt. Eine Warnung wäre nicht schlecht gewesen.« Sie lächelte.

»Ich habe darauf hingearbeitet«, sagte Matt mit abgehackter Stimme. »Ich hatte nicht damit gerechnet, dass die große Enthüllung terminlich dazwischenfunken würde. Dev, es tut mir so leid. Ich habe keinen Augenblick geglaubt, dass sie es als Einladung versteht, wenn ich sage, wo wir sind. Ihr Terminkalender ist völlig verrückt, ich wusste nicht mal, dass sie in England ist.«

»Machst du Witze! Hör auf, dich zu entschuldigen. Damit kannst du bis an dein Lebensende angeben!«

»Okay. Tschüss dann«, sagte Matt und traute sich kaum, sie anzusehen, als er, von gemurmelten Abschiedsgrüßen begleitet, aus dem Zimmer ging.

Roisin wollte etwas Nettes sagen, aber nachdem Gina mit den Nerven ohnehin völlig am Ende war, wagte sie nicht mehr zu sagen als: »Ciao, alles Gute.«

Eine Sekunde später scharten sie sich alle schamlos ums Fenster und starrten hinaus. Die Rücklichter des Jeeps leuchteten, und eine Tür stand offen. Schließlich erschien Matt, wieder in seinem hippen *Doctor-Who*-Aufzug, die Kopfhörer um den Hals.

Er blickte zum Esszimmerfenster und hob die Hand.

»Es ist, als steigt er in ein Raumschiff«, meinte Anita. »Mit einem Alien.«

»Auf Wiedersehen, Matthew McKenzie«, sagte Joe und winkte. »Dein Dahinscheiden hinterlässt eine riesige Lücke.«

»Beim nächsten Mal weiß ich's besser«, sagte Dev. »Es lohnt sich, genau nachzufragen, mit wem Matt gerade liiert ist. Wenn er Kylie sagt, checke ich besser, ob Minogue oder Jenner.«

Allerdings, dachte Roisin, hätten sie Bescheid gewusst, wenn

Joe Matts Enthüllung vom umgekehrten Catfishing nicht abgeblockt hätte.

Außerdem fiel ihr auf, dass Joe, von einer Spitze abgesehen, in Anwesenheit von Amelia Tornado ungewöhnlich zurückhaltend gewesen war. Vermutlich weil ihm seine kostbare Karriere verbot, sarkastische Frechheiten gegenüber berühmten Schauspielerinnen von sich zu geben. Eine Krähe hackt der anderen bekanntlich kein Auge aus.

»Hab ich das geträumt? Ich zittere«, sagte Roisin, als das Auto wegfuhr und das Adrenalin sich langsam wieder aus ihren Blutbahnen zurückzog. »Ist Amelia Lee wirklich Matts neueste Freundin, und hat Gina ihr eben gesagt, sie soll sich verpissen? Hab ich ernsthaft wie der letzte Schwachkopf gefragt: Bist du Amelia Lee? Ich kam mir wie jemand vor, der einen Mafioso fragt, ob er Mafioso ist. So etwas tut man nicht.«

»Ich bin froh, dass du's getan hast, denn bis dahin hatte ich auf Juwelendiebin gesetzt«, meinte Anita. »Ich dachte, sie sei auf der Flucht. Keine Fotos!«

»Falls das eine Halluzination war, dann habe ich dieselben Haschkekse gegessen wie ihr«, sagte Meredith und legte den Arm um Roisin. »Oh, Miss Walters, bitte erklären Sie uns, was das zu bedeuten hat.«

Es war keine Erklärung nötig. Besorgt sahen sie einander an und blickten dann zu Gina hinüber, die sich mit Western-Saloon-tauglichem Schwung und verschlagenem Gesichtsausdruck neuen Wein einschenkte.

So sehr sie Matt auch für seine Missetaten abgekanzelt hatte, Roisin war sich sicher, dass es ihr morgen noch elender gehen würde als ihm, sowohl psychisch als auch physisch.

»Joe! Sieh mal, wie spät es ist!«, sagte Anita und sah aufs Handy. »In fünf Minuten geht *Hunter* los! Alle Mann schnappen sich ihre Gläser, wir gehen in den Vorführraum!«

»Das kann jetzt eigentlich nur ein Antiklimax werden«, sagte Joe. »Das lässt sich schwer überbieten.«

Vor noch sehr kurzer Zeit hätte Roisin diesen Satz von Joe als falsche Bescheidenheit abgetan. Offen gestanden aber konnte er recht haben.

21

Roisin wusste keine Details über *Hunter* außer der groben Grundidee und den beteiligten Darstellern. Bei SEEN war sie in jedes kleinste Kinkerlitzchen involviert gewesen, mittlerweile aber hatte Joe eine kleine Armee an Profis, die ihm Vorschläge machten. Er hatte es verdient, dass man ihm ein wenig Raum ließ.

Als sie sich im plüschigen Vorführraum von Benbarrow Hall niederließen, wurde Roisin in allerletzter Minute von Reue gepackt, weil sie sich fragte, ob das, was sie für eine nette, entspannte Angelegenheit gehalten hatte, sich nicht als Unbesonnenheit herausstellen würde, die an Fahrlässigkeit grenzte.

»Es ist schon ein bisschen schmuddelig«, sagte Joe stolz. Roisin wurde schlecht. Schmuddelig? Sie konnte sehr gut darauf verzichten, dass ihre Klasse voller Teenager Schmuddeleien anschaute. Wenn es nun schmutzige Dialoge oder eine schockierende, für die mieseste Sexszene nominierte Passage gab? Warum nur hatte sie so wenig Vertrauen? War sie einfach bloß prüde? Okay, sie hatte gewusst, dass es um einen Sexsüchtigen ging, aber es war doch kein Porno. Also. Dummerweise fiel ihr erst im letzten Augenblick ein, dass es zwischen jugendfrei und nicht jugendfrei einigen Spielraum gab. Der Teufel steckte im Detail.

»Ich hoffe, euch gefällt's«, sagte Joe. »Kein Druck!«

»Wir sind garantiert begeistert«, meinte Dev.

Auf dem 98-Zoll-HD-Monitor erwachte die in diesem Augenblick zu Ende gehende Sendung vor *Hunter* zum Leben. Meredith machte eine Packung Schokoerdnüsse und eine Lakritzmischung auf und versuchte, der betrunkenen Gina welche aufzudrängen.

Anita, die den Filmvorführer gab, gesellte sich wieder zu ihnen. »O Mann, Joe! Ich bin total kribbelig, wie musst du dich nur fühlen!«

Roisin wäre gern auch so begeistert gewesen, wurde jedoch von einer ängstlichen Vorahnung gequält.

So mussten sich die Eltern von Schauspielern fühlen, wenn ihre Kinder Hamlet spielten. Hör auf, ermahnte sie sich. Du hast stellvertretend Lampenfieber. Es wird ganz wunderbar. Einfach weiteratmen.

Sie drückte Joes Arm und lächelte ihn im Dunkeln an. Er erwiderte ihr Lächeln, schob seine heiße Hand in ihre, drückte sie und ließ dann los. Es war der zärtlichste gemeinsame Moment seit Langem.

Die Leinwand wurde schwarz. Eine freundliche, junge, weibliche Stimme mit nordenglischem Akzent sagte in einem vertraulichen Ton:

»Jetzt auf BBC2: Die neue Serie des Autors von SEEN. Machen Sie sich bereit für eine hautnahe Begegnung mit Hunter, den Ermittler, der gegen Normen und Regeln verstößt. Bitte beachten Sie, dass der Film von Beginn an Szenen sexueller Art und Kraftausdrücke enthält.«

»Hoho!«, wurde gejohlt, und Roisins Magen verkrampfte sich.

Auf der Leinwand sah man eine Gruppe in ihren Dreißigern, die lachend in einem schicken Restaurant einen letzten Drink tranken.

»Ist das dieses Lokal in Didsbury?«, fragte Dev. »Scheiße, entschuldigt, Reden verboten. Ich heb's mir für später auf.«

Die Kamera zoomte den gut aussehenden Hauptdarsteller heran. Die Figur des Jasper Hunter wurde von dem löwenmähnigen und angeschmachteten dreißigjährigen Schauspieler Rufus Tate gespielt, dessen Bekanntheitsgrad zwischen dem Status als Indie Darling zum Prime-Time-Schwarm schwebte.

Er hatte den Arm um ein rehäugiges Mädchen gelegt, eine engelsgleiche brünette Schönheit namens Becca. Die Runde frotzelte über die Verlobung der beiden, und dass der misanthropische Workaholic Jasper sich endlich eingestanden hatte, dass er sich »den schokofarbenen Labrador und die Rosenranken um die Haustür« wünschte.

»Oder wenigstens eine Nespresso-Maschine mit Kapseln«, sagte er.

»Da wir gerade davon reden, Jas: Wir sollten aufbrechen«, flüsterte ihm die braunäugige Freundin hinter vorgehaltener Hand zu. »Sie machen schon die Kaffeemaschine sauber.«

Roisin schluckte schwer, als sich die Zusammensetzung der Gruppe herauskristallisierte. Die langjährige, liebe, nette Freundin mit ihrer Beständigkeit und ihrem schelmischem Witz. Eine punkig gekleidete unverblümte Lesbierin namens Victoria. Avi, eine lautstarker, selbstbewusster Inder … und die zierliche Blondine Gwen, in einem winzigen Neckholder-Top, die offensichtlich Beccas beste Freundin war.

Die Freundesgruppe auf der Leinwand, die Roisin schon jetzt insgeheim den Fiktiven Brian Club getauft hatte, stieg in ein Taxi.

Kurz darauf beugte sich Jasper zum Fahrer vor und rief: »Können Sie mich hier bitte rauslassen?«

»Verdammt, ich habe meinen Schal vergessen«, erklärte er den anderen. »Ich geh zu Fuß nach Hause.«

»Sicher? Sieht nach Regen aus«, meinte Becca.

»Ne, alles klar. Fahrt ihr nur. Mir ist das ganz recht, um nüchtern zu werden.«

Er grinste, schlug die Tür zu und sah dem Taxi hinterher, bis es um die Ecke gebogen war. Die Hände tief in den Manteltaschen, ging er zurück zum Restaurant.

Roisin fiel auf, wie schillernd die Szenerie wirkte. Manchester sah aus wie New York. Es war dunkel und regnerisch – wie bei *Blade Runner*.

Als Jasper zum Restaurant kommt, sind die Lichter gedimmt, und die Tür ist zu. Er schirmt die Augen mit den Händen ab und späht durchs Fenster, dann klopft er an die Tür. Versuchsweise drückt er die Klinke herunter: Die Tür ist nicht abgesperrt.

Er geht hinein.

Im Restaurant ist niemand außer einer auffallend attraktiven Kellnerin mit einem streng geschnittenen blondierten Louise-Brooks-Bob, die zuvor flüchtig im Bild war, als sie ihnen die Espressos brachte.

Sie stockt, als sie Jasper sieht, während sie in den Händen einen Besen hält. Lasziv zoomt die Kamera ihre schlanken Finger mit den dunkelroten Nägeln heran, die den Besenstiel umklammern und wieder loslassen. Schließlich sieht man nur mehr Jaspers und ihr Gesicht.

»Hi«, sagt er mit höflicher Zurückhaltung. »Ich … ich glaube, ich habe meinen Schal vergessen. Ah, da ist er ja.«

Er zieht ihn von einer Stuhllehne und legt ihn um. Sie neigt den Kopf zur Seite und beobachtet ihn.

»Ehrlich gesagt bin ich mir nicht sicher, ob Ihnen Blau steht«, sagt die Kellnerin mit katzenartig schnurrender Stimme.

»Wirklich?«

»Ja.«

»Übrigens habe ich gesehen, wie Sie den Schal abgelegt und absichtlich zurückgelassen haben.«

»Das wäre ausgesprochen merkwürdig.«

»Nicht wahr.«

Schnitt: Man hört Keuchen und Stöhnen, und die Kamera schwenkt über eine Toilettenkabine, in der Jasper und die Kellnerin es wie verrückt treiben. Aus der Vogelperspektive sieht man seine Brust und ihren Push-up-BH.

»Was bedeutet das?«, fragt Jasper keuchend und legt die Hand auf ein Tattoo an ihrer Schulter. Es ist eine Zahlenreihe, daneben eine winzige Mondsichel und eine winzige Sonne.

»Insiderwitz«, sagt sie, holt Atem und lächelt.

Jasper grinst lüstern und küsst sie.

In der nächsten Einstellung steht er allein in der Restauranttoilette und betrachtet sich im Spiegel über dem Waschbecken.

»Ich weiß, was du denkst«, sagt er zu seinem Spiegelbild, zur Kamera. »Warum? Na ja, nicht warum, du weißt, warum.« Er rupft ein Papierhandtuch aus dem Halter. »Das Herz sehnt sich nach Verbindlichkeit, die Libido nach dem Unbekannten. Deine eigentliche Frage lautet: Wie? Wie konntest du nur? Es gibt zwei Dinge, die man über mich wissen muss.« Jasper zieht die Tür auf, dreht sich um und wendet sich direkt an die Kamera. »Ich habe keine Schuldgefühle. Und ich werde es wieder tun.«

22

Erneut brachen die Zuschauer im Vorführraum von Benbarrow Hall in Begeisterungsstürme aus, und Roisin spürte Joes fiebrige Freude.

Sie war sich ihrer starren Position auf dem Sessel sehr bewusst – kein Zucken und keine einzige Regung sollten ihre Gefühle verraten. Und die waren tumultartig. Die Art zu reden ist so unverwechselbar die von Joe, dachte sie. Die ganze Attitüde.

Am Nacken unter ihrem Haar sammelte sich feucht der Schweiß.

Es ist grauer Tag. Aus dem Off kommt Jaspers Stimme.

»Manchester zu Beginn des einundzwanzigsten Jahrhunderts. Die Hauptstadt des Nordens. Vergesst das Bild, das ihr davon habt. Hier gibt es nicht nur brutale Jugendliche, Drogenopfer und alte Kinderwagen im Fluss … Wobei das alles mehr oder weniger meinen Job ausmacht. Willkommen bei der Kriminalpolizei von Manchester.«

Gelächter.

»Oje, Joe, wenn das vorbei ist, kriegst du nirgends mehr was zu trinken«, meinte Dev. »Sorry, ich bin ja schon leise.«

Jasper geht durch die Straßen der Stadt zu seinem Auto und wendet sich auf einer Metaebene wieder direkt an die Kamera, wobei ihn keiner der Passanten, die an ihm vorbeigehen, hören kann.

»Warum betrüge ich? Interessant, dass wir es Betrügen nennen, nicht wahr? Man nennt es Betrügen, weil dabei die Spielregeln, die uns aufgezwungen werden, nicht eingehalten werden. Wenn nicht aufgezwungen, so werden wir doch immerhin dazu genötigt. Wenn die Gesellschaft Ehrlichkeit beinahe unmöglich macht, dann wählen die Menschen den Betrug. Man kann die

Natur des Menschen nicht ändern, nur die Weise, in der sie sich ausdrückt. So ist es schon immer gewesen.«

Das Manifest eines maximalen Arschlochs, dachte Roisin. Stand sie dem Autor zu nahe, um es ausgewogen zu beurteilen? Sie wusste es nicht. Womöglich stand sie dem Autor eher zu fern.

Jasper erklärte der Kamera, dass es immer diese eine sexy Freundin der Partnerin gebe, die selbst für einen Mann mit seinen lockeren Moralvorstellungen absolut tabu sei. Du liebe Güte, vielen Dank auch, Joe. Roisin wäre am liebsten gestorben.

Sie blickte auf den Hinterkopf von Gina, die vor ihr saß, und fragte sich, was sie wohl dachte. Allerdings musste man Gina zugestehen, dass sie überhaupt nicht in der Verfassung war, etwas anzusehen, geschweige denn, es zu beurteilen.

Der ganze Film hatte es darauf abgesehen, unheimlich intellektuell, erotisch und vielsagend rüberzukommen, und wirkte auf Roisin doch einfach nur wie die Softpornoversion der Highschool-Komödie *Ferris macht blau*.

Während Jasper sich Notizen zur jüngsten Leiche macht, bemerkt er schockiert, dass die tote junge Frau ein besonderes Tattoo an der Schulter hat …

Die Folge endete mit einer Rückblende auf Jasper als Kind. Nachts schleicht er sich aus dem Schlafzimmer hinunter, um sich ein Glas Milch zu holen, und sieht seinen Vater mit einer Frau an der Stereoanlage. Als er anderen Geräuschen nachgeht, entdeckt er die eng umschlungenen Körper eines Mannes und seiner Mutter, deren High Heels vom Küchentisch herabbaumeln …

Abrupt setzte Roisin sich auf. Was? WAS?

Ihre Haut prickelte und war schweißnass.

Während man noch Jaspers Gesicht als Kind sah, dröhnten die Anfangsakkorde von Metallicas *Enter Sandman* aus den Lautsprechern des ausgepolsterten Vorführraums.

Alle außer Roisin brachen in Jubelschreie aus und reckten die Fäuste in die Höhe.

»Im Ernst? *Enter Sandman?*«, johlte Dev. »Wie viel hat das gekostet, du coole Sau?«

»Man hat mir deutlich zu verstehen gegeben, dass man mir da sehr weit entgegenkommt«, sagte Joe, der trunken war von dem Wirbel, den er verursachte. »Hat es euch gefallen?«

»Komm her, ich muss dich in den Arm nehmen. Das war unglaublich, Kumpel. Ich fass es nicht, das wird ein Bombenerfolg.«

Schwach klatschte Roisin in ihre feuchten Hände.

Es war gut, dass andere Leute anwesend waren, die Joe das Loblied singen konnten, das er hören wollte. Roisin hätte kein Wort der Anerkennung herausgebracht.

23

In der schwachen Morgendämmerung starrte Roisin an den Baldachin ihres Himmelbetts, während die Minuten verstrichen.

Schließlich nahm sie das Handy vom Nachtkästchen und sah auf die Uhr. 04.58 Uhr. In einer halben Stunde würde Joes Wecker klingeln. Sie war hellwach, ihr schwirrte der Kopf, und sie konnte nur schwitzend und mit kreisenden Gedanken herumliegen.

Beim Aufwachen war ihr absolut klar gewesen, wie es weitergehen musste. Roisin hatte sich gequält, gezweifelt und gemutmaßt, doch nun hatte sich die Lage endgültig zugespitzt. Sie hatte die Entschlossenheit, in der Vergangenheit zu verharren, mit Loyalität und Nachsicht verwechselt, statt sich der Gegenwart zu stellen.

Leise schlüpfte sie aus dem Bett und griff nach ihrem Morgenmantel. Joe schnarchte. Er hatte ohnehin einen guten Schlaf und darüber hinaus am Vorabend ordentlich gebechert.

Roisin konnte sich nicht daran erinnern, was zwischen dem Ende von *Hunter* und dem Zeitpunkt, als sie ins Bett ging, passiert war, außer dass es eine Menge Schulterklopfen gegeben hatte. Sie war vor Joe hinauf ins Zimmer gegangen, weil sie schlafen oder zumindest Schlaf vorschützen wollte, um nicht allein mit ihm zu sein.

Auf Zehenspitzen schlich sie durch das leere Haus, schaltete das Licht in der Küche an und kochte sich eine beruhigende Tasse Tee. Damit ging sie hinaus in den Garten, setzte sich auf eine niedrige Mauer und beobachtete den Sonnenaufgang über dem See. Sie wartete.

Zum x-ten Mal sah Roisin auf die Uhr. Wenn sein Wecker nicht versagt hatte, müsste Joe mittlerweile aufgestanden sein und sich fertig machen. Bei diesem Gedanken blickte sie auf und sah ihn über den Rasen auf sie zukommen; auch er hatte eine Tasse in der Hand.

Ihr Magen zog sich zusammen, und ihr Herz pochte heftig wie in einer grauenvollen Parodie einer Romanze aus der Regency-Epoche. In der frühmorgendlichen Wärme schwitzte sie und versuchte, sich für das zu wappnen, was ihr bevorstand, und Worte für diesen Showdown zu finden, die sie hinterher nicht bereuen müsste. Allerdings ahnte sie, dass das sowieso in die Binsen gehen würde.

Noch einmal rief sie sich in Erinnerung, dass sie keine Wahl hatte. Es hatte keinen Zweck, der Sache aus dem Weg zu gehen, Schlaf vorzuschützen oder das bisschen Zeit zu verschwenden, das ihnen blieb, bis sein Taxi die Auffahrt heraufkroch.

Wenn Roisin so tat, als wäre der gestrige Abend kein Problem für sie, dann würde sie den Mut verlieren und könnte nicht angemessen ihre Meinung sagen. Mit einer siebentägigen Verspätung lässt sich nicht wirklich überzeugend ausdrücken, dass man schockiert und erschüttert ist, insbesondere dann, wenn der andere mit einem Riesen-Jetlag von der Westküste zur Tür hereinkommt.

Es gab keinen richtigen, passenden Zeitpunkt, um das Problem anzusprechen, das machte die Sache so verzwickt. Sollte sie einen anderen Termin mit einem abgesteckten Zeitrahmen wählen? Joe würde ihr vorhalten, den Zeitdruck noch zu vergrößern. Während eines schönen Abendessens im Restaurant? Sie würde es ruinieren. An einem ruhigen Tag? Ein Überfall aus dem Hinterhalt.

Roisin holte Luft, atmete aus und gestand sich ein, dass sie auch ohne die Seitenhiebe in *Hunter* diese Abrechnung schon viel zu lange hinausgezögert hatte – in der Hoffnung, dass der Gedanke im Exil und von jeder ernsthaften Erwägung verbannt eine Wandlung vollzöge oder seinen Geist aushauchte. Dass sich die Sache von allein lösen würde. Auf verquere Art hatte Joe ihr einen Gefallen getan. Er hatte ihr gegenüber ein Maß an Geringschätzung zur Schau gestellt, das sie nicht länger ignorieren konnte.

»Warum nur habe ich das Gefühl, dass du nicht deshalb so früh aufgestanden bist, weil du mich mit einer liebevollen Umarmung verabschieden willst?«, sagte Joe, als er neben ihr stand. Er nippte an seinem schwarzen Kaffee. Sein Gesicht war noch vom Schlaf zerknautscht und vom Alkohol am Vorabend aufgedunsen, und das vom Duschen nasse Haar schimmerte.

»Was meinst du?«, fragte sie, um ihre Stimme zu testen.

»Du bist schon das ganze Wochenende so schlecht gelaunt, Roisin. Gestern nach der Filmpremiere hast du praktisch kein Wort gesagt. Und dann stehst du hier allein im Morgengrauen und machst ein Gesicht, als wärst du das herumgeisternde Dienstmädchen von Benbarrow Hall, das aus seinem nassen Grab auferstanden ist. Ich bin doch nicht blöd. Was willst du mir sagen?«

Einerseits festzustellen, dass sie unglücklich war, und sich gleichzeitig über sie lustig zu machen, passte nicht recht zusammen. Ein simples »Geht's dir gut?« hätte genügt. Joe war bereit zum Kampf.

Ein tiefer Atemzug.

»Warum hast du meine Mum und meinen Dad in der Geschichte verwurschtelt?«

Die Tasse am Mund hielt Joe inne. »In *Hunter?* Das waren nicht deine Eltern. Das war Fiktion.«

»Das Kind, das sich nachts runterschleicht und die Mutter auf dem Tisch ertappt? Willst du behaupten, du hast das nicht aus einer sehr speziellen Geschichte, die ich dir erzählt habe?«

»Doch, natürlich. Vieles von dem, was ich schreibe, stammt aus Geschichten, die mir Leute erzählt haben.«

»Leute?!«, rief Roisin, die ihre Fassung schneller verlor, als sie erwartet hatte. Der Plan war bereits in die Binsen gegangen.

»Ich bin deine Freundin. Komm mir nicht mit dem Geschwafel darüber, wie eine Story entsteht. Das hier ist keine Fragestunde, in der das Publikum wissen will, woher du deine Ideen nimmst.«

»Was genau erwartest du von mir? Ich gebe es zu. Ja, die Szene war teilweise von dem inspiriert, was du mir erzählt hast. In den nächsten Folgen wirst du sehen, dass …«

»Du hast mein Vertrauen missbraucht«, sagte Roisin.

Joe verzog das Gesicht zu einer übertrieben ungläubigen Grimasse. »Das ist eine Verdrehung der Tatsachen. Man greift immer auf Dinge und Menschen zurück, die einen umgeben und einem nahestehen. Soll ich alles, was ich schreibe, erst einer Quellenprüfung unterziehen und auf Ähnlichkeiten abgleichen?«

»Das hier ist verdammt konkret, findest du nicht? Deine Verteidigung zieht nicht, Joe. Wie viele Menschen kennst du, die ihre Mutter mit einem fremden Mann ertappt haben?«

»Wie gesagt, es stimmt, der Impuls kam von dir.«

»Impuls. Dann war wohl meine Erzählung auf dieselbe Weise ein Impuls wie der Untergang der Titanic ein Impuls für den Film *Titanic* war.«

»Es geht um eine Filmsequenz von ein paar Sekunden, nicht um das eigentliche Thema. Bei dem, was ich mache, ist man unvermeidlich von Dingen aus dem richtigen Leben beeinflusst.«

Roisin war beinahe erleichtert darüber, wie wütend sie noch immer war und wie armselig und faul seine Ausreden klangen. Es machte die Sache einfacher.

»Du tust so, als gäbe es keinen Unterschied, ob man etwas ganz Allgemeines aus dem Leben verwendet oder traumatische, intime Erlebnisse der eigenen Freundin. Dinge, die sie dir im Vertrauen erzählt hat. Warum hast du mich nicht vorgewarnt? Gibt es noch mehr, worauf ich vorbereitet sein sollte?«

Die Vorstellung, dass er die Abtreibung benutzt haben könnte, löste ein halbes Erdbeben in ihrem Magen aus.

»Okay, es tut mir leid. Ich habe nicht nachgedacht. Nein, es gibt nichts anderes. Mir war nicht klar, dass dir das immer noch so zusetzt. Wahrscheinlich weißt du das nicht mehr, aber als du mir das erste Mal davon erzählt hast, fandest du es auf eine düstere Art sogar lustig.«

Das war derart hinterhältig und unfair, dass Roisin ihn in diesem Moment buchstäblich hasste. Vielleicht war sie, als sie ihm das erste Mal davon erzählte, auf einen Lacher aus gewesen. Es war bei einem ihrer ersten Dates gewesen, Roisin wollte gewagt und faszinierend wirken und die dysfunktionale Familie als Teil der eigenen schillernden Persönlichkeit hinstellen. Die Dinge, die sich zwei Menschen erzählten, wenn sie das erste Mal miteinander schliefen, sollte man keiner Prüfung bei Tageslicht unterziehen. Wenn man von der menschlichen Natur genug verstand, um darüber zu schreiben, wusste man, wenn man eine Grenze überschritt.

»Du erinnerst dich also sehr deutlich an den Tonfall einer Unterhaltung, die zehn Jahre zurückliegt, kannst dir aber gleichzeitig nicht erklären, warum du nicht daran gedacht hast, mit mir zu reden, als du diese Szene vor wenigen Monaten geschrieben hast?«, fragte Roisin.

»Offensichtlich kann ich mich bei diesem Streit mit allem, was ich sage, nur noch tiefer reinreiten.«

»Das ist jetzt nicht dein Ernst, oder?«

Joe kniff die Augen zu und machte eine Pause. Es war ein theatralisches Mittel, um zu verdeutlichen, wie unnötig das alles war. Dass sie »übertrieben austickte«, wie Roisins Schüler gesagt hätten. Er trank den letzten Schluck Kaffee und stellte die Tasse auf der Mauer ab.

»Ich wollte dir davon erzählen, aber in dem langwierigen Schreibprozess mit den ganzen Korrekturdurchgängen und dem Beginn der Produktion ist es unter den Tisch gefallen. Wie gesagt, es tut mir ehrlich leid. Die Anspielung sollte eigentlich nicht so deutlich ausfallen, dass du derart emotional darauf reagierst. In meiner Vorstellung war es ein Teil von Jaspers Geschichte geworden – und damit etwas völlig anderes. Natürlich hätte ich daran denken müssen, dass es für jemanden wie dich, der an dem Prozess nicht beteiligt war, ein Schock sein könnte.«

Roisin wusste nicht genau, was sie erwartet hatte, aber sie war fassungslos über diese aalglatt gequirlte Scheiße. Um überhaupt Verständnis aufzubringen oder zu verzeihen, brauchte sie ein gewisses Maß an Ehrlichkeit. Aber selbst jetzt fühlte sich Joe nicht genötigt, aufrichtig zu sein. Offenbar kam er gut ohne ihr Verständnis und ihre Vergebung aus. Sie empfand sein Verhalten als sehr geringschätzig. Unvermeidlich kam ihr das Wort »Verachtung« in den Sinn.

»Joe, das ist skrupellos. Du klingst wie ein verschwitzter korrupter Politiker in den Abendnachrichten. Du bist mir gegenüber absolut unaufrichtig. Beunruhigender aber ist, dass du dich vermutlich noch nicht einmal gefragt hast, warum du das gemacht hast. Es interessiert dich nicht.«

O Gott, genau das war's, das traf den Nagel auf den Kopf. Obwohl sie so geknickt war, hatte sich Joe nicht etwa gefragt, warum er geglaubt hatte, er habe richtig gehandelt. Er wirkte kein bisschen betroffen oder schuldbewusst. Stattdessen hatte er geradewegs in den Schadensbegrenzungsmodus geschaltet und sie mit faulen Ausreden abgespeist. Das Ganze war ihm gleichgültig, und er hatte nicht einmal sein Gewissen befragt. Augenscheinlich kam ihm das gar nicht in den Sinn.

»Inwiefern bin ich unaufrichtig?«

»Die Wahrheit, Joe, ist: Du wusstest, dass es Diebstahl war, es ein sensibles Thema ist. Hättest du mir davon erzählt, hätte ich Einspruch erhoben, und du hättest die Szene rausnehmen müssen. Also hast du es einfach riskiert und gedacht, wenn du damit durchkommst, umso besser. Falls es schiefläuft und ich an die Decke gehe, war es die Sache trotzdem wert. Selbst als klar war, dass ich es hier zu sehen kriege, im Kreis unserer Freunde, hast du es nicht für nötig gehalten, mir reinen Wein einzuschenken. Warum solltest du mir auch Gelegenheit geben, die Nervensäge zu spielen? Dieser ganze Krach ist völlig bedeutungslos, weil es dir am Arsch vorbeigeht, wie sehr mich das verletzt. Im Vergleich zu deiner Karriere ist es ohne Belang. Bloß eine lästige Unannehmlichkeit, die du deichseln musst, bevor du dich so wichtigen Dingen widmest wie einem Brunch mit Männern in Designer-Sonnenbrillen in Los Angeles, bei dem niemand etwas isst.«

Als sie ausgeredet hatte, wirkte Joe in Bedrängnis, aber – untypisch für ihn – auch ein bisschen beeindruckt. Sie hatte seine Aufmerksamkeit. Offensichtlich hatte Roisins Wutausbruch bewirkt, dass er ihr seit langer Zeit das erste Mal wirklich zugehört hatte.

Sie fragte sich, ob er die Szene archivierte, um sie zu einem späteren Zeitpunkt zu verwerten, ob jegliche Privatsphäre mittlerweile nur noch eine Illusion war.

»Unter uns« hatte keinerlei Bedeutung mehr.

24

Roisin hatte nicht vor, das jetzt folgende Schweigen zu brechen.

»Also. Ich muss zum Flughafen, uns bleibt nicht viel Zeit«, sagte Joe nach einer Weile. »Bevor wir ein weiteres Fass aufmachen, darf ich vorschlagen, dass wir uns das bis nach meiner Rückkehr aufheben? Das alles ist ganz schön viel auf einmal. Insbesondere hier.« Mit dem Kopf deutete er auf das Haus.

»Aha, das Chill-mal-Damengambit.«

»Nein, es geht eher darum, dass wir keine Zeit und jede Menge Gesellschaft haben. Das hier ist Devs besonderes Wochenende.«

»Mir wäre lieber gewesen, wenn das nicht vor aller Augen passiert wäre.«

»Schau mal, ich habe doch kein Geheimnis gelüftet. Außer uns beiden weiß kein Mensch, dass diese Szene aus deiner Kindheit stammt.«

Dieser Satz sagte mehr über Joe aus, als ihm bewusst war. Nur der Schein zählt, und er hatte ihren nicht beschädigt. Da nur Roisin das Plagiat und den Verrat kannte, spielte das alles im Grunde keine Rolle. Denn Roisin spielte keine Rolle.

»Selbst wenn es nur darum ginge, könnte meine Mum die Szene wiedererkennen, meinst du nicht?« Ihre Stimme bebte. Die Vorstellung war unerträglich.

»Sie wird es nicht zu sehen bekommen. Sie hat sich SEEN nicht bis zum Ende angeschaut, weißt du nicht mehr?«

Joe nahm seiner Schwiegermutter in spe übel, dass sie seiner Arbeit gegenüber so gleichgültig war. Natürlich hatte Lorraine sich keine Mühe gegeben, aus Höflichkeit Interesse zu heucheln. »Das ist nicht mein Ding.« O Mann, war das Joes heimliche Rache?

»Wer weiß. Zumindest ist nicht ausgeschlossen, dass sie es sich ansieht. Was soll ich sagen, wenn sie mich darauf anspricht?«

»Das wird sie kaum machen, oder?« Joe zog eine Augenbraue hoch.

»Was willst du damit sagen?«

»Es ist ja ziemlich peinlich. Für sie.«

Das war derart scheinheilig, dass es Roisin fast die Luft abschnürte. »Wow, jetzt also wird dir bewusst, was für ein Tabu das ist? Lieber spät als nie. Ach nein, halt, *spät* bedeutet hier ja dasselbe wie *nie.*«

»Du weißt, was ich meine! So weit wird sie nicht gehen.«

»Ja, ich weiß, was du meinst, da ich ja nicht an derselben ungemein praktischen Hirnvernebelung leide wie du. Ich weiß, dass es extrem unangenehm für meine Mutter wäre, mich zu fragen, ob ich vor zwanzig Jahren zufällig etwas über ihre offene Ehe herausgefunden und meinem Lebensgefährten davon erzählt habe und er die Sache ins Fernsehen gebracht hat, wo sie sich wiedererkannt hat.«

Joe schüttelte den Kopf. »Ich wünschte, ich hätte die Sache besser durchdacht, ehrlich. Dann hätte ich die Finger davon gelassen.«

Scheißdreck, dachte Roisin. Du bist ein Lügner. Dir tut höchstens leid, dass du nicht mit diesem Widerspruch gerechnet hast.

»Angesichts der Tatsache, dass die letzten dreißig Sekunden im Film aus meinem Leben stammen, darf ich fragen, ob die Taxiszene ebenfalls auf einem wahren Vorfall beruht?«

»Was?«

»Den Schal im Restaurant vergessen, und als alle im Taxi sitzen, zu Fuß zurückgehen. Spät nach Hause kommen. Das war im Sommer vor zwei Jahren. Das italienische Restaurant Sesso, hab ich recht? Genau genommen ist es exakt zwei Jahre her – ich glaube, es war Ginas Geburtstag.«

»Was genau ist deine Frage? Ob ich an dem Abend zurückgegangen und eine Kellnerin gevögelt habe?«

»Ganz genau, das ist die Frage.«

»Wow. Steht es mir frei, beleidigt zu sein, weil du diese Frage überhaupt stellst, oder funktioniert das so nicht?«

»Hast du dir keine Gedanken darüber gemacht, dass mich so etwas irritieren und beunruhigen könnte, nachdem du ja bereits ein echtes Szenario aus meinem Leben eingebaut hast?«

Angesichts ihrer monogamen Beziehung war es so geschmacklos, ihr echtes Leben als Blaupause zu verwenden. Das sprach für ein verdammt großes Hinterland machomäßigen Wunschdenkens. Hatte er wirklich nicht kapiert, wie sehr sie das verletzte? Ihr kam es so vor, als habe man Joe bei Vertragsunterschrift das Empathie-Areal operativ entfernt.

»Nein, denn ich bin davon ausgegangen, du weißt, dass wir uns im Bereich der Fiktion befinden. Wenn ich es aber ausbuchstabieren soll, Rosh: Nein, die Szene ist reine Erfindung.« Joe richtete sich zu voller Größe auf, um seiner Empörung mehr Gewicht zu verleihen. »Ich bin kein chronisch fremdgehender, risikofreudiger, sexsüchtiger Typ wie mein Antiheld. Ebenso wenig habe ich in der Vergangenheit mithilfe meiner außergewöhnlichen Begabung für Gesichtserkennung eine Eliteeinheit der Polizei angeführt.«

»Ich finde, die Frage ist berechtigt«, sagte Roisin. »Auch die Nebenhandlung mit der superheißen besten Freundin der Freundin war irgendwie heftig. Was soll Gina denn davon halten?«

»Gina braucht überhaupt nichts davon zu halten, denn das war nicht Gina. Und auch nicht ich oder sonst jemand von uns. O Mann. Langsam denke ich, es wäre besser gewesen, man hätte mir den Auftrag gegeben, ein paar Folgen von *Emmerdale* zu schreiben. Natürlich könntest du dann fragen, auf welchen Vorbildern die Schafe beruhen.«

»Super. Es ist wirklich nett, trotz all der Demütigungen deine feste Freundin zu sein.«

»Deine Fragen sind lächerlich, deswegen kriegst du auch lächerliche Antworten. Es ist ganz schön beschissen, wenn einem die Freundin die Arbeit so zerpflückt. Kannst du dir nicht vorstellen, wie verletzend es für mich ist, dass es dir nicht gefallen hat?«

So ein Egozentriker! Roisin konnte nur schnauben.

»Weißt du, was dich eigentlich stört?«, fuhr Joe fort. »Dass du nicht mehr im Mittelpunkt stehst.«

»Wie bitte?!«

»Lange Zeit hattest du die Oberhand, das wissen wir beide. Du warst immer eine Nummer zu groß für mich. Die hippe, witzige, selbstbewusste Roisin, super im Job, immer im Zentrum der Aufmerksamkeit … Wie hat es der total abgebrannte, sarkastische Möchtegern-Schriftsteller nur geschafft, sich die zu angeln? Jetzt bin ich derjenige, um den Trara gemacht wird. Das Machtverhältnis hat sich verschoben, und das passt dir nicht – deswegen suchst du andere Gründe.«

Anschuldigungen von einem Menschen, den man sehr gut kennt, können manchmal wie eine Klinge zwischen die Rippen sein, der Angriff eines Profikillers, der genau weiß, wie er mit einer einzigen, sparsamen Bewegung das lebenswichtige Organ trifft – und zwar dann, wenn man weiß, dass sie der Wahrheit entsprechen. Andere Anschuldigungen kommen aus heiterem Himmel, aus dem Nichts: wie eine Frisbeescheibe, die in einem Bogen durch die Luft direkt auf dich zukommt.

Das hier war eine Frisbeescheibe.

»Das ist total verrückt, und es ist kränkend. Ich bin ehrlich stolz auf dich.«

»Ist das der Grund, warum du seit unserer Ankunft hier so abweisend bist? Du behauptest, dass du wegen *Hunter* aufgebracht bist, aber du hast mich, seit wir hier sind, praktisch nicht angeschaut. Mir kommt es so vor, als suchst du nach einem Grund.«

»Joe, das hat nichts mit Eifersucht zu tun, sondern damit, dass sich unsere Beziehung in Luft aufgelöst hat. Als hättest du deine Sachen gepackt und seist ausgezogen. Die meiste Zeit beachtest du mich doch gar nicht.«

»Willst du damit sagen, dass ich dir in der für mich – für uns – völlig irren Zeit, in der ich uns ein finanzielles Fundament aufgebaut habe, nicht genug Aufmerksamkeit geschenkt habe? Dass ich keinen Bohei um dich gemacht habe?«

Sie hatte sich schon gefragt, wie lange es dauern würde, bis das Thema Geld aufs Tapet käme. Aber sie würde die Waffe, dass sie ihn jahrelang unterstützt hatte, nicht gegen ihn verwenden. Die Liebe war keine Frage von Ausgleichszahlungen.

»Dass du *Bohei machen* sagst, als sei ich eine verwöhnte Göre, statt dir Gedanken darüber zu machen, dass ich unglücklich bin, zeigt genau, was ich meine.«

»Au Mann. Dieser Streit, auf den du dich ganz offensichtlich vorbereitet hast und ich nicht, ist eine Aneinanderreihung von Fallgruben. Was soll ich denn deiner Meinung nach tun? Zugeben, dass ich ein eiskaltes Arschloch bin?« Bevor sie reagieren konnte, wetterte er weiter. »Ich kann diese Dramen gerade wirklich nicht brauchen, Roisin. Demnächst sitze ich zehn Stunden im Flieger, und dann steht mir eine der beängstigendsten Begegnungen meines Lebens bevor – eine, die mein Leben verändern könnte. Unser Leben. Und jetzt soll ich die Reise mit diesem Scheiß im Kopf antreten? Ernsthaft? Konnte das nicht warten, bis ich wieder da bin?«

Na also. Joes Meinung nach pfuschte er ihr in die Arbeit, dabei merkte er nicht einmal, dass er diese über Roisin stellte.

»Hätte ich abgewartet, dann hättest du bestimmt gesagt, dass es ja nicht so schlimm sein könnte und ich mich reingesteigert hätte, während du weg warst. Du bist für mich nicht mehr verfügbar, Joe.«

»Okay, egal, was ich in einem alternativen Universum möglicherweise gesagt oder getan hätte«, sagte Joe wieder einmal, ohne sich eine Sekunde zum Nachdenken zu gönnen, und sah auf die Uhr, »mein Taxi ist gleich da. Ich werde Dev ein Dankeschön schreiben. Können wir das hier abschließen?«

Roisin spürte das Blut in den Ohren rauschen. »Ich will die Sache ganz abschließen, Joe.«

Kurz hielt er inne. »Du willst dich trennen?«

»Ja.«

Schwer drückte die Sommerluft auf sie herab.

»Du liebst mich nicht mehr?«

»Ich glaube, ich kenne dich nicht mehr gut genug, um dich zu lieben«, sagte Roisin und hielt die Tränen hinter der Mauer ihrer beengten Brust zurück.

»Ha. Geniale Ausflucht.«

Natürlich gab sich Joe nicht die Blöße, sich seine Überraschung anmerken zu lassen, aber zu ihrer eigenen Überraschung spürte Roisin sie doch. Warum war er gar nicht auf diese Idee gekommen?

Schon richtig, sie waren seit beinahe zehn Jahren ein Paar. Aber sie waren noch jung, nicht verheiratet, hatten keine Kinder, und der Tenor dieser Auseinandersetzung ohne jegliche Zugeständnisse oder Behutsamkeit besaß für Roisin sehr deutlich etwas Abschließendes. Wenn es nicht das Ende war, so deutete es doch mindestens auf das Ende hin. War Joe nicht darauf zugesteuert? Hatte er sich das noch gar nicht eingestanden? Wollte er den ersten Schritt tun?

Ach, natürlich, das Geld, dachte sie. Auch wenn Joe kein besonders materialistisch denkender Mensch und in Geldfragen kein Macho war, war das der Knackpunkt: Kein Mensch rechnet damit, dass jemand ohne viel Geld sich von jemandem mit viel Geld trennt. Mit vierzig hätte er ein Vermögen beisammen – und Roisin stieg aus.

Deshalb hielt er sich wohl derzeit für nicht abservierbar.

»Dazu fällt mir jetzt echt nichts mehr ein. Ich hatte keine Ahnung, dass du heute Morgen aufwachst und beschließt, dass es zwischen uns zu Ende ist«, sagte Joe.

»Ich denke, es ist schon eine ganze Weile zu Ende«, erwiderte Roisin. »Ich bin nur diejenige, die es ausspricht.«

Sie wappnete sich für eine spitze Replik, einen scharfen Widerspruch, aber Joe blickte sie nur mit diesen dunklen Augen an, in denen sie früher einmal so viel Tiefgründigkeit gesehen hatte.

Könnte sie sich wieder in ihn verlieben? Nicht ohne seine Hilfe.

»Das ist mir jetzt zu viel. Können wir reden, wenn ich aus Amerika zurück bin?«, sagte er schließlich. »In einer Woche bin ich wieder da, maximal zehn Tage.«

Roisin nickte. Das war ohnehin unvermeidlich.

Joe atmete schwer aus und nahm seine Tasse. Roisin wurde von Schuldbewusstsein überwältigt, doch wieder einmal sagte sie sich: Du hast diesen Zeitpunkt oder Ort nicht gewählt. Du hast diesen Streit nicht heraufbeschworen.

»Lass uns lieber nicht gemeinsam irgendwem im Haus in die Arme laufen. Gibst du mir zehn Minuten Vorsprung?«

»Klar«, sagte Roisin.

»Ich schicke dir eine Nachricht, wenn ich gelandet bin«, sagte Joe.

»Danke«, erwiderte sie steif.

Er beugte sich zu ihr und umarmte sie kurz, so kurz, dass ihr keine Zeit blieb, darauf zu reagieren, und ging dann weg.

Sie sah ihm hinterher, wie er den Rasen zum Haus überquerte, und wusste nicht, wie sie ihre Gefühle einordnen sollte.

Sie war froh, das Geständnis hinter sich zu haben. Innerlich zerrissen und traurig. Am Boden zerstört, dass es so weit gekommen war, und gleichzeitig trotz allem im Zweifel, ob das wirklich nötig war.

Am Haus angekommen, zog Joe die Tür hinter sich zu. Roisin ließ die Schultern sinken und versuchte, die veränderte Wirklichkeit zu begreifen.

Da war noch so ein Gefühl, das sie nicht sofort benennen konnte. Augenblick – es war Angst. Ihr war angst und bange, und zwar mehr noch als gestern Abend im Vorführraum. Warum?

Direkt aus dem Bauch kam eine Erkenntnis, so schockierend und surreal, dass ihr Hirn sie unmittelbar zurückwies. Doch ihr Bauch klammerte sich stur an seinen Instinkt.

An dem Abend, nachdem Joe zu Fuß vom Restaurant Sesso nach Hause gegangen war, hatte er geduscht. Normalerweise duschte er nicht vor dem Zubettgehen, und sie hatte es damals merkwürdig gefunden. Als er ins Bett kroch, hatte sie schlaftrunken nachgefragt, und er hatte behauptet, er sei in den Regen gekommen. Allerdings hatte es nicht geregnet, sofern sich die Burton Road nicht im denkbar winzigsten Mikroklima befand. Roisin schlief am liebsten bei offenem Fenster, und die Nacht war ruhig gewesen.

Außerdem erschien es irgendwie widersprüchlich, dass dieser Abend einerseits die Eröffnungsszene des Films inspiriert hatte und andererseits völlig ereignislos verlaufen sein sollte. Zumindest hatte er darüber nachgedacht.

Roisin konnte sich an keine besonders auffällige Kellnerin erinnern.

Obwohl sie Joe gefragt hatte, ob der Seitensprung autobiografisch sei, hatte sie die Möglichkeit nicht ernsthaft erwogen. Sie hatte sich im Recht gefühlt, darauf hinzuweisen, dass andere dies in Betracht ziehen könnten.

Und wenn es doch so war? Drehte sie gerade durch? Vor dem gestrigen Abend hätte sie diesen Gedanken von sich gewiesen und für unmöglich gehalten. Er war nicht der Typ für so was. Ihm fehle einfach die Gelegenheit, hatte sie ihrer Therapeutin erklärt. Aber selbst wenn sie ihm etwas Derartiges zutraute, warum sollte Joe es ihr unter die Nase reiben und Kopf und Kragen riskieren?

Wobei … man musste sich nur ansehen, was er mit ihrer Vergangenheit angestellt hatte. Es ging ihm am Arsch vorbei. Er war der Meinung, ein billiges »mea culpa« reiche aus, falls man ihn auf frischer Tat ertappte. Er hatte auf Risiko gespielt.

Wie eine riesige Welle überkam sie Übelkeit, sodass Roisin das Gefühl hatte, den Boden unter den Füßen zu verlieren.

Hatte Joe sein Gewissen aus dem einfachen Grund nicht befragt, weil er keines besaß?

War der größte Verrat gar nicht der, den sie im Sinn gehabt hatte? Was, wenn Joe eben jener Jasper war?

Es gibt zwei Dinge, die man über mich wissen muss. Ich habe keine Schuldgefühle. Und ich werde es wieder tun.

25

Da ist sie ja! Hast du die Zeitung gesehen!?«, trällerte Dev und reichte Roisin ein Bacon-Sandwich, während aus der Bluetooth-Box *Chaise Longue* von Wet Leg wummerte.

Anita saß am Küchentisch und machte sich über etwas mit Eiern und viel Soße her. Auch weil sie so gern aß und Dev gern kochte, harmonierten die beiden so gut. Roisin hoffte sehr, dass sie einen Weg aus der Fortpflanzungssackgasse finden würden.

Der Brian Club war nun bereits um zwei Mitglieder geschrumpft, der eine weilte in London, der andere befand sich auf dem Weg nach Los Angeles, und die beiden, die noch fehlten, waren offenbar noch nicht aufgestanden.

Wie war es wohl Matt ergangen, nachdem er in dieses Kidnapper-Auto gestiegen war? Roisin malte sich aus, dass er in einem abspritzbaren Raum im Soho House auf allen vieren kniete, Ballknebel im Mund, während Amelia Lee bellend Befehle erteilte und Granville, ein Springbock-Biltong kauend, zusah.

»Nein«, sagte Roisin zu Dev und setzte ein vage interessiertes, doch psychologisch robustes Lächeln auf.

Sie wollte keinesfalls die letzten Stunden von Devs großem Ausflug ruinieren und durchblicken lassen, dass sie und Joe gestritten hatten. Doch womöglich war ihr das unlängst geschehene Unheil deutlich im Gesicht abzulesen. Ihr graute vor dem Moment, wenn jemand beim Anblick eines Menschen, der meint, völlig normal auszusehen, ruft: »O Gott, was ist passiert?«

Ausgelassene Hochstimmung konnte sie einfach nicht vortäuschen, außerdem wäre es moralisch fragwürdig, also beschränkte sie sich darauf, nüchterne Fröhlichkeit zu simulieren.

Wie sich herausstellte, hätte Roisin sich keine Sorge darüber machen müssen.

»Hey, du musst dir die Kritiken anhören!«, sagte Dev und hopste aufgekratzt vor ihr herum. Einen Moment lang empfand sie es als unsensibel. Aber natürlich musste Dev davon ausgehen, dass Roisin überglücklich über Joes Erfolg war.

Schlagartig wurde ihr klar, dass nur sie selbst die Anspielungen auf ihrer aller Leben in *Hunter* als verstörend fand. Stimmte, was Joe sagte? Hatte sie völlig überreagiert?

War ihr Urteilsvermögen beeinträchtigt, weil sie sich in der Beziehung unglücklich fühlte? War ihre Reaktion wie bei einer Kernfusion angefeuert worden?

Dev wischte sich die Toastkrümel von den Fingern und stützte eine Hand in die Hüfte, während er auf eine Art, die keinen Widerspruch duldete, auf seinem Handy scrollte.

»Da ist es … Rosh, er hat flächendeckend fünf Sterne abgesahnt. Nur der *Telegraph* ist ein bisschen schnippisch. Hör dir das an …« Dev schaltete Wet Leg auf stumm.

Roisin nippte an ihrer Kaffeetasse und betrachtete das Bacon-Sandwich aus Sauerteig, das wie ein mit Chilisoße bestrichenes zähes Sofakissen schmecken würde.

Die ganze Welt machte sich lustig über sie.

»Okay … also. Ein gewisser Niall Thingy im *Observer* schreibt«, Dev holte Luft. »Ich separiere, das ist alles. Wir alle tun das. Im Leben jedes Menschen gibt es unterschiedliche Bereiche, die er voneinander separiert und gegeneinander abschottet. Der einzige Unterschied ist, dass die von mir ein bisschen interessanter sind als die von dir. Mit diesen Worten wendet sich Jasper Hunter, der Titelheld (ein geradezu unanständig charismatischer Rufus Tate) an die Kamera. Alles deutet darauf hin, dass es keinem anderen Kommissar gelingen wird, herauszufinden, wer hinter der grausamen Mordserie an den attraktiven jungen Frauen steckt. Die einzige Gemeinsamkeit der Opfer: Sie arbeiten als Kellnerinnen in Bars oder Restaurants. Es gibt jemanden, der es noch weniger ausstehen kann als ich, sein Essen zu teilen, scherzt Jaspers mürrischer Chef Nev mit unverhohlener Freude, dargestellt vom Sänger der *Happy Mondays* Shaun Ryder. (In dieser Serie wird an Witz nicht gespart.) Während Jasper zwar liiert und sehr glücklich mit seiner Verlobten Becca ist, hütet er ein Geheimnis: Seine Schwäche ist riskanter Sex mit fremden Frauen. Die einzigen Menschen, die mich fragen, was daran so reizvoll ist, sind diejenigen, die es nie ausprobiert haben, erklärt Hunter nach einer ausgesprochen plastischen Sexszene mit einer umwerfend schönen Rezeptionistin auf einem Parkplatz.«

Roisin hoffte, dass Dev aufhörte, aber er war voller Eifer bei der Sache.

»Wäre *Hunter* die Erfindung eines weniger erfahrenen Drehbuchautors als Joe Powell, der es mit SEEN zu Ruhm gebracht hat, wäre das übliche Klischee des unkonventionellen Kommissars mit problematischem Privatleben herausgekommen. Jasper aber jongliert mühelos alle Bälle gleichzeitig und hat überall (Verzeihung!) seine Finger drin. *Hunter* stellt eine philosophische Frage: Spielt Untreue eine Rolle, wenn man sie erfolgreich geheim hält? Wirklich gute Gangsterfilme bringen einen dazu, die eigene Faszination für die Verführungen dieses Lebensstils und die mitempfundene Freude an manch widerwärtiger Grenzüberschreitung zu hinterfragen …«

Dev blickte auf. »Widerwärtige Grenzüberschreitung, das gefällt mir.«

Roisin lächelte gequält.

»Genauso anziehend wirkt Jaspers heiter-amoralische Haltung zu beiläufigem Sex. Anfangs reagiert man noch schockiert oder sogar mit Abscheu auf sein promiskuitives Doppelspiel. Monogamie, so sagt er, ist der Preis, den die Gesellschaft einem abverlangt, um ein sesshaftes Leben mit einem Seelenverwandten zu führen – und manch einem ist dieser Preis zu hoch. Nach einer Stunde hoch spannenden und zeitgemäßen Fernsehens werden fraglos viele von uns unheilbar süchtig nach Jasper Hunter sein.«

Dev sah sie an. »Na, was sagst du?«

»Das ist unglaublich«, erwiderte Roisin, doch im Geiste führte sie den Satz fort: Unglaublich, dass man mit armseligen Männerfantasien tatsächlich durchkommt. Und doch, Niall Thingy, es spielt durchaus eine Rolle, wenn man verheimlicht, wie wild man herumvögelt. Wie steht es mit »Beccas« Recht, nicht hintergangen zu werden? Es geht nicht darum, was die Gesellschaft ihm abverlangt, sondern was er seiner Partnerin versprochen hat.

Becca. Roisin stieg die Galle hoch. Sie brauchte Zeit und Raum, um das, was sie über Joe herausgefunden hatte, zu sortieren. Da gab es ein ganzes Spektrum an möglichen Enthüllungen. Angefangen bei: Joe hat jedes Feingefühl missen lassen, weil er Roisin nicht auf den heiklen Inhalt vorbereitet hat, insbesondere da er Details aus dem echten Leben geklaut hat. Bis hin zu: Das Ganze ist ein völlig verqueres Geständnis, ein beispielloser Fall von »das Rampenlicht als Tarnung nutzen«. Selbst Roisin musste sich eingestehen, dass Letzteres sehr weit hergeholt und wohl nicht plausibel war. Wie er gesagt hatte, die Idee zu SEEN beruhte ja auch nicht auf eigenen Erfahrungen.

Aber da war noch die Dusche. Nach dem Abend im Sesso.

Hatte er einfach bloß eine kalte Dusche nötig gehabt, weil ihm so viele Gedanken durch den Kopf gerast waren? Hm. Das musste es sein.

An die andere Möglichkeit sollte sie lieber gar nicht denken, wie ihre Mutter sagen würde. Doch sie tat es trotzdem.

26

Hinter sich hörte Roisin ein Geräusch und drehte sich um. Meredith stand mit verschränkten Armen da und hatte Dev offensichtlich zugehört. Sie trug einen hellblauen Pullover mit aufgedruckten Sprechblasen aus den *Simpsons*. Roisin würde darin unerträglich niedlich aussehen, aber Meredith verlieh es die Wirkung von frischer Luft in Menschengestalt.

»Nun, da Dev die gute Nachricht verkündet hat, sollte ich wohl die schlechte überbringen«, sagte Meredith, nahm einen Krug vom Tisch und schenkte sich ein Glas Orangensaft ein. Sie drückte zwei Ibuprofen aus einem Blister, warf sie sich in den Mund und spülte sie gekonnt mit einem großen Schluck Tropicana mit Fruchtfleisch hinunter. Dann sagte sie: »Unsere Chauffeurin ist nicht fahrtüchtig. Ich bin mir nicht einmal sicher, ob sie nicht immer noch betrunken ist bei den Mengen, die sie gebechert hat. Wir wollen nicht alle drei wie Prinzessin Di im Pariser Tunnel enden.«

»O nein!«, sagte Roisin und hatte gleichzeitig ein schlechtes Gewissen, weil sie dankbar für jede Ablenkung war.

»Geht es Gina sehr schlecht?«, fragte Anita. »Ich hab mir schon gedacht, dass sie in einem üblen Zustand ist, als sie mir vorschlug, meinen Junggesellinnenabschied im Caesar's Palace in Las Vegas mit Direktzugang zum Blackjack-Tisch zu verbringen.«

»Und sie nannte es Pisa's Salad. Sie hat keine klaren Erinnerungen mehr an gestern Abend«, sagte Meredith. »Ist vielleicht … besser so.« Sie verzog das Gesicht.

»Wisst ihr was?«, meinte Dev. »Als ich mit dem Trinken aufgehört habe, war mir gar nicht bewusst, wie schön es ist, nie mehr einen Kater zu haben. Wenn ich an all die Tage denke, an denen ich das Gefühl hatte, jemand hätte mich mit dem spitzen Ende eines Polonium-Regenschirms attackiert.«

»Ich bin auch nicht so richtig fit. Vielleicht nehme ich mein Bacon-Sandwich auf die Hand«, sagte Meredith und deutete auf Devs Pfannenheber.

»Na klar.«

»Komm mit in die Aussegnungshalle und sieh sie dir an«, wandte sich Meredith an Roisin.

Sie führte Roisin durch die hohe Diele Richtung Wohnzimmer. »Ich muss dich warnen. Ich hab mir alle Mühe gegeben, aber Gina sieht vielleicht nicht ganz so aus, wie du sie in Erinnerung hast. Die Einbalsamierung fordert ihren Tribut.«

»ICH KANN DICH HÖREN!«, grölte Gina krächzend.

»Immerhin klingt sie noch wie früher«, sagte Meredith.

Roisin lachte.

Klein wie ein Püppchen lag Gina in einem ausgeleierten T-Shirt und Fußballer-Baumwollshorts auf einem der riesigen Sofas. Sie sah aus wie eine trendige Kunstinstallation mit absichtlich verzerrten Proportionen. Ihre Gesichtshaut erinnerte an Wachs, und das Haar war glatt zurückgekämmt.

»Ich fürchte, ihr bleibt nicht mehr viel Zeit«, sagte Meredith.

»Ehrlich, das ist der schlimmste Kater aller Zeiten«, sagte Gina zu Roisin. »Ich trink nie wieder einen Schluck. Ich bin um vier Uhr früh aufgewacht und wusste nicht, wo ich bin. Dann bin ich mit dem Gürtel vom Morgenmantel am Türgriff hängen geblieben, kam nicht mehr vom Fleck und dachte, ich hätte einen Herzinfarkt.«

Roisin johlte.

»Kümmere du dich darum, dass du wieder auf den Damm kommst. Roisin und ich wechseln uns mit dem Fahren ab«, meinte Meredith.

Roisin nickte, insgeheim aber zog sich ihr der Magen zusammen. In ihrem aufgewühlten Zustand war sie in keiner Weise darauf vorbereitet, einen launischen Oldtimer-Bus über die Autobahn zu steuern. Wie überholte man mit so einem Ding? Mit freundlichen Bitten und einem Blumenstrauß?

»Nein, Ethelred mag es nicht, von Fremden angefasst zu werden. Ich muss das machen«, sagte Gina. »Das wird schon. Gebt mir eine Stunde.«

»Möchte Sunny von Bülow noch was zu trinken?«

»Wer soll das sein? Nein, danke. Die Fanta hab ich auch schon ausgekotzt.«

»Muss ich die Waschschüssel ausspülen?«

»Ich hab's bis zum Kamin geschafft.«

»Wie bitte?!«

»Hihi.« Gina brachte ein schelmisches Grinsen zustande. »Nein, bis zum Klo.«

»Oh, wenn du in der Lage bist, Witze zu reißen, dann bist du auf dem Weg der Besserung«, sagte Meredith. »Wozu spiele ich eigentlich die Krankenschwester?«

»Nein, Mer, ich fühle mich wirklich elend«, sagte Gina. »In jeder Hinsicht. An das meiste erinnere ich mich noch nicht einmal. Ich erinnere mich nicht an Joes Film!«

»Den kannst du dir bestimmt mit dem iPlayer anschauen«, sagte Roisin und hoffte, weniger verkrampft zu klingen, als sie sich fühlte.

Gina senkte die Stimme. »War ich so richtig, richtig fies zu Matt?«

»Nein! Du warst … selbstbewusst«, sagte Meredith. »Du warst allerdings ziemlich fies zu seiner Freundin, haha.«

»Die Frau, die aussah wie Amelia Lee«, sagte Gina mit geschlossenen Augen. Sie regte sich nicht, als wüsste sie, dass sie bei der geringsten Bewegung kotzen würde.

Meredith und Roisin tauschten Blicke.

»Äh … sie war …«, setzte Meredith an.

»Was?«, fragte Gina.

»Na ja, sie hat sich wie ein Superpromi aufgeführt«, sagte Roisin. »Eine absolute Diva. Ich würde mir an deiner Stelle keine Gedanken machen, dass du ihr auf den Schlips getreten bist.«

Roisin, die ihr Handy in der Hand hielt, schrieb Meredith eine schnelle WhatsApp.

Wenn sie das eh vergessen hat, sollten wir es dabei belassen. Wart ab, bis wir sicher zu Hause sind/Gina aus der Intensivstation entlassen ist x

Du hast völlig recht.

Sie ließen Gina auf dem Krankenlager zurück, entdeckten ein Krocketspiel in einem der Schränke und spielten die letzte Stunde auf dem Rasen vor dem Haus.

Schließlich tauchte Gina mit gepackten Taschen auf, ein Kopftuch um das Haar gebunden, und sagte: »Leute, es geht mir gut genug, dass ich fahren kann, aber wir sollten jetzt los, bevor es sich mein Magen oder mein Popo anders überlegen.«

Sie hetzten ins Haus und schnappten sich ihr Gepäck. Glücklicherweise blieb ihnen nur wenig Zeit, um sich von Dev und Anita zu verabschieden. Roisin wollte keinen Meineid leisten, doch blieb ihr nichts anderes übrig, als sich unter großen Mühen überschwänglich zu bedanken.

»Du bist und bleibst der Filialleiter unserer Herzen«, sagte Roisin und gab Dev einen Kuss auf die Wange.

»Genau, die Rose von Bolton. Wir können dir gar nicht genug danken«, sprang ihr Meredith bei.

»Ach, haltet die Klappe. Nur wegen euch war das so unglaublich. Verrückt und unglaublich.«

Es war tatsächlich ein Segen, begriff Roisin jetzt, dass Dev so begeistert von *Hunter* war. Sie war egoistisch gewesen.

»Keine Musik«, erklärte Gina, als sie den Motor anließ. »Ich brauche Ruhe und so wenige Geräusche wie möglich.«

Knarrend legte sie den Schaltknüppel ein, und widerwillig setzte sich der Bus in Bewegung. Sie winkten Dev und Anita.

»Auf Wiedersehen, Benbarrow«, sagte Meredith und drehte sich wieder nach vorne. »Bis zum nächsten Mal.«

Wie oft sagte man das, doch diesmal war es ohne jeden Zweifel eine Lüge. Anders als eine Urlaubsinsel, ein Ferienhaus oder irgendeiner der Orte, an die man potenziell jederzeit zurückkehren könnte, verkörperte Benbarrow Hall ziemlich offensichtlich ein einmaliges Erlebnis.

Als sie den Hügel hinunterfuhren, wandte Roisin sich noch einmal um und betrachtete die ganze architektonische Pracht, während sie über die Endgültigkeit des Abschieds sinnierte.

Wie würden sie in zehn Jahren an dieses Wochenende zurückdenken? Sie wusste, welche Bedeutung es für sie persönlich haben würde.

Wie lautete der Fluch? *Jede Liebesbeziehung unter diesem Dach endet tragisch.*

Roisin dachte an ihre Trennung von Joe, an Matts und Ginas Krach, an das plötzliche Auftauchen von Ruby … bis zu dem Gespräch mit Meredith hätte sie noch behauptet, dass wenigstens zwischen Dev und Anita alles in Ordnung war. Sie unterdrückte ein Schaudern.

Ließen sich manche Leute tatsächlich auf diesem Rasen trauen, ohne sich vorher über das Anwesen zu informieren? Nicht, dass es ihr persönlich etwas ausgemacht hätte. Aber immerhin lebten sie in einer Welt, in der Hotels kein dreizehntes Stockwerk hatten.

Sie entsperrte ihr Handy, vertippte sich ein paarmal, als der VW über die unebene Straße holperte, und googelte »Fluch von Benbarrow Hall«. Wie merkwürdig – sie konnte keinen Eintrag zu diesen Stichworten finden.

27

Auf Höhe der Stadt Preston brummten ihre Handys gleichzeitig, was üblicherweise auf eine Nachricht in der Brian-Club-WhatsApp-Gruppe hindeutete.

Roisin rief die Nachricht auf.

Matt McKenzie hat die Gruppe »Brian Club« verlassen.

Unwillkürlich schnappte sie nach Luft und blickte zu Meredith.

»Was ist? Was steht da?«, fragte Gina und sah zu ihrem Handy, das in der Halterung am Armaturenbrett steckte.

»Nichts«, meinte Meredith. »Dev sagt nur noch mal Tschüss.«

»Warum macht Roisin dann so ein besorgtes Gesicht?« Gina musterte sie im Rückspiegel. Mein verfluchtes Gesicht, dachte Roisin.

»Na gut. Matt hat die Gruppe verlassen. Aber der bockt nur. Der kommt schon wieder«, sagte Meredith.

»Er hat den Brian Club verlassen?«, fragte Gina, sie klang wirklich überrascht.

Abrupt schlingerte der VW-Bus nach links und wäre fast von der Fahrbahn abgekommen. Meredith zuckte zusammen und sagte mit gezwungener Beiläufigkeit: »Jepp«.

»Reisende soll man nicht aufhalten«, sagte Gina nach einer kurzen Pause auf einmal trotzig. Offensichtlich ging sie auf Konfrontation. Weder Roisin noch Meredith sagten ein Wort, um die Fahrerin in ihrem heiklen Zustand nicht zu reizen.

»Wetten, der schießt seine Freunde auf Anweisung von dieser Tussi ab. Sagt eine Menge über Matt aus, dass er sich das bieten lässt.«

Das entsprach wohl mehr der Wahrheit, als Gina ahnte, da sie ja vergessen hatte, wer Ruby wirklich war. Möglicherweise hatte sie ihn aufgefordert, sich für die Dauer ihrer Liaison von seinen trinkfreudigen, indiskreten und in unterschiedlichem Maß feindseligen Freunden fernzuhalten.

Aber die WhatsApp-Gruppe verlassen?

Es wäre ausgesprochen schmerzvoll, wenn Matt endgültig aussteigen wollte. Bis zu diesem Augenblick hatte Roisin nicht daran gezweifelt, dass die Sache zwischen ihnen wieder eingerenkt werden könnte. Vielleicht hatten sie allzu selbstgefällig die Kontrolle über diesen Streit aus den Händen gleiten lassen, der einen so banalen Ursprung hatte. Ein wegrollender Golftrolley, von dem du dachtest, dass du ihn rennend mühelos erwischen könntest, und der nun unvermeidlich mit einem Güterzug kollidierte.

Auch wenn sich Roisin dabei wie eine Verräterin unter Schwestern fühlte, hatte Matt all die Verachtung wirklich nicht verdient. Hätte Gina ein Nachthemd getragen, hätte sie ihn wegen seines Verhaltens fraglos zum Helden erklärt. Und jeder hatte schon einmal versehentlich Nachrichten verschickt, weil das Handy in der Tasche irgendwo dagegengedrückt hatte. Wäre Gina nicht so verlegen gewesen, hätte sie sich über den Kackhaufen-Bilderregen totgelacht.

Schon wahr, seine Freundin war zu einem unglücklichen Zeitpunkt aufgetaucht. Hätte Matt Dev allerdings gefragt, ob er sie mitbringen dürfe, hätte der sicher nichts dagegen gehabt. Worin genau bestand nun also die Straftat? Darin, dass er die kapriziösen Launen einer berühmten Kulturschaffenden und die uneingeschränkte Verfügbarkeit eines Chauffeurs nicht vorausgesehen hatte? Wahrscheinlich wurde Matt die Sache als besonderer Fauxpas ausgelegt, weil die Freunde unterbewusst die Erwartung verinnerlicht hatten, dass er aus Rücksicht auf Gina seine Freundinnen aus allen Aktivitäten des Brian Clubs heraushielt – und das war ungerecht.

Dabei hatte er den Versuch unternommen, ihnen von Ruby zu erzählen – aber weil Joe so ein unhöfliches Verhalten an den Tag gelegt hatte und Matt sich ja beeindruckenderweise nie als Wichtigtuer aufspielte, waren die Freunde nicht vorgewarnt gewesen.

Roisin hatte Joes spöttische Worte noch im Ohr: »Womit genau hat dich der gut aussehende Schnösel für sich eingenommen?«

Auch in dieser Frage war Roisin zu einer Überzeugung gelangt. Joe lehnte Matt ab und unterstellte ihm, arrogant zu sein und um Aufmerksamkeit zu buhlen, was jedoch nur verschleiern sollte, wie sehr es an ihm nagte, dass Matt die Aufmerksamkeit ohne jeden Vorsatz auf sich zog.

Vielleicht hatte diese Serie kleinerer Katastrophen an einer tieferen Wahrheit, einem größeren Problem gerührt. Möglicherweise hatte Joe recht, und es endete unausweichlich im Leid, wenn man wie Gina zu viel Zeit mit jemandem verbrachte, den man liebte und nicht haben konnte.

Trotzdem missbilligte Roisin das Timing von Matts Ausstieg. Es sah ihm so gar nicht ähnlich – ganz sicher wollte er Dev nicht den Eindruck vermitteln, dass das Wochenende in Benbarrow ihrer Freundschaft den Todesstoß versetzt hatte.

Er musste sehr verletzt sein, wenn er ein so deutliches Zeichen setzte. Sie dachte daran, wie Dev ihm versichert hatte, es sei völlig in Ordnung, wenn er mit Ruby wegfahre, und niemand von ihnen ihn zum Bleiben aufgefordert hatte.

Als sie den Stadtrand von Manchester erreichten, leuchtete das Display von Roisins Handy noch einmal auf – diesmal nur ihres.

Hi, R. Ich habe schon mit Dev gesprochen, aber ich wollte es dir persönlich erklären: Ich werde für eine Weile auf Abstand zur Gruppe gehen. Es tut mir so unglaublich leid, dass ich das Wochenende ruiniert habe, und ich denke, ihr habt alle eine Pause verdient J. Natürlich bleiben wir in Kontakt. Übrigens besteht Dev darauf, dass wir uns treffen, um mir die Sache auszureden. Ich weiß, er hat die allerbesten Absichten, aber ich will das ehrlich nicht: Mein Entschluss steht fest. Ich habe es nicht auf ein Riesentrara abgesehen, um mich umzustimmen. Ich will ehrlich kein Drama verursachen, sondern dachte, das Beste ist, einen Schlussstrich zu ziehen. Ich wünsche dir alles Gute, Matt x

Roisin ließ sich nicht täuschen. Hätte Matt wirklich nur eine Pause machen wollen, dann hätte er die Gruppe stumm geschaltet oder herausgefunden, wie er sie unbemerkt verlassen konnte, und niemand hätte etwas geahnt. Tatsächlich aber wollte er nicht mehr mit ihnen kommunizieren, er wollte nicht gefragt werden, ob sie zusammen ausgingen. Seine Nachricht an Roisin war nur ein etwas ausführlicherer Abschiedsgruß, um der Sache den Stachel zu nehmen.

»Hoffe, es ist okay, wenn ich sitzen bleibe«, sagte Gina, als sie vor den schicken Steinvasen anhielten, die die Treppe zur unter Denkmalschutz stehenden ehemaligen Kirche flankierten, in der sich Joes und Roisins Wohnung befand. Lass uns etwas Schrilles ausprobieren, bevor wir in die Vorstadt ziehen, hatte Joe nach der Besichtigung gemeint. Da es zum größten Teil sein Geld war, hatte Roisin ihm die Entscheidung überlassen.

Schon beim Anblick des Hauses fühlte sich Roisin wie eine beschmutzte, kompromittierte Scharlatanin. Ihr Zuhause, vom Geld ihres Freundes bezahlt, das er dafür bekam, dass er über das Liebesleben ihrer Mutter schrieb … und eventuell auch über seines?

»Natürlich nicht! Immerhin hast du uns nach Hause gebracht!«, rang Roisin sich eine letzte gezwungen fröhliche Bemerkung ab. »Du hast dir einen Orden verdient. Man sollte das Georgs-Kreuz in Georgina-Kreuz umbenennen.«

»Danke, Rosh.« Müde blickte Gina sie unter dem Kopftuch hervor an. »Ein heißes Bad, eine Tuchmaske und ein Big Mac von Deliveroo werden mir guttun, das muss ich zugeben.«

Meredith stieg aus, stemmte die Schiebetür auf und half Roisin, sich und ihren Koffer aus dem Auto zu manövrieren.

»Hast du Matts Erklärung auch bekommen?«, fragte Meredith sehr leise mit dem Rücken zum Bus, während sie gemeinsam Richtung Haus gingen.

»Ja! Das ist völlig außer Kontrolle geraten.«

»Wir müssen ihn beschwichtigen«, meinte Meredith. »Er denkt, wir sind genauso wütend wie …« Mit dem Kopf deutete sie auf Gina. »Ich habe sie wirklich lieb, aber in Sachen McKenzie muss sie einen Gang runterschalten.«

»Eben«, sagte Roisin voller Erleichterung. »Aber er will sich absolut nicht umstimmen lassen.«

»Hm.«

Den Hausschlüssel in der Hand, wartete Roisin ab, weil sie spürte, dass Meredith noch zögerte.

»Komm zu uns«, sagte Meredith schließlich. »Nächsten Freitag. Zum Abendessen. Damit wir uns mal richtig aussprechen. Ohne Joe. Wann kommt er zurück?«

»In einer Woche. Okay, ich komme. Danke …« Ohne Joe, diese Worte waren in ihrer Freundschaft noch nie gefallen. Immer hatte unverrückbar festgestanden, dass Joe eine willkommene Bereicherung darstellte.

»Gut. Und pass auf dich auf.«

Sie nahm Roisin fest in die Arme. Während Roisin dieses Gespräch sacken ließ, musste sie alle Kraft aufwenden, um nicht an Ort und Stelle in Tränen auszubrechen. Ihr war gar nicht bewusst gewesen, wie verzweifelt sie war, bis jemand anderes dieses Thema berührt hatte.

28

Sie verbarg ihre Gefühle hinter einem breiten, wenn auch verkrampften Lächeln, als sie den beiden zum Abschied überschwänglich winkte.

Meredith wusste Bescheid, und zwar schon eine ganze Weile. Natürlich kannte sie keine Details. Und sie wusste nichts von Roisins Entscheidung. Das war der Grund für das gemeinsame Abendessen.

Roisin war auf merkwürdige Weise hin- und hergerissen zwischen der Erleichterung darüber, dass jemand Joes kaltes, achtloses Verhalten ihr gegenüber wahrgenommen hatte, und Scham. Wenn sie genauer nachdachte, hatte Meredith kaum ein Wort zu *Hunter* fallen lassen.

Sie drückte die Wohnungstür auf und schrie, als sie auf der anderen Seite Widerstand spürte, verursacht durch einen großen Mann im Sweatshirt.

»ICH BIN'S DOCH! ICH BIN'S! NICHT DIE POLIZEI RUFEN!«, sagte der Mann. Es war Cormac, der Elektriker, dem sie einen Schlüssel gegeben hatten, damit er in ihrer Abwesenheit ein paar neue Kabel verlegte.

»Entschuldigung, tut mir leid«, sagte Roisin, während sich die Panik langsam legte.

»Ich brauche nur noch eine Stunde oder so«, sagte Cormac. »Schöner Ausflug?«

»Ja, danke, ganz okay.«

»Ihr Mann ist nicht hier?«

»Nein, der sitzt schon im Flugzeug«, sagte Roisin entschuldigend. »Hollywood ruft.«

»Das ist unglaublich. Echt unglaublich.«

Cormac war ein großer Fan von SEEN und hatte Joe bei seinem ersten Besuch eine Dreiviertelstunde lang mit Fragen gelöchert. Normalerweise hätte Joe auf ein derartiges Spontaninterview genervt reagiert, aber Cormac war ein so ernsthafter Bewunderer und so gut informiert, dass Joe es am Ende genossen hatte.

Roisin wünschte, sie könnte dasselbe über die mangelnde Privatsphäre in ihren eigenen vier Wänden sagen.

»Ich habe das extra fest montiert, denn Sie wollen sich das wohl kaum um den Hals hängen«, sagte Cormac und deutete auf den enormen ringförmigen, modernen Kronleuchter, den sich Joe über dem Esstisch gewünscht hatte.

»Haha, da haben Sie recht«, erwiderte Roisin.

Sie stellte das Gepäck im offenen Wohnbereich ab, murmelte fröhlich, dass sie ihn »mal machen lasse«, und flüchtete nach oben ins Schlafzimmer, wo sie die Tür zuziehen konnte.

Mit dem Handy in der Hand ließ Roisin sich aufs Bett sinken und starrte verdrossen an die Wand.

Als Joe Cormac den Auftrag erteilt hatte, hatte sie es für eine dumme Idee gehalten, sonntags und zum anderthalbfachen Preis Handwerker ins Haus zu lassen, aber Joe gefiel es, den Gutsbesitzer zu geben, und beharrte auf seinen Renovierungsplänen.

Auf dem Nachtkästchen neben dem Schwertfarn stand ein gerahmtes Foto von ihnen beiden. Wie es bei schmeichelhaften Zufallsaufnahmen oft der Fall war, fing es zwar einen echten Augenblick ein, kanonisierte aber gleichzeitig einen glorifizierten, angestrebten Zustand. Wahrheit und Lüge in einem.

Sie waren vor einem Jahr auf der Hochzeit eines von Joes Schulfreunden in York gewesen, und der Fotograf hatte hinterher Hunderte Bilder abgeliefert, die er beim Umherstreifen von den Gästen unbemerkt geschossen hatte. Jim und Liddy, das Brautpaar, hatte dieses hier an sie weitergeschickt. *Ihr seht aus wie zwei Filmstars!* Es war während der Tischreden aufgenommen worden, Joe hatte die Arme entspannt über die Stuhllehne gelegt, sein Mund stand halb offen, und er lachte über irgendetwas, wodurch seine Wangenknochen betont wurden und sich Lachfältchen in den Augenwinkeln bildeten. Roisin sah verzückt und engelsgleich aus mit ihrem geflochtenen Haarkranz. Tatsächlich war sie in dem Augenblick müde und angetrunken gewesen, und sie hatte ihren Kopf weniger aus Hingabe, wie es scheinen mochte, auf Joes Schulter gelegt als auf der Suche nach einer Stütze.

Der Tag war für sie beide nicht besonders erfolgreich verlaufen, trotz des Zufallstreffers bei diesem Porträt. Joe war schlechter Laune, weil er das Gefühl hatte, unter Leuten zu sein, »mit denen er nicht mehr viel gemeinsam hatte«.

Joe hatte sich im Hotel seine Krawatte gebunden und *Die Sopranos* zitiert: »›Weißt du noch‹ ist die unterste Gesprächsebene.«

Roisin verspürte den Impuls, das Foto mit dem Gesicht zur Wand zu drehen, damit es sie nicht länger verhöhnen konnte, aber das wagte sie nicht. Sie würde vergessen, dass sie es umgedreht hatte, und auf Joe würde es bei der Heimkehr bestimmt wie ein Aggressionsakt wirken.

Sie dachte an Merediths Umarmung. Sie wollte heulen und in Tränen ausbrechen; aber dank Joes Abmachung mit Cormac durfte sie das nicht riskieren, die ihr jetzt wie eine ganz besonders schlaue Unterdrückungsmethode erschien. Sie konnte unmöglich schniefend und mit verheultem Gesicht herauskommen, wenn Cormac anklopfte, um sich zu verabschieden.

Mechanisch entsperrte Roisin ihr Handy und scrollte lustlos zur Flight-Radar-App, die sie benutzte, um mit Joe in Verbindung zu bleiben, wenn er mal wieder durch die Welt jettete. Ihr zufolge war Joe gerade irgendwo über dem nördlichen Kanada.

Ihr fiel auf, dass er vom Gate keine Nachricht geschickt hatte. Nun, sie hatten die Ebene der zwanglosen Interaktion hinter sich gelassen. Alles, was er jetzt sagte, würde sie auf die Goldwaage legen. Sie konnte verstehen, dass er sich entschieden hatte zu schweigen.

Trotzdem konnte sie es nicht lassen, scrollte zu seinem Namen in der Kontaktliste und las:

Zuletzt online 10:48

Mehrere Stunden nach ihrem Abschied auf dem Rasen von Benbarrow Hall – es gab also andere, mit denen er chattete. Er hatte bis zum Boarding des Elf-Uhr-Flugs Nachrichten verschickt. An wen? Ging es um die Arbeit? Wahrscheinlich. Oder womöglich privat? Womöglich hatte er sich ein kostenloses Businessclass-Getränk besorgt und seinen besten Freund Dom angerufen, um ihm zu erzählen, dass Roisin Schluss gemacht hatte. Aber höchstwahrscheinlich ließ sein Stolz das nicht zu. Nicht, solange die Angelegenheit so frisch war.

Aber … was, wenn er einer anderen Frau schrieb? Roisin überkam ein Gefühl, als wäre sie auf ein Laufband getreten und hätte die Geschwindigkeit unterschätzt. Sie wurde vorwärtsgeschleudert und konnte kaum Schritt halten.

Es war ein Gefühl, das sie nicht kannte. Ehrlicherweise musste sie zugeben, dass Joe ihr nie Anlass zur Eifersucht gegeben hatte. Deshalb stellte auch seine Bewunderung für Gina keinerlei Bedrohung dar, da er nie eine Grenze überschritten oder nur andeutungsweise ein unangemessenes Interesse gezeigt hatte.

Und doch hat die Partnerin immer *diese eine ganz besondere Freundin …*

Sie wusste gar nicht, ob sie eifersüchtig war bei der Vorstellung, dass Joe sich mit einer geheimnisvollen Frau eingelassen hatte. Es war eher die Angst vor dem Unbekannten und die Orientierungslosigkeit, verursacht durch Unsicherheit. Vielleicht musste man erst diese Vorstufen durchleben, bevor man eifersüchtig werden konnte.

Oder war Roisin ein bisschen durchgedreht, weil das Ende ihrer neunjährigen Beziehung mit der Ausstrahlung von Joes Sexfilm zusammenfiel? Das war nicht unwahrscheinlich.

Sie atmete aus. Der arme Dev, der das Zehn-Jahres-Jubiläum des Brian Clubs hatte feiern wollen und stattdessen zwölf Riesen in den Leichenschmaus gesteckt hatte. Sie würde die Nachricht von ihrer Trennung so lange wie möglich zurückhalten und etwas Abstand zwischen die Sache und Benbarrow bringen.

Allerdings ließ sich kaum vermeiden, dass Dev auffiel, dass es Roisins und Joes letzter gemeinsamer öffentlicher Auftritt gewesen war.

Sie blätterte in der Kontaktliste von P zu M.

Noch einmal las sie Matts Nachricht und verwarf jede ernsthafte Antwort, die ihr dazu einfiel. Ihr kam eine alberne Idee, und nach einem Augenblick beschloss sie: Scheiß drauf, mach es einfach. Sie scrollte durch die Emojis, bis sie einen Kackhaufen mit Herzchenaugen fand, und schickte ihn ab.

Postwendend erhielt sie eine Antwort, die aus nur einem Buchstaben bestand.

x

29

»Ich weiß, ihr denkt, die Prüfungen sind noch weit weg, aber ich kann euch versichern: So ist es nicht«, wandte sich Roisin an die Zehntklässler, die sie mit katatonisch ausdrucksleeren Gesichtern anstarrten.

Sie erinnerte sich, wie sie selbst vor vielen Jahren ähnliche Ermahnungen erhalten hatte – die genauso wirkungslos verhallt waren.

»Ich weiß, es ist hart …«

Auf das Wort »hart« erfolgte leises Schnaufen und Prusten.

»… sich darauf zu konzentrieren, aber gebt euch einen letzten Stoß …«

Wieder wurde gekichert.

»Es wird sich im neuen Schuljahr auszahlen.«

»Glauben Sie, wir schieben die Nummer schon, Miss?«, sagte Amir, begleitet von Rempeleien und MANN, DU BIST ECHT KRASS DRAUF seines Kumpels Pauly.

Roisin neigte den Kopf zur Seite und schenkte Amir den patentierten strengen Paddington-Blick. Damit gewann sie Zeit und nahm der Sache die Luft raus, ohne dass es einer weiteren Diskussion bedurfte.

Als unbedarfte, übereifrige Anfängerin hatte Roisin sich noch geschworen, niemals auf solche angestaubten Methoden zurückzugreifen. Sie steckte voller *Club-der-toten-Dichter*-Leidenschaft. Sie wollte die Schüler mit einem einfallsreichen Unterricht anspornen, und die wären so begeistert, dass sie sich selbst disziplinieren würden. Hahahahaha.

Nachdem Roisin die Wirklichkeit eingeholt hatte und sie durch die alltägliche Schinderei abgebrühter geworden war, erkannte sie, wie es zu den typischen Lehrerklischees kam. Das eigentliche Ziel des Lehrers war, 1.) die Schüler dazu zu bringen, still zu sein, und 2.) aufzupassen. Alles, was darüber hinausging, stellte eine alle Erwartungen übertreffende Spitzenleistung dar.

Es war die letzte Schulstunde an diesem Tag, die Sommerferien standen kurz bevor. Der Eifer war gering, die Unruhe groß. Sich die Kontrolle nicht aus der Hand nehmen zu lassen, glich einem Einkaufswagen mit einem wackligen Rad, den man auf einer schmalen Brücke über ein Haifischbecken zu steuern versuchte.

»Mich würde interessieren, was du von Pips Verhalten in diesem Kapitel hältst, Pauly. Je mehr er sich der Gesellschaftsschichten bewusst wird, desto peinlicher wird ihm Joes Benehmen. Findest du, dass Pip gegenüber Joe snobistisch ist oder …«

Erstaunlicherweise fiel Roisin erst ein paar Sekunden zu spät auf, welches Risiko in dieser Frage steckte.

»Miss, Ihr Mann heißt doch Joe, oder? Ihr Freund«, sagte Amir. »Ich habe seinen Namen im Abspann von diesem Film gesehen.«

Roisins Herz fing an zu rasen. Sie hatte den Tag überstanden, ohne dass jemand *Hunter* auch nur mittags im Lehrerzimmer erwähnt hätte. Wahrscheinlich war ihr Glück, dass die Zeit vor Ferienbeginn immer so hektisch verlief, anders als die vergleichsweise ruhige Phase mitten im Jahr.

»Das geht dich nichts an«, blaffte Roisin.

Amir entfuhr ein leises »Oho«, das sich wie eine Kräuselwelle ausbreitete. Roisin begriff sofort, dass es ein Fehler gewesen war zu zeigen, wie nahe ihr das ging. Sie würde Kopfgeld auf jeden aussetzen, der es noch einmal versuchte. Man durfte ihnen niemals zeigen, dass sie einen am Wickel hatten.

»Also, Pip im Vergleich zu Joe …«, kam Roisin auf die Frage zurück und bemühte sich um eine feste Stimme. »Wessen Handy ist das?«

Ihr Blick wanderte zu Caitlin Merry, der Schulkönigin mit einem geradezu einschüchternden Selbstbewusstsein.

Manche Kinder waren unausgereifte, grob umrissene Versionen ihrer zukünftigen Persönlichkeiten – zu dieser Kategorie hatte Roisin gezählt. Sie glich einer unscheinbaren Bleistiftskizze der erwachsenen Roisin. Mit zwanzig hatte sie die Verwandlung von der Raupe zum Schmetterling vollzogen und war zum Zeitpunkt ihrer Begegnung mit Joe zu einer selbstbewussten, rebellischen Persönlichkeit erblüht.

Andere hatten schon im Teenageralter eine fertig ausgebildete Persönlichkeit, und Caitlin Merry war eine von ihnen. Roisin konnte sie sich problemlos als mittelalte Frau vorstellen – mit ihren vierzehn Jahren wirkte sie wie siebenundvierzig.

Sie triefte nur so vor gelangweilter Verachtung für ihre Lehrer, trotzdem würde sie garantiert zu denen gehören, die Roisin in wenigen Jahren bei einer Begegnung im Supermarkt mit übertriebenem Enthusiasmus begrüßen würden, und auf ihrem Gesicht würde sich Verwunderung über die viel zu schnell vergangene Zeit und leise Reue abzeichnen, weil sie so ein Miststück gewesen war. Schon komisch, wie sich die Muster wiederholten.

»Mein Handy ist nicht eingeschaltet – ich habe es im Unterricht immer im Flugmodus. So sind die Regeln, Miss«, sagte Caitlin, als müsse sie einem Dummkopf Trigonometrie erklären.

»Warum höre ich dann ungefähr dort, wo du sitzt, Adele singen, Caitlin?«, fragte Roisin höflich.

»Wahrscheinlich stehen Sie so auf diesen Prosecco-Mum-Rock, dass Ihnen das die ganze Zeit im Kopf herumgeht«, antwortete Caitlin träge und erntete Gelächter.

»Haha. Schalt es bitte aus.«

Kaugummi kauend und mit ausgiebigem Augenverdrehen machte Caitlin ihre Tasche auf. Sie zog das Handy heraus; dessen Hülle schmückte ein extrem gefiltertes Foto von ihr selbst, an einen finster blickenden älteren Jungen gelehnt. Sie hielt ihrer Lehrerin das Display hin.

»Sehen Sie? Nicht meins. Bekomme ich jetzt eine Entschuldigung, Miss?«

»Wessen Handy ist es dann?«

Es kehrte Stille ein, in die sich allerdings eine blecherne Version von *Set Fire to the Rain* schlich.

Amir fing an, leise mitzusingen.

»In Ordnung. Entweder macht derjenige, dem das gehört, sein Handy jetzt aus, oder ihr sitzt alle zusammen nach.«

Im Klassenzimmer brach johlendes Geheul und Buh-Geschrei aus, und es klang wie im Unterhaus, wenn ein Abgeordneter bei der Befragung des Premierministers eine abwegige Behauptung aufstellte.

Die Drohung machte nicht viel her, denn die Sommerferien standen bevor, und es fehlte die Zeit für den üblichen Zirkus wie Briefe an die Eltern und Strafen fürs Fernbleiben. Trotzdem, Haltung ging hier vor Durchführbarkeit. Nur die Nerven bewahren.

Wie Andy, einer von Roisins geradezu krankhaft pessimistischen Kollegen, einmal gesagt hatte: Es sei ohnehin ein manipulativer Trick, dreißig Menschen davon zu überzeugen, dass die eine Person, die vor ihnen stand, mehr Macht habe als sie.

»Der Zwergen-Mob könnte dich umbringen, wenn er wollte«, erklärte Andy fröhlich.

»Und müsste dann für lange Zeit ins Gefängnis«, erwiderte Roisin.

»Noch nicht strafmündig, außerdem würden die Anwälte die Schuld auf so vielen Schultern verteilen, dass für den Einzelnen nicht viel übrig bliebe. Die würden kürzer sitzen, als mein Urlaub auf Kreta dauert.«

»Gott sei Dank haben die Kinder hier in Cheadle noch so viel

Gewissen, dass sie nicht den *Herrn der Fliegen* an uns ausprobieren.«

»So spricht nur jemand, der die Zehnte noch nicht kennt.«

Es war kein guter Augenblick, um sich an dieses Gespräch zu erinnern, während Roisins Autorität über die Zehnte sich wie ein nasses Taschentuch in Fetzen auflöste.

»Die letzte Gelegenheit. Gibt jetzt irgendwer zu, dass er's war, oder wollt ihr alle Ärger?«, sagte sie und stützte die Hand in die Hüfte.

»Miss. Miss!«, rief Amir. »Was für ein Lied war das am Ende des Films von Ihrem Freund? War das Metallica?«

»Als er mit dieser Kellnerin zugange war, hinter dem Rücken seiner Freundin …«, sprang ihm Pauly bei, der wusste, dass es seine Aufgabe war, die Sache am Laufen zu halten. »Was sollte das, Miss?«

Im Allgemeinen ließ sich Roisin von Amir und Pauly nicht ärgern. Sie rang mit sich, nun, da zaghaftes Tadeln nicht zu genügen schien und ein echter Wutausbruch nur preisgeben würde, wie empfindlich sie war.

Rätselhafterweise brach das Lied von Adele in diesem Moment ab, und Roisin spürte einen Würgereiz, weil sie ahnte, dass dies kein gutes Zeichen war.

30

O GOTT, es war so VERSAUT«, sagte Zoe Farmer mit gespielter Entrüstung. »Echt iiih. Alten Leuten beim Sex zuschauen, lol.«

»Das eine Mal auf dem Klo.« Logan Hughes kicherte. O nein, Roisin hatte ihn ganz vergessen. Er gehörte ursprünglich gar nicht in diese Klasse, doch leider hatte man ihn vor vier Wochen hierher verlegt, weil er in seiner Klasse mit praktisch jedem Einzelnen entweder eine Prügelei oder Sex gehabt hatte. Am Ende hatte sein Klassenlehrer Betablocker nehmen müssen.

Er war das, was Wendy Copeland einen »DFFJ« nannte: demnächst Fall fürs Jugendgericht.

Amir sagte: »Miss, Sie haben doch erzählt, dass Charles Dickens über sein eigenes Leben geschrieben hat. Hat Ihr Freund ganz viel von dem gemacht, was im Film zu sehen war?«

Eigentlich hätte Roisin wissen sollen, was man sagen musste, um die Schüler zum Schweigen zu bringen, aber sie wusste es nicht. Sie hatte sowohl versäumt, in einem Planspiel darüber nachzudenken, wie es für Vierzehnjährige wäre, ihre Lehrerin über die sexuellen Fantasien des Lebensgefährten auszufragen, als auch darüber, wie sie selbst darauf reagieren sollte. »So tun, als sei nichts« war an seine Grenzen gestoßen und kurz davor, in Flammen aufzugehen.

Genau das war das Problem, wenn man im Klassenzimmer die Kontrolle verlor: Es entwickelte sich eine Eigendynamik, und entweder beendete man die Sache rechtzeitig oder nicht. Sie feuerten sich gegenseitig an, auch deswegen, weil es zunehmend schwerer würde, einen Schuldigen auszumachen, wenn alle beteiligt waren.

Unter dem Vorwand, etwas auf das Whiteboard schreiben zu wollen, wandte Roisin ihnen den Rücken zu. Ihre Hände zitterten unübersehbar, und sie musste das Vorhaben aufgeben.

In diesem Moment spürte sie das Unheil kommen.

»Okay«, sagte sie mit zittriger Stimme, und als sie sich wieder zur Klasse umdrehte, drückten die Gesichter Überraschung, Faszination und böswillige Schadenfreude aus.

Sie hatten sie am Wickel.

Logan zog sein iPhone heraus und spielte eine Filmszene ab, in der hörbar gegrunzt und gekeucht wurde. Er drehte die Lautstärke hoch, sodass im ganzen Klassenzimmer Jaspers herrische Stimme zu hören war. »Gefällt dir das? Sag, dass du das magst!«

In diesen Worten erkannte Roisin Joe in ihren intimen Momenten wieder. Sie hatte die Erinnerung an diese kurze Hommage an ihre Beziehung verdrängt – es hatte so vieles gegeben, über das sie nachdenken musste, kein Wunder, dass sie manches vergessen hatte.

Roisin hatte Mühe zu atmen. Stechende Schmerzen schossen ihr durch die Arme, und sie hatte das Gefühl, dass ihr gleich die Beine wegsacken würden. Sie fing an, sich abzuspalten, das Klassenzimmer wurde zu einem Bühnenbild. Mittlerweile kümmerte es sie nicht mehr, wie sie aussah, sie wollte nur noch überleben. Sie umklammerte das Pult, und ihr wurde bewusst, dass sie eine Panikattacke hatte. Es war ihre zweite: Das erste Mal hatte sie eine mit sechzehn gehabt, als sie sah, wie ihr Bruder Ryan die Straße hinunter auf sie zurannte. Vor dem Pub hinter seinem Rücken stand ein Polizeiwagen.

»Miss, ist Ihnen schlecht? Miss Walters?«, hörte sie eine männliche Stimme.

»Kriegt die jetzt einen Herzinfarkt, oder was?«, fragte eine leidenschaftslose Mädchenstimme.

Roisin gab es auf, sich am Pult abzustützen, und ließ sich auf den kalten, harten Boden sinken. Konzentrier dich auf das, was tatsächlich da ist. Der Boden ist da.

»Pauly, geh und hol Mrs Copeland«, hörte sie Amir sagen.

»Nein, es geht schon«, sagte Roisin ohne rechte Überzeugung, und ihre Stimme klang wie ein Echo vom anderen Ende eines langen Korridors.

Innerhalb von Minuten stand Wendy Copeland im Türrahmen. Ihr scharfer Blick registrierte Roisin am Boden und das Krötengrinsen einiger Zehntklässler, während die Übrigen ihrem Blick auszuweichen versuchten.

Schrill und durchdringend verkündete die Glocke das Ende des Schultags. Die Schüler warfen sich die Taschen über die Schultern und drängten zur Tür, wobei sie sich in der Hoffnung, einer Strafe zu entgehen, besonders beeilten.

Wackelnd kam Roisin auf die Beine.

»Augenblick mal, alle zusammen!«, brüllte Wendy.

Wie in einem Versteinerungsspiel erstarrten sie. Mit Mrs Copeland legte man sich nicht an.

»Ich erinnere euch noch einmal daran, dass Handys im Unterricht strengstens verboten sind. Sollte mir zu Ohren kommen, dass irgendwo eines auftaucht, dann wird es konfisziert und kommt so lange in meine Schreibtischschublade, wie ich es für nötig halte. Ihr werdet nicht noch einmal gewarnt. Wenn ihr es benutzt, ist es weg, ist das klar?«

Es folgte gemurmeltes Einverständnis.

»Gut. Und jetzt raus.«

Wendy wusste, was passiert war: Offensichtlich hatte Pauly sie auf dem Weg zum Klassenzimmer aufgeklärt. Roisins Scham erreichte neue Dimensionen.

»Gehen wir in mein Büro«, sagte Wendy, als der letzte Schüler draußen war.

Wendys Zimmer fühlte sich immer wie ein diplomatisch geschützter Raum in einer Botschaft an, während draußen vor seinen Mauern der Bürgerkrieg tobte. Ein Druck des Selbstporträts im grünen Bugatti von Tamara de Lempicka hing an einer Wand, und darunter standen Stühle, auf denen Kissen im Aztekenmuster lagen.

Wendy Copeland war Ende fünfzig, hatte einen schicken bronzefarbenen Bob, perfekt sitzende Kleider, und ihrem Auftreten nach hätte sie mindestens den Inlandsgeheimdienst, wenn nicht gar das Land führen sollen. Sie war eine einfühlsame und hilfsbereite Vorgesetzte und tolerierte gleichzeitig von niemandem auch nur ein Fünkchen Blödheit. Roisin bewunderte sie zutiefst, versuchte, ihr nachzueifern, und vor allem strebte sie nach ihrer Anerkennung.

»Rede mit mir, Miss Walters«, sagte Wendy, nachdem sie ihr bedeutet hatte, sich hinzusetzen. »Was ist los?«

Roisin schluckte schwer. »… ich glaube, ich habe eine Lebensmittelvergiftung. Man sollte denken, dass ich mit zweiunddreißig klug genug bin, den Imbiss vom Chinesen zum Frühstück nicht noch einmal aufzuwärmen, aber nun ja …« Roisin zog eine Grimasse.

Wendy nickte nur, und das Schweigen, das entstand, sagte mehr als jedes Wort des Widerspruchs.

31

Du bist eine der dynamischsten, fähigsten und unerschütterlichsten Vertreterinnen unserer Lehrerschaft, Roisin. Du sprühst nur so vor Schaffenskraft und Lebensfreude. Heathwood kann sich glücklich schätzen, dich zu haben. Einer Sache bin ich mir ziemlich sicher: Hätte sich ein Kung-Pao-Hühnchen mit Cashewkernen tatsächlich auf den Weg zurück in die Zivilisation gemacht, hättest du den Blagen aufgetragen, still weiterzulesen, und wärst aufs Klo gerannt«, sagte Wendy.

Roisin nickte, denn jeder Versuch zu reden hätte sie unweigerlich zum Weinen gebracht. Nettigkeit brachte sie immer aus dem Konzept.

»Wenn ich es richtig verstehe, haben sie dich wegen der Fernsehserie deines Lebensgefährten getriezt, die letztes Wochenende ausgestrahlt wurde.«

Roisin schluckte einen hamstergroßen Klumpen hinunter und nickte wieder.

»Es ist ein ausgesprochen unangenehmes Gefühl, wenn dein Privatleben Eingang ins Klassenzimmer findet. Darauf kann dich niemand wirklich vorbereiten«, sagte Wendy.

»Es ist nur …« Roisin testete ihre Stimme, die heiser klang, und hoffte, dass sie die Box mit den Taschentüchern, die Wendy diskret an ihrem linken Ellbogen platziert hatte, nicht benötigen würde. »Ich wusste einfach nicht, was ich sagen soll. Zum Film meines Freundes, meine ich. Natürlich ist es toll, dass Joe solchen Erfolg hat, aber …« Sie verstummte.

»Es lässt sich schwer mit deinem Beruf vereinbaren?«, meinte Wendy.

»Genau«, bestätigte Roisin dankbar. »Sie fingen an, darüber zu reden, und ich hatte nicht damit gerechnet …«, sie hielt inne und sammelte sich, »… dass mir das so an die Nieren gehen würde.« Ihre Stimme bebte besorgniserregend.

»Smartphones machen die Sache nicht leichter. Aber lass dir eines sagen: Das alles hat es immer gegeben. Solche Sachen sind schon immer passiert und werden auch weiterhin passieren«, kam ihr Wendy zu Hilfe.

Roisin räusperte sich. »Ja. Ich denke, ich hätte das besser gemanagt, wenn ich darauf vorbereitet gewesen wäre. Dummerweise habe ich nicht erwartet, dass sie sich so brennend für die Arbeit meines Partners interessieren.«

»Ach, sie sind wie die Möwen auf der Jagd nach Pommes frites«, meinte Wendy. »Wahllos und unablässig am Plündern. Das durch Klatsch und Tratsch weitergetragene Lauffeuer erstaunt mich immer wieder. Letztes Jahr haben sie irgendwie mitgekriegt, dass sich die Turnlehrerin Pamela Mellen einer Ovariektomie unterziehen musste. Jetzt geben sie medizinische Urteile ab.«

Diese Episode hatte Roisin ganz vergessen. Wie die amerikanische Boulevardwebsite TMZ schienen die Schüler Kontakte zu Beschäftigten in Krankenhäusern zu besitzen.

»Natürlich habe ich die Quelle bei Jagger Riley aus der achten Klasse ausgemacht. Seine Tante arbeitet in der Christie-Klinik. Aber ich konnte ihm nichts nachweisen. Ich muss schon sagen, mir fällt ein Stein vom Herzen, wenn der letzte Vertreter dieser Dynastie mit den albernen Namen unser System durchlaufen hat. Ich hoffe, ich bin im Ruhestand, bevor die nächste Generation anrollt.«

»Ooh … das ist also der Grund, warum Madonna Riley Madonna heißt!«, sagte Roisin. »Ich war mir nicht sicher, ob es mit Katholizismus oder mit Pop zu tun hatte.«

»Mhm. Mir sind Gerüchte einer außerordentlich grässlichen Miley Riley in der Grundschule zu Ohren gekommen, die sich derzeit zu uns hocharbeitet.«

Roisin lachte.

»Trotzdem heißt das nicht, dass du die Sache auf dir sitzen lassen musst«, fügte Wendy hinzu.

Wieder lachte Roisin. Ihre Chefin hatte einen knochentrockenen Humor. In diesem Augenblick war Roisin froh, dass sie eine Frau vor sich hatte. Ein männlicher Vorgesetzter mit weniger Stil wäre das Problem womöglich auf eine Art angegangen, die alles nur noch schlimmer gemacht hätte. *Dein Kerl ist wohl das, was man sexpositiv nennt, oder wie?*

Wendy schob einen Tacker zur Seite und faltete die Hände auf dem Schreibtisch. »Ich möchte dir was erzählen. Als ich meine erste Stelle in Hampshire hatte, hatte ich blöderweise eine Affäre mit einem verheirateten Erdkundelehrer. Neil Hartley. Dumm und unerfahren, wie ich war, kam es mir so vor, als dominiere er die Schule wie ein glatzköpfiger Koloss. Im Klassenzimmer trat er auf wie ein Pavian. Beim Sex im Übrigen auch.«

Roisin entfuhr ein überraschtes Schnauben.

»Das Ganze war sowohl in privater als auch beruflicher Hinsicht unfassbar dumm. Ich war fünfundzwanzig und bis obenhin voll mit liebeskranken Hormonen. Das Schicksal, wie es so heißt, stand mir nicht bei.«

Sie trank einen Schluck aus der Wasserflasche auf ihrem Schreibtisch. »Wir genossen die Heimlichtuerei. Es kann ziemlich aufregend sein, sich zu verstecken, und man kann eine richtige Kunst daraus machen, noch dazu vor den Zeiten des Internets. Genau das machte die Sache auch so prickelnd. Wir fuhren weite Strecken, um uns irgendwo in Pubs oder Restaurants zu treffen, damit man uns ja nicht erwischte. Aber wenn man das Schicksal lange genug herausfordert, schlägt es irgendwann natürlich zurück.«

Roisin spürte, wie in ihrem Innern etwas aufbrandete, ein Selbstzweifel, der sie schwindeln ließ.

»Eines Abends waren wir auf einem Parkplatz am Knutschen, wie meine Eltern es genannt hätten. Wir waren in einem kleinen Dorf im New Forest namens Buckler's Hard – das ist nicht gelogen. Und da taucht ausgerechnet einer der fiesesten, hinterhältigsten Rüpel aus der Oberstufe auf, dessen Rauswurf wir gerade betrieben. Du weißt schon, exakt der Mistkerl, der einen definitiv nicht erwischen sollte.«

Sie holte Luft. »Wir wussten, das war's. Als ich am Montag zum Unterricht kam, hatte die Geschichte schon so oft die Runde gemacht, dass man es genauso gut per Durchsage hätte verbreiten können. Der Direktor bestellte mich zu sich und las mir die Leviten. Ich war bloß noch am Heulen, gestand alles und versprach, dass es aus zwischen uns war. Was natürlich überhaupt nicht auf den Zustand meines Herzens zutraf.«

»O Gott«, sagte Roisin. »Schon die Vorstellung ist unerträglich.«

»Es war grauenhaft. In jeder einzelnen Stunde wurde mein idiotisches Liebesleben durchgehechelt. Glücklicherweise wurde Neil kurz darauf eine Schulleitung in Worcester angeboten. Jetzt sage ich glücklicherweise, aber damals war ich am Boden zerstört, weil ich davon überzeugt war, dass wir irgendwann zusammenleben würden. Sobald sein Schwiegervater von dieser unspezifischen, kräftezehrenden Krankheit geheilt wäre, die seine Frau und seine Karriere so sehr belastete.« Wendy schob die schwarz geränderte Brille auf die Nasenspitze und blickte Roisin fest in die Augen. »Muss ich dir die überraschende Wendung der Geschichte erzählen?«

Sie seufzte schwer.

Roisin hielt Wendy für eine selbstbewusste und unverwundbare Naturgewalt, doch sie spürte, wie die Verletzung von damals selbst mit all dem Abstand aufwallte.

»Neil zog weg. Neue Nachrichten lösten die alten ab. Eine neue

Schülergeneration rückte auf. Und dann noch eine und noch eine. Ich lernte meinen zukünftigen Mann kennen. Und der Skandal rückte in die Vergangenheit, wurde zur Legende. Niemand erinnerte sich mehr an die Affäre. Die Leute verlieren nämlich schnell das Interesse an Tratsch, wenn sie nur eine der beteiligten Seiten kennen. Das kannst du dir merken.«

»Das mache ich«, antwortete Roisin.

»Die Sache heute ist nicht annähernd so schlimm wie mein Fehltritt von damals«, sagte Wendy. »Dich trifft keine Schuld. Dich hat man nicht beim Zungenkuss mit einem Mann in Trekkingsandalen aus Nubukleder ertappt.«

Jetzt brach Roisin in schallendes Gelächter aus.

»Einen Rat hat die weise, alte Eule noch: Geh in die Offensive. Mach ihnen klar, dass du sie ohne Umstände zu mir schickst, sobald sie die Sendung erwähnen oder womöglich noch mit ihren Handys herumwedeln. Ich weiß, dass du deine Autorität mit sanfter Hand ausübst, aber manchmal braucht man zur Disziplinierung leider doch die harte Faust.«

»Aber damit gebe ich doch zu, dass sie mich am Wickel haben.«

»Die Ankündigung wird sie aus genau diesem Grund kurzzeitig begeistern. Aber dann ist es vorbei. Was ich eigentlich sagen will, ist: Im Auge des Sturms – und das hier ist kein Sturm, vertrau mir – hat man das Gefühl, dass es niemals besser wird. Aber das wird es, und zwar schneller, als du denkst.«

»Danke, Wendy«, sagte Roisin. »Das tut gut.«

»Also. Nimm dir den Rest der Woche frei. Ich habe hier eine Englisch-Vertretung, die eh gerade nichts mit sich anzufangen weiß.« Sie hob die Hände, als Roisin überrascht und zum Einspruch bereit den Mund aufsperrte. »Nein, das ist kein Eingeständnis einer Niederlage. Du weißt so gut wie ich, welche Unruhe in der letzten Schulwoche herrscht. Man kommt sich vor wie eine Bereitschaftspolizistin statt wie eine Pädagogin. Sie haben

Blut geleckt. Leider wirst du sie nicht dazu bringen, dass sie sich wieder auf die Schullektüre konzentrieren.«

Roisin fühlte sich gedemütigt. Sie hatte nicht damit gerechnet, dass sie durch diese Angelegenheit für unfähig erklärt werden würde.

32

Das ist wirklich nicht nötig … ehrlich, die Aufregung wird sich legen, wie du gesagt hast.«

»Roisin.« Wendys Tonfall war versöhnlich. »Das ist ganz bestimmt kein Misstrauensvotum gegen dich, sondern ich habe das Wohl meiner Mitarbeiter im Sinn. Ich will dir nicht unnötig das Leben schwer machen. Es geht um gerade mal vier Tage. Geh und entspann dich.« Sie lehnte sich zurück und machte eine wegwerfende Geste. »Außerdem läuft die nächste Folge der Fernsehserie, wann genau? Am Ende gab es einen Cliffhanger, oder nicht?«

Roisin krümmte sich innerlich, als sie nebenbei erfuhr, dass Wendy die Folge gesehen hatte. Sie war so unglaublich naiv gewesen. SEEN hatte Redensarten und Memes hervorgebracht. Manchmal war Bescheidenheit einfach nur eine vornehme Form von Blödheit.

»Nächsten Samstag.«

»Und davor gibt es Trailer und dergleichen? Nennt man das heutzutage noch Trailer? TikTok ist für mich fremdes Terrain.«

»Wenn ich im neuen Schuljahr wiederkomme, wird es dann kein Thema sein, dass ich gekniffen habe?«

»Sie sind vierzehn Jahre alt. Die sind mit den sozialen Medien aufgewachsen. Ich verspreche dir, im September sind die Themen vom Juli ungefähr so aktuell wie die Rosenkriege.«

Roisin war nicht hundertprozentig überzeugt. Doch es schien unklug und taktlos, einer Chefin zu widersprechen, die ihr freundlich gesinnt und offensichtlich fest entschlossen war.

»Okay. Danke.«

»Ich wünsche dir sechs wunderbare Ferienwochen.« Wendy stand auf, und Roisin folgte ihrem Beispiel. »Fährst du weg?«

»Ach, ich habe noch keine Pläne. Wir wollten eigentlich das Wohnzimmer streichen, aber wir können uns auf keine Farbe einigen«, sagte Roisin. Sie hatten über ein Last-Minute-Ziel irgendwo in Europa geredet, nun aber würde es *der Sommer von Joes und ihrer Trennung* werden.

»Klingt entspannt. Triff dich mit Freunden, geh in Freiluftrestaurants, streich dein Wohnzimmer, und im Herbst werden wir die Sache voll im Griff haben«, sagte Wendy.

»Wendy«, sagte Roisin auf dem Weg zur Tür. »Habt ihr es geschafft, den Schüler von der Schule zu verweisen? Der dich und Neil gesehen hat?«

»Nein«, antwortete sie. »Dieser verschlagene Mistkerl hatte so ein Glück. Es hätte wie Rache ausgesehen, außerdem hatte er Eltern, die kein Blatt vor den Mund nehmen und sofort zum lokalen Käseblatt gerannt wären. Rate mal, wo er heute ist?«

»Im Gefängnis?«

»Er ist ein aufsteigender Tory-Abgeordneter.«

Roisin stöhnte.

Hoffentlich hatte Wendy ihr abgenommen, dass sie sowohl dankbar als auch emotional gefestigt war. Roisin verabschiedete sich und kehrte ins Klassenzimmer zurück, um ihre Sachen zu holen. Vorsichtshalber vermied sie auf dem Weg durch die Gänge jeden Blickkontakt, spürte aber, dass ihr ein paar Seitenblicke zugeworfen wurden.

O Gott. Was für Geschichten würden die Runde machen! Dass sie Miss Walters einen Clip aus der Sexserie ihres Freundes vorgeführt hatten und sie daraufhin in Ohnmacht gefallen war. Die Scham fuhr ihr so heftig in den Leib, und Roisin hätte beinahe aufgeheult.

Mal abgesehen von der Vorstellung, dass die Schüler Nacktbilder in die Hände bekämen, konnte man sich kaum mehr die Blöße geben. Sie hätte die Sache nur mit erhobenem Kopf überstehen können, wenn sie *Hunter* als etwas Unbedeutendes abgetan hätte. Doch diese Option stand ihr nicht mehr offen.

Auf dem Pult im leeren Klassenzimmer lag ein gefaltetes A4-Blatt. Beklommen faltete sie es auseinander. Es war die grobe Kugelschreiberskizze eines spritzenden Pimmels mit Hoden, und darunter die Worte: »IHR FRUEND« (sic).

Roisin zerknüllte das Blatt, warf es in den Papierkorb und stopfte wütend alles Nötige aus ihrem Schrank und aus den Schubladen in ihre Tasche. Dann ergriff sie die dunkelrote Calathea mit den rosa Streifen, wobei ihr Gesicht praktischerweise hinter den Blättern ein wenig verborgen war. Das einzige Scheißding, das an diesem Ort gedeiht, dachte sie.

Mit hocherhobenem Kopf marschierte sie zum Auto. Sollte jemand wagen, sie anzusprechen, müsste er damit rechnen, unangenehme Bekanntschaft mit einer tropischen Pflanze zu machen.

Vor dem Schulgebäude gurtete sie den Topf mit der Calathea auf dem Beifahrersitz an wie ein kleines Kind aus Blattwerk und setzte sich dann hinters Steuer. Eine Weile starrte sie ungläubig durch die Windschutzscheibe ihres Fiats und rekapitulierte, was passiert war.

Sonderurlaub wegen eines Härtefalls. Wow. Mister »Ich kann diese Dramen gerade wirklich nicht brauchen, Roisin« hatte ein Drama geschrieben, das Roisin offiziell und öffentlich demütigte. Hier ging es längst nicht mehr um reine Spekulation.

Da saß sie nun auf einem Parkplatz, vier Tage vor Schuljahresende, unfähig, ihre Rolle als Lehrerin der Sekundarstufe auszufüllen, in einem Zeitalter, in dem die Kinder Computer in der Hosentasche hatten.

Jemand klopfte ans Autofenster, und Roisin fuhr zusammen. Amir.

Sie ließ die Scheibe hinunter.

»Findest du nicht, dass du für einen Tag genug Scheiße gebaut hast?«, sagte sie. Mit dem Schimpfwort wollte sie ihn bewusst schockieren und einschüchtern. Es schien zu funktionieren; einen Augenblick stand er sprachlos mit weit aufgerissenen Augen da. Sie befanden sich praktisch nicht mehr auf dem Schulgelände, außerdem war es Roisin mittlerweile egal.

»Ich wollte mich entschuldigen, Miss«, sagte er und wirkte ehrlich zerknirscht. »Ich wollte nur Spaß machen. Ich habe nicht gedacht, dass es Ihnen so viel ausmacht.« Nach einer Pause sagte er: »Ich hoffe, es geht Ihnen gut.«

Roisin wusste die gute Absicht zu schätzen, auch wenn Amir unbeabsichtigt Salz in die Wunde streute. Es fiel ihr nicht leicht, aber sie musste diese ehrliche Entschuldigung annehmen, wobei der Kummer das Vergehen, das dadurch ausgelöst worden war, bei Weitem übertraf. Plötzlich konnte sie nachempfinden, wie es Gina nach dem Blitzer-Gate ergangen war.

Sie schluckte schwer und bot ihre altruistischste pädagogische Persönlichkeit auf.

»Danke, Amir. Es ist sehr nett von dir, dich zu entschuldigen. Dir muss bloß klar sein: Wenn du mich aufziehst, stiftest du andere an, die sich womöglich viel schlimmer benehmen.«

Womit sie eigentlich sagen wollte: Logan Hughes das Stichwort zu geben war dasselbe, wie einem Schimpansen einen Revolver in die Hand zu drücken.

»Ich weiß. Morgen entschuldige ich mich vor der Klasse«, sagte er. »Sie werden sehen.«

Roisin würde es nicht miterleben, aber unterm Strich war es besser, wenn sie Amir nicht vorwarnte. Seine Strafe wäre das Schuldgefühl, wenn man ihnen am Morgen sagte, dass sie einen Vertretungslehrer bekämen. Es mochte ungerecht sein, aber es war deutlich einfacher, einen Schüler zu bestrafen, der ein Gewissen besaß.

»Danke«, sagte Roisin.

»Ich finde Ihren Unterricht wirklich toll, Miss.«

Er steckte die Hand durch das Fenster, damit Roisin sie schütteln konnte, eine niedliche, drollige Geste.

Es kann ziemlich aufregend sein, sich zu verstecken, und man kann eine richtige Kunst daraus machen. Genau das machte die Sache auch so prickelnd.

Der Gedanke kam Roisin erst, als sie in der Nähe von Congleton im Stau feststeckte, missmutig auf den kaugummirosa Aufkleber mit der Aufschrift *100 %* THAT BITCH am Heck des BMW Z4 vor sich starrte und das Gespräch mit Wendy rekapitulierte.

Gab es mehr als einen Grund, warum Wendy Copeland ihr diese Geschichte erzählt hatte?

Wenn man das Schicksal lange genug herausfordert, schlägt es irgendwann natürlich zurück.

33

Roisin inspizierte gerade die fruchtig-samtigen und komplex-körperreichen Weißweine aus dem Loire-Tal, als das Handy in der Tasche vibrierte. Sie zog er hervor und las: MUM (MOB).

Die Großbuchstaben passten zu Lorraine. Joe hatte seine Quasi-Schwiegermutter einmal »Personifizierte Push-Nachricht« genannt.

Sie hatte ihrer Mutter nichts von der Trennung erzählt, obwohl sie in den schrecklichen, apathischen vier freien Tagen Zeit genug gehabt hätte. Allein mit ihren Gedanken zu sein, war furchtbar gewesen, und Roisin hatte Trittleitern und Abdecktücher hervorgeholt und das Gästezimmer in einer neutralen Wandfarbe gestrichen. Eine echte Übersprunghandlung, das Farrow-&-Ball-Estate-Eggshell-Finish in der Schattierung Mole's Breath aufzutragen.

Sie schlief im Gästezimmer und würde dort auch bleiben. Roisin steckte den Kopf in Joes Arbeitszimmer und betrachtete unglücklich den Fünfzigerjahre-Schreibtisch mit den Haarnadelbeinen, an dem er seine Schlechtigkeiten ausbrütete. Es gab keinen Computer, weil Joe lieber Digitalnomade mit Laptop war. Trotzdem hatte sie irgendwie damit gerechnet, hier Antworten zu finden.

Dieses eine Mal war es nicht nur Vermeidungsverhalten, dass Roisin ihrer Mutter noch nichts erzählt hatte. Bevor sie sich mit Joe nicht auf eine Kommunikationsstrategie geeinigt hatte, konnte sie ihre Eltern nicht einweihen. Lorraine besaß die Telefonnummern von Joes Eltern, und die sozialen Medien machten die Lage noch poröser – Diskretion wäre nicht garantiert.

Da die Ausstrahlung von *Hunter* fast eine Woche zurücklag, hoffte Roisin wider besseres Wissen, dass Lorraine sie entweder nicht gesehen hatte oder, falls doch, sie nicht darauf ansprechen würde.

Seit dem Abschied auf dem Rasen von Benbarrow Hall hatte sich Joe in unregelmäßigen Abständen bei ihr gemeldet und ihr zurückhaltende, nüchtern-neutrale WhatsApp-Nachrichten geschickt, in denen er sie darüber informierte, wie die Treffen gelaufen waren (gut), wie es war, eine Verbindung von LAX nach JFK zu bekommen (schwierig), und wann er nach Hause käme (am kommenden Dienstagabend).

Er hatte die Nachrichten mit einem kleinen Kuss versehen, um zwar respektvolle Zuneigung, aber keine partnerschaftliche Wärme auszudrücken. Darüber war Roisin dankbar, und sie erwiderte die verbindliche Geste.

Soll ich dir irgendwas mitbringen, Liebling? X war die einzige etwas befremdliche Botschaft, die um ein Uhr nachts eintraf, doch Roisin führte sie auf einen verspäteten Jetlag und zu viel Gin zurück.

Ja, bitte, einen großen Flakon Elizabeth Arden 5th Avenue, eine Dose Bailey's Fudge und deine Anteilnahme. (Stattdessen entschied sie sich für: Nein, danke, es ist noch ganz viel Toblerone übrig!)

In der Weinhandlung auf der Burton Road überkam Roisin die übliche Ahnung, dass ihr eine anregende, stimmungsverändernde Unterhaltung mit ihrer Mutter bevorstand. Es ließ sich nicht sagen, ob sie bei Lorraine gerade gut angeschrieben war – Roisins Popularitätswerte stiegen und fielen in ihrer Abwesenheit, ohne dass sie irgendetwas dazu beitragen musste.

Sie wischte den Balken »Anruf annehmen« nach oben, bevor sie der heftige Unwille einholen konnte.

»Hi, Mum.«

»Hi. Stör ich gerade?«

»Nein …«

»Ach. Du hast nur wieder diesen Ton.«

»Was für einen Ton?«

»Dein angespanntes *Hi, Mum* mit hoher Stimme«, sagte Lorraine. »Ich kann auch später noch mal anrufen. Ich will meine Kinder nicht *belästigen.*«

Das war's dann.

»Schon okay«, sagte Roisin, deren Kiefer sich schon jetzt verkrampfte. »Ich kaufe gerade einen Wein, weil ich zum Abendessen bei Meredith und Gina eingeladen bin.«

»Das ist schön. Ein Mädelsabend? Ist Joe unterwegs?«

»Ja, Joe ist mal wieder in Amerika. Kommt erst Dienstag wieder.«

»Ah. Ich habe diesen neuen Film noch nicht angeschaut, tut mir leid. Aber ich hab ihn aufgenommen. Terence fand ihn ganz schön derb!«

Ein Säurestrudel sammelte sich in Roisins Magen. Am liebsten hätte sie den Wein entkorkt und getrunken, noch bevor sie ihn bezahlt hatte.

»Wie geht's Terence?«, sagte sie, eine Frage, die sie noch nie mit so verzweifeltem Eifer gestellt hatte. Terence war seit fünfzehn Jahren tagsüber der Mann hinter der Bar. Er war ein ungewöhnliches Geschöpf im sogenannten Gastgewerbe.

»Ach, du weißt schon. Der typische Terence halt. Diese Woche habe ich Salami-Sandwiches auf die Karte gesetzt, und er hat mir vorgeworfen, dass ich aus dem Pub einen dieser Gourmet-Tempel machen will.«

Roisin war froh über einen Grund zu lachen.

»Genau genommen ist das Pub auch, warum ich anrufe …«

Voilà: Was du eigentlich willst. Es gab nie einfach nur einen Anruf ohne Hintergedanken, um zu hören, wie es ihr ging. Andererseits, würde Roisin sich darüber beklagen, dann würde Lorraine zu Recht einwenden, dass auch sie keinerlei Interesse an solchen Gesprächen hatte.

»… mich hat eine Angestellte im Stich gelassen. Abends bin ich jetzt allein, bis ich jemand Neues gefunden habe, und die paar Vorschläge, die mir die Arbeitsvermittlung gemacht hat, sind absolut unmöglich, im Ernst. Seit dem Brexit gibt es einfach niemanden mehr, der den Job machen will.«

»Okay?«, sagte Roisin mit banger Ahnung, wohin das führen sollte.

»Ich habe mich gefragt, ob du nicht kommen und aushelfen könntest. Nur bis ich jemanden eingestellt habe.«

»Mum. Meine sechswöchigen Sommerferien sind … heute losgegangen«, wandte Roisin ein, wobei sie ein Detail wegließ.

»Ich weiß! Das passt perfekt, um deiner Mutter aus der Klemme zu helfen. Du warst schon ewig nicht mehr hier. Das wird lustig.«

Lustig. Abtropfbretter abspülen, dunkles Bier ausschenken, anzügliche Bemerkungen von sechzigjährigen Männern abwehren und Essensreste von den Tellern kratzen. Die Phase der emotionalen Erpressung hatte begonnen, logisch. Roisin verwünschte sich innerlich, dass sie den Anruf angenommen hatte.

»Erwartest du ernsthaft von mir, dass ich für einen Ferienjob nach Webberley ziehe – genau dann, wenn mein Urlaub von meinem durchaus anstrengenden tatsächlichen Job beginnt?«

Zum hundertsten Mal musste Roisin an ihre Panikattacke denken – sie wollte sich an Ort und Stelle zusammenkringeln und sterben.

»Du musst nicht einziehen! Du kannst jeden Abend nach Hause fahren, wenn du willst.«

»Na so was, danke auch.«

»Dein Zimmer steht bereit, wenn du hierbleiben möchtest.«

»So verlockend das auch sein mag, Mum, aber nein. Nein, danke.«

Roisin klang wie eine schlecht gelaunte, trotzige Teenagerin. Tatsächlich war sie bis obenhin voll mit Schuldgefühlen, wie üblich, wenn es um familiäre Verpflichtungen ging und einen die verwitwete Mutter unter Druck setzte. Als wenn man mit einem kleinen Hammer auf die Kniescheibe klopfte und das Bein unwillkürlich zuckte.

»Na gut. Ich wollte dir das eigentlich nicht am Telefon sagen, damit du dir keine Sorgen machst. Aber ich habe einen kleinen Schrecken bekommen. Es ging um einen Knoten in der Brust.«

»Einen Knoten?« Roisin machte ein paar Schritte weg von den anderen Kunden. »Was ist los?«

»Ich hatte einen Knoten, aber der Arzt hat ihn angeschaut und gemeint, dass es ziemlich sicher nichts Schlimmes ist. Es war ein bisschen beängstigend.«

»Sie wissen durch die Untersuchung, dass es nichts Schlimmes ist?«

»Nein … es gab eine Biopsie.«

Roisins Herz machte einen Satz. »Eine Biopsie? Wann war das? Wann kommen die Ergebnisse?«

»Es heißt, ich bekomme sie heute im Laufe des Tages. Ich war wirklich ziemlich müde in letzter Zeit, habe es aber auf die viele Arbeit geschoben. Du weißt schon, weil ich hier alles allein machen muss.«

Roisin überging die Bemerkung. »Hast du es Ryan gesagt?«

Es lag durchaus im Bereich des Möglichen, dass sie es ihrem Bruder erzählt und der sich nicht bei Roisin gemeldet hatte. Ryan war vor sieben Jahren nach Toronto gezogen. Was Roisin anging, hatte Ryan dem Gefühl nach schon immer in Toronto gelebt. Ihre Mum stand Ryan näher, Ryan konnte nichts verkehrt machen.

»Nein. Ich wollte ihn gleich nach dir anrufen.«

»Okay.« Roisin war überrascht, Vorrang zu haben – offensichtlich kannte Not kein Gebot.

»Vergiss nicht, ich habe dich zuerst um Hilfe gebeten und dann erst die medizinische Sache angesprochen. Du kannst also nicht behaupten, dass ich das ausnutzen wollte.«

»Es läuft trotzdem auf das Gleiche hinaus, Mum.«

»Du lieber Himmel, Roisin, dir kann ich es nie recht machen. Hätte ich dir lieber nichts sagen sollen?«

»Ich bin der Meinung, dass du von deinen Kindern nicht verlangen kannst, den Aushilfskellner zu geben.«

»Doch, in einem Familienbetrieb kann man das. Du weißt, wie es ist. Das ist kein Job wie jeder andere. Ich kann mich nicht einfach krankmelden – schön wär's. Und wenn das Mallory bankrottgeht, verliere ich mein Zuhause.«

Es war das Leitmotiv ihrer Jugend und der Grund, warum Roisin das Pub so hasste. Das Mallory war der Mühlstein am Hals, Hauptquartier jeglichen Dramas, ein Zuhause, in den jeder x-beliebige Fremde hineinspazieren konnte. Zusammengehalten von einer Ehe, in die ebenfalls andere Leute hineinspazieren durften. O Mann, kein Wunder, dass sie traumatisiert war, weil Joe ihr Leben auf die Leinwand gebracht hatte.

Nichtsdestotrotz wusste Roisin – und ihre Mutter zweifelsohne auch –, dass sie nicht damit leben könnte, wenn die Ergebnisse der Biopsie schlecht ausfallen würden und Lorraine allein an der Bar stehen müsste. In diesem Fall würde sie die Mutter morgen ohnehin besuchen. Aber auch bei guten Nachrichten sollte sie hinfahren.

»Okay.« Ungesehen von Lorraine verzog Roisin das Gesicht. »Morgen helfe ich aus. Aber, Mum, du *musst* dir dringend jemanden suchen. Das ist eine einmalige Sache.«

»Ja, natürlich! Ich verstehe dich vollkommen.«

»Schickst du mir das Ergebnis?«

»Wovon?«

»Der Biopsie!«

»Ach, ja. Sicher.«

Oje. Eine optimistische Haltung war ratsam, das wusste Roisin. Aber »optimistisch« und »Lorraine« waren zwei unvereinbare Begriffe.

34

Du hast guten Wein mitgebracht, du darfst bleiben! Wir essen heute al fresco«, sagte Meredith und nahm Roisin beim Hereinkommen die Mitbringsel ab. Aus der Küche kamen feine Düfte und Chvrches-Klänge.

Roisin kam unheimlich gern hierher. Meredith hatte das renovierungsbedürftige Haus entdeckt, und sie hatten es sehr schön hergerichtet.

Zwischen den schneeweißen verschnörkelten Stuckleisten an der Decke der schmalen Diele hing eine große goldene Discokugel, und ein Läufer mit Regenbogenstreifen führte von dort die glänzend schwarz lackierte Treppe hinauf.

»Muster sind wieder im Trend«, hatte Meredith dem skeptisch wirkenden Joe erklärt.

An der linken Wand hingen unzählige gerahmte Fotos aus dem Leben von Meredith und Gina. Zahllose Abende des Brian Clubs waren darauf verewigt.

Als sie ihre Tasche absetzte, blieb Roisins Blick unglücklicherweise an einem hängen, auf dem das markante Profil von Matt McKenzie zu sehen war, der lachte, während Gina huckepack auf seinem Rücken saß und ihn in den Schwitzkasten nahm. Roisin würde ihn vermissen. Hoffentlich war es nur ein Ausrutscher. Die Freunde bedeuteten einander einfach zu viel.

Gina zündete gerade auf der kleinen Terrasse hinter der Küche die Kerzen auf dem Tisch an.

Es wirkte wie eine »städtische Oase für gesellige Abende« aus einer Wohnzeitschrift. Babyblaue und rosa Hortensien, glyzinienüberwucherte Mauern und Solarlichterketten mit originell geformten Birnchen.

Sie nannten es den hängenden Garten, weil sie hier so oft bei fünf Stunden dauernden Abendessen abgehangen hatten.

Sie knabberten Grissini und Hummus, bis das Essen fertig war. Meredith hatte das Kochen übernommen und servierte ihnen ein Lammgericht nach einem Rezept von Jamie Oliver mit einer Beilage aus überbackenem Fenchel, Tomaten und Oliven. Gina erklärte, dass sie mit Letzterem und einem vegetarischen Quorn-Steak gänzlich zufrieden sei.

Roisin hatte Joes gespenstische, höhnische Worte im Ohr. *Deine Partnerin hat immer diese eine ganz besondere Freundin …* Sollte dieser Witz womöglich kaschieren, dass er ernsthaft und heftig verknallt war, ohne dass Roisin etwas davon ahnte?

So sehr sie die Gesellschaft, das Essen und die Umgebung an diesem Abend genoss, war Roisin dennoch klar, dass es nur die Präambel war, bis sie das Thema anschnitt.

Während sie also im nachlassenden Licht an ihren Weingläsern nippten und über den Resten des Hauptgangs saßen, sprach Gina, die als Einzige den eigentlichen Anlass dieses Abendessens nicht kannte, die Sache von sich aus an.

»Rosh, ich wollte dir die ganze Zeit schon sagen: Ich habe mir *Hunter* angeschaut! Nüchtern! Es war *so gut*. So gut wie das Zeug aus Amerika! Du bist bestimmt wahnsinnig stolz.«

»Nicht wirklich«, sagte Roisin und lächelte. Sie war froh, dass sie sich vorab eine Agenda überlegt hatte. Sie hatte eine möglichst logische Reihenfolge ausgearbeitet, in der sie die Neuigkeiten verkünden wollte, weil es so viel zu bedenken gab.

»Aber ich richte ihm dein Lob aus, G. Es gibt etwas, was ich euch sagen muss. Ich habe mich von Joe getrennt«, sagte sie dann. Es brauchte das richtige Timing und diplomatisches Geschick, um den Eltern davon zu erzählen, aber es stand ihr selbst zu, mit den Freundinnen zu reden.

Nachdem die Bombe geplatzt war, beobachtete sie, wie sich auf

Ginas Gesicht absolute Ungläubigkeit abzeichnete. Meredith blinzelte ein paarmal überrascht, zog dann eine Augenbraue hoch, nickte und schenkte Roisin Wein nach.

»Nein! O mein Gott! Wie bitte? Im Ernst? Warum?«, rief Gina.

»Es läuft schon seit Ewigkeiten beschissen. Seit Joe so viel Erfolg hat. Wegen seines Erfolgs wollte ich lange nichts sagen. Ich dachte, es wird schon wieder wie früher, dass es nur eine Phase ist. Ich schätze mal …«, sie holte Luft, »… und ich muss schätzen, weil ich ihn nicht dazu bewegen kann, sein cooles Getue abzulegen und mir gegenüber aufrichtig zu sein. Jedenfalls denke ich, er ist anfangs eher aus Versehen aus der Beziehung ausgestiegen. Diese wahnsinnig aufregende neue Welt hat ihn derart vereinnahmt, dass er mich völlig vergessen hat. Mittlerweile geht es ihm am Arsch vorbei, er hat keinen Bock darauf, sich wieder zu mir herabzubegeben. Im Grunde wusste ich schon vor Benbarrow, dass es vorbei ist. Und dann sah ich *Hunter* …«

Jetzt kam der schwierige Teil. Es war verzwickt zu erklären, wie mies sich Joe verhalten hatte, ohne ihre Familie miteinzubeziehen. Sie hatte sich für ein Teilgeständnis entschieden.

»Mal abgesehen von den Sachen im Film, die exakt so waren wie unser Leben, glaubt mir, wenn ich euch sage, dass er noch andere Details privater Natur benutzt hat, die ich ihm erzählt habe. Und dagegen habe ich eine Menge einzuwenden. Ich würde sogar sagen, er hat mich hintergangen.«

Roisin betrachtete die starren Mienen ihrer Freundinnen im Kerzenschimmer und schätzte sich glücklich, dass sie beide nicht zum Tratschen neigten. Sie würden sich hinterher nicht dem Rätselraten hingeben, was Roisin genau gemeint hatte. Möglicherweise käme jede für sich darauf, aber dann sollte es eben so sein.

»Wahrscheinlich erzähl ich euch irgendwann mal mehr. Momentan hasse ich Joe bloß, weil er mich in diese Zwangslage gebracht hat.«

»Alles klar, keine Sorge«, sagte Meredith mit fester Stimme. »Was mich angeht, hätte ich mich nicht getraut, über die Serie herzuziehen, wenn du es nicht gemacht hättest, aber ich fand *Hunter* ziemlich verstörend. Es war echt schräg, dass er uns alle ohne Vorwarnung in die Story eingebaut hat. Und die Hauptfigur ist ein Abbild von Joe, der ein Abbild von Roisin betrügt. Ehrlich gesagt, fand ich es trashig.«

»Waren das wirklich wir?«, fragte Gina. »Ich habe mir schon gedacht, dass er hie und da ein paar Sachen geklaut hat, aber das waren doch nicht wirklich wir, oder?«

Roisin wusste nicht, was sie darauf erwidern sollte. Wenn sie alle als Vorbilder durchgingen, dann implizierte es, dass Joe scharf auf Gina war. Roisin musste es im Vagen lassen.

»Na ja, als ich Joe darauf angesprochen habe, kam er mir mit dem Üblichen: ›Das ist Kunst, und du verstehst eben nicht, wie Kunst funktioniert.‹ Mag schon sein, Joe. Allerdings weiß ich, wie Beziehungen, gegenseitiges Vertrauen und Anstand funktionieren sollten.«

»Das ist krass«, meinte Meredith. »Es tut mir so leid, Roisin. Wie lange wart ihr zusammen? Fast zehn Jahre? Ihr bedeutet uns so viel. Mir ist klar, wie sehr du unter Druck gestanden haben musst, um dich dazu durchzuringen.«

»Danke. Unnötig zu erwähnen, dass ich mir die morgige Folge erst anschaue, wenn ich mich stark genug fühle.«

Gina wirkte gequält. Sie war immer sehr mitfühlend, wenn es anderen schlecht ging, und vermutlich vermied sie es, etwas zu sagen, aus Angst loszuheulen. Sie hatte einmal einen Dachs angefahren und musste daraufhin in Therapie. (Joe hatte die Sache wieder einmal rasend komisch gefunden und zu der Melodie von Elton Johns Hit *Candle in the Wind* ein schmachtendes Abschiedslied geträllert und dabei auf imaginäre Klaviertasten eingehämmert.)

Roisin war bewusst, wie sehr es Gina schmerzte, Joe schlechtzureden. Aber blieb ihr eine andere Wahl? Sie presste kurz die Zeigefinger unter die Augen, um die Tränen zurückzuhalten. Zum Weinen blieb ihr noch alle Zeit der Welt. Dieser Abend sollte besser genutzt werden.

»… es kommt noch schlimmer. Oder es geht mir einfach nur schlechter, keine Ahnung …«

Meredith und Gina waren derart gespannt, dass sie kaum zu atmen wagten.

»Als wir uns wegen *Hunter* gestritten haben, hat er nicht mal mit der Wimper gezuckt. Da gab es nicht das geringste Schuldgefühl oder Gewissensbisse. Und da hat mich diese Ahnung überwältigt …« Sie machte eine Pause. »Es hatte damit zu tun, wie er mich anlog. Als spielte das für ihn überhaupt keine Rolle. Es war offensichtlich, dass er jede Menge Übung darin hatte. Ich glaube, er hat es selbst getan. Ich glaube, Joe hat mich betrogen. Und zwar oft.«

35

Nein!«, widersprach Gina mit aller Heftigkeit. Und dann: »Nein?«

»Ich weiß, es klingt total wirr. Aber ich krieg das nicht mehr aus dem Kopf. Als hätte ich das Teleskop umgedreht und sehe jetzt alles ganz anders. Die Sache mit dem Restaurant und dem Schal im Film … Nicht nur, dass Joe das gemacht hat – das war vor zwei Jahren bei Sesso, vielleicht erinnerst du dich, Gina, es war dein Geburtstag. Er ist zurückgegangen, um den Schal zu holen, und kam zu Fuß nach Hause. Als er heimkam, duschte er – er duscht sonst nie vor dem Schlafengehen. An dem Abend hat er sich die erste Betrugsszene in seinem Film ausgedacht, und doch soll nichts dergleichen passiert sein?«

Verständlicherweise wusste darauf niemand etwas zu sagen.

»Rosh, ich muss furchtbar dringend pinkeln, ich gehe jetzt aufs Klo, aber versprecht mir, dass ihr nichts Wichtiges besprecht, bis ich wieder da bin«, sagte Gina schließlich.

»Versprochen«, sagte Roisin lachend, als Gina aufstand.

»Hattest du vor *Hunter* schon mal einen solchen Verdacht?«, fragte Meredith.

»Nein, um ehrlich zu sein, nie.«

»Könnte es dich beeinflusst haben, dass du Joes Fernseh-Double ausgerechnet zu dem Zeitpunkt beim Vögeln mit einer Menge Schauspielerinnen zugesehen hast, als du ohnehin schon unglücklich warst wegen ihm?«

Typisch Meredith – sie war zu diplomatisch, um zu sagen: »dein Urteilsvermögen beeinflusst«.

»Mir ist schon klar, dass alles danach aussieht. Wenn ich mich von außen betrachte, komme ich mir absolut lächerlich vor. Aber mein Bauchgefühl bleibt stur dabei: Er hat es selbst getan, und das hier ist das Dreisteste an der Geschichte voller Dreistigkeiten. Das Gerede, Monogamie sei eine Zumutung, und er hätte keinerlei Schuldgefühle. Er und Becca führen diese wahnsinnig tolle Beziehung, und es macht für sie gar keinen Unterschied, weil er eh keine Gefühle für die anderen Frauen hat. Sein Fremdgehen sei also nicht unmoralisch. Meredith, ich kann mir einfach vorstellen, dass Joe diese Dinge sagt.«

»Ehrlich? Mir kam er immer wie jemand vor, der treu ist und anderen Frauen nicht hinterherschaut.«

»Mm. Schon. Und Matts Lebenswandel hat er auch immer kritisiert.«

»Eben.«

»Jasper Hunter stellt sich anderen gegenüber auch als treuer Ehemann dar«, beharrte Roisin. »Genau genommen zielt er ja darauf ab, dass er es tatsächlich *ist*. Er liebt Becca, findet aber nicht, Liebe bedeutet, man solle keinen Sex mit anderen haben.«

»Aber … es ist doch Fiktion … oder?« Meredith presste die Lippen aufeinander. »Ich weiß nicht.«

»Ich hätte die Parallelen gar nicht gesehen, wenn ich Joe nicht darauf angesprochen hätte. Von ihm hagelte es bloß bissige Bemerkungen und Zurückweisungen, da war nicht die geringste Scham. Ich fürchte, dass Joe permanent und ohne zu zögern lügt und dabei kein bisschen ins Schwitzen gerät. Und offen gesagt macht mir das richtig Angst. Mit wem war ich all die Jahre zusammen? Wie kann es sein, dass ich das nicht bemerkt habe?«

Gina kehrte zurück, schob scharrend den schmiedeeisernen Gartenstuhl über die Terrassenfliesen und sagte: »Joe würde dir so was nicht antun, glaube ich. Ich kann mir das einfach nicht vorstellen. Würdest du denn mit ihm zusammenbleiben, wenn du sicher wüsstest, dass er das nicht gemacht hat? Ist es absolut endgültig aus zwischen euch?«

Das war eine gute Frage. Roisin hatte damit gerechnet, aber noch immer keine Antwort darauf.

»Ich glaube schon. Ich weiß es nicht. Als ich ihm gesagt habe, es sei vorbei, war der Verdacht, dass er fremdgeht, noch gar nicht in mir herangereift. Ich wusste nur, dass er in letzter Zeit ziemlich erbarmungslos und distanziert geworden ist …«

Roisins Stimme brach. Seit sie dreiundzwanzig Jahre alt war, war er der Mensch im Bett neben ihr gewesen. Es fühlte sich ungeheuerlich an, die Sache zu beenden.

»… die Vorstellung, dass er mich hinter meinem Rücken blindwütig betrogen hat, hat mich erst hinterher zerfressen. Ich muss einfach wissen, ob es stimmt.«

»Musst du das?«, fragte Meredith behutsam. »Spielt es denn eine Rolle, wenn du eh denkst, dass es aus ist, egal, ob er fremdgegangen ist oder nicht? Ich meine, klar spielt es eine Rolle. Aber es wird nichts an der Sache ändern, oder?«

Meredith und Gina sahen sie besorgt an, und Roisin merkte, dass sie – wenn auch voller Mitgefühl – der Meinung waren, sie sei vorübergehend übergeschnappt. Vielleicht stimmte es ja.

»Es spielt eine Rolle. Punkt«, meinte Roisin. »Ich muss wissen, ob mein Leben das war, wofür ich es gehalten habe. Ich muss wissen, ob ich mich zur letzten Idiotin habe machen lassen. Ich muss wissen, wer Joe wirklich ist.«

»Denkst du, du kannst ihn dazu bringen, alles zuzugeben?«, fragte Gina.

»Ha, nein, ich glaube nicht, dass man Joe auf irgendeine Weise dazu bringen kann, etwas zu tun, was er nicht will. Aber Hunter ist ein Detektiv. Vielleicht kann ich ja in Hunter-Manier den Hinweisen nachgehen, die ich habe. Angefangen bei der heißen Spur mit dem Schal.«

Nach einer kurzen Pause sagte Gina: »Du willst zu Sesso gehen und fragen, ob Joe vor zwei Jahren da war und mit einer Kellnerin gevögelt hat?«

»Nein! Na ja. Doch, wahrscheinlich schon.«

Schweigen trat ein.

»Ich hätte da ein paar Fragen …«, sagte Meredith in einem zaghaft offiziellen Tonfall, und ihre Blicke trafen sich, und sie fingen an zu lachen. »Wieso sollte eine Kellnerin, die mit dem Lebensgefährten einer Kundin geschlafen hat, die Sache zugeben? Aus ihrer Perspektive hätte das eine Menge Nachteile.«

»Nein, das täte sie nicht«, räumte Roisin ein und trank einen großen Schluck Wein. »Ich habe mir noch keine Strategie überlegt. Gebt einem armen Mädchen eine Chance.«

»Darf ich eine dumme Frage stellen?«, sagte Gina.

»Die ist garantiert nicht dumm«, meinte Roisin.

»Warum sollte Joe so was machen? Wenn er wirklich fremdginge, würde er doch nie im Leben darüber schreiben und es für alle öffentlich im Fernsehen zeigen.«

Meredith nickte. »Genau an der Stelle hakt es für mich auch.«

»Der Nervenkitzel, wenn man etwas offen zur Schau stellt und gleichzeitig verheimlicht«, sagte Roisin. »Wieso setzt jemand einen kompletten Monatslohn in einer Sportwette aufs Spiel? Genau wie beim Sex, über den er schreibt, liegt der besondere Reiz im Risiko, erwischt zu werden. Die ganze verquere Logik liegt doch genau in der Offensichtlichkeit. Wenn man sagt: Er hat das nie und nimmer getan, weil er darüber geschrieben hat, dann bekräftigt man, dass das Schreiben darüber ein hieb- und stichfestes Alibi ist. Genau solche Fallen sind es, die Joe so gerne ausklügelt.«

»Das verstehe ich schon«, sagte Meredith langsam. »Aber ich halte es trotzdem für ein bisschen weit hergeholt, aus Joe einen durchgeknallten Erzbösewicht zu machen. Ich denke, er hat sich einiges zuschulden kommen lassen, aber Seitensprünge gehören meiner Meinung nach nicht dazu.«

»Das stimmt. Ich habe in Joe auch nie den Womanizer gesehen«, sagte Gina, das Kinn in die Hand gestützt.

»Außerdem fand ich ihn Frauen gegenüber nie besonders selbstbewusst, bis zu dem Zeitpunkt, als es ihm wundersamerweise gelungen ist, dich abzuschleppen«, meinte Meredith. »In der Buchhandlung war er immer ziemlich schüchtern.«

»Da hast du recht«, sagte Roisin und erinnerte sich an den Moment, in dem er sie plötzlich selbstbewusst um ein Date gebeten hatte. »Aber vielleicht habe ich auch nie etwas davon gemerkt, weil ich dieses klischeehafte Bild von einer Affäre habe, bei der sein Hemdkragen nach einem fremden Parfum riecht und er der Sekretärin heimliche Nachrichten schickt. Eine Affäre mit einer zwischenmenschlichen Dimension. Wenn es aber um wahllose Ficks in der Klokabine geht, wie sollte ich das mitkriegen? Er arbeitet seit Jahren von zu Hause, und als Lehrerin habe ich feste Zeiten.«

»Wow. Ich räume gleich den Tisch ab und hole den Käsekuchen, aber zuerst muss ich schauen, dass es mich vor Verblüffung nicht ganz umhaut«, sagte Meredith.

»Ich mache das, Meredith, du hast schon gekocht. O Gott …«, sagte Gina beim Aufstehen. »Ich weiß, wie du bei Sesso hinter den Kulissen an Infos kommst.«

»Echt?«

»Ja. Wie hat Joe Matt genannt? Mr Staff WiFi? Schick Matt hin, damit er mit den Kellnerinnen redet. Wahrscheinlich hast du am Ende des Abends den Code zum Safe.«

Roisins Haut prickelte. Ginas Idee war nicht so abwegig. Sie hatte heute Abend einen krassen Verdacht geäußert, ohne eine Ahnung, wie sie Nachforschungen anstellen könnte. Und jetzt hatte ihr Gina eine überzeugende Möglichkeit für den ersten Schritt serviert.

Das Schreckgespenst Matt McKenzie war aufs Tapet gebracht, und Roisin und Meredith verstummten und überließen es Gina, das Thema weiterzuverfolgen oder fallen zu lassen.

In der funkelnden späten Abenddämmerung jagten ein paar Fledermäuse durch die blaue Dunkelheit über ihnen.

Gina stellte das Geschirr ab und setzte sich wieder hin. Mit einem schweren Seufzen hob sie den Kopf und blickte ihnen in die Augen. »Wisst ihr was? In Papua-Neuguinea gibt es so ein Wort: *Mokita*.«

Einen kurzen Moment herrschte Schweigen, bis Roisin und Meredith in johlendes Gelächter ausbrachen.

»Gina, bitte, bitte ändere dich nie!«, sagte Meredith, als sie wieder Luft holen konnte, und Gina wirkte überrascht, aber erfreut.

36

Mokita bedeutet eine Tatsache, von der alle wissen, aber die niemand anspricht«, erläuterte Gina. »Das Wort haben mir kürzlich in der Arbeit ein paar ausländische Studenten beigebracht.«

Meredith und Roisin sagten nichts.

»*Mokita* ist, dass ich in Matt verliebt bin.« Sie blickte von einer zur anderen. »Ihr müsst nicht so tun, als wüsstet ihr es nicht. Alle wissen es, und ich weiß, dass sie es wissen. Matt zu lieben … na ja, wenn es mir gut geht, dann lässt sich damit leben. Dann ist es manchmal sogar ganz schön. Aber wenn ich schlecht drauf bin oder er jemand Neues kennenlernt, dann habe ich Angst, dass es was Ernstes wird. Dass ich mich mit ihr anfreunden muss. Es fühlt sich an, als schlägt jemand von innen mit der Faust auf mich ein.«

Meredith legte eine Hand auf Ginas Arm.

»Die meiste Zeit – oder besser: die ganze Zeit über – dachte ich, dass es immerhin die zweitbeste Lösung ist, eine seiner engsten Freundinnen zu sein. Dass es das Schlimmste wäre, ihn gar nicht zu sehen. Mittlerweile aber glaube ich, dass mir keine andere Möglichkeit bleibt.«

»Ach, Gina«, sagte Roisin.

»Übrigens ist mir klar, wie egoistisch das ist. Es tut mir total leid, wenn die Clique auseinanderbricht und ich euch zwei, Dev, Joe und sogar Matt unglücklich mache. Ich wollte niemals, dass ein er oder ich daraus wird. Aber vermutlich geht es nicht anders.«

Meredith machte den Mund auf, um etwas zu sagen, aber Gina schüttelte den Kopf und bedeutete ihr, dass sie noch nicht fertig war. Sie räusperte sich.

»Ich mache gerade einen Test. Ich habe ihn überall auf den sozialen Medien unterdrückt. Er weiß das nicht, ich bin oft genug online und like irgendwas, sodass ihm das gar nicht auffallen wird. Ich unterdrücke seine Posts, weil es mir den ganzen Tag verderben kann, wenn ich ein Foto von ihm mit einer Frau sehe. Ich reagiere körperlich darauf, mir wird buchstäblich schlecht. In guten Zeiten, wenn ich denke, oh, vielleicht bin ich endlich über ihn weg, gehe ich auf seinen Instagram-Account. Ich sehe mir ein Bild von ihm an mit irgendeiner Frau und checke, ob ich es aushalte. Aber ich halte es nie aus. Stellt euch vor, wie es sein wird, wenn er mit einer berühmten Schauspielerin zusammen ist! Ich werde einen Bogen um die Nachrichten machen müssen! Das ist doch eine einzige Verarsche!«

»Diese Sorge kannst du getrost von der Liste streichen«, sagte Meredith. »Ich habe die schlechte Angewohnheit, amerikanische Klatschmagazine zu lesen. Sie wurde im Zusammenhang mit Jon Hamm erwähnt. Ich habe Matt eine WhatsApp geschickt und gefragt, ob es stimmt, und er hat geantwortet: Weiß der Himmel, aber ich bin jedenfalls nicht mehr mit ihr zusammen. Also, jetzt weißt du's.«

»Oh. Okay.« Gina dachte über diese Neuigkeit nach. »Aber Matt wird nie was mit einer normalen Frau anfangen.«

Meredith und Roisin nickten, weil ihnen klar war, was »normal« in diesem speziellen Zusammenhang bedeutete.

»Verliebt in ihn zu sein ist wie eine chronische Krankheit. Es dauert schon zehn Jahre, und ich glaube nicht, dass ich jemals davon geheilt werde.«

»Und wenn du jemand richtig Tolles kennenlernst?«, fragte Meredith behutsam.

»Eben, das ist es ja. Wegen der Sache mit ihm lerne ich niemanden kennen! Ein Typ von der Arbeit hat mich um ein Date gebeten, und er wirkt echt nett, aber …«

»… er ist nicht Matt«, beendete Meredith den Satz für sie.

»Ich weiß, dass ich in Benbarrow total durchgedreht bin. Er hat überhaupt nichts falsch gemacht. Nur fühle ich mich in seiner Gegenwart sowieso immer nackt. Dass er mich buchstäblich nackt gesehen hat, war einfach zu viel. Es hat keinen Zweck, mir vorzunehmen, nett zu sein. Das ist wie eine Art Folter. Matt ist der Folterknecht, dabei will er mich gar nicht foltern, und ich will mich nicht von ihm foltern lassen. Keiner von uns beiden hat es sich ausgesucht. Es ist einfach so.«

Nachdem Gina geendet hatte, liefen ihr die Tränen über das Gesicht, und hastig sagte sie: »Es ist okay, alles okay. Verdammt, es ist befreiend, das auszusprechen. Vielleicht war die Nacktaffäre am Ende doch für was gut, wenn ich die Sache dadurch hinter mir lassen kann. Ich will sie nicht hinter mir lassen, andererseits war mein Problem die ganze Zeit, dass ich darauf gewartet habe, es endlich hinter mir zu lassen. Mir ist klar, anders geht es nicht, also muss ich das jetzt durchziehen. Auch wenn ich gerade wie verrückt darunter leide. Ergibt das irgendeinen Sinn?«

Tatsächlich ergab es für Roisin, die sich noch nicht einmal über ihre Haltung zu Joe im Klaren war, erstaunlich viel Sinn. Auch Roisins und Merediths Augen glänzten feucht. Ihnen war das Ausmaß von Ginas Kummer nicht bewusst gewesen.

Insgeheim hatte Roisin Matt für übertrieben kategorisch und taktlos gehalten, als er sich von der Clique zurückgezogen hatte, doch womöglich war es weise Voraussicht gewesen. Er verließ die Gruppe, bevor Gina es tun musste.

Ihr kam ein Gedanke.

»Hat er dir geschrieben? Vor der Nachricht an den ganzen Brian Club?«

Gina war peinlich berührt. »Ja. Ich habe sie gelesen, als wir an der Tankstelle angehalten haben. Er hat mich gefragt, ob es das Beste wäre, wenn er die Gruppe verlässt, und ich habe Ja geantwortet. Ich war immer noch wütend auf ihn. Jetzt bin ich traurig.

Macht ihr zwei mich dafür verantwortlich, dass ich mich wie ein Kind aufgeführt und damit den Brian Club kaputt gemacht habe?«

»Nein«, sagte Roisin. »Du hast dich weder wie ein Kind aufgeführt, noch hast du den Brian Club kaputt gemacht. Der wird jetzt einfach ein bisschen anders aussehen als früher.«

»Ja, ich will, dass ihr ihn trefft! Er soll nicht geächtet werden!«, sagte Gina.

»Joe auch nicht. Es ist keine verbitterte Scheidung«, sagte Roisin, ohne so recht darüber nachzudenken. Erst als sie es aussprach, merkte sie, wie merkwürdig das klang, nach allem, was sie erzählt hatte. Vermutlich hatte sie sagen wollen, es sei *noch* keine verbitterte Scheidung.

Als sie im Taxi von Urmston nach West Didsbury saß, fiel Roisin plötzlich ein, dass sie gar nichts von ihrer Mutter gehört hatte. Hektisch kramte sie das Handy aus der Tasche.

Hast du das Ergebnis der Biopsie bekommen? X

Glücklicherweise erschienen auf Anhieb zwei blaue Häkchen.

MUM (MOB) schreibt
MUM (MOB) schreibt
MUM (MOB) schreibt
MUM (MOB) schreibt

Zu viel Getippe für eine gute Nachricht. In Gedanken spielte Roisin die Lotterie der Möglichkeiten durch, die Feilscherei mit dem Schicksal. Sie hatte dasselbe bei ihrem Dad gemacht, noch bevor sie das Polizeiauto erreicht hatte. Falls es X ist, dann schaffen wir das schon, wenn es Y ist, dann kriegen wir es hin. Bitte, bitte, lass es nicht ein Z sein.

Sie empfand die Urangst, die man nur spürt, wenn die Sterblichkeit am Horizont auftaucht.

Ja! Alles bestens. Eine Erleichterung. Ich freu mich, Dich morgen zu sehen. Halb sechs wäre perfekt. J

Puh, aber auch: Wie bitte? Die Klinik hatte angerufen, und sie hatte nicht daran gedacht, ihren Kindern sofort Bescheid zu sagen?

Irgendetwas war bestimmt gewesen – Lorraine war nicht wirklich böswillig und würde so etwas nicht frei erfinden. Aber es wäre ihr durchaus zuzutrauen, dass die Entwarnung kam, bevor sie mit ihrer Tochter telefoniert hatte, und Mum die gute Nachricht zurückgehalten hatte, um die Angelegenheit nutzbringend einzusetzen.

Bevor Roisin sich entscheiden konnte, was davon nun wohl der Wahrheit entsprach, beschloss sie, die Sache nicht weiterzuverfolgen.

Fürs Erste genügte es ihr, *einen* Menschen in ihrem Leben der Lüge zu überführen.

37

Roisin setzte den Blinker nach links, und ihr schwerer Seufzer übertönte sogar den Radio-6-Moderator, als sie in die vertraute, malerische Straße einbog. Es war sehr heiß, sie hatte das Fenster heruntergelassen und passierte eine Flottille plappernder junger Frauen mit Brautschleiern und identischen Reiterkostümen, die an die Buchumschläge von Jilly-Cooper-Kitschromanen erinnerten. Sie ahnte, dass ihr eine von Lorraines Tiraden über die Airbnb-Plage bevorstand.

Einige Familien, deren Villen in Webberley als Zweitwohnsitze dienten, vermieteten sie seit Neuestem für teure Junggesellenabschiede.

Man könnte meinen, dass sie mir wenigstens ein bisschen Umsatz bescheren, aber nein, die gehen ins The Bull mit seinen Reitplaketten und bescheuerten Hufeisenkratzern, weil es dort rustikaler ist, sagte Lorraine. Es erzürnte sie immer wieder, wenn die Menschen ihr Recht ausübten, ihr verfügbares Einkommen anderweitig auszugeben.

Als Roisins Eltern das Mallory in den frühen Neunzigerjahren übernahmen, war es ein Pub mit Fremdenzimmern gewesen, doch da Roisin bald ein Geschwisterchen bekommen würde, hatten Kent und Lorraine entschieden, den ersten Stock als Wohnung zu nutzen.

Das Pub war nach dem renommiertesten Sohn des Dorfes benannt, einem Bergsteiger, der bei einer nicht ganz so renommierten Expedition sein Leben ließ. Als launische Teenagerin hatte Roisin diesen Umstand als typisch für den Ort bezeichnet. Sie nannte das Mallory die »Malaise«.

Die Walters stellten in dieser zunehmend reichen Gegend eine

Anomalie dar, da sie zwar eine Immobilie besaßen, aber als Wirte nicht vermögend waren.

Sie hatten das Pub mithilfe eines gigantischen Darlehens erworben, das mittlerweile zwar etwas besser zu handhaben war, trotzdem blieb am Ende des Monats nicht viel übrig. Lorraine konnte das Mallory nicht zu einem Preis verkaufen, der ihr einen Ruhestand nach ihren Vorstellungen bescheren würde, da Roisins verstorbener Vater in Bezug aufs Geldausgeben der »Scheiß drauf, wir machen das«-Typ gewesen war.

Roisin mutmaßte allerdings, dass es nicht nur mit den Finanzen zu tun hatte: Denn an diesem Ort hatte Lorraine ihre Kinder großgezogen und ihren Mann verloren; von hier bezog sie ihre Identität und ihre Bestimmung als sirenenhafte Wirtin. Webberley war ihr Zuhause.

Wenn sie das Pub verkaufte, müsste sie wegziehen. Im von Promi-Fußballern bevölkerten Cheshire würde sie nie etwas Bezahlbares finden, müsste ins Exil gehen und würde »verarmen«, wie Lorraine es nannte. Sie hatte damit gerechnet, ein zweites Mal zu heiraten, doch hartnäckig hatten sich potenzielle reiche Kandidaten geweigert, auf der Bildfläche zu erscheinen – zweifellos, wie sie ihren Kindern erklärte, weil keiner die beiden auch noch am Hals haben wollte.

Da war sie also, steckte das letzte schäbige Revier in diesem vermögenden, selbstzufriedenen Schlafvorort von Manchester ab und hielt sich doch für die Königin Victoria von Webberley.

Das trendige Pub The Burnt Stump strich die Giebelwand kornblumenblau und schrieb seinen Namen in riesigen Buchstaben auf die Längsseite, und unter den weißen Markisen versammelten sich im Sommer die Massen. Das Bull's Head wiederum machte auf Gourmetführer-Küche und zelebrierte das knisternde Kaminfeuer, die Hopfenranken und die außerordentlichen Pasteten.

Das Mallory blieb die miese Absteige, die von den älteren,

unerschütterlichen Ortsansässigen dafür gerühmt wurde, dass sie sich nicht an die Touristen und Städter angepasst habe. Als wäre es eine Tugend, sich nicht zu verändern, wenn man schon von Anfang an nicht besonders toll gewesen war.

Roisin parkte auf der Kieseinfahrt und stapfte mit knirschenden Schritten zum vertrauten Eingang mit dem gewölbten Vordach – dem Schlund in die Pseudo-Tudor-Höhle. Jedes Mal erschien ihr das Gebäude kleiner als in der Erinnerung.

»Meine TOCHTER!«, jauchzte Lorraine und trat aus dem Haus. Sie trug ein Kleid mit einem Palmblättermuster, das wie ein Strand-Sarong hoch am Hals saß, und die dichte dunkelbraune Haarmähne hatte sie zu einem üppigen Pferdeschwanz zusammengebunden. Seit ihrer letzten Begegnung hatte sie sich die Wimpern verlängern lassen, die wie platt gedrückte Fliegen aussahen; der sinnliche Effekt schrammte ganz knapp am überraschten Gesichtsausdruck einer Sexpuppe vorbei.

»Hi, Mum. Du siehst unglaublich aus.« Roisin beugte sich nach vorne und küsste sie.

»Oh, danke. Ich komm mir vor wie ein als Stubenküken verkleideter Broiler«, sagte sie strahlend. »Ich mag deine Haarfarbe, dieses wunderbare tiefe Rot. Vielleicht mache ich dir das nach.«

Roisin vergaß immer wieder, was Lorraine ausmachte: Sie gab »eine gute Figur ab«, wie Joe es von manchen Autoren sagte. Vermutlich war damit eine quirlige und geistreiche Persönlichkeit gemeint, die manch andere Defizite kompensierte.

Lorraine war großartig – bis zu dem Moment, in dem man ihre Hilfe brauchte.

Jetzt allerdings brauchte ihre Mutter *sie*.

Roisin stellte die Taschen in ihrem alten Kinderzimmer ab und ging geradewegs hinunter an die Bar, bevor sie sich weitere Gedanken machen konnte. Das Pub füllte sich stetig, als der Samstagabend an Fahrt aufnahm.

Dieser Ort war ihr vertraut, seit ihr Kopf sich auf gleicher Höhe wie die Abtropfbretter befunden hatte. Das schmuddelige gefleckte hellbraune Linoleum, die großen wannenförmigen, rollbaren Tonnen, die klebrigen Limetten- und Zitronensirupflaschen mit den Ausgießern, die Reihen umgedrehter Spirituosen und der Karton, von dem man die Erdnuss- und Chipstüten herausriss.

Als Teenagerin hatte sie sich damit beliebt gemacht, dass sie lustige Eltern hatte und außerdem die Voraussetzung besaß, Minderjährigen Alkohol auszuschenken.

Roisin krempelte die Ärmel hoch und sagte, als gleite sie in ihre Muttersprache über: »Hi, was kann ich für euch tun? Zwei Harvest Pales, kommen sofort.« Sie griff nach einem Bierglas auf der geflochtenen Gummimatte im Regal über ihrem Kopf.

Fantasy von Mariah Carey schallte aus der Jukebox in der Ecke, deren Liedauswahl vermutlich im Jahr 2005 das letzte Mal aktualisiert worden war.

Lorraine ließ die Hüften schwingen, wiegte sich hin und her und sang textsicher mit, während sie Getränke ausschenkte; bei den hohen Tönen hob sie die Hand und schloss die Augen, als wäre sie Mariah. Das war Lorraine in Reinform: Selbstdarstellung, halb ironisch, halb ernst. Erwartungsgemäß lungerte ein Publikum aus einigen verzückten Männern herum und sah zu.

»Die Band ist wieder komplett – meine Tochter Roisin ist heute Abend mit dabei«, sagte sie, als wäre sie George Michael, der Elton John auf der Bühne begrüßt, und deutete über ihren Kopf mit zwei Fingern auf Roisin, woraufhin auf der anderen Seite der Theke vereinzelt applaudiert und Interesse bekundet wurde.

»Man sieht, woher du dein Aussehen hast«, bemerkte ein anzüglich grinsender alter Kerl im Kragenpullover, und Roisin dachte: Da wären wir, hier kommt mein Gastauftritt in der Mallory-Superband.

38

Deine Mutter sagt, dein Macker hat SEEN gemacht. Ehrlich wahr?«, fragte ein Mann in den Dreißigern, der eine Skibrille in den Regenbogenfarben einer Öllache trug.

»Jepp«, antwortete Roisin verhalten. »Neunzehn Pfund achtundneunzig, bitte.«

»Ist Harry Orton tot?«, fragte er und legte seine Karte auf das Gerät.

Roisin dachte daran, dass es ein Geheimnis war, das sie um Joes willen wahrte, im Gegensatz zu Joe, der es mit ihren Geheimnissen nicht so genau nahm.

»Willst du das wirklich wissen?«, meinte sie. »Soll ich ernsthaft spoilern?«

»Ja!«

»Nein, sie fischen ihn lebendig aus der Themse, wie durch ein Wunder hat die Kugel kein lebenswichtiges Organ erwischt. Er hat für mindestens zwei weitere Staffeln angeheuert, also rechne nicht damit, dass sie ihn in nächster Zukunft umbringen.«

»Wow, danke!«

Er kehrte an einen großen Tisch zurück und gab voller Begeisterung sein Geheimwissen weiter.

Heute Abend wurde eine neue Folge von *Hunter* ausgestrahlt. Roisin graute davor und vor den potenziellen Offenbarungen. Vermutlich entschloss Becca sich zu einer Fortbildung zur Lehrerin und färbte ihr Haar lila. Roisin war ausgesprochen froh, dass sie und ihre Mutter während der Dauer der Sendung an der Bar voll eingespannt sein würden.

Was sollte sie in Sachen Sesso tun? Sollte sie wirklich Ginas Idee aufgreifen und Matt als Spitzel anheuern?

Im nüchternen Tageslicht betrachtet, zögerte Roisin, eine unbescholtene dritte Partei mit hineinzuziehen.

Dann wieder malte sie sich das Wiedersehen mit Joe in wenigen Tagen aus. Erneut würde er sie mit seinen verbalen Zaubertricks einwickeln und ihr vorhalten, dass sie sich das alles nur einbilde. Da Joe sich zumindest eines Vergehens schuldig gemacht hatte, war sie an dem Morgen in Benbarrow in der Lage gewesen, ihn so energisch herauszufordern. Nur mit Mumm und Schlagfertigkeit konnte man ihn an die Wand nageln, und sie wusste immer noch nicht, ob sie damit erfolgreich gewesen war. Wenn jemand einen in einer so ernsten Sache hintergangen und dann versucht hatte, sich mit Mogeleien aus der Affäre zu ziehen, warum sollte man demjenigen noch ein einziges Wort glauben?

Vielleicht glich Roisin in einer Hinsicht jetzt Joe. Sie musste beweisen, dass er log, weil sie unbedingt den Sieg davontragen wollte.

Unter der Theke zog sie das Handy aus ihrer Tasche.

Hi, Matt! Bitte schick mir keinen weinenden Kackhaufen – außer natürlich, du willst es wirklich –, aber ich möchte dich um einen Gefallen bitten, trotz des fragwürdigen Timings. Einen großen Gefallen, und es ist dein gutes Recht, abzulehnen. Die Umstände sind komplex, ich müsste sie dir bei einem Bier erklären. Wärst du einverstanden, dir die Sache anzuhören, wenn das Bier auf mich geht?
R x
PS: Ich will kein Sperma.

Als sie eine Viertelstunde später beim Zapfen eines Shandys einen Blick auf das Smartphone warf, hatte er geantwortet.

Hi R! DU WILLST DOCH MEIN SPERMA, WETTEN? Das ist völlig in Ordnung, solange das kein Köder ist, um mich zurück in den Brian Club zu locken. In dieser Sache lass ich mich nicht umstimmen. Mx

Roisin überließ ihrer Mutter die nächsten Gäste und tippte eine Antwort.

Nein, darum geht es überhaupt nicht, und wenn du willst, erklären wir das Thema zum Tabu. Ich bin in Webberley, weil ich meiner Mutter heute Abend im personell unterbesetzten Pub aushelfe, und fahre morgen zurück. Kann ich dir irgendwann nächste Woche in Manchester einen ausgeben?

Hmm … oder ich komme morgen nach Webberley raus. Ein bisschen frische Luft wäre gar nicht schlecht. Ich könnte am späten Vormittag da sein, gegen 10.30 Uhr, und du nimmst mich mit zurück? Wir könnten einen Sonntagsspaziergang machen. X
PS: Bitte such eine Tupper mit Deckel raus für das Sperma.

Mit diesem Vorschlag hatte Roisin nicht gerechnet. Instinktiv wollte sie ihn abwimmeln; sie hatte ihre Freunde nie hierher eingeladen. Andererseits fiel ihr kein einziger vernünftiger Grund ein, abzulehnen, und immerhin hatte sie eine außerordentliche Bitte an Matt.

Klar, wenn du wirklich Bock auf Pampa hast? Hier ist der Link zum Pub meiner Mum. Klingel an der Haustür. Bitte warn mich vor, falls dich jemand von der Liste der 100 schönsten Menschen aus der Zeitschrift *People* begleitet, damit ich mir wenigstens das Haar bürsten kann. x

Nein, nur ich, einer der Schönsten aus dem Journal für Amateurkartoffelbauern. Bis morgen! Mx

Roisin fragte sich, woher Matts unerwartetes Interesse an einem Ausflug aufs Land kam. Fürchtete er sich vor Paparazzi, obwohl er Meredith gegenüber gesagt hatte, dass er die Schauspielerin nicht mehr traf?

Gelangweilt googelte sie: Amelia Lee Freund.

Die neuesten Treffer zeigten sie beim Shoppen in Santa Barbara mit ihrer neuen Flamme Jon Hamm. Beide trugen Fliegerbrillen. »Die Turteltauben haben sich auf dem Set ihres neuen Films kennengelernt, einer Verfilmung von *Die Schönen und Verdammten*.« Du lieber Himmel! Schnaubend kicherte Roisin in sich hinein beim Gedanken daran, dass Ruby einen normalen Typen hatte kennenlernen wollen.

Ach, Matthew, du schwingst dich in Höhen auf wie Ikarus: zu nah an der Sonne, dein markantes Gesicht hilflos ausgeliefert. Sie hoffte, er war nur schön und nicht verdammt.

Roisin versuchte, nicht daran zu denken, dass Matt in absehbarer Zeit im Brian Club nicht als Stimmungsaufheller zur Verfügung stünde. Hoffentlich lernte Gina einen tollen Mann kennen und kam über Matt hinweg, sodass es eine Wiedervereinigung geben könnte. Allerdings wäre es dann anders. Vielleicht auch ohne Joe? Was genau wollte er ihr nach seiner Rückkehr aus Amerika noch sagen? Oder hatte er nur die abgedroschene Phrase »Wir bleiben im Gespräch« aus dem Berufsleben ins Privatleben übertragen? Starr blickte sie vor sich hin, während sich ihr Magen am Zementmischen versuchte.

Eine fremde Stimme weckte sie aus ihren Tagträumen.

»Bekomme ich ein Glas Harvest Pale, Liebes, oder ist hier Selbstbedienung?«

39

Pünktlich um halb elf läutete es an der Tür, und ihre Mutter sagte: »Das ist bestimmt das Schweppes.«

»Nein, das ist mein Kumpel, weißt du noch?«, sagte Roisin. »Ich würde vielleicht die Deko abnehmen, aber das ist deine Sache.«

Lorraine trug einen glamourösen austerngrauen Kimono mit japanischen Motiven. Roisins Bemerkung bezog sich auf die flauschige Einhorn-Schlafmaske, die sich ihre Mutter ins Haar geschoben hatte. Das graue Stoffhorn zeigte nach oben, und darunter befanden sich zwei riesige stilisierte Glupschaugen. (Lorraine war länger wach geblieben als Roisin und hatte sich mit einem Wodka Soda *And Just Like That* angesehen.)

Die besondere Vorliebe ihrer Mutter, Luxusklamotten mit »witzigen« Billigaccessoires zu kombinieren, hatte Roisin verdrängt.

Sie rannte die schmale Treppe hinunter, an der Bar vorbei zur Tür, in deren Schloss ein klobiger Bund voller klimpernder schwerer Schlüssel steckte.

Roisin hatte ihrer Mutter gesagt, dass Matt, ein alter Freund aus Buchhandelstagen, zufällig in der Gegend sei und sie besuchen wolle. Glücklicherweise bestand keinerlei Gefahr, dass Lorraine sich dem Spaziergang anschließen würde. Ihre Mutter sah keinen Sinn darin, sich zu Fuß fortzubewegen, solange am Ende des Wegs nicht ein Kaufhaus und ein French-75-Cocktail auf sie warteten.

In der Nacht hatte es stark geregnet, und der bedeckte Himmel hatte eine bedrohliche graubeige Farbe, die an eine Tasse Tee erinnerte, in der jemand seinen Pinsel ausgewaschen hatte. Trotz der schwülen spätsommerlichen Temperaturen bräuchte sie eine Regenjacke.

»Guten Morgen!«, sagte Roisin beim Anblick des lächelnden Matt. Er hatte seine dunkle Jeansjacke bis oben zugeknöpft, dazu trug er eine schwarze Hose und seine abgenutzten braunen Stiefel mit kanariengelben Schnürsenkeln. Roisin hätte beinahe gepfiffen, als sie sah, wie er sich für diesen Sonntag auf dem Land herausgeputzt hatte – wie aus der Modebeilage einer Wochenzeitung. Es fehlte nur, dass er, einen Fuß auf einen abgesägten Holzstamm gestützt, über etwas außerhalb des Bildes lachte.

»Morgen. Hier bist du also aufgewachsen. Ist ein ziemlich cooler Ort, oder? Der Garten sieht echt groß aus.« Sein Blick wanderte am Gebäude nach oben, dann beugte er sich, die Hände in den Taschen, nach hinten und sah zur Rückseite.

»Ein Haus voller Säufer, aber sonst ging es schon«, antwortete Roisin. »Komm, ich stell dir meine Mum vor, und dann machen wir uns auf den Weg. Ich habe mir eine Route überlegt.«

Sie führte Matt ins Pub, wo Lorraine sich an die Abrechnung vom Vorabend gemacht hatte.

»O mein Gott«, sagte Lorraine, taxierte innerhalb von einer Mikrosekunde den Gast und riss sich die Maske vom Kopf. »Wer hat den jungen Harrison Ford herbestellt?«

»Harrison Ford, heute bestellt, prompt geliefert«, antwortete Matt schlagfertig.

Beide brachen in Lachen aus, und Roisin war sich nicht sicher, ob die erste Begegnung nun ausgesprochen gut lief oder sehr schlecht. Ihr stand nicht der Sinn danach, dass die beiden einen gegenseitigen Fanclub gründeten.

»Das ist Matt. Matt, meine Mutter Lorraine«, sagte sie, als Matt ihr die Hand über die Kasse entgegenstreckte.

»Sie hat dich gut vor mir versteckt«, sagte Lorraine, deren Gesicht plötzlich einladend wie eine blühende Sonnenblume leuchtete. Sie hatte eine ausgeprägte Schwäche für gut aussehende Männer, die sich noch dazu auf ihr Geplänkel einließen.

Bevor sie beschließen konnte, dass er unbedingt zum Mittagessen bleiben sollte, drängte Roisin Matt zum Aufbruch.

Am unebenen Bankett entlang machten sie sich auf den Weg hinaus aus dem Dorf, wo sie plötzlich von der merkwürdig unerwarteten Stille der Landstraße umgeben waren. Altehrwürdige Bäume verflochten ihre Blätter über ihren Köpfen miteinander und verliehen dem Tageslicht einen smaragdgrünen Schimmer.

»Hätte nicht gedacht, dass du was fürs Zu-Fuß-Gehen übrig hast«, sagte Roisin und warf Matt einen Blick zu, dankbar, dass er so unkompliziert war. Selbst bei einem so alten Freund wie ihm hätte sich ein Treffen außerhalb des üblichen Rahmens komisch anfühlen können, aber so war es nicht.

»Wie willst du sonst irgendwohin kommen?«, meinte Matt. »Ich bin kein unverbesserlicher Stadtmensch! Weißt du noch, wir waren mal im Center Park.«

Roisin grinste. Ihr wurde bewusst, dass auch sie ihren Aufenthalt in Webberley genoss; damit hatte sie nicht gerechnet. Das Pub war voller Geister aus der Vergangenheit, aber die Landschaft um das Dorf herum besaß keine dieser negativen Assoziationen. Kurzzeitig war sie der klaustrophobischen Aura von West Didsbury und Joe Powells Manipulationen entkommen.

»Regennasses Farnkraut! Man merkt erst, was für ein verbohrter Städter man geworden ist, wenn einem auffällt, dass man nie Farn sieht«, sagte Roisin und deutete darauf.

»Ja, sieh dir nur an, wie sehr wir den Augenblick genießen. Ohne dass ein Negroni in Sicht ist«, sagte Matt. »Normalerweise sehe ich Farn nur in Krimis, mit einem Absperrband drum herum.«

»Ha, dasselbe haben wir über Benbarrow Hall auch gesagt. Warum haben bei uns die schönen Sachen immer mit Mord zu tun?« Zu spät merkte Roisin, dass dieses Thema in ein Gespräch über *Hunter* überleiten könnte, und dafür war sie noch nicht bereit.

»Triffst du dich nicht mehr mit Amelia? Was ist passiert?«, fragte sie.

»Puh. Frag nicht.«

»Entschuldige! Ich wusste nicht, dass es was Ernstes war.«

»Kein bisschen ernst, aber sie hat es trotzdem fertiggebracht, dass man mir den Job gekündigt hat – dabei haben wir die Sache nach gerade mal zwei Dates abgeblasen.« Matt machte eine Pause. »Nein, falsch, ich habe mir die Kündigung eingebrockt, mit ihrer Hilfe. Wie sagt man so schön? Begegnest du einem Arschloch, dann war es ein Arschloch. Begegnest du nichts als Arschlöchern, bist du selbst eins. Das letzte Wochenende hat mir gezeigt: Wenn dich das Unheil überallhin verfolgt, bist du selbst das Unheil.«

»Dir wurde gekündigt? Du bist arbeitslos?«

»Jepp. Ich wurde für sechs Wochen freigestellt.«

»Freigestellt?« Roisin wartete ab, bis sie ein paar andere Wanderer hinter sich gelassen hatten, die sie mit dem üblichen Murmeln-Nicken-Lächeln grüßten. »Gibt es so was in deinem Job überhaupt? Ich dachte, das sei was Kommerzielles. Ohne dass ich deine Arbeit jetzt irgendwie schlechtmachen will! Ich habe keine Ahnung.«

»Du machst mich nie schlecht, anders als manch anderer, den wir hier nicht erwähnen werden.« Matt schenkte ihr ein Lächeln, das sie peinlich berührt erwiderte.

»Der Ausflug nach Lissabon war eine Geschäftsreise. Bedingung war, dass ich einen Freund oder eine Freundin mitnehme und ein paar Bilder von uns beiden poste. Ich schreibe also mit dieser rätselhaften Rothaarigen auf Hinge, und spätabends sagt sie: Treffen wir uns halt fürs erste Date in Lissabon. Ich dachte, cool, klar, warum nicht. Sei spontan. Ihre Fotos sind super lifestylig, sie hat was von einem Model, also kommt mir gar nicht in den Sinn, dass sie was gegen Selfies haben könnte, während wir mit einem Cognacschwenker anstoßen …«

»Hattest du wirklich keine Ahnung, wer sie ist?«

»Nein, sie hat es sehr schlau angestellt. Amelia hatte immer eine Gesichtsmaske, war nur aus der Ferne in irgendeiner Yoga-Pose zu sehen oder halb verdeckt von diesem Hund. Wir hatten erst eine Woche zuvor gematcht, und um ehrlich zu sein, hatte ich nicht allzu genau hingeschaut.«

Manches ändert sich eben nie: Matt und seine Liebhaberinnen, dachte Roisin, sagte aber nichts.

»Verstehe. Und dann trefft ihr euch in Lissabon, und sie sagt: keine Fotos?«

Roisin blieb stehen, nahm die Hände aus der Regenjacke und machte eine Bewegung, als weise sie auf die Fluchtwegleuchten in der Flugzeugkabine hin.

Lachend stöhnte Matt auf.

»Es war ein bisschen wie bei Ryanair vor dem Start, findest du nicht?«, sagte Roisin. »Bei einem unerwarteten Druckabfall fällt automatisch eine Sauerstoffmaske aus dem Fach über Ihren Köpfen.«

»Am Ende hatte ich wirklich eine Sauerstoffmaske nötig, das kannst du mir glauben.«

»Hahaha.«

»Okay. Sie kommt also an. Ich erfahre, wer sie ist. Zuerst denke ich, bessere Publicity kann sich das Weingut kaum wünschen, merke dann aber, es ist hoffnungslos. Sie erlaubt noch nicht einmal, dass ihre Hand auf einem Bild auftaucht. Was soll ich tun? Sie fortschicken? Jemand anderen engagieren? Meinen Boss anrufen und sagen: Tut mir echt leid, aber ich habe eine Frau eingeladen, die ich vorher noch nie gesehen hatte. Leider hat sich herausgestellt, dass sie so berühmt ist, dass sie einen Bodyguard hat, der früher mal beim Sondereinsatzkommando war. Allerdings kann ich keinerlei Beweise für diese Behauptungen liefern.«

Roisin legte die Hand auf den Mund und lachte. »Sorry.«

»Ist schon gut. Ich weiß ja, wie lächerlich das alles ist. Genau wie ich selbst. Ich komme also ohne Bilder heim und mit dieser unfassbar bescheuerten, unglaubwürdigen Geschichte. Ich bin zuständig für die Online-Präsenz, was alles nur noch schlimmer macht. Der Sohn des Geschäftsführers hat kürzlich den Laden übernommen, und er wollte mich von Anfang an loswerden. Der alte Chef hat mich gemocht und gut bezahlt, also bin ich ein wunder Punkt auf der Gehaltsliste. Der Sohn nimmt diese verbockte Sache also zum Vorwand, um mich rauszuschmeißen. Er hat mich am Montag einbestellt und mir eine Standpauke gehalten. Nichts für ungut, wenn du still und leise den Abgang machst, helfen wir dir weiter. Solltest du aber klagen, sorgen wir dafür, dass der gesamte Nordwesten verbrannte Erde für dich ist, egal, ob du gewinnst oder nicht. Jetzt stell dir mal den Prozess beim Arbeitsgericht vor! Ich müsste damit argumentieren, dass ich doch nie hätte ahnen können, dass mein Date ein Promi war. Kannst du dir vorstellen, wie sich die *Manchester Evening News* darauf stürzen würde?«

Wieder fing Roisin an, zu glucksen. »He, das schafft es bestimmt in die überregionale Presse. Ungerechtfertigt gekündigt wegen eines versehentlichen Dates mit Amelia Lee.«

»Eben. Außerdem ist die Abfindung sehr großzügig. Ich wurde freigestellt, als ich kurz davor war, einen sehr lukrativen Vertrag mit einer kleinen Restaurantkette abzuschließen. Sie wollen nicht, dass ich Schmutz aufwirble, während der Vertrag ausgehandelt wird.«

»Du findest bestimmt ganz leicht eine neue Stelle«, sagte Roisin. »Du bist doch du.«

»Ja«, seufzte Matt. »Ich bin ich.«

40

Eine Weile waren nur ihre trampelnden Schritte und das Schaben aneinanderreibender robuster Textilien zu hören.

»Wahrscheinlich sollte ich mal ausspucken, worum es bei diesem verrückten Gefallen geht«, sagte Roisin. »Dazu muss ich erst ein bisschen ausholen. Was ich dir erzähle, ist absolut vertraulich, außer Gina und Meredith weiß niemand davon.«

Sie schilderte die Sache mit *Hunter,* den Trennungsstreit und ihren Verdacht. Nervös beendete sie ihren Bericht damit, dass sich der entscheidende Hinweis möglicherweise im Sesso finden ließe.

Schweigend hörte Matt zu.

»Du meinst, vielleicht hatte eine der Kellnerinnen bei Sesso ein Rendezvous mit Joe?«, sagte er schließlich.

»Ja«, antwortete Roisin.

»Okay. Und welchen Gefallen soll ich dir tun?«

Roisin entging nicht, dass er das Ganze nicht als unwahrscheinlich, geschweige denn undenkbar abtat, andererseits waren sich Joe und Matt auch vorher nicht grün gewesen.

»Du könntest sie mit deinen guten Beziehungen und deiner allgemeinen Begabung als Kellnerinnenflüsterer vielleicht einfach … fragen?«

Roisin war froh, dass sie nebeneinanderher gingen, weil sie ihm nicht in die Augen sehen musste. Es wäre ihr peinlich gewesen. Sie kamen an einer Kirche vorbei, die vermutlich seit ihrer Erbauung im 13. Jahrhundert nichts derart Dämliches gehört hatte.

»Die Servicekräfte bei Sesso sind sehr jung. Ich bezweifle, dass die Leute, die vor zwei Jahren da waren, immer noch dort arbeiten.«

»Da hast du recht.« Roisin hatte nicht vor zu feilschen. Sie fragte sich, ob das Ganze nicht ohnehin völlig durchgeknallt war, so wie es Gina und Meredith schon nahegelegt hatten. Beinahe empfand sie es als Erleichterung, dass die Idee kaum praktikabel war.

»Allerdings ist Rick, der Oberkellner, schon seit Ewigkeiten dort, und ich sollte zurzeit eh mal meine Kontakte pflegen. Ich werde mit ihm was trinken gehen und bei der Gelegenheit vorsichtig nachbohren.«

»Oh! Okay. Danke.«

»Eine Sache aber, Rosh. Wenn wir schon ganz offen miteinander reden, und nachdem Joe jetzt dein Ex ist …« Auf der Suche nach Bestätigung sah Matt sie an, und sie nickte. »Ich bin nicht nur wegen der Spannungen zwischen mir und Gina aus dem Brian Club ausgestiegen. Gina hatte vielleicht zu fünfundachtzig Prozent damit zu tun, aber Joe war mindestens an den restlichen fünfzehn schuld.«

»Das … überrascht mich nicht.«

»Ich weiß nicht, was ich getan habe, um ihn gegen mich aufzubringen, aber an irgendeinem Punkt hat er entschieden, dass ich der Feind bin. Ich fand es echt mies, dass ihm der Zusammenprall zwischen Gina und mir so ein Vergnügen bereitet hat.«

»Ja, das sehe ich auch so.«

»Hätte ich kein solches Talent bewiesen, mich in der Gruppe unbeliebt zu machen, dann hätte ich mich gefragt, ob er es nicht sogar darauf abgesehen hatte, mich hinauszudrängen.«

»Lustig, dass du das sagst. Ich habe es für Taktik gehalten, damit er einen Grund hat, selbst auszusteigen.«

»Er ist aber nicht ausgestiegen, oder?«

»Mm, noch nicht. Da ist was dran.«

»Dieser Umstand macht es gleichzeitig einfacher und schwieriger, dir zu helfen. Also, ich habe keine Angst, womöglich eine

Freundschaft kaputt zu machen, die ohnehin nicht mehr existiert – das ist der einfache Teil.«

»Das leuchtet mir ein.«

»Andererseits muss ich mir eingestehen, dass ich es zum Teil aus Gehässigkeit tue. Jedenfalls habe ich keine Gewissensbisse.«

»Weißt du was, Matt, ich hätte dich nicht darum bitten sollen.«

»Nein.« Matt blieb stehen und sah sie an. Wie Tau lag ihm ein feiner Nieselschleier auf Gesicht und Haaren. »Ich will dir kein schlechtes Gewissen machen. Ich will einfach nur ehrlich sein. Denn ich bin in dieser Sache nicht unbefangen und denke, das sollte deutlich ausgesprochen werden, wenn auch nur zwischen dir und mir.«

»Das verstehe ich. Danke.« Roisins Stimme klang fest, tatsächlich aber war sie ausgesprochen verunsichert.

Sie fühlte sich, als habe sie einen Killer angeheuert. Nun, da sich der anfängliche Schock und Ärger über *Hunter* verzogen und der Nebel gelichtet hatte, erkannte sie das Ausmaß ihrer Bitte. Nicht nur, weil sie Matt in die Angelegenheit hineinzog, sondern das Vorgehen an sich. Wenn sie hinter Joes Rücken Nachforschungen anstellte, um ihn zu überführen, und Freunde als Spitzel verpflichtete, bedeutete das, dass sie kein Vertrauen mehr hatte. Der Glaube an den anderen war fort. Und ein gutes Stück moralischer Überlegenheit ebenfalls.

Nach der Auseinandersetzung in Benbarrow galt Auge um Auge, Zahn um Zahn, herrschte biblischer Zorn. In diesem Moment war sie nicht mehr so sicher, ob sie sich wirklich auf diese Ebene herabbegeben und im Schmutz suhlen wollte. Es wäre Joes gutes Recht, empört zu sein. Andererseits hatte Joe eines ihrer intimsten Geheimnisse gestohlen, die offene Ehe ihrer Eltern, und ins Fernsehen gebracht. Nicht sie hatte ihm den Krieg erklärt, sondern er ihr.

»Denkst du, ich sollte es lieber bleiben lassen?«, fragte Roisin.

Matt machte eine Pause. »Es geht nicht darum, was ich denke. Was sagt dir dein Bauchgefühl?«

»Mein Bauchgefühl sagt mir …« Roisin holte tief Luft. »Es gibt da etwas, was ich von Joe nicht weiß. Solange unser Leben funktioniert hat, habe ich nichts davon bemerkt. Nach dem Streit über *Hunter* hat plötzlich alles anders ausgesehen. Wahrscheinlich ist das meine einzige Chance, die Wahrheit herauszufinden. Ich will nicht für den Rest meines Lebens über die tatsächliche Bedeutung der letzten zehn Jahre nachgrübeln.« Sie blickte zu Matt. »Kennst du das, wenn du eine waghalsige und dumme Idee hast, du aber vom ersten Augenblick an tief im Innern weißt, dass du sie verfolgen wirst? Und es vergebliche Liebesmühe ist, darüber zu diskutieren? Dass es eine rein therapeutische Maßnahme ist und dich nichts davon abhalten wird?«

»Solche Ideen kenne ich gut«, antwortete Matt und lächelte breit. »Vielleicht sollte ich mich sogar darauf spezialisieren. Okay. Also, wenn es nichts herauszufinden gibt, dann ist es egal, Rosh. Und falls es doch etwas herauszufinden gibt, dann spielen seine Gefühle keine Rolle.«

»Da wäre noch die schreckliche dritte Möglichkeit: Es gibt nichts herauszufinden, und er erfährt, dass wir ihn ausspioniert haben.«

»Ich kann dir keine hundertprozentige Garantie geben, aber ich werde superdiskret vorgehen. Immerhin komme ich aus dem Fusel-Business, ich habe also allen Grund, mich in einer Bar aufzuhalten. Bei einem Worst-Case-Szenario hätte ich außerdem kein Problem damit, die Rolle des Bauernopfers zu übernehmen. Wir lassen dich ganz aus dem Spiel und sagen, dass ich herumgeschnüffelt habe.«

»Nein. Das würde ich dir niemals antun«, entgegnete Roisin. »Ich habe dich darum gebeten – das geht ganz allein auf meine Kappe.«

»Es ist ein Gemeinschaftsunternehmen«, sagte Matt. »Wir sollten einschlagen. Ein Moment der Ehrlosigkeit, nur bezeugt von ein paar Eichhörnchen.«

Er streckte ihr die Hand hin, und Roisin ergriff sie.

Während sie weiterstapften, fragte sich Roisin – und sie konnte kaum glauben, dass sie erst jetzt daran dachte –, wie es ihr ergehen würde, sollte Matt tatsächlich mit hieb- und stichfesten Beweisen für Joes Fremdgehen ankommen.

Tief im Innern hielt sie es noch immer für unmöglich. Wider jede Vernunft wirkte es so, als würde sie Joe die schlimmsten Dinge unterstellen. Eigentlich aber brauchte sie den Beweis aus dem gegenteiligen Grund: Sie konnte es nicht glauben, solange es keinen Beweis gab.

Was, wenn er es wirklich getan hatte? Wie sollte sie ihn damit konfrontieren? Wie verhalten sich krankhafte Lügner, wenn der Suchscheinwerfer sie schließlich doch in grelles Licht taucht und es keinen Ort mehr gibt, wo sie sich verstecken können?

41

Der Rundweg, den Roisin um die Felder und auf den Wanderpfaden am Bach entlang gewählt hatte, in den sie als Kind mit ihrem Dad Steinchen geworfen hatte, war knapp drei Meilen lang. Sie waren beschwingt und sprühten vor Energie, als sie den sanften Abhang zum Mallory hinuntermarschierten.

»Du hattest echt Glück, hier aufzuwachsen«, meinte Matt, und Roisin nickte lächelnd, weil sie das Thema in diesem Moment überforderte.

Als sie mit knirschenden Schritten über den Kies gingen, stürmte ihnen Lorraine aus dem Pub entgegen. Sie hatte sich in Schale geschmissen, trug eine bauschende transparente gesmokte Bluse, die sie in die weinrote enge Hose gesteckt hatte, und dazu Louboutins. Das Haar hatte sie zu einem losen Dutt hochgesteckt. Roisin hätte beinahe laut losgeprustet. Der Look hatte die Anmutung von: Ich habe heute Mittagsschicht beim Sonntagslunch und serviere um drei den Krabbencocktail auf der Millionärsjacht.

»Ich muss euch vorwarnen«, sagte Lorraine und bedeutete Roisin und Matt, näher zu kommen, »dass Terence sich Haare hat einpflanzen lassen. Lasst euch nichts anmerken, er ist da sehr empfindlich. Ein paar Stammgäste haben *Wig Wam Bam* in der Jukebox laufen lassen, um ihn zu … Wie nennt man das wieder? Ich wollte ›wichteln‹ sagen, aber das ist es nicht. Wenn man jemanden auf dem Computer absichtlich provoziert?«

»Sie trollen ihn?«, kam Matt ihr zu Hilfe.

»Ja, genau!«

»Er hat sich Haare transplantieren lassen?«, fragte Roisin. »Terence arbeitet seit Jahren tagsüber als Barmann für meine Mum«, erklärte sie Matt.

»Ja, ein Haarteil«, sagte Lorraine. »Es ist nicht gut gelungen. Er hat es übertrieben. Nachdem sein Haaransatz früher aussah wie ein alter Tennisball, rechnet man jetzt damit, dass das Ding angerannt kommt, wenn man die Brekkies-Packung schüttelt.«

Matt brach in Lachen aus, und Roisin konnte es sich nicht verkneifen und musste auch lachen, obwohl ihr nur zu bewusst war, dass ihre Mutter eine Darbietung für den Gast gab.

»Benehmt euch ganz normal«, raunte Lorraine. Roisin spürte, wie sehr Matt ihr bereits ins Netz gegangen war. Ihre Mutter hatte keine Zeit verloren.

»Matt, lass dir ein Bier geben, bevor du wieder fährst. Man kann doch nicht ins Pub gehen, ohne was zu trinken«, fügte Lorraine beim Hineingehen hinzu.

»Nachdem ich nicht fahren muss, sehr gerne, Lorraine, danke. Wenn Roisin nichts dagegen hat?«, sagte Matt.

»EINS«, antwortete Roisin mit gespieltem Ernst.

Lorraine schenkte Matt ein Carlsberg ein und Roisin eine Cola Light, wobei sie zuerst mit einer winzigen Zange Eiswürfel in ein hohes Glas fallen ließ. Aus der Jukebox dröhnte *Sonnet* von The Verve.

Das einzige Essen auf der Speisekarte ihrer Mum waren Sandwiches mit Pommes (ihr unbekümmertes Hantieren an der Fritteuse jagte Roisin seit Jahrzehnten Angst ein), also war es um die Mittagszeit relativ ruhig. Selbst die trinkfestesten Vertreter der Mallory-Fangemeinde kamen erst am späteren Nachmittag in die Gänge.

»Das verlorene Schäfchen ist wieder da! Hast du endlich nach Hause gefunden«, sagte Terence, der mit einer Kiste aus dem Hinterzimmer kam.

»Hi, Terry«, sagte sie freundlich, wenn auch nicht allzu enthusiastisch. Sie bemühte sich, ihm in die Augen zu sehen und mit dem Blick nicht nach oben zu seiner neuen Mähne abzuschweifen. »Das ist Matt, ein Freund von mir.«

Terence war »harmlos«, wie ihre Mum immer sagte, in dem Sinn, in dem die Briten das Wort benutzen, wenn sie eigentlich nervtötend, aber nicht bösartig meinen. Außerdem besaß er die entscheidende Fähigkeit, die vielen Menschen abging, mit ihrer Mum auszukommen. Und das, obwohl seine Frau Julie sich ständig für eine Lohnerhöhung einsetzte, damit endlich seine herausragenden Leistungen honoriert wurden, als wäre Terence der unterschätzte Vize des CEOs eines absatzstarken Unternehmens in der City.

»Ah. Schön, dich zu sehen.« Schwerfällig setzte er die Kiste ab und musterte Roisin. »Du siehst immer noch aus wie die trotzige Teenagerin kurz vor dem Schulabschluss. Dieselbe Frisur, derselbe Pullover, die Stiefel. Weißt du noch, wie du deine klobigen Schuhe wie eine Verrückte mit Tipp-Ex bearbeitet hast?«

Terence hatte noch jeder jugendliche Modetrend in Erstaunen versetzt.

»Gänseblümchen auf den Doc Martens«, fügte Roisin mit Blick auf Matt hinzu.

»Und noch diese Hieroglyphen.«

»Das Peace-Symbol und das Ying-und-Yang-Zeichen«, erläuterte Roisin dem belustigten Matt.

»Und Jungsnamen!«

»MH in einem Herz, weil der coolste Junge des Jahrgangs Mike Hennessey hieß«, führte Roisin aus und war froh, dass sie nicht mehr so leicht in Verlegenheit geriet wie mit siebzehn.

»Ach ne, *der* Mistkerl«, sagte Matt, und sie lachte.

Sie setzten sich an einen Ecktisch unter das sepiafarbene Foto des tragischen Erforschers des Mount Everest und einstigen Sohns des Dorfes. Wie oft hatte er missbilligend auf die verkaterte junge Roisin herabgeblickt.

»Der Laden ist der absolute Hit. Mir gefällt es hier total gut«, sagte Matt und blickte sich um. »Das Pub ist bestimmt beliebt?«

Roisin betrachtete ihn, wie er ruhig an seinem Lager nippte, und konnte überraschenderweise nicht den leisesten Sarkasmus ausmachen. Vielleicht hatte sie zu viel Zeit in Gesellschaft von Joe verbracht.

»Nicht wirklich«, sagte sie leise. »Hier im Dorf gibt es das Bib-Gourmand-Pub, ein trendiges Espresso-Martini-Pub und das Mallory.«

»Aber das macht doch genau seinen Charme aus, oder? Es ist, was es ist, eine anständige Kneipe, wie früher. Hier wird nicht versucht, die gut betuchte Klientel zu beeindrucken. Keine schwarzgrauen Wände, Pseudokunst mit Jeanne d'Arc als Superheldin, Klemmbretter mit braunem Papier statt Speisekarten. Keine Cocktails, in denen ein Stück Trockenobst und ein halber Busch steckt.«

Roisin lächelte. »Ja, das stimmt.«

Als sie ausgetrunken hatten, holte sie die Tasche aus ihrem Zimmer und wollte sich möglichst schnell von Terence und ihrer Mutter verabschieden. Leider und unvermeidlich beschloss Lorraine plötzlich, ihre Tochter zum Auto zu begleiten.

»Kann ich dich wirklich nicht überreden, noch ein paarmal auszuhelfen? Alle lieben dich«, sagte Lorraine schmollend. »Dennis hat gemeint, es kam ihm so vor, als wäre seine Lieblingsshow von früher wieder ausgestrahlt worden! Wie die Wiedervereinigung von den *Friends*. Im Ernst, ich sitz hier ganz schön in der Klemme.«

»Show trifft es ganz gut«, murmelte Roisin.

»Haben Sie ernsthafte Probleme?«, fragte Matt.

»Ich sehe, was sich machen lässt«, unterbrach ihn Roisin. »Auf Wiedersehen, Mum, bis bald!«

Mit der Hand beschattete Lorraine ihre Augen gegen die Nachmittagssonne und sagte: »Was soll ich machen, Matt, sie behandelt mich schlecht. Liebe Grüße an Joe. Wann kommt er wieder? Dienstag? Es war *so* schön, Sie kennenzulernen, Matt.«

Roisin verkrampfte sich, als Lorraine sich vorbeugte und zuerst ihr und dann Matt einen Kuss auf die Wange gab.

Als sie aus der Einfahrt fuhren, sagte Matt: »Sag mir, wenn ich mich verpissen soll, aber … du hast deiner Mutter nichts erzählt? Von dir und Joe?«

Nicht, dass sie das vorgehabt hätte, aber da seine gut ein Meter achtzig auf dem Beifahrersitz neben ihr klemmten, wäre es nicht einfach gewesen, ihn aufzufordern, sich zu verpissen.

»Nein, weil Joe nach dem Streit direkt nach Kalifornien geflogen ist. Wir haben noch nicht ausgemacht, wie und wann wir die Nachricht verkünden.«

Matt sagte nichts, und es herrschte Schweigen. Nachdem er üblicherweise eher dazu neigte, zu beschwichtigen, ahnte Roisin, dass er sich im Stillen seine Gedanken machte.

»Du denkst, ich sollte nicht abwarten?«, fragte Roisin.

»Ich denke … du solltest dir im Klaren darüber sein, was du willst. Andernfalls wird Joe sich im Klaren darüber sein, was du willst.«

»Danke, aber ich bin mittlerweile auf einem Level an Zynismus, bei dem mich nichts mehr umstimmen wird.« Roisin setzte den Blinker an einer Kreuzung und bog ab. »Und das trifft sich gut, denn er hat mir eh nichts mehr zu sagen.«

42

Draußen in der Welt bekam man eine Menge lautstarker, ermunternder Ratschläge über die großen, schlagzeilentauglichen Beziehungsentscheidungen, dachte Roisin, aber es fand sich nur wenig zur Schritt-für-Schritt-Handhabung dieser Entscheidungen. Auf T-Shirts stand SCHMEIß IHN RAUS!, und es gab Songs mit aufwieglerischen Refrains, die dazu gedacht waren, sie mit Margaritas mit Salzrand in der Hand und rotem Lippenstift zu hören. Aber es gab weitaus weniger Tipps dazu, welchen Ton du anschlagen solltest, wenn dich seine liebenden Eltern Kenneth und Fay am Sonntagnachmittag unvermutet anriefen und das Telefon laut stellten, um sich darüber zu unterhalten, welchen Fortschritt der Gemeinschaftsgarten deines Wohnhauses machte, bei dessen Gestaltung sie dir halfen. Roisin hatte sich für dieselbe nichtssagende Fröhlichkeit entschieden, die sie auch ihrer Mutter gegenüber an den Tag gelegt hatte. Trotzdem überkam sie das unangenehme Gefühl, sie zu hintergehen. Sie musste es genau austarieren, damit sie weder übertrieben aufgedreht noch Unheil verheißend oder gar unhöflich und unbeteiligt klang.

Gloria Gaynor hatte ihr in dieser Sache nichts zu bieten. Wenn es um die dazwischenliegenden, wegweisenden Momente ging, um die unbeholfenen Übergänge und die Graubereiche in den Gesprächen, die nicht mehr leichtfüßig dahinplätscherten, dann war man auf sich allein gestellt.

Demzufolge stand Roisin am Dienstagabend, als Joes Rückkehr anstand, wieder einmal vor einem winzigen, aber quälenden Dilemma: Sollte sie aufspringen und zur Tür gehen, sobald sie ihn hörte? Oder auf dem Sofa sitzen bleiben und darauf warten, dass er hereinkam? Ersteres empfand sie als übereifrig und merkwürdig – was sollte sie sagen? Sie hatte bereits klargestellt, dass sie seine Reise nicht besonders interessierte. Neuigkeiten: Bad Robot Productions von J. J. Abrams wollen SEEN machen. Noch kein Vertrag war von unterwegs unvermittelt hereingekommen, worauf sie antwortete: Toll! Du schwebst bestimmt auf Wolke sieben. Überschwänglich, aber unpersönlich. So, als wäre er bloß ein Kollege.

Jedenfalls wäre es komisch, an der Tür zu stehen, als wolle sie ihn herausfordern. Die zweite Möglichkeit wiederum würde unnötig aggressiv wirken.

Nach einem halben Glas Rotwein schrieb sie voller Nervosität eine WhatsApp an Gina und Meredith und bat sie um ihren Rat im dämlichsten Mikro-Dilemma aller Zeiten.

Meredith:
Sperr dich auf dem Klo ein und brüll durch die Tür, dass du den flotten Heinrich hast.

Gina:
Und wenn er denkt, das ist ein Mann?

Meredith:
O.K., dann sag halt Montezumas Rache.

Roisin:
Danke, euer Rat ist echt unbezahlbar.

Roisin fühlte sich unter Druck, weil sie sich zum ersten Mal nicht mehr als Paar begegneten – wenn auch nur unter vier Augen. Joes Verhalten würde das Klima in den nächsten Wochen bestimmen, während sie ihr finanzielles, praktisches, soziales und emotionales Leben auseinanderdividierten.

Eine Trennung nach so langer Zeit … so etwas mochte ständig passieren, aber wenn man es selbst erlebte, hatte es überwältigende Dimensionen. Roisin erinnerte sich daran, wie die Worte »mein Vater ist gestorben« viel zu banal und alltäglich klangen angesichts ihrer seismischen Bedeutung und jenseitigen Fremdartigkeit. Nach zehn Jahren des Zusammenlebens fühlte sich das hier ganz ähnlich an.

Roisin entschied sich für eine Heimwerkersendung und versuchte, sich in die verzwickte Wahl der Fliesen für die Vorratskammer zu vertiefen. Der zweiten Folge von *Hunter* hatte sie sich hartnäckig verweigert, was sich leider auf dem iPlayer nicht verbergen ließ. Allerdings besaß Joe vermutlich nicht die Dreistigkeit und beschwerte sich über ihr Desinteresse.

Dafür fehlte ihr im Augenblick einfach noch die Kraft.

Wie so oft entschied sich die Frage, ob sie zur Tür gehen sollte, am Ende von selbst. Sie hörte Motorbrummen und Joe kurz darauf die Treppe heraufkommen und fluchen, als er offenkundig seinen Schlüssel nicht finden konnte. Sie stellte den Fernseher lautlos und ging an die Tür.

Mit pochendem Herzen zog sie die Tür auf. »Hi. Zu viel Gepäck mit zu vielen Fächern?«

»Hallo. Genau. Danke.«

Joe hob den Blick. Seine sonnenverwöhnte Haut wirkte unter dem Himmel Manchesters wieder einmal fehl am Platz. Offensichtlich hatte er all die Dachterrassenbars besucht.

Er hievte den silbernen Alu-Rollkoffer über die Türschwelle und sah sich um. »Sieht ja picobello aus hier. Hat die Sache mit Cormac geklappt?«

»Oh, ja. Alles gut. Ich war fleißig. Man hat mir in der Schule ein paar Tage freigegeben«, platzte Roisin dummerweise heraus. Darüber wollte sie jetzt eigentlich nicht sprechen.

»Oh, echt?«

»Ja.«

Offensichtlich spürte Joe, dass es mit den freien Tagen etwas Besonderes auf sich hatte, und fragte klugerweise nicht weiter nach.

»Ich gehe mich duschen und umziehen, und dann können wir reden, okay?«, meinte er.

Roisin fühlte sich wie benommen. »Wenn du nicht zu müde bist«, sagte sie.

»Was du heute kannst besorgen.«

Roisin konnte seinen Tonfall nicht deuten. Sie schenkte sich etwas Rotwein nach, überlegte kurz, holte dann die Flasche und stellte ein leeres Glas ans andere Ende des Couchtisches.

Mit feuchtem Haar, in T-Shirt und Jogginghose kam Joe wieder herein, setzte sich und goss sich ein Glas Shiraz ein.

»Es ist schön, wieder daheim zu sein«, sagte er, nachdem er einen Schluck getrunken hatte. So aufmerksam wie jetzt hatte er Roisin seit Langem nicht mehr betrachtet. »Du schläfst im Gästezimmer?«

Roisin nickte. Sie wollte nicht störrisch wirken, doch sie wusste einfach nicht, was sie sagen sollte, bis Joe seine Karten offen auf den Tisch gelegt hatte.

»Was den Sonntag vor einer Woche angeht. Es tut mir leid, dass ich … mir fällt gerade kein weniger abgedroschener Ausdruck ein … so *unzulänglich* reagiert habe. Es tut mir leid, dass ich nicht wusste, was ich sagen sollte. Ich war völlig überrumpelt. Mit dem Kopf war ich ganz woanders, weil mir der Flug nach Amerika und dieses ungeheuer wichtige Treffen bevorstand. Sorry, dass ich dir nicht zugehört habe.«

Roisin erwiderte nichts darauf; sie war froh, dass er einen versöhnlichen Ton anschlug, doch sie hatte immer noch ein banges Gefühl. Immerhin verdiente er sich seinen Lebensunterhalt damit, coole Sprüche zu formulieren, also wollte sie abwarten, bis sie spürte, dass er zur Wahrheit vordrang.

»Es tut mir auch sehr leid, dass ich eine schmerzhafte Erinnerung aus deiner Kindheit in die Serie eingebaut habe und mir nicht klar war, wie schrecklich das für dich ist. Ich hatte mir vorgenommen, mit dir darüber zu sprechen, damals, als ich auf dem Junggesellenabschied von Dom war, weißt du noch? Drei Tage Budapest.«

»Ja. Du bist am Abend vorher nach York gefahren. Das ist dir also jetzt wieder eingefallen?«

»Ich hatte viel Zeit zum Nachdenken. Vorher war ständig was los gewesen, aber dann hatte ich vierzehn Stunden Zeit, um durch ein Bullauge die Wolken zu betrachten und nachzudenken. Bei unserem Gespräch hatte ich in den ultra-defensiven Arschloch-Modus geschaltet. Ich war dabei, mich für die Begegnung mit mega-furchteinflößenden Hollywood-Moguln und Managern zu wappnen, die es fertigbringen, einem mitten im Satz das Wort LANGWEILIG entgegenzuschmettern.«

Er schöpfte Atem. »Als ich von dem Junggesellenabschied nach Hause kam, hatte ich einen Berg Manuskriptnotizen, und irgendwie habe ich es verschusselt und dich nicht um Erlaubnis gebeten. Beim Schreiben entwerfe ich sehr schnell eine ganze Szene und gehe dann zur nächsten weiter. Für mich war das meine kreative Superkraft. Ich habe nicht bedacht, wie sehr dich das verletzen könnte, Rosh. Damit will ich keinesfalls mein Verhalten oder meine Reaktion rechtfertigen, das war definitiv nicht in Ordnung. Ich will nur ganz offen und ehrlich erklären, wie es dazu kam.«

»Hast du denn gedacht, ich sage: Nur zu, verwende das?«

»Hm …« Joe runzelte die Stirn. »Ich dachte, du gibst mir am Ende die Erlaubnis, auch wenn du mich vorher mit – durchaus gerechtfertigten – Fragen bombardierst, wie das denn in meinen Text passt; zu dem Zeitpunkt war ich aber nicht bereit, über *Hunter* zu reden. Das war sehr egoistisch von mir. Ich habe mir gar nicht die Frage gestellt, ob das als Grund ausreicht. Ich war wie ein Marathonläufer, der nur das Zielband vor Augen hat. Und dann war alles eingetütet, und selbst wenn du mich darum gebeten hättest, hätte ich nichts mehr ändern können. Ich habe das alles immer mehr verdrängt. Jetzt fühle ich mich wie die letzte Kanalratte im Schafspelz.«

Roisin konnte sich kein Lächeln abringen. Das hatte sie so nicht vorhergesehen.

»Und was *Hunter* als Ganzes angeht«, fuhr Joe fort. »Nach SEEN hat mein Agent gemeint, jetzt sei der Moment, die Grenzen zu verschieben, die Ausgangslage wäre niemals besser, um etwas wirklich Gewagtes zu machen. Im Agentensprech bedeutet das: Du hast diesen einen Freistoß, also geh aufs Ganze. Ich habe über die Männer nachgedacht, die ich kenne, angefangen bei solchen wie dem ewig treuen Dom, der seit dem College mit Victoria zusammen ist, über die gnadenlosen Schürzenjäger, die es mit Mick Jagger aufnehmen können, wie unser Kumpel Matt, bis hin zu Leuten wie mir – notorisch monogamen Langweilern. Unter anderem wollte ich darüber schreiben, wie heterosexuelle Männer mit Frauen umgehen.«

Roisin verkrampfte sich bei dieser Aufzählung.

Unser Kumpel? War Joe gar nicht klar, wie sehr er Matt verprellt hatte? Kümmerte es ihn überhaupt? Oder hatte Joe womöglich doch recht, und Matt verbarg hinter der attraktiven Fassade eine viel dunklere Seite, als sie ahnte?

»Ich wusste schon, dass es wieder ein Krimi werden sollte, und das war ein bisschen öde. Meine Idee war: Je *echter* es rüberkäme, desto stärker wäre es. Also habe ich das Setting hierher verlegt. Mir wäre nie im Leben eingefallen, dass du einen Bezug zu uns herstellen würdest, den es nicht gibt. Das war sehr dumm von mir. Ich war auf einer Luxuskreuzfahrt durch meinen eigenen Verdauungstrakt.«

Noch immer sagte Roisin nichts.

»Eigentlich soll es darin auch um die Krise der Männlichkeit gehen. Am Sonntag wollte ich dir sagen, dass du alle drei Folgen sehen musst, um zu erkennen, dass Hunters Verhalten nicht etwa verherrlicht wird. Es zahlt sich nicht aus, am Ende steht er gedemütigt da. Aber du kannst dir vorstellen, dass es mir letztes Wochenende nicht ratsam erschien, zu sagen: Roisin, sobald du mehr davon gesehen hast, wirst du dich beruhigen.«

»Was ist mit der Gina-Figur?«

»Das ist nicht Gina. Ich finde, Gina ist eine sehr attraktive Frau, aber für mich ist sie wie die kleine Schwester. Darf ich dir etwas anvertrauen, das unbedingt unter uns bleiben muss?«

»Nur zu«, sagte Roisin. Ganz schön dreist, mit der eigenen Verschwiegenheit aufzutrumpfen.

»Ich breche den Ehrenkodex unter Männern grundsätzlich nicht. Aus diesem Grund habe ich Matt nie vom Podest gestoßen und die Damenwelt im Glauben gelassen, dass Matt der Charmeur par excellence ist. Was unter vier Augen bei einem Single Malt besprochen wird, bleibt unter vier Augen. Aber beim Junggesellenabschied stellte sich heraus, dass Dom seit Jahren in Amber verknallt ist, die beste Freundin von Vic. Er würde nie im Leben aktiv werden, er verabscheut sich selbst deswegen. Das habe ich in die Story eingebaut. Und ich war so arrogant zu glauben, dass ich mir so viel erlauben kann, weil ich die gechillteste Freundin der Welt habe. Und dazu das langweiligste Privatleben der Welt, weil ich den ganzen Tag eingesperrt im Arbeitszimmer sitze.«

Joe sah aus, als würde er auch einen Lügendetektor nicht fürchten; fest und unerschrocken blickte er ihr in die Augen. Bislang hatte die Begründung für sein Verhalten aus elenden Ausreden und PR-Geschwätz bestanden; das Eingeständnis, leichtfertig und egoistisch gewesen zu sein, schien jedoch der Wahrheit zu entsprechen. Nun endlich glaubte Roisin ihm.

Das Geschehene war damit zwar nicht weniger schlimm, aber

immerhin konnte sie nun nachvollziehen, wieso der Mensch, der sie eigentlich lieben sollte, sie derart hatte hintergehen können.

Außerdem glaubte sie nicht mehr, dass er diese Dinge selbst getan hatte. Die Perspektive war wieder ins Lot gerückt. Es hatte sie derart erschüttert, weil er sie angelogen hatte, dass sie aus eins und eins drei gemacht hatte.

War es zu spät, um Matts Nachforschungen abzublasen?

43

Ich verstehe jetzt, wie das mit *Hunter* passiert ist«, sagte Roisin, »aber ich verstehe immer noch nicht, wo du gedanklich das letzte Jahr über gewesen bist. Es ist, als existiere ich für dich gar nicht. Als ich im Lake District auf dich losgegangen bin, hast du mich das erste Mal seit Ewigkeiten richtig angesehen.«

So wie er es jetzt gerade tat.

»Ich weiß. Mir ist klar, dass ich irgendwie dachte, ich könnte in den Workaholismus abtauchen, weil wir noch keine Kinder haben. Die Zeit nutzen, um uns beiden ein großartiges Reich aufzubauen. Es war nicht in Ordnung, dass ich dir das nicht erklärt und dich in Warteposition versetzt habe. Es war nicht okay, dass ich als Partner nicht für dich da gewesen bin.«

Das »noch« vor den »Kindern« klang verdächtig, dachte Roisin. Sehr seltsam und anmaßend, denn schließlich hatten sie sich getrennt. *Sei dir im Klaren darüber, was du willst. Andernfalls wird Joe sich im Klaren darüber sein, was du willst.*

»Roisin. Meine Frage an dich lautet nun: Gibt es einen Weg zurück? Denn ich liebe dich, und ich liebe unser gemeinsames Leben. Ich will dieses Abenteuer mit dir erleben. Von Anfang an ging es um nichts anderes. Ich bin von der Spur abgekommen und habe dir den Eindruck vermittelt, dass du keine Rolle spielst, dabei bist du doch der Grund. Du bist sehr … genügsam. Das klingt negativ, aber es ist als höchste Anerkennung gemeint. Du hast nie geklammert, und deshalb habe ich dich in letzter Zeit nicht wahrgenommen.«

»Denkst du jetzt nicht mehr, es stört mich, dass du im Rampenlicht stehst und nicht ich?«, fragte Roisin.

»Ich war ein Vollidiot. Es war schrecklich von mir, so was zu sagen. Natürlich ging es nie darum.«

»Warum hast du es dann gesagt?«

»Weil du die Fäuste ballst, wenn dir jemand in den Magen boxt, egal, wie sehr du es verdient hast. Das ist alles.«

Joe leerte sein Glas und schenkte sich mehr Wein ein, nachdem er Roisin die Flasche angeboten hatte. Sie schüttelte den Kopf.

Es war ein bisschen absurd, denn Roisin hatte nicht damit gerechnet, dass Joe verkünden würde, er wolle sich nicht trennen, begleitet von einer Entschuldigung, die alle Überredungskunst aufbot.

Darauf hatte sie keine Antwort.

»Wenn du möchtest, könnten wir einen Neustart mit einer Paartherapie versuchen«, fügte Joe hinzu.

»Ich dachte, das ist Quacksalberei für Paare, die nicht erkennen wollen, was die Stunde geschlagen hat«, zitierte Roisin lächelnd einen Ausspruch von Joe aus besseren, sorglosen Tagen. Ach, der Hochmut der Jugend.

»Haha! Was schert mich mein Geschwätz von gestern! Stimmt schon, ich bin mir unsicher, aber ich will dir beweisen, dass ich Verantwortung übernehme.«

Uff, das war nicht der Joe aus York, das klang sehr kalifornisch. Zu was für einem Typ Mensch entwickelte er sich gerade?

»Da ist noch was. Die Geldsummen, mit denen auf dieser Reise jongliert wurde, sind vollkommen verrückt, und falls irgendwas von mir in Produktion geht, wird es noch durchgeknallter. Ob es nun vorbei ist mit uns oder nicht, Rosh: Ich will unbedingt, dass du meine Hälfte von der Wohnung kriegst. Ich werde sie auf dich überschreiben lassen. Dann gehört sie dir, und du kannst damit machen, was du willst.«

»Joe, danke, aber das kann ich unmöglich …«, setzte Roisin an.

»Doch, ich meine das absolut ernst. Du bist Lehrerin, du arbeitest viel schwerer als ich, aber dir wird man nie Millionen dafür zahlen. Du hast mir ein Dach über dem Kopf gegeben und mir fünf Jahre lang eine warme Mahlzeit bezahlt. Nichts von dem, was ich heute tue, wäre möglich ohne deine damalige Unterstützung. Wenn wir getrennter Wege gehen, dann möchte ich dir als Gegenleistung meine Hälfte der Wohnung schenken. Zur Erinnerung an unsere Beziehung. Ich bin dir längst einen Dank schuldig.«

»Danke, aber das ist verrückt. Das kann ich nicht annehmen.«

»Es ist eh nur der Trostpreis. Dafür verzichtest du auf Santa Monica und den Auftritt mit mir bei den Golden Globes«, sagte Joe mit einem kleinlauten Grinsen.

»Überlegst du, nach drüben zu ziehen?«

Joe zuckte die Achseln. »Die Frage steht im Raum. Vielleicht schon, wenn ich eh single bin. Oder Los Angeles. Nach oben gibt es keine Grenzen, Walters.«

Seit er im Personalraum der Buchhandlung mit ihr geflirtet hatte, hatte er ihren Nachnamen nicht mehr auf diese Weise benutzt.

Single. Joe, ein Single. Sie beide keine Einheit mehr. Roisin stand den simplen Folgen ihrer Entscheidung gegenüber.

Sie wusste nicht, was sie von Joes Kehrtwende halten sollte: seine Großzügigkeit, seine Demut, den Köder, den er ihr unter die Nase hielt. Es war beinahe schwindelerregend nach seiner uneinsichtigen Haltung und all den Bosheiten, die sie sich in Benbarrow an den Kopf geworfen hatten.

»Darf ich darüber nachdenken? Das ist eine Menge auf einmal.«

»Klar.«

»Ich werde in den kommenden Wochen ein bisschen zwischen Webberley und hier pendeln. Mum hat es fertiggebracht, abends ohne Personal dazustehen, also habe ich versprochen auszuhelfen.«

Bis zu dem Augenblick, in dem sie es aussprach, hatte Roisin selbst nicht damit gerechnet, dass sie das sagen würde.

Plötzlich lag die Lösung auf der Hand. Sie konnte das Mallory als Unterschlupf nutzen, um Abstand von Joe, von Cormacs Hausbesuchen und ihrem Beziehungsstatus zu bekommen. Nach dem schönen Spaziergang mit Matt und dem befreienden Gefühl im Grünen war die Vorstellung gar nicht mehr so abwegig.

»Oh, wow. Hatte Lorraine mal wieder einen kolossalen Zusammenstoß mit einem zweiundzwanzigjährigen Spüler?«

»So ähnlich, ja.«

Momentan geht dir die moralische Überlegenheit ab, dich über meine Mutter lustig zu machen, dachte sie.

»Da fällt mir ein: Ich wollte vorschlagen …« Joe blickte sie unter den Augenbrauen hervor mit seinen dunklen Augen an. Dieser Blick hatte Roisins Herz zu Beginn ihrer Beziehung zum Flattern gebracht. »Behalten wir unsere Probleme fürs Erste den Eltern gegenüber für uns. Ich will ihnen erst Bescheid sagen, wenn alles definitiv klar ist.«

»Okay.«

Roisin erwähnte nicht, dass sie Matt, Gina und Meredith eingeweiht hatte – also fünfzig Prozent des Brian Clubs –, und es überraschte sie ein wenig, dass er nicht nachfragte. Meinte er, bloß weil das Thema in der WhatsApp-Gruppe nicht auftauchte, war auch nicht darüber geredet worden?

Später, als sie im Gästezimmer lag und an die Stuckrosette an der Decke starrte, konnte sie nicht umhin, sich einzugestehen, dass es Joe am Arsch vorbeiging, ob ihre Freunde Bescheid wussten oder nicht.

44

Roisin hatte sich gefragt, ob Lorraine sich über ihren plötzlichen Gesinnungswandel wundern würde. Dabei hatte sie vergessen, dass ihre Mutter nicht nur zu den Menschen gehörte, die einem geschenkten Gaul niemals ins Maul schauten, sondern auch nicht auf die Idee kamen, Fragen über den Hintergrund oder Beweggründe des geschenkten Gauls zu stellen.

»Gott sei Dank, ich hätte mir sonst echt den Arsch abrackern müssen«, sagte Lorraine, als Roisin anrief und erklärte, dass sie für eine Weile nach Webberley ziehen und hin und wieder für soziale Verpflichtungen nach Manchester fahren würde. »Schon zu zweit ist eine Schicht nicht so easy.«

»Du hast dich beim Dankesagen versprochen«, sagte Roisin.

»Danke! Wenn du willst, werfe ich mich vor dir in den Staub.«

Roisin legte auf und seufzte. Die Flucht fiel ihr recht leicht.

Joe hatte sich wieder einmal in seinem Arbeitszimmer eingeschlossen – wobei er sich diesmal wortreich dafür entschuldigte –, auf dem Kopf ein Headset, als halte er einen Ted-Talk, und nahm an Meetings teil, in denen die jüngsten Meetings analysiert wurden.

»Ich würde sie ja abwimmeln, damit wir heute Abend essen gehen können, aber diese Typen kann man erst abwimmeln, wenn man auf der Intensivstation liegt. Wahrscheinlich würden sie sogar dann noch fragen, wie gut das WLAN im Krankenhaus ist.«

Roisin verzog das Gesicht zu einem Lächeln, als kenne sie diese Ausflüchte nicht längst. »Na klar, alles okay«, sagte sie, und dass sie ohnehin losmüsse.

Auf der Fahrt nach Webberley fragte sie sich wieder und wieder: Liebst du Joe noch? Ist es eine langjährige Liebe, die in einer schwierigen Phase einfach eine Pause einlegt, oder ist es eine vergangene Liebe?

Warum will er die Sache überhaupt wieder einrenken? Jeder Mensch, den sie kannte, würde antworten: Weil er dich liebt! Warum sonst?

Während der abendlichen Schicht an der Bar hatte sie einen Anruf verpasst: Matt. Noch nie war sie deswegen so bestürzt gewesen.

Im Grunde wollte Roisin nicht zurückrufen, aber natürlich konnte sie an nichts anderes denken und wollte Bescheid wissen.

In einem ruhigen Moment trat sie vors Haus. Der gekieste Platz vor dem Mallory diente als Parkplatz, es gab draußen nur vier Tische für Gäste, die unvermeidlich von den Rauchern vereinnahmt wurden. Es wehte ein lauer Augustwind, ein letzter Hauch Sommer.

»Hi, Matt«, sagte sie und klemmte sich das Handy unters Kinn, während sie zwei schaumverklebte Biergläser aus dem Blumenbeet klaubte.

»Hallo! Ich war mit Rick was trinken.«

»Das ging aber schnell!« Roisin justierte das Handy. »Danke.«

»Ich habe ja Zeit, jetzt, wo ich freigestellt bin. Als Hausaufgabe habe ich mir sogar *Hunter* angeschaut. Aber ich will dich nicht auf die Folter spannen wie in einer Gameshow, wenn die Uhr tickt. Zusammenfassend kann ich sagen, dass ich etwas und nichts herausgefunden habe, aber zu neunzig Prozent ist es nichts.«

Die übrig gebliebenen zehn Prozent versetzten Roisin in Schrecken. Zwar hatte sie Fremdgehen in Erwägung gezogen, aber jetzt, kurz vor dem Augenblick der Wahrheit, wollte sie dieser Möglichkeit nicht ins Auge blicken.

»Rick konnte sich an keine liegen gebliebenen Schals erinnern, und er hat auch Joe nicht erkannt.«

»Du hast ihm ein Bild von ihm gezeigt?«

»Ja. Anders wäre es kaum gegangen. Hätte ich das nicht machen sollen?«

»Doch, schon. Darüber … hatte ich nur nicht nachgedacht.«

Das traf den Nagel auf den Kopf. Ihr Adrenalinspiegel schoss in die Höhe. *Joe wird schon nichts erfahren, alles gut, das passiert nicht.* Wenn er es nun doch herausfand, konnte sie es als Vergeltung für *Hunter* rechtfertigen? Ihm klarmachen, wie aufgewühlt sie gewesen war, sodass sie auf solche Mittel zurückgegriffen hatte? Sie könnte es versuchen, aber es ließ sich nicht so leicht vom Tisch wischen, wenn man seinem Partner derart fundamental misstraute. Es würde die Dinge zwischen ihnen verändern.

Und wenn sie die Sache für sich behielte – hatte es dann keine Auswirkungen?

»Wie auch immer«, meinte Matt, während in Roisins Magen der Schleudergang einsetzte. »Vor etwa zwei Jahren, sagt Rick, arbeitete eine recht flatterhafte kroatische Frau namens Petra im Restaurant. Sie war dafür berüchtigt, immer mal wieder für lange Rauchpausen zu verschwinden. Sie haben ihr deswegen den Spitznamen Fagatha Christie verpasst. Einigen Kolleginnen erzählte sie, sie hätte was mit einem älteren verheirateten Mann. Die hielten das für Aufschneiderei, weil es überhaupt keine Fotos von ihm gab. Petra behauptete, sie kenne noch nicht mal seinen echten Namen. Angeblich hielt er sich wegen seines Jobs so bedeckt. Man könnte es für wahrscheinlicher halten, dass die Ehefrau der Grund war, aber …«

Roisin atmete schwer aus. Die zehn Prozent hatten es durchaus in sich. »Er war ursprünglich Gast gewesen?«

»Jepp, das hat sie zumindest behauptet. Er war Militärpolizist. Die Geheimhaltungsvorgaben seien so streng, dass er sich nicht im selben Raum aufhalten dürfe wie Alexa.«

»Alexa? Wer ist das?«

»Alexa. Du weißt schon, ein Lautsprecher mit Assistenz- und Abhörfunktion, deren Installation in deinem Zuhause sich Amazon bezahlen lässt.«

»Oh! Alexa, spiel Cher! Klar. Das klingt eher nicht nach Joe.« Roisins zum Zerreißen gespannte Nerven begannen sich ein wenig zu lockern.

»Das stimmt. Wie auch immer, am Ende kündigten sie ihr bei Sesso, weil sie einmal, als sie gerade zumachten, von einer Rauchpause nicht zurückkam und erst am nächsten Tag wieder auftauchte. Er weiß noch, dass es Hochsommer war. Ich habe ihn gefragt, wie sie aussah, und er hatte noch ein Foto von einer Betriebsfeier auf dem Handy. Sie hatte einen Bob und war der Schauspielerin in *Hunter* halbwegs ähnlich.«

»Okay«, sagte Roisin mit düsterer Stimme. Ihre zuckenden Nerven zögerten noch.

»Es ist nicht möglich, Petra zu kontaktieren. Offenbar benutzte sie für die Lohnabrechnung einen falschen Namen. Um Rick zu zitieren, war sie ein Steuer- und Social-Media-Phantom, hat mittlerweile wahrscheinlich eine andere Haarfarbe, arbeitet in einer Bar in Dubrovnik und ist mit Jason Bourne liiert.«

»Ha.«

»Uns bleibt also nichts als die Übereinstimmung bei der durchaus gängigen Frisur und das etwas dubiose Privatleben, aber das ist typisch für viele Kellnerinnen, die ich kenne. Was die Beweislage angeht, würde ich nicht allzu viel darauf geben.«

In Ermangelung einer schlüssigen Erkenntnis wollte Matt die Dinge geraderücken. Das war ehrenwert, wenn man bedachte, wie wenig Joe und er füreinander übrig hatten. Damit wollte er es Roisin leichter machen.

»Darf ich dich im Gegenzug auch um einen Gefallen bitten?«, sagte Matt. »Ich habe nichts zu tun, und momentan darf ich mir noch keinen neuen Job suchen. Das Pub deiner Mum hat mir echt gut gefallen, und du hast ja gemeint, sie hat zu wenig Personal. Könnte ich vielleicht aushelfen?«

»O nein!«, schrie Roisin amüsiert und verlegen. »Im Ernst? Du willst im Mallory Bier zapfen? Es ist ein Dorf. Einem Gentleman wie dir hat es nichts zu bieten. Abgesehen von den Junggesellinnenabschieden vielleicht …«

Matt lachte. »Ich dränge mich nicht auf, falls du das komisch findest. Momentan sehne ich mich einfach nur nach dem Gefühl, mich irgendwie nützlich zu machen.«

In diesem Satz klang so echte Niedergeschlagenheit durch, dass Roisin unmöglich ablehnen konnte.

»In Ordnung. Danke. Meine Mutter wird gnadenlos mit dir flirten. Bitte trage es mit Fassung, aber in Gottes Namen: Du darfst nicht nachgeben und mit ihr ins Bett gehen! Ich möchte keinesfalls aus heiterem Himmel einen Stiefvater bekommen.«

»Roisin!«, rief Matt und klang ganz Matt-untypisch ehrlich geschockt. »Was um alles in der Welt! Hältst du mich ernsthaft für so einen widerlichen Lüstling?«

Roisin lachte, und es bekümmerte sie ein bisschen, dass sie diese Frage nicht mit voller Überzeugung beantworten konnte.

45

Raus hier!«, schrie Lorraine, als Roisin und Matt am Samstagnachmittag in der Tür auftauchten.

»Oje, kein guter Start«, meinte Matt.

»Entschuldigung, nicht du, Matt, sondern der Streuner.« Lorraine deutete auf ihre Füße. »Los, Meatball, zieh Leine!«

Sie sahen hinunter und bemerkten, dass eine Katze die Gelegenheit genutzt und mit ihnen in das Pub gehuscht war.

»Ah, hallo, Meatball«, sagte Matt, bückte sich und streichelte den schwarz-weißen Kater, der beeindruckende Ausmaße hatte. Die Fellzeichnung im Gesicht verlieh ihm das ansprechende Aussehen eines gescheckten Straßenräubers.

»Meatball?«, fragte Roisin.

»So heißt er angeblich«, erklärte Lorraine. »Der Grund lässt sich erahnen. Lungert hier ungebeten herum und bettelt die Leute um Pommes an.«

»Eine Katze, die Pommes isst?!«, wunderte sich Matt.

»Oh, eine Katze, die alles isst, was sie den Leuten abschwatzen kann. Husch, raus!«, sagte Lorraine, als Meatball sie weiterhin stur ignorierte.

»Ist er wirklich ein Streuner?«, sagte Roisin und bückte sich ebenfalls zu dem Kater hinunter. Als Matts und ihre Hände sich berührten, fühlte sich das überhaupt nicht komisch an. Es war schön, jemanden wie ihn als Freund zu haben. Sie vertraute darauf, dass er die Erkenntnisse über sie, die er an diesem Ort gewann, niemals gegen sie einsetzen würde. Matt war ein Mensch, dem jede Gehässigkeit abging.

»Also von irgendwoher hat er sich jedenfalls hierher verirrt, denn er ist ständig hier.« Lorraine schnippte mit den Fingern und deutete auf das gleichmütige Tier, das in Richtung Nebenzimmer tapste.

Roisin und Ryan durften nie ein Haustier haben, vorgeblich, weil ein Wirtshaus keine geeignete Umgebung war.

(»Das endet nur damit, dass sie sterben und ihr unglücklich seid«, hatte Lorraine erklärt.

»Alle sterben mal!«, sagte die heranwachsende Roisin. »Das Leid ist der Preis der Liebe.«

»Wie auch immer, ich kann das Leid jedenfalls nicht brauchen, wenn ich den Meerschweinchenstall putzen darf, weil ihr das Interesse verloren habt.«)

Für die heutige Samstagabendschicht hatte Roisin vereinbart, Matt einzuarbeiten und dann nach Manchester zu fahren, wo sie mit den Überbleibseln des Brian Clubs zu Abend essen wollte. Danach würde sie hierher zurückkommen. Oberflächlich betrachtet mochte man es für ein Opfer halten, tatsächlich aber war sie froh über die Ausrede, keinen Alkohol trinken zu müssen, und freute sich, dass sie während der Fahrt allein ihren Gedanken nachhängen konnte.

Allerdings war Roisin ein wenig mulmig zumute, weil sie Matt und Lorraine vier Stunden lang unbeaufsichtigt lassen musste, denn ihre Mutter ähnelte einem wandelnden Pulverfass, aber womöglich war eine Feuertaufe gar nicht das Schlechteste. Sie konnte die beiden ohnehin nicht ununterbrochen beaufsichtigen.

Matt hatte eigentlich ein Taxi zurück in die Stadt nehmen wollen, doch Lorraine hatte ihn – wenig überraschend – überredet, in Ryans altem Zimmer zu übernachten. Ihre Eltern hatten immerhin auf Privatsphäre geachtet: Jedes Zimmer besaß ein direkt angeschlossenes Bad, und so bestand keine Gefahr, dass Roisin einen improvisierten Tango mit Matt auf dem Flur im ersten Stock hinlegen müsste, während sie beide in ein rutschendes Handtuch gewickelt waren.

Roisin hätte Matt alles erklärt, aber Lorraine war total scharf darauf, Lehrerin zu spielen. Roisin rief sich in Erinnerung, dass Matt es so gewollt hatte und sie sich keine Sorgen um ihn machen sollte, also verabschiedete sie sich, nachdem sie sich umgezogen hatte, und versprach, zur Sperrstunde wieder da zu sein.

»Schönes Kleid im Übrigen«, sagte Matt.

In der knappen Woche, in der sie Höllenqualen gelitten hatte, war Roisin zu & Other Stories gegangen und hatte sich ein schwarzes Kleid mit Puffärmeln und einem Herzausschnitt gekauft.

»Ja, es ist schön, zur Abwechslung mal deine Taille zu sehen«, bekräftigte Lorraine.

Das heutige Essen war das erste Treffen nach Benbarrow. Roisin hatte Merediths Meinung zu Devs ursprünglichem Vorschlag mit ganzem Herzen beigepflichtet.

Meredith

Entschuldige, aber können wir Lokale, die Rentierflechte servieren oder auf deren Karte das Wort Nixtamalisation steht, außen vor lassen? Ich will euch einfach nur sehen und Schmelzkäse essen, billigen Alk trinken und nicht so tun, als begeistere ich mich für eine Espressotasse voll Wichse und ein Tablett mit moosigen Kieseln.

Dev

Mein Selbstbild hängt davon ab, dass Frauen so tun, als begeisterten sie sich für meine Tasse voll Wichse und meine moosigen Kiesel.

Durch ein Ausschlussverfahren (Lokale, die am Samstagabend ohnehin ausgebucht waren, und solche, in denen Devs Name noch nachhallte) landeten sie beim San Carlo, einem Pizza-Pasta-Restaurant im Stadtzentrum voller ungehobelter, glamouröser, hochwertig geschminkter Menschen in ihren Zwanzigern.

Weil sie vergessen hatte, wie grässlich die Parkplatzsuche in der

Innenstadt war, bahnte sich Roisin mit zehnminütiger Verspätung den Weg durchs Gewimmel zu ihrem Tisch und stellte fest, dass dort ein unerwarteter Gast saß.

»Joe? Du hast es doch geschafft?«, sagte Roisin und war heilfroh, dass sie Gina und Meredith per WhatsApp über Joes Angebot, die Sesso-Luftnummer und ihren derzeitigen Status informiert hatte.

(Merediths Antwort klang ausgesprochen weise:

Ich glaube, unbewusst hast du beinahe gehofft, er sei untreu, denn dann wäre dir die Entscheidung abgenommen worden. So aber wirst du wissen, dass es deine eigene Entscheidung war.)

Angeblich war Joe zu sehr mit der Vorbereitung der Meetings in der kommenden Woche beschäftigt, aber nun saß er freudestrahlend eingezwängt zwischen Dev und Gina.

»Ach, Dev hat angerufen und mich überredet, es heute Abend gut sein zu lassen. Ich habe dir eine WhatsApp geschickt.« Er deutete auf Roisins Handy, auf das sie während der Fahrt nicht geachtet hatte.

Roisin versuchte, sich über diese unerwartete Wendung nicht zu sehr zu ärgern. Hätte Joe ihr gesagt, dass er kommt, wäre sie nicht erschienen.

Sie belogen ihre Freunde – genau genommen Dev – und brachten die Freundinnen in Verlegenheit. Als Roisin um Zeit zum Nachdenken gebeten hatte, hatte sie nicht im Sinn gehabt, dass sie gleichzeitig bei geselligen Ereignissen als Paar auftraten.

Ihre Nerven lagen blank und machten es ihr schwer, die Sache objektiv zu beurteilen, doch als sie Joe dabei beobachtete, wie er ein Stück Brot in Olivenöl tunkte, bekam dieser Überraschungsauftritt doch den Beigeschmack eines Machtspielchens.

Diskret checkte sie ein paar Minuten später ihr Handy.

Hi, R, ich komme mit dem Manuskript gerade überhaupt nicht weiter und bin total fertig. Dev hat angerufen und gemeint, ich soll es gut sein lassen und mitkommen. Wenn dir das zu heikel ist, dann lass ich's bleiben. Sag Bescheid. J x

Mustergültige Haushaltsführung. Die Nachricht war fünfundvierzig Minuten alt: Zu spät abgeschickt, um die Sache noch abzuwenden, und gleichzeitig die perfekte Absicherung für Joe.

Warum war sie, als Joe Anfang der Woche voller Zerknirschung nach Hause gekommen war, ihrem Vorsatz nicht treu geblieben und hatte nicht einfach gesagt, nein, es ist vorbei?

Weil er sie kalt erwischt hatte. Weil sie zu dem Zeitpunkt noch kein Feedback von Matt zum Thema Sesso gehabt hatte und sie noch auf Beweise aus gewesen war. Weil neun Jahre doch eigentlich eine zweite Chance verdient hätten. Bei genauerer Betrachtung reichte keiner dieser Gründe aus.

Nichts Grundlegendes hatte sich geändert. Morgen würde sie nach Hause fahren und ihm erklären, dass sie lange genug nachgedacht habe und es endgültig aus sei. Das Timing für diese Erkenntnis war denkbar schlecht, nun, da sie sich eineinhalb Stunden lang in Joes Gesellschaft freundlich und gesellig geben musste.

»O Mann, wären Lipfiller-Ampullen Dynamitstangen, würden wir heute alle an der Decke kleben«, flüsterte Joe und sah sich um.

»Ich habe Matt bei meiner Mutter in Webberley gelassen, er übernimmt eine Schicht im Pub«, erzählte Roisin, um sich abzulenken.

Immerhin wirkte Joe jetzt vor den Kopf geschlagen und nicht sie.

Roisin hatte Matt gefragt, ob es ihm recht war, wenn sie dem Brian Club davon erzählte, und er hatte schulterzuckend erwidert: »Klar, warum nicht«. Es beeindruckte sie, dass er sich keine Sorgen um sein Image machte.

»LOL? Wie bitte? Matt spielt den Barkeeper für deine Mum? Ist das ein neuer ambitionierter Verführungsversuch?«, fragte Joe.

Ruhig sah Roisin ihn an. Für alle anderen Anwesenden ging das als eine der üblichen schlüpfrigen Sticheleien gegen Matt durch. Nach allem, was Joe von ihrer Familie wusste, war das ziemlich grob.

»Nice. Er macht ein Sabbatical und wollte etwas zu tun haben«, sagte Roisin und beschloss, Matt die Demütigung zu ersparen und die Kündigung nicht zu erwähnen. »Meiner Mutter rettet er damit das Leben.«

»Damit ich das richtig verstehe: Matt hat was mit einem Hollywood-Star am Laufen und kümmert sich jetzt darum, dass ein paar alte Jungs beim Dartsspielen nicht auf ihr dunkles Bier verzichten müssen? Würde ich so was für einen Film im Hallmark-Kanal vorschlagen, bekäme ich zu hören, ich sollte nicht so übertreiben«, sagte Joe.

»Nicht mehr«, erwiderte Roisin. »Er und Amelia gehen jetzt getrennte Wege.«

»Wie schade, sie war so nett«, sagte Gina und brach ein Grissini-Stäbchen auseinander. »Die hätten so krass hübsche Babys haben können.«

»Anita ist nicht da?«, wandte sich Roisin an Dev und blickte sich um.

»Ne, der geht's nicht so gut. Magenvirus. Die sitzt jetzt in Schlabberhosen vor dem Fernseher und schaut sich *The Real Housewives of Beverly Hills* an. Fernsehen ist echt die einzige Sache, bei der wir inkompatibel sind. Sie sagt immer, ich mag nur Filme, in denen Leute im Schneesturm brüllen: Los, weiter! Wir müssen vor Einbruch der Dunkelheit im Camp sein, bevor ES wieder wach wird!«

»Leute, habt ihr schon einen Blick in die Karte geworfen?«, unterbrach ihn eine Kellnerin, und schuldbewusst machten sie sich daran, eine Wahl zu treffen.

Roisin bemerkte, dass sie eine Nachricht von Meredith hatte, und las sie heimlich, während sie das Handy in der Tasche verborgen hielt.

Scheiße, hoffentlich ist es keine Schwangerschaftsübelkeit.

46

Also wird es eine zweite Staffel geben?«, fragte Dev und jubelte, als Joe nickte.

»Sie wird im Abspann der letzten Folge angekündigt. Ehrlich gesagt habe ich keine Ahnung, wann das passieren soll. Rufus hat eine Pilotfolge für irgendein Projekt mit Michael Keaton an Land gezogen und außerdem eine Rolle im Spin-off von *Stranger Things*. Das bleibt natürlich unter uns«, sagte er und ließ den Blick über die Gruppe schweifen, in der niemand einen heißen Draht zur Nachrichtenredaktion der *Variety* hatte.

Roisin hatte Devs zehnminütige Hymne auf die Genialität von *Hunter* überstanden, weil Gina ihr zu Hilfe kam und schrie: »Nicht spoilern, Dev! Ich hab's noch nicht gesehen!«, was ihn auf Superlative ohne inhaltliche Details beschränkte.

»Ich nehme die letzte Folge auf!«, sagte Dev. Klar. Heute Abend war das Finale. Sie verpassten es.

Dunkel blickte Joe Roisin an und spielte mit seiner Gabel. Er war sich nicht sicher, ob sie die zweite Folge schon gesehen hatte, aber er wusste, wenn er sie danach fragen würde, wäre das ein Himmelfahrtskommando.

Erst als Dev wieder auf den Junggesellenabschied und die Hochzeit zu sprechen kam, schob Roisin die Ravioli gequält auf dem Teller hin und her. Diesem Ereignis würde Joe Powell, der ihr gegenüber am Tisch saß, womöglich bereits mit seiner neuen Freundin beiwohnen. Was für ein Spaß.

Wenn er dort überhaupt aufkreuzte.

Hatte sie sich Anfang der Woche etwa damit einverstanden erklärt, darüber nachzudenken, weil sie sich geschmeichelt gefühlt hatte? Ein Jahr lang hatte sie sich ausgemalt, dass sie von jemandem verlassen wurde, der andere Optionen hatte. Joe war zweifellos ein guter Fang. Es hatte sie mit großer Befriedigung erfüllt, als er ihr erklärte, wie viel sie ihm bedeutete.

Dev rühmte gerade die Vorzüge einer Fahrt nach Palm Beach in einem gemieteten Chevy-Pick-up, als Roisin die Dissonanz nicht länger ertrug und das Wort ergriff.

»Nur als kleine Vorwarnung, aber ich vermute, Matt kann sich Miami bei seiner derzeitigen beruflichen Situation nicht leisten«, sagte sie und hoffte, damit sowohl Matt einen Gefallen zu tun, als auch den Prozess in Gang zu setzen und Dev klarzumachen: Wir sind ein bisschen beunruhigt von den preislichen Größenordnungen. Team *Keine Rentierflechte*.

»Spielst du dich jetzt als seine Mama auf, oder was?«, schoss Joe zurück. Er wollte schnodderig rüberkommen, klang aber gereizt.

»Ja, ich wollte auch sagen«, schaltete sich Meredith ein und rettete die Situation, indem sie Joe ignorierte, »bevor ich für den Comer See zusagen kann, muss ich erst mal wissen, wie teuer das alles wird. Unser Boiler ist kaputt.« Sie sah Gina an. »Auch wenn sie sich mit ihren schönen Kleidern alle Mühe gibt, das zu verheimlichen, hahahaha.«

»Du miese Zicke«, sagte Gina und reckte den Hals nach dem Kellner. »Vielleicht trinke ich noch einen Aperol. O ja, der Boiler. Ich könnte meine eiserne Notreserve dafür lockermachen.«

Offensichtlich registrierte Dev die Notwendigkeit, Notreserven lockerzumachen.

»Ich kann die Flüge übernehmen, damit es nicht zu teuer wird. Kein Problem«, meinte er.

Roisin holte Luft. »Dev, du bist der großzügigste Mensch, den man sich vorstellen kann, aber dass du das bezahlst, ist inakzeptabel. Niemand von uns will dich anschnorren und über seine Verhältnisse leben. *Es geht nicht* muss ganz klar heißen *es geht nicht*, sonst fühlt man sich in die Enge getrieben.«

»Das Mädchen mit dem schönen Haar hat recht«, sagte Meredith. »He, wieso feierst du nicht zweimal deinen Junggesellenabschied – einmal in Miami und einmal in Manchester?«

»Ehrlich gesagt liegst du damit vielleicht gar nicht so falsch, Rosh.« Dev klimperte mit den Eiswürfeln in seiner Limettenlimonade. »Anita ist auch nicht mehr so scharf auf den Comer See.«

»Oh, echt?« Roisin empfand es als Glücksfall, die Sache zu diskutieren, ohne dass Anita dabei war.

»Ja. Ein paar ihrer Verwandten haben wegen der Kosten und der Reise schon abgesagt, und sie findet das zu kompliziert. Nicht zuletzt, weil die Gästelisten auf Hindu-Hochzeiten *sehr* lang sind.«

»Könntet ihr euch England vorstellen?«, fragte Roisin.

»Klar, aber … man macht das nur einmal – hoffe ich zumindest. Ich will nicht, dass sie es später bereut.«

»Im Ernst, ob mit oder ohne Zypressen wird euch am Ende egal sein«, sagte Meredith. »Alles, was zählt, ist, dass es eine Menge Tränen gibt und ihr glücklich nach Hause fahrt. Handelt euch keine langen Diskussionen mit den Cousins ein und bleibt einfach hier.«

Dev nickte, und Roisin merkte, dass er endlich die Stimmung erfasste. Denn niemand forderte ihn auf, an seinen Italien- und Miami-Plänen festzuhalten, und das allein war vielsagend.

»Würde es euch denn gefallen, wenn wir hier feiern? Meine Leute in Bolton wären wahrscheinlich auch erleichtert.«

»Wir fänden das wunderbar!«, sagte Gina. »Außerdem könnte ich mir dann alle möglichen Extras leisten. Zum Beispiel eine Sprühbräune, die die Konturen betont. Es gibt da so einen Typ, der ist angeblich der Picasso unter den mobilen Spray-Tan-Experten.«

»Oh, hört euch Lady Gaga an«, sagte Joe. »Ist das wie damals, als ich meinem Action Man mit Filzstift kräftigere Bauchmuskeln aufgemalt habe?«

Sie gingen zur üblichen freundschaftlichen Fopperei über, und Roisin war froh, dass sie die Sache so reibungslos hinbekommen hatten. Glücklicherweise fühlte Dev sich praktisch nie angegriffen.

»Ach, übrigens fahre ich morgen nach York«, sagte Joe zu Roisin, als die Gruppe sich vor der Tür verabschiedete. »Ich besuche meine Eltern für zwei Tage, muss dann noch eine Nacht nach London und bin am Donnerstag wieder da.«

Donnerstag also, dachte Roisin. Danach wäre es leichter. Man musste das Pflaster mit einem Ruck abreißen. Es wäre besser als dieser Schwebezustand, egal, wie sehr ihr davor graute.

»Okay«, sagte Roisin. »Viel Spaß.«

»Ihr zwei gebt euch zurzeit nur noch die Klinke in die Hand, oder?«, sagte Dev kichernd, und keiner wusste, wohin er schauen sollte.

Als Roisin durch die Tür in das abgedunkelte Pub trat und Matt und ihre Mutter sah, kreischte sie auf.

»Ich komm mir vor«, Roisin musste sich an die Wand lehnen, um Atem zu schöpfen, »wie in einem Kunstwerk von Cold War Steve oder so.«

»Coldplay wer?«, fragte Lorraine.

Sie saß an einem Tisch, das Haar steckte unter einer Kappe mit grünem Schirm wie bei einem Croupier, sie hatte eine E-Zigarette im Mundwinkel und zählte etwas, das aussah wie Lotterielose. Aus der Jukebox tönte Bryan Ferrys *Slave to Love*.

Matt war hinter der Bar, balancierte Meatball auf seiner Schulter und seihte aus einem Edelstahl-Shaker eine dunkle Flüssigkeit in Cocktailschalen ab.

»Wie hast du nur den Riesenbrocken von Katze auf deine Schulter gekriegt?!«, sagte Roisin.

»Jahrelange Übung«, meinte er. »Trinkst du einen Manhattan mit uns? Geheimes McKenzie-Familienrezept.«

»O ja, bitte.« Roisin schlüpfte aus der Jacke. »Mum, du lässt dir von Meatball diese Unverschämtheit bieten?«

»Immerhin tappt das Biest dann nicht auf dem Boden herum«, erwiderte Lorraine.

»Wie ist es heute Abend gelaufen?«

»Großartig. Die Leute *lieben* ihn«, sagte Lorraine und warf Matt einen Blick grenzenloser Verehrung zu.

Als der dritte Cocktail fertig war, hob Matt den Kater von der Schulter. Meatball umrundete die Bar, lief schnurstracks zur Tür und kratzte mit der Pfote, zum Zeichen, dass er hinausgelassen werden wollte.

Roisin machte ihm die Tür auf.

»Ja, verdrück dich nur, du undankbares Mistviech, zu wem auch immer, der blöd genug ist, dich die übrige Zeit zu ertragen«, sagte Lorraine.

»So hat sie sich immer von mir verabschiedet«, erklärte Roisin Matt, der lachend die beiden Manhattans vor ihnen abstellte.

»Wir sehen uns morgen zur gleichen Zeit, Mister Fleischklops!«, rief Matt ihm hinterher.

»O Mann, nächsten Sonntag findet diese beschissene jährliche Feier der Demütigung statt. Morgen in einer Woche«, sagte Lorraine zu Roisin. »Bitte sag, dass du da sein wirst, Rosie. Grace Peters kriegt Besuch von Imogen, wenn dann auch noch meine Tochter fehlt, gibt es einen Grund mehr, mich herablassend zu behandeln.«

»Beschissene Feier?«, fragte Matt.

»Meine Mutter war an einer Klosterschule«, sagte Roisin. »Einmal im Jahr gibt es ein Dorffest zugunsten einer festgelegten Wohltätigkeitsorganisation. Die drei Pubs dekorieren ihre Gärten und servieren Pimm's, es werden Spiele veranstaltet und so. Mum hasst es, weil wir immer weniger Gewinn machen als alle anderen.«

»Oh, solche Herausforderungen liebe ich. Wir werden sie alle schlagen«, meinte Matt. »Was haltet ihr von einem Spiel, bei dem man das Gewicht von Meatball erraten muss? Eine kleine Waage?«

»Du meinst das noch nicht mal als Witz, stimmt's?«, sagte Roisin. »Ach, und Grace Peters: Grace ist eine sehr gut aussehende geschiedene Frau von Welt und die Hauptfreundfeindin meiner Mutter am Ort. Sie besitzt ein wunderschönes großes Cottage an der High Street.«

»Sie ist erst spät im Leben attraktiv geworden – so wie Carol Vorderman«, erläuterte Lorraine dem belustigten Matt. »Fährt dank der immensen Unterhaltszahlungen, die sie kriegt, ständig auf Mädelswochenenden und postet sie unter dem Hashtag *Munterhaltsferien*. Und reibt mir unter die Nase, dass Kent mich völlig mittellos zurückgelassen hat.«

»Hinweis des Erzählers: Grace hat dabei natürlich überhaupt nicht an Mum gedacht«, sagte Roisin, und Matt grinste. »Imogen ist ihre Tochter, genauso alt wie ich, und ausgebildete Ärztin. Ich bin Lehrerin, also kann man sagen, es herrscht Gleichstand zwischen uns, solange keine von uns heiratet und in diesem Wettbewerb, der nur im Kopf meiner Mutter existiert, an der anderen vorbeizieht.«

»Nein, es herrscht kein Gleichstand. Imogen ist single, und mein Schwiegersohn ist berühmt, daran kann Grace also ruhig knabbern«, meinte Lorraine.

Roisin und Matt wechselten einen Blick.

47

Eine Tasse Kaffee in der Hand, stand Matt an der Tür zum Garten des Mallory. »Der Garten ist riesig. Der hat ein Wahnsinnspotenzial. Glaubst du, deine Mutter wäre bereit, ein bisschen was daran zu machen? Für das Fest?«

Wieder einmal tastete sie die Bemerkung auf Spott ab, fand aber keinen. Nie hätte Roisin damit gerechnet, dass Matt sich so vom Provinz-Pub ihrer Mutter begeistern ließe. Es war, als ob sich ein Kind aus einer reichen Familie an Weihnachten darüber freute, dass ihm ein Wörterbuch geschenkt wurde.

Nebeneinander standen sie da und sahen hinaus.

Auf der Rasenfläche, die von einer Ligusterhecke umgeben war, standen sechs runde, einigermaßen ansehnliche Picknicktische verteilt. Matt hatte recht: Es hatte Potenzial, es mangelte einfach an Zuwendung.

»Intuitiv würde ich Nein sagen, aber wenn du derjenige bist, der den Vorschlag macht, dann stellt sie im Zweifel auch eine dieser gestreiften Riesenrutschen auf. Ich wollte eigentlich fragen, ob du noch einmal Lust auf den Spaziergang von letzter Woche hast.«

»Jetzt? Ja klar, warum nicht. Die Landschaft ist echt schön.« Er senkte die Stimme. »Wie lief es gestern? Kam *Hunter* zur Sprache?«

Roisin würde die Entscheidung, die sie gestern im San Carlo getroffen hatte, für sich behalten, bis sie es Joe gesagt hatte. Egal, was sonst vorgefallen war, er verdiente es nicht, dass jemand vor ihm vom Ende ihrer Beziehung erfuhr. Außerdem wusste Matt gar nicht, dass ihr zwischendrin Zweifel gekommen waren.

»Seit deinen Nachforschungen ist die Sache mit *Hunter* für

mich erledigt. Ehrlich gesagt geniere ich mich«, sagte Roisin, nachdem sie sich versichert hatte, dass ihre Mutter außer Reichweite war. »Ich habe mir die übrigen Folgen noch nicht angeschaut, damit ich nicht wieder durchdrehe. Meredith und Gina haben mir zu verstehen gegeben, dass ich ein bisschen durchgeknallt geklungen habe. Aber ich habe nicht auf sie gehört. Jetzt ist mir das alles so peinlich, dass ich mein Popoloch als Haargummi benutzen könnte, wie Lorraine es ausdrücken würde.«

»Wenn du mich fragst: Ich fand das nicht durchgeknallt«, sagte er.

Roisin bedankte sich, wobei sie sich fragte, ob er und Joe so eine Art *Schiffe versenken* spielten, bei dem sie unterschwellig Roisins Vertrauen in den anderen zu untergraben versuchten.

Sie holten ihre Jacken und machten sich auf den Weg.

»Joe will sich nicht trennen«, sagte Roisin, als sie in sicherer Entfernung vom Mallory waren. »Er bietet mir ein Leben in Los Angeles und die Begleitung zu den Golden Globes an. Oder ein Haus in West Didsbury, wenn ich ihn verlasse. Das ist wie bei *Wer wird Millionär?*.«

»L. A.? Wirst du dort hinziehen?«

»Nein. Was soll ich denn da? Joe beim Zoomen zuhören? Es überrascht mich nur, dass er die Beziehung retten will.«

»Warum?«

»Ich war mir ehrlich gesagt sicher, dass er sich innerlich längst verabschiedet hatte.«

Eine Weile marschierten sie schweigend bergauf.

»Wenn du über dich und Joe redest, dann geht es immer darum, was er will, was er möglicherweise vorhat, denkt oder fühlt, aber du sagst kaum etwas über dich selbst.«

»Ha, kann sein. Er hat gemeint, ich sei genügsam«, antwortete sie schnell, aber ihr war bewusst, dass die hastige Antwort ihr Unbehagen überdecken sollte. Das konnte sie besser. »… Im letzten

Jahr hat sich etwas verändert, und das hat sich in dem Streit, den wir hatten, manifestiert. Mir hat immer gefallen, wie intelligent, scharfsinnig und witzig er war, aber mittlerweile habe ich … ein anderes Bild von Joe. Ich fürchte, er besitzt eine sehr harte, schonungslose Seite.«

Matt war sichtlich überrascht.

»Was?«, fragte sie.

»Ist dir das … neu?«

»Mir schon. War das dumm von mir?«

Matt zögerte, weshalb Roisin davon ausgehen musste, dass die Antwort Ja lautete.

»Ich dachte immer, dir gefällt das.«

»Was meinst du?«

»Dass er ein böser Junge ist.« Er sah sie peinlich berührt an. Auf seinem Gesicht lag der unsichere, entschuldigende Ausdruck, den man bekommt, wenn man merkt, dass das Gespräch die üblichen Grenzen überschritten hat.

Roisin wusste nichts zu erwidern. Auch wenn Matt sauer auf Joe war, klang das doch ziemlich direkt und krass. Als handle es sich um eine offensichtliche Tatsache. Wie wenn man sich unerwartet in der Handykamera selbst erblickt.

Joe war böse – und Roisin gefiel das?

Vermutlich stimmte das. Sie hielt ihn für klug. Was sagte es über Roisin aus, dass sie sich für einen bösen Jungen entschieden hatte? Wieso verliebte man sich in jemanden, der nicht nett war?

Für solch einen Fehler konnte man kein Verständnis erwarten.

»Ich hoffe, du denkst nicht, dass ich bloß wegen des Geldes in einer miesen Beziehung bleiben würde«, sagte sie, weil ihr nichts anderes einfiel.

»Das würde ich niemals denken«, erwiderte Matt. »Keine Sekunde lang.«

»Es waren fast zehn Jahre. Ich hatte befürchtet, dass er hinter meinem Rücken fremdgegangen ist. Bevor ich den nächsten Schritt mache, brauche ich einen klaren Kopf.«

»Schon klar.«

Roisin musste allein und in aller Ruhe über Matts Worte nachdenken. Jetzt brauchte sie ein anderes Gesprächsthema. Sie entschied sich für Matts Arbeit.

»Ich werde mich zurückhalten, wenn es um die Abfindung geht. Sonst überkommt mich noch mitten in der Nacht die Panik, dass mich niemand jemals wieder einstellt – wie dieser kreischende Geist in *Die Frau in Schwarz*«, sagte er.

»Falls es wirklich so weit kommt, könnte dir dann deine Familie nicht über die Runden helfen? Du weißt, dass ich das nicht so meine wie Joe.«

»Ha. Nein. Ich wette, ich wurde schon vor Jahren enterbt.«

»Im Ernst?« Überrascht hielt Roisin einen Augenblick inne.

»Ja«, sagte Matt und vergrub die geballten Fäuste tief in den Taschen seiner Jeansjacke. »Zumindest gehe ich davon aus. Ich habe meine Eltern und meinen Bruder seit vier Jahren nicht mehr gesehen. Die Vermutung liegt nahe.«

»Das tut mir leid. Ich hatte keine Ahnung.«

Matt lebte in einer Mezzaninwohnung mitten in der Stadt am Deansgate Square, mit eigenem Aufzug, Schlafzimmer im Zwischengeschoss mit einer frei schwebenden Treppe und Fischgrätmusterparkett. Joe nannte es Pelzmantel-plus-Pelzschlüpfer-Reichtum, aber vielleicht war das alles auf Pump.

»Na ja, ich habe es für mich behalten. Bitte erzähl das nicht weiter.«

»Natürlich nicht. Aber … du fährst doch an Weihnachten nach Hause?« Roisin runzelte die Stirn und versuchte zu verstehen. »Ich habe doch Fotos gesehen?«

»Ich verbringe Weihnachten in einem hübschen kitschigen

Hotel und mache ein paar Bilder. Manchmal halten die Leute es für mein Elternhaus, und ich stelle das nicht richtig. Das ist alles.«

»Warum willst du nicht, dass andere – wir – das wissen?«

Er war das schwarze Schaf und nicht der Sonnyboy? In letzter Zeit nahm Roisin ihn anders wahr, vielleicht lag es ja daran.

Von der Seite warf Matt ihr einen Blick zu. »Ich wollte niemanden herauspicken und auf Geheimhaltung einschwören und ihm oder ihr so eine Bürde zumuten.«

Es war eine freundliche Art zu sagen, dass er nicht darauf vertraute, dass es ein Geheimnis blieb, egal, auf wen die Wahl fiel.

»Euch habe ich nichts davon erzählt, weil ich erstens nicht darauf eingehen will, warum wir uns zerstritten haben, und zweitens, weil es bei dem einen oder anderen Schadenfreude auslösen könnte.«

»Darauf wäre ich nie gekommen. Das überrascht mich sehr.« Roisin unterdrückte jedes Gefühl der Verletzung, als sie eins und eins zusammenzählte. Er wollte insbesondere verhindern, dass Joe davon erfuhr. Wenn er sich überhaupt jemandem anvertraut hätte, dann hätte jeder Roisin für vertrauenswürdig gehalten, aber sie war nicht vertrauenswürdig, solange sie sich in Joes Einflussbereich befand. Mrs Böser Junge.

»Mir ist schon klar, warum du nie darauf gekommen wärst.«

»Warum?«

Geschickt sprang Matt über einen Zauntritt, und als er auf der anderen Seite war, reichte er Roisin die Hand, die sie dankend annahm.

Beim Weitergehen sagte Matt: »Weil ich als oberflächlich und hohl daherkomme und man deshalb davon ausgeht, dass mein Leben der reinste Ponyhof ist. Aber weißt du was: Auch oberflächlichen, hohlen Menschen passieren beschissene Dinge.«

Mit einem Lächeln versuchte er, der Sache die Schärfe zu

nehmen, und sie erwiderte es. Es war unüberhörbar, wie verletzt er war.

»Nein. Der Grund ist dein heiteres Wesen, und dass es immer so wirkt, als geht dir alles mühelos von der Hand. Von außen erscheint dein Leben *übertrieben fröhlich*, wie mein Schüler Amir sagen würde.«

»Wenn du es so darstellst, dann freut mich das. Danke.« Er lächelte. »Ich habe das draufgängerische Image kultiviert, also darf ich mich nicht beschweren. So war es einfacher.«

»Falls es dir hilft: Auch ich habe nie über meine verkorkste Familie mit den Brians geredet«, sagte Roisin. »Was erstaunlich ist, weil ich vor allem den Frauen so nahestehe. Ich vertraue ihnen zu hundert Prozent. Aber ich schaffe es einfach nicht. Was mir Sorgen macht, ist, dass ich meine Kindheit offensichtlich selbst mit zweiunddreißig noch für eine Schande halte. Warum sonst sollte ich sie geheim halten?«

»Darf ich mehr darüber erfahren?«, fragte Matt. »Wollen wir hier draußen im Wald das Spiel spielen ›Du zeigst mir deine Verkorkstheit‹ und ich dir meine? Oder wollen wir die Sache vornehmer angehen?«

Die Anspannung löste sich, als sie in Lachen ausbrachen.

»Die Entscheidung überlasse ich dir«, meinte Roisin. »Du musst ja zurück ins Pub und dich meiner Mutter gegenüber normal verhalten.«

»Okay. Du fängst an, denn meins ist schlimmer, und danach wirst du nichts mehr sagen.«

Da bist du dir deiner Sache vielleicht ein bisschen zu sicher, dachte Roisin.

48

Tief holte Roisin Luft, atmete aus und betrachtete die Strudel im Fluss, der nun vor ihnen auftauchte. Sie erinnerte sich daran, wie sie in ihrer Jugend hierhergekommen war, am Ufer gesessen und Dosen-Cider getrunken hatte.

In dieser Abgeschiedenheit fiel es leichter, offen zu reden.

»Lange Rede, kurzer Sinn: Meine Eltern waren das, was man Swinger nennt. Das Beschissene, wenn deine Eltern so einen Scheiß machen, ist, dass niemand dir erklärt, was abgeht. Denn die für dich zuständigen Erwachsenen sind verantwortlich für das Problem. Da ist keiner, der sich mit dir hinsetzt und sagt: Also, da gibt es die Vögel, die Bienen und deine Mum und deinen Dad, und die sind gleich ein ganzer Streichelzoo. Nach und nach gehst du der Sache auf den Grund. Dieser Prozess, ganz für mich allein herauszufinden, was da eigentlich los ist, hat mich am meisten fertiggemacht. Das Geflüstere, die abgesperrten Schubladen und das Geknutsche, und immer dachten sie, wir kriegen nichts davon mit. Die krassen Ermahnungen, dass mein Bruder und ich nach dem Zubettgehen keinesfalls unser Zimmer verlassen dürften, wenn sie ihre *Partys* feierten, nicht einmal dann, wenn wir Albträume hatten.«

Roisin sah Matt an. Schon allein dann, wenn sie darüber sprach, wurde ihr flau im Magen.

»Verstehst du, dass man so was nicht ansprechen kann? Die meisten Menschen denken ja schon: Iih, ich mag gar nicht darüber nachdenken, dass ich einen Bruder habe, also haben es meine Eltern sogar ZWEI MAL getan.«

Matt lächelte.

»Weißt du noch diese Stelle in *Hunter,* als er seine Mutter mit dem fremden Mann ertappt und gleich um die Ecke sein Vater mit einer anderen Frau rummacht? Das war Lorraine. Ich hatte Joe davon erzählt. Er hat die Szene geklaut, ohne mich um Erlaubnis zu fragen. Dort im Vorführraum wurde die alte Wunde völlig unerwartet aufgerissen.«

»Wie bitte? Er hat dir nicht gesagt, dass er das einbauen will? Wow!«

Matts Reaktion war eine bittere Genugtuung.

»Als ich sechzehn war, starb mein Dad an einem furchtbaren Schlaganfall. Zu dem Zeitpunkt lag er unbekleidet unter Kimberley, einer der besten Freundinnen meiner Mutter. Die ebenfalls verheiratet war. Auch wenn meine Mutter allgemein eingeweiht war, glaube ich, dass sie in diesem speziellen Fall nicht Bescheid wusste. Mit Kim ist mein Vater wahrscheinlich einfach nur fremdgegangen, mit jemandem, der eigentlich tabu gewesen wäre. Ich habe die Telefongespräche nach seinem Tod mitbekommen. Ich denke, genau da zeigt sich, wie sehr man sich in einer offenen Beziehung in die eigene Tasche lügt. Es tut niemandem weh, bis es dann doch wehtut. Nicht, dass ich jemals nachgefragt hätte.«

Matt nickte.

»Es gab eine Untersuchung der Todesursache, und so kam alles raus. Ein Riesenskandal im Dorf. Schlimm genug, wenn die Affäre deines Vaters zu so einem Zeitpunkt ans Licht kommt, aber außerdem gingen Gerüchte um, dass es mit Mr und Mrs Walters so einiges auf sich hatte. Du kannst dir vorstellen, was für ein Heidenspaß es danach war, in die Schule zu gehen.«

Roisin seufzte. »Jemand sprühte das Wort PERVERSE ans Mallory. Vielleicht kann ich nicht darüber reden, weil es lustig klingt, aber es war das absolute Gegenteil. Es heißt, man muss nur einen Witz über etwas reißen, um damit fertigzuwerden. Ich versuche es, aber ich schaffe es nicht. Am Ende fühle ich mich selbst wie der letzte Witz.«

»Das alles klingt kein bisschen lustig«, sagte Matt verständnisvoll. »Man braucht seine Eltern als Eltern.«

Roisin hob einen Stein auf, warf ihn in den Fluss und sah dabei zu, wie er von der Wasseroberfläche abprallte und dann verschwand.

»Unser Leben war der reinste Scherbenhaufen, und meine Mutter stand in ihrem schwarzen Kleid und Netzschleier wie Jackie Kennedy auf der Trauerfeier und klagte Ryan und mir gegenüber, was sie nun um alles in der Welt nur tun sollte. Es war ihre ganz persönliche Tragödie. Wie sich herausstellte, lief es darauf hinaus, dass sie sich auf Techtelmechtel mit einer Reihe ungeeigneter Männer einließ und sich einen noch miserableren Ruf einhandelte.« Roisin warf ihm einen Blick zu. »Der Grund, warum sie kein Personal findet, hat also eine Vorgeschichte. Die Frauen hier im Dorf reden nicht viel mit Lorraine und lassen ihre Männer auch nicht ins Pub. Das alles ist zwar sechzehn Jahre her, aber in einem Dorf sind das keine sechzehn Minuten.«

Matt riss die Augen auf. »Verstehe.«

Es tat Roisin leid, wenn sie ihm den unkomplizierten Umgang mit Lorraine vergällt hatte. Andererseits hatte sie auch keine Lust mehr, sich die Last ihrer Mutter aufzubürden.

»Hast du deinem Vater nahegestanden?«, fragte Matt. Er bog an der richtigen Stelle links ab, offenbar erinnerte er sich vom letzten Mal daran.

»Als kleines Kind schon. Ich war sein Liebling und Ryan der von meiner Mutter. Damals hielt ich das für normal, aber wenn ich zurückblicke, begreife ich, dass es, wie alles andere in meiner Kindheit auch, nicht normal war. Wie selbstverständlich protegierten sie jeweils das eine und ignorierten das andere Kind. Als kleines Mädchen trug ich Zöpfchen, und mein Vater war vernarrt in sein süßes Engelchen, aber dann, mit dreizehn oder vierzehn, als pubertierende, pummelige Teenagerin mit eigenem

Privatleben, begann er, mich abzulehnen. Ich werde nie mehr herausfinden, warum oder ob es mit der Zeit besser geworden wäre. Es ist das große Rätsel des Lebens. Du kannst nichts als Vermutungen anstellen. O Gott.« Roisin verstummte.

»Was ist?«

»Genau so habe ich es auch mit Joe gemacht. Ein Mann liebt mich nicht mehr, und ich fokussiere mich ausschließlich darauf, warum das so ist und was ich falsch gemacht habe. Versuche, das Rätsel zu lösen. Scheiße, Mann«, sagte Roisin. »Bist du ein Geheimtherapeut, der sich mit teuren Wanderstiefeln tarnt, oder was?«

»Ja, man hat mich schon als Heiler bezeichnet«, antwortete Matt und glitt wieder in den vertrauten Matt-McKenzie-Modus zurück. »Und die Stiefel legen mit jedem Mal Tragen an Wert zu.«

»Was ist mit dir? Warum hast du dich mit deiner Familie zerstritten?«, fragte Roisin.

»Ach … na ja.« Er kratzte sich am Kopf und nahm allen Mut zusammen. »Dazu muss man wissen, dass ich nie besonders beliebt war. Mein älterer Bruder Charlie ist der Thronfolger, ich bin die Reserve. Er liebte die Schule und angelte sich den Superjob in der City, den sie für uns auserkoren hatten. Ich hingegen hasste die Schule, war eine Enttäuschung, das Problemkind. Von mir war nichts zu erwarten. Himmel, warum erzähle ich das alles … als könnte ich damit entschuldigen, was ich gemacht habe.« Er brach ab.

»Folgendes ist passiert, Roisin. Es stand die Vermutung im Raum, dass der Bruder meines Vaters seine Teenagertochter, also meine Cousine, belästigt. Es gab Hinweise, und sie sagte einmal verklausuliert etwas in der Art zu mir. Sie sagte nicht, dass ich es niemandem erzählen sollte, also redete ich mit meinen Eltern. Im Flüsterton, im Sinne von: *was soll man da machen*, wurde darüber gesprochen. Niemand hatte vor, etwas zu unternehmen.

Die Familie steht immer an erster Stelle. Genauer gesagt: Der gute Ruf steht immer an erster Stelle. Also habe ich anonym Anzeige erstattet. Ich dachte, dass sich die Behörden einschalten und ihr helfen, dass sie meine Cousine dort rausholen.«

»Du hast doch das Richtige getan … oder nicht?«

»Nein«, erwiderte Matt.

Sie schwiegen, als ihnen ein paar Wanderer mit Stöcken entgegenkamen.

»Über die Auswirkungen hatte ich mir überhaupt keine Gedanken gemacht. Ich habe verraten, dass sie mir davon erzählt hat, und ihr Leben zur Hölle gemacht.«

»Hat es dir deine Familie übel genommen? Hast du zugegeben, dass du es warst?«

»Mein Onkel rief wutentbrannt an und beschuldigte mich, und so kamen meine Eltern schnell selbst darauf. Er stritt alles ab, und meine Cousine auch. Sie behauptete, ich hätte mir das alles böswillig ausgedacht. Natürlich gab es keine Anklage, denn ohne die Aussage des Mädchens hatten sie nichts in der Hand. Keine Ahnung, ob die Sache überhaupt stimmt, mir ist klar, dass womöglich gar nichts passiert ist. Sie hatte psychische Probleme, aber wenn man bedenkt, was ihr eventuell zugestoßen ist, stellt sich natürlich die Frage nach der Henne und dem Ei.«

Matt atmete schwer aus. Seine Stimme klang anders. »Wie auch immer, sie hat seit damals kein Wort mehr mit mir gewechselt. Womöglich habe ich meinen Onkel fälschlicherweise des schlimmsten Verbrechens bezichtigt und hätte seine Familie beinahe zugrunde gerichtet. Meine Cousine war labil, und ich habe sie total durcheinandergebracht. Alle hassen mich, und natürlich will niemand mehr mit mir etwas zu tun haben, also kann ich zu keinen Familienfeiern mehr gehen. Mit der Zeit haben dann auch meine Eltern und mein Bruder mich ausgeschlossen. Anfangs schien es einfacher so, und dann, na ja …« Matt verstummte.

Roisin schluckte schwer. Sie wollte nichts Abgedroschenes darauf erwidern, was ihr später leidtun würde.

»So ist das also. Das bin ich. Exkommuniziert. Ein wichtigtuerischer Fiesling, der sogar fast eine Familie zerstört hätte.«

»Du hältst dich für den Fiesling in diesem Stück? Du? Das sehe ich anders.«

»Es gibt mindestens neun Menschen, die es exakt so sehen.«

49

Warum sollst du der Bösewicht sein, wo du doch helfen wolltest?«, meinte Roisin.

»Weil ich mich und mein Selbstbild im Blick hatte. Ich hielt mich für einen Kreuzritter auf heiliger Mission, das war mein jugendliches Ego. Statt daran zu denken, was es für Folgen für meine Cousine hätte. Ich hatte diese Vorstellung, dass ich gegen die toxische Verschwörung angehe, über alles den Mantel des Schweigens zu legen. Rosh, die Frage, ob ich das Richtige gemacht habe oder nicht, wurde durch den Streit beantwortet. Positive Resultate: null. Schaden: immens.«

»Aber du kannst nicht wissen, was passiert wäre, wenn du nicht reagiert hättest. Du hättest dich doch selbst dafür gehasst.«

»Der Knackpunkt ist: Ich hasse mich trotzdem«, sagte Matt und kickte einen Stein zur Seite.

»Aber die Schuld liegt doch bei deinem Onkel und, um ehrlich zu sein, auch bei denen, die einfach nur zugeschaut und trotz des Verdachts nichts unternommen haben. Du bist doch der einzige Unschuldige.«

»Danke. Ich habe auch versucht, mir die Sache so schönzureden, aber dann denke ich daran, wie das Leben mit meinem Onkel gewesen sein muss, nachdem die Polizei erschienen war …« Matt schüttelte den Kopf. »Außerdem habe ich meine Cousine nicht vorgewarnt.« Ihm brach die Stimme, und er schwieg einen Moment, bis er sie wieder unter Kontrolle hatte. »Ich habe sie nicht vorgewarnt«, brachte er mühsam heraus. »Aber das sollte man tun. Glaub mir, mittlerweile kann ich die Empfehlungen, wie man in so einem Fall vorgeht, auswendig aufsagen. Ich habe sie nicht gefragt. Hätte ich sie gefragt, hätte sie gesagt, ich soll es bleiben lassen. Was natürlich der Grund war, warum ich es nicht gemacht habe. Ich dachte, ich weiß es besser. Ich wollte sie retten. Ein dreiundzwanzigjähriger Volltrottel.«

»Hast du sie seit damals wiedergesehen?«

»Nein«, sagte Matt. »Ich wollte ihr das Leben nicht noch schwerer machen, indem ich sie kontaktiere.«

»Also«, sagte Roisin. »Eins muss ich dir sagen: Wenn es deine Todsünde sein soll, dass du gehandelt hast, als kein anderer dazu bereit war, dann war es keine. Dich trifft keine Schuld. Deine Familie ist im Unrecht, und man darf dir das gar nicht anhängen. Ich habe oft versucht, Joe das zu erklären: Wenn man in einer normalen, glücklichen Familie aufgewachsen ist, kann man sich nicht wirklich das Leben in einer verrückten Familie vorstellen. Das ist wie auf dem Trampolin, wenn man versucht, aufrecht stehen zu bleiben, während alle anderen so wild wie möglich auf und ab hopsen.«

Matt erwiderte nichts.

»Warum hat dich deine Familie ausgeschlossen?«, fragte Roisin.

»Es war eher ein langsamer Zersetzungsprozess. Irgendwie wurde immer offensichtlicher, dass es für alle besser wäre, wenn ich mich zurückziehe. Wir wollten den Schein wahren und brachten mit Ach und Krach die Hochzeit meines Bruders hinter uns, und wie bei *Mission Impossible* ging ich meinem Onkel den ganzen Abend über aus dem Weg. Danach dachte ich: Okay, wenn meine Anwesenheit für alle so unangenehm ist, kann ich auch gleich wegbleiben.«

»Das tut mir so leid. Das hast du alles nicht verdient«, sagte Roisin, und Matt zuckte dankbar, aber resigniert die Schultern.

Schweigend gingen sie weiter.

»Wo wir schon mal dabei sind, unser Herz auszuschütten. Es gibt etwas, was ich niemandem je erzählt habe, noch nicht einmal

Joe«, setzte Roisin an, ohne dass ihr ganz klar war, warum sie jetzt damit ankam. »Gegenüber deinem eigenen Partner wäre das nicht so nett gewesen. In den Jahren nach dem Tod meines Vaters habe ich mit allen möglichen Typen geschlafen, und ich wünschte, ich hätte es nicht getan.« Roisin konnte Matt nicht ansehen. Es war heikel, so etwas einem männlichen Freund anzuvertrauen. »Typen, die ich nicht mochte und die ich gar nicht wollte. Das war die kurze Phase, in der ich mich für eine Femme fatale hielt. Auf einem Kostümfest an der Schule zog ich mich an wie Rita Hayworth in *Gilda*, und plötzlich war ich beliebt. Aha, dachte ich, das also ist der Grund, warum Lorraine diese Schiene fährt. Ich hatte eine Reihe Techtelmechtel und habe versucht, jemanden zu verkörpern, den alle mochten, während ich mich selbst verabscheute. Erst an der Uni und im Buchladen war ich in der Lage, echte Freundschaften zu schließen.«

»Ja, ja, die Beziehungen, die man aus reiner Selbstverachtung führt. Klar. Was glaubst du, warum ich nie mit jemandem zusammen bin, den ich am Ende womöglich nett finden könnte?«, sagte Matt mit harter Stimme, aber lächelnd. »Gibt es Bilder von dir als Gilda, zur Veranschaulichung?«

Roisin lachte. Das hier entwickelte sich zu drei Meilen voller Offenbarungen.

»Als wir vorhin zu diesem Spaziergang aufgebrochen sind, hielt ich uns noch für zwei lustige, relaxte Typen«, sagte Roisin und tätschelte Matts Arm. »Dabei sind wir beide total verkorkst. Das ist echt erschütternd.«

»Lass uns besser nie wieder unseren Gefühlen auf den Grund gehen«, sagte Matt.

»Abgemacht«, bekräftigte Roisin. Sie fanden ein paar harmlose Themen, um die Zeit zu überbrücken, bis das Mallory wieder in Sicht kam.

Roisin blieb stehen. Sie hatte darüber nachgedacht. Sie wollte für Matt eine bessere Seite von sich hervorkehren – jemand, der sich von den bösen Jungs nicht blenden ließ.

»Der Spaziergang hat gutgetan. Ich fühle mich leichter«, sagte Roisin und schob sich das Haar aus dem Gesicht, um ihn richtig anzusehen.

»Ja, wider Erwarten geht es mir genauso. Die Bedeutung der zehntausend Schritte.«

»Matt. Mein Vater hat mal gesagt, Feigheit bereut man oft, aber Mut bereut man nie.«

»Es hatte nichts mit Mut zu tun, genau das ist das Problem.«

»Darf ich dich was fragen? Glaubst du immer noch, dass er es getan hat? Dein Onkel, meine ich.«

Matt verzog gequält das Gesicht. Sie fragte sich, ob er es bereute, weil er ihr davon erzählt hatte.

»… ja, schon.«

»Dann hattest du keine Wahl.«

»Ich hatte eine Wahl.«

»Du hast die richtige getroffen, nämlich, überhaupt etwas zu unternehmen.«

Matt blickte zu Boden. »Ich hätte etwas Besseres machen können.«

»Ein nicht perfekter Versuch zu helfen ist immer noch besser, als aus Selbstschutz gar nichts zu tun. Das steht außer Frage. Deine Familie hat dich verstoßen, weil sie das wissen. Sie verachten sich selbst deswegen, und du erinnerst sie daran. Tief im Innern weißt du das. Oder wirst es eines Tages erkennen.«

Um Matt die Notwendigkeit zu ersparen, darauf zu erwidern, nahm sie ihn in den Arm. Roisin hoffte, dass ihre Mutter nicht aus dem Fenster sah.

Als sie die Jacke auszog, spürte sie ihr Handy vibrieren. Es war eine WhatsApp von Joes Mutter.

Roisin, könntest du bitte den Magnolienbaum für mich fotografieren? Ich kann mich nicht genau erinnern, wie weit er vom Zaun weg ist. Danke xx

Sie tippte als Antwort:

Tut mir leid, Fay, ich bin gerade bei meiner Mum. Ich kümmere mich darum, sobald ich wieder daheim bin. Rx

Kein Problem. Ich bespreche das mit meinem Sohn, wenn er morgen kommt. Alles Liebe xx

Morgen?, fragte sich Roisin. Hatte Joe nicht gesagt, er wolle heute schon nach York fahren? Sie könnte ihm eine Phishing-Nachricht schicken, um der Sache auf den Grund zu gehen, aber sie hatte keine Ahnung, wie sie es formulieren sollte. Außerdem käme sie sich schmutzig vor. Vor *Hunter* wäre Roisin diese Unstimmigkeit kaum aufgefallen.

War Joe tatsächlich noch in Manchester?

Wenn dem so war, nahm er ein verdammt großes Risiko in Kauf, weil Roisin ja gerade mal elf Meilen von ihm entfernt war.

Es kann ziemlich aufregend sein, sich zu verstecken, und man kann eine richtige Kunst daraus machen. Genau das machte die Sache auch so prickelnd.

50

Es war eine Sache, dass er gut mit Lorraine auskam, deren Hormone wegen ihm verrückt spielten, aber irgendwie gelang es Matt McKenzie auch, Terence auf seine Seite zu ziehen. Langsam kam er Roisin vor wie ein Magier.

Welch grausame Ironie, dass Matt von seiner eigenen Familie derart abgelehnt wurde und gleichzeitig so mühelos die Herzen von Fremden eroberte.

Vordergründig gab es nichts, was Terence für Matt eingenommen hätte. Terence hegte grundsätzlich Argwohn gegen Leute aus der Großstadt, die mit ihren E-Scootern und überbackenem Chicorée um sich warfen.

Doch Matt gewann Terence für sich, indem er ihn um Rat bat, mit ihm entspannt über Themen plauderte, die ihn interessierten, und bereitwillig die Ärmel hochkrempelte und die Riesenpfütze aufwischte, als ein Ale-Fass explodierte.

Terence war so sehr von ihm angetan, dass er Roisin fragte: »Wie lange bleibt der hübsche Junge?« Als sie antwortete: »Ach, nur ein paar Wochen«, nickte er nachdenklich und sagte: »Auf jeden Fall eine deutliche Verbesserung gegenüber Ring Tone Brandon.«

Roisin hütete sich davor zu fragen, wer Ring Tone Brandon war.

Das Zerwürfnis in seiner Familie erschien ihr umso merkwürdiger, weil sie mitbekam, wie Matt alle betörte, die seinen Weg kreuzten. Roisin dachte viel darüber nach, seit er ihr davon erzählt hatte. Warum die Cousine Matt ausgewählt hatte. Ob sie ursprünglich gehofft hatte, er würde Anzeige erstatten, und es sich dann anders überlegt hatte. Wenn man bedachte, dass er älter war als seine Cousine und noch dazu ein Mann, dann sprach es durchaus für Matt, dass sie ausgerechnet ihn ins Vertrauen gezogen hatte. Roisin fragte sich, wie sie vorgegangen wäre.

Die ganze Zeit hatte Matt die Sache geheim gehalten und seltsame Weihnachten gefeiert. Wie war es wohl für ihn gewesen, als man ihn aus Benbarrow fortgejagt hatte?

Er ließ sich mit keiner Frau ein, die er womöglich gernhaben könnte, weil er sich selbst nicht leiden konnte.

Ich denke, er kann nicht mit Gina zusammen sein, weil es eine Bedeutung hätte, und dieses Risiko kann er nicht eingehen.

Mitte der Woche verkündete Matt, dass er für ein paar Tage zurück nach Manchester musste – *The Big Apple* in den Augen der provinziellen Bewohner Webberleys.

»Mein Ex-Chef will mit mir reden. Keine Ahnung, worum es geht, vielleicht wollen sie das Geld zurück, das sie mir nach der Freistellung gegeben haben. Ich sollte mir das wohl wenigstens anhören, außerdem muss ich die Pflanzen in der Wohnung gießen«, sagte Matt. »Keine Angst, ich bin rechtzeitig zum Dorffest wieder da.«

Roisin mutmaßte, dass Matt auch Lebemann-Angelegenheiten zu erledigen hatte, fragte aber nicht weiter nach. In Webberley gab es abends ja nicht viel anderes zu tun, als durch Apps zu scrollen. Wer wusste schon, welcher Filmstar hinter einem irreführenden Spitznamen auf Hinge lauerte?

Lorraine war es endlich gelungen, zwei Mitarbeiter zur Probe aufzutreiben: eine vierzigjährige Frau namens Amy und einen zwanzigjährigen Kerl, der überraschenderweise den in die Jahre gekommenen Namen Ernest trug. (»Ist wahrscheinlich wieder im Kommen«, sagte Lorraine.) Roisin erklärte sich bereit, im Hintergrund zu bleiben, damit die beiden nicht mit der Tochter der Wirtin um den Schankschlauch rangeln mussten. Sie konnte sich immer noch nicht durchringen, in die Wohnung zurückzukehren.

Zu ihrer Schande musste Roisin sich eingestehen, dass sie sich die beiden restlichen Folgen von *Hunter* am frühen Donnerstagabend nur ansehen wollte, weil sie nichts Besseres mit sich anzufangen wusste.

Die Filme auf dem iPad und mit Kopfhörern anzuschauen war deutlich weniger dramatisch als im Vorführraum in Benbarrow Hall. Zu Roisins Erleichterung zeigte die iPlayer-Chronik an, dass Lorraine die erste Folge immer noch nicht gesehen hatte.

Untermalt von *Fools God* von The Stone Roses kam der schlafende Jasper Hunter ins Bild. Im dämmrigen Schlafzimmer hält seine Freundin Becca ein iPhone vor Jaspers Gesicht, und mithilfe der Gesichtserkennung entsperrt es sich.

Seine Lider flattern, während sie durch das Display scrollt und das Handy dann so leise wie möglich zurück ins Ladegerät auf dem Nachtkästchen stellt.

Schnitt: Jasper steht in der Dusche und spült sich die Seife aus dem Gesicht.

»Ich weiß, was du denkst, aber du täuschst dich«, sagt er in die Kamera. »Mein Job ist es, Spuren zu sammeln. Ich hinterlasse keine. Auf meinem Handy ist nichts, nur Idioten lassen sich auf diese Weise schnappen.«

Es folgten eine forensische Untersuchung, ein paar Witze von Shaun Ryder, der Mord an einer Hostess in einem Nightclub in Ancoats, weiteres fieberhaftes Gevögel in Jaspers Auto und nackte Ärsche, die an die Scheiben gepresst wurden. Irgendwann stellte Roisin fest, dass ihre Aufmerksamkeitsspanne in größerer Gefahr war als ihre Nerven. Sie tippte auf Pause, um nachzusehen, wie lange die Folge zwei noch dauerte. Zwölf Minuten. Okay: Das würde sie noch durchstehen und sich dann ein Bier gönnen.

Sie war gedanklich schon am Abschalten, als Jasper im Besprechungsraum stand und vor einem Whiteboard über die tote Kellnerin redete, mit der er auf dem Klo Sex gehabt hatte.

Ein anderer Kriminalbeamter schlug ein Notizbuch auf und las daraus vor. »Wir haben kaum etwas über sie herausgefunden. Sie ist ein Rätsel und taucht nirgends bei den Behörden auf. Sie ist Kroatin, aus Split, mit einem etwas verworrenen Liebesleben. Sie hatte eine Affäre mit einem verheirateten Mann von der Militärpolizei. Seinen Namen kennen wir nicht …«

Wie ein Passagier kurz vor einem Auffahrunfall riss Roisin die Hände hoch und war mit einem Satz auf den Beinen, als stünde das Sofa in Flammen. Sie hatte den Ausdruck »vom Stuhl aufspringen« bislang immer für eine Redensart gehalten.

Mit zitternden Fingern schlug sie auf das Pausensymbol und stoppte das Geschnatter auf dem iPad. Dann rekapitulierte sie, was sie gehört hatte. Sie schob den Pfeil am unteren Rand des Bildschirms zurück und spielte die Szene ein zweites Mal ab.

Wir haben kaum etwas über sie herausgefunden. Sie ist ein Rätsel und taucht nirgends bei den Behörden auf. Sie ist Kroatin, aus Split, mit einem etwas verworrenen Liebesleben. Sie hatte eine Affäre mit einem verheirateten Mann von der Militärpolizei. Seinen Namen kennen wir nicht …

Roisins Zähne klapperten, als sei sie im Kühlraum beim Schlachter. Das war sie – das war die Kellnerin aus dem Sesso. Und Joe behauptete, an jenem Abend sei nichts vorgefallen?

Im Kopf zählte Roisin die Fakten auf: Kroatien. (Das allein genügte doch schon, oder nicht? Wie wahrscheinlich war so ein Zufall?) Die Affäre mit einem Militärpolizisten. Ihre fehlenden Spuren im Netz. Ach, und ihr Aussehen, das offensichtlich durchaus Bedeutung hatte.

Da war er, der Beweis. Joe hatte mit dem Mädchen geschlafen? Nein, das konnte nicht sein. Aber wieso sollte die Kellnerin aus dem Sesso sonst so eindeutig das Vorbild dieser Filmfigur sein – eine Frau, die er angeblich gar nicht kannte?

Sie schrieb Joe eine Nachricht.

Wann kommst du nach Hause?

Gerade eingetroffen! Ich wollte dich fragen, ob wir zusammen was essen gehen.

Bin auf dem Weg.

Roisin gab ihrer geistesabwesenden Mutter eine verworrene Erklärung, sprang ins Auto und bretterte los, dass der Kies in der Einfahrt knirschend aufstob. Ihre Gedanken überschlugen sich, während die Fahrt sich hinzog, weil sie in den Berufsverkehr geriet.

Sie müsste Joe gegenüber zugeben, dass sie ihm nachspioniert hatte, doch angesichts dessen, was sie aufgedeckt hatte, hätte das wohl kaum mehr Bedeutung.

Wieder und wieder spielte sie alle Möglichkeiten durch: War es eine einmalige Sache, oder machte er es gewohnheitsmäßig? Allein die Vorstellung … die Vorstellung, dass sie ihren Bettpartner mit einer Unbekannten geteilt hatte …

Joe machte auf, als sie mit gezücktem Schlüssel vor der Tür stand. Er hatte sich zum Ausgehen angezogen, trug ein Polohemd von Fred Perry.

»Hallo, ich habe einen Tisch reserviert …«

»Hi.« Roisin ging an ihm vorbei, damit er die Tür schließen konnte, was er auch tat. »Ich habe eine Frage zur zweiten Folge von *Hunter*.«

»Äh. Okay.«

»Kannst du mir eins erklären? Wieso taucht eine Kellnerin namens Petra, die vor zwei Jahren bei Sesso gearbeitet hat – also genau dann, als wir dort Ginas Geburtstag gefeiert haben –, eine Kroatin mit einem heimlichen Geliebten von der Militärpolizei, in deinem Film auf? Eine Figur, die aussieht wie sie und exakt dieselbe Biografie hat?« Roisin schöpfte Atem. »Hier spiegelt die Kunst auf wirklich frappierende Weise das Leben wider.«

Mit zusammengezogenen Augenbrauen blickte Joe sie an. Er schien weder beunruhigt noch erschrocken. »Woher weißt du das alles?«, fragte er.

Seine Stimme war ruhig und gelassen. Er war vollkommen gefasst. Entweder grenzte sein Verhalten an Psychopathie, oder er war … unschuldig? Aber Roisin konnte sich das nicht vorstellen.

»Klären wir zunächst einmal dieses Zusammentreffen«, erwiderte sie und gab sich weitaus forscher, als sie sich fühlte. »Du bist an dem Abend später als ich nach Hause gekommen, weil du deinen Schal vergessen hattest und dann zu Fuß heimgegangen bist. Anders als üblich hast du dich vor dem Zubettgehen geduscht. Ohne jeden Zweifel kanntest du diese Frau. Ich erwarte von dir jetzt eine absolut eindeutige Erklärung. Oder findest du mich mal wieder *lächerlich?*«

»Uff. Okay. Ich glaube, ich drehe langsam durch …«

»DU drehst durch? DU?«

51

Es gibt eine Erklärung, Rosh, klar. Und sie lautet nicht, dass ich in einer Toilettenkabine mit irgendwem gevögelt habe. Falls es das ist, was du andeuten willst, und danach sieht es für mich aus.«

»Ich höre.«

»Ich hatte meinen Schal liegen lassen. Aus Versehen, nicht absichtlich. Wie du weißt, bin ich zurückgegangen, um ihn zu holen. Als ich hinkam, hatte ihn eine Kellnerin um den Hals, die vor dem Restaurant stand und rauchte. Sie war unglücklich, weil sie sich mit ihrem Freund gestritten hatte. Sie bot mir eine Zigarette an, und ich dachte, ich sollte ihr aus Nettigkeit ein bisschen Gesellschaft leisten. Außerdem kam mir der Gedanke, dass da vielleicht Stoff für eine Geschichte drinsteckte.«

Roisin zog die Augenbrauen hoch.

»Ja, ich weiß, das klingt skrupellos, deswegen habe ich das damals auch nicht erzählt. Da wären wir wieder. Ich kann schlecht über einen Mann schreiben, der jeden Abend zu Hause in der Vorstadt hockt und auf seinen Bildschirm starrt. Es gehört zum Job, dass ich mich für andere Leute interessiere und meine Nase in ihre Angelegenheiten stecke.«

Roisin wollte ihn nicht zu einem neuerlichen Vortrag über das Schreiben von Drehbüchern ermuntern und schwieg.

»Ich blieb da, rauchte und plauderte vielleicht fünfzehn oder zwanzig Minuten mit ihr. Sie erzählte mir, dass ihr Freund verheiratet war, und ich gab ihr ein paar notdürftige Ratschläge, die sie eh nicht befolgen würde, und wünschte ihr viel Glück. Ich ging nach Hause und duschte, weil ich es für keine so schlaue Idee hielt, mich nach Marlboro Lights stinkend neben dich ins Bett zu legen, zumal ich acht Jahre vorher das Rauchen aufgegeben hatte.«

»Trotzdem lief die Sache in deinem Drehbuch darauf hinaus, dass du und Petra übereinander hergefallen seid.«

»Diese Dinge haben Jasper Hunter und eine Figur, die von Petra inspiriert war, gemacht. Hältst du mich wirklich für so abgebrüht?«

»Hast du dir deinen eigenen Film angeschaut? Es ist schwer vorstellbar, dass aus einem völlig unschuldigen Gespräch eine so drastische Leinwandszene wurde. Und wenn die Begegnung doch so unschuldig war, warum gibst du sie erst jetzt zu?«

Joe schenkte ihr einen ungläubigen Blick. »Okay, okay. Wenn ich das also wirklich getan haben soll, wie sieht es dann mit der Logik aus? Wir haben festgestellt, dass du noch wach warst, als ich nach Hause kam, stimmt's?«

Roisin reagierte mit einem kaum wahrnehmbaren Schulterzucken.

»Zuallererst müssen wir davon ausgehen, dass eine Zweiundzwanzigjährige mit einem damals Dreißigjährigen vögeln will, obwohl ich ihr damals bestimmt wie Gandalf vorgekommen bin. Ich bin kein Rufus Tate, und die künstlerische Freiheit, ein Restaurant zu räumen, fehlt mir im richtigen Leben. Ich habe also ungefähr drei Minuten, um sie anzubaggern, dann bleibt uns, na ja, maximal eine Viertelstunde für einen Fick im Stehen hinter dem Altglascontainer.«

Roisin erwiderte nichts.

»Auf so etwas hätte ich noch nicht einmal als notgeiler Teenager Lust gehabt. Und erst recht nicht, als ich ein schönes Zuhause und eine nette Freundin hatte, die dort auf mich wartete«, fügte Joe hinzu.

Zugegebenermaßen sprach seine Beharrlichkeit dafür, dass Joe nichts zu verbergen hatte.

»Hast du dir wirklich nicht von Petra die Telefonnummer geben lassen und ein Treffen an einem anderen Tag ausgemacht? Und deshalb versäumt, mir davon zu erzählen?«

»Ja, ganz sicher nicht. Ich bin nämlich kein Lüstling, der sich an unglückliche junge Frauen ranmacht. Du kannst gern die Kontakte auf meinem Handy checken.«

(Allerdings hinterlassen nur Idioten Spuren auf ihrem Handy, stimmt's?)

»Warum sollte ich dir nach all deinen Lügen noch glauben, wenn du jetzt plötzlich damit rausrückst, dass du sie doch kanntest?«, meinte Roisin.

Aber sie merkte, dass sie sich in Kleinigkeiten verlor. Was er sagte, passte zu den Fakten. Falls es tatsächlich eine Argumentationslücke gab, konnte Roisin sie jedenfalls nicht erkennen.

»Meine Lügen?! Ich habe mich blöd benommen bei unserer Auseinandersetzung in Benbarrow. Das habe ich zugegeben. Aber ich habe dich nicht belogen!«

»Rauchpausen mit liebeskranken Mädchen aus Split hast du jedenfalls nicht erwähnt.«

»Das war doch irrelevant! Du wolltest nur wissen, ob ich mit ihr geschlafen habe! Warum sollte ich darauf eingehen, solange es eh keine Rolle spielte und irgendwie seltsam aussah?«

»Na also! Immerhin gibst du zu, dass es seltsam aussieht.«

»Nach dem letzten Stand fällt das nicht unter Fremdgehen, wenn man ein kurzes Gespräch in voller Montur mit einem Vertreter des anderen Geschlechts führt.«

Roisins pochendes Herz beruhigte sich langsam, und ihr wurde bewusst, dass sie mehr über sich selbst verraten hatte als Joe. Ganz offensichtlich fiel es auch ihm auf.

»Jetzt bist du dran. Du hast mir noch nicht erzählt, woher du diese Sachen über Petra weißt?«

Roisin schluckte. Sie spürte, wie sich unter den Kleidern der

Schweiß sammelte. »Ich bin zum Abendessen ins Sesso gegangen und habe mich an die Bar gesetzt. Ich kam mit dem Oberkellner ins Gespräch, da hat er mir das erzählt.«

»Er? Ein Typ? Du bist da hin, hast dich allein an die Bar gesetzt und ein Gespräch angefangen? Um mir nachzuspionieren?«

»Ja.« Roisin fühlte sich elend und sah auch so aus.

»Das klingt ganz und gar nicht nach dir.«

»Mich hat die Sache mit *Hunter* echt aufgewühlt, Joe. Du weißt ebenso gut wie ich, dass der Film mindestens eine Szene aus dem echten Leben beinhaltet. Man hat mich für die letzte Schulwoche beurlaubt, weil mich die Kinder unerbittlich damit gequält haben, ob es wahr ist. Irgendwann war ich an dem Punkt angelangt, an dem ich nur noch wissen wollte, ob es stimmt.«

Es war ein manipulativer Schachzug, aber sie musste ihre Würde retten.

Joe runzelte die Stirn. »Na klar, weil mich ein Haufen Dreizehnjähriger besser kennt als du. Tut mir leid, aber ich krieg das einfach nicht auf die Reihe, dass du für ein Plauderstündchen mit dem Oberkellner ins Sesso gegangen bist. Wie heißt er?«

War Joe etwa eifersüchtig? Damit hatte Roisin wenig Erfahrung, vermutlich hatte sie ihm niemals Grund dafür gegeben.

»Rick.«

»Du bist allein essen gegangen und hast so getan, als interessierst du dich für die Geschichten eines Typen, der dort arbeitet?«

»Ja.«

»Die Wahrscheinlichkeit, dass der Kerl das falsch versteht und die Gelegenheit nutzt, dich anzubaggern, ist verflucht hoch, würde ich sagen. Aus exakt diesem Grund würdest du so was nie machen. Das passt so gar nicht zu dir.«

»Vielleicht würde ich so etwas nie machen, aber ich habe es getan«, sagte Roisin und fühlte sich angesichts ihrer Unverfrorenheit und ihrer Scheinheiligkeit total mies.

»Im Ernst?«, fragte Joe. »Beim Leben deiner Mutter?«

»Jepp.« Roisin krümmte sich innerlich bei dieser Lüge und versuchte, sich einzureden, dass sie Matt unbedingt aus der Sache heraushalten musste. »Er hat mich nicht angebaggert.«

»Weil du es echt für möglich hältst, dass ich eine Kellnerin vögle, hast du Privatdetektivin gespielt?«

»Ich wusste nicht, was ich von dem Ganzen halten sollte.«

»Ich finde, jetzt steht es mir zu, mich aufzuregen. Ich habe mich für die Szene mit deiner Mutter entschuldigt, das war nicht in Ordnung. Aber das rechtfertigt nicht, dass du mich verdächtigst, mich wie das allerletzte Arschloch aufzuführen. Aber genau danach sieht es aus, hab ich recht?«

Roisin wusste nicht, was sie darauf sagen sollte. »Ach übrigens, an welchem Tag bist du zu deinen Eltern nach York gefahren?«, fragte sie stattdessen.

»Am Sonntag.«

»Deine Mum hat gemeint, du wolltest am Montag kommen.«

Joe blinzelte und schien kurzzeitig ratlos. »Ja. Sonntag habe ich bei Dom gepennt. Mir war klar, wir würden viel trinken, und ich wollte meine Eltern nicht wecken, wenn ich spät nach Hause komme. Ich habe York gesagt. Hätte nicht gedacht, dass dich mein genauer Reiseplan so interessiert. Warum hätte ich einen falschen Tag nennen sollen?«

»Keine Ahnung, deswegen habe ich gefragt.«

»Ach so, damit ich hier mit Kellnerinnen rummachen kann.«

»Ich habe keine …«

»Weißt du was?«, unterbrach sie Joe, mittlerweile wütend geworden, kramte sein Handy aus der Tasche und tippte auf dem Display herum. »Da. Der Beweis. Die neuesten Bilder auf meiner Kamera.« Er hielt Roisin den Bildschirm vor die Nase. Ein Selfie von Joe, Dom und dessen Frau Vic, die auf einer hölzernen Terrasse saßen und in die Kamera prosteten. »Es liegt natürlich nahe, meine Eltern als Alibi zu verwenden, wo ihr ständig miteinander telefoniert. Scheiße noch mal.«

Roisin schwieg.

»Wieso nur beschleicht mich das Gefühl, dass du geradezu nach einem Anlass suchst?«, sagte Joe. »Wenn du mit mir Schluss machen willst, Roisin, dann tu es. Hör auf, einen Grund heraufzubeschwören, der dich zum Opfer macht.«

»Ich wollte nur die Wahrheit wissen«, sagte Roisin. »Mehr nicht.«

»Na ja, immerhin haben wir das ohne Paartherapie kostenlos zu Hause hingekriegt. Eine echte Erkenntnis, zu hören, was du wirklich von mir denkst!«

Anders als bei den ersten beiden Auseinandersetzungen war ihr Joe in dieser dritten Runde moralisch überlegen. Es war klar, dass er Roisin nicht so leicht vom Haken lassen würde. Durchaus verständlich, dachte sie. Sie war ja auch nicht gerade behutsam mit ihm umgegangen.

Sie räusperte sich. Nach all dem Wirbel um falsche Anschuldigungen war es an der Zeit, dass sie ihre Entscheidung bekräftigte, die Beziehung zu beenden. Das hier war unzweifelhaft LSO – leider suboptimal –, wie Wendy Copeland es nannte.

»Ich denke, wir sollten uns trennen, Joe. Für mich ist etwas kaputtgegangen, das sich nicht reparieren lässt. Eine Paarberatung würde nur aufschieben, was ohnehin unvermeidlich ist, und deine Zeit verschwenden, und das will ich nicht.«

»Wow.« Joe betrachtete sie. Roisin war nicht klar, wie viel seiner Entrüstung von Wut herrührte und wie viel von verletzten Gefühlen. Sie hatte genug damit zu tun, ihre eigenen Gefühle unter Kontrolle zu halten.

Er machte einen Schritt nach hinten und setzte sich auf die Armlehne des Sofas. »Verdammte Scheiße. Nach zehn gemeinsamen Jahren knallst du mir fünf Minuten vor meiner Abreise nach

Los Angeles hin, dass es aus ist zwischen uns. Und jetzt machst du dasselbe noch einmal, nachdem du hinter meinem Rücken herumspioniert und mich beschuldigt hast, fremdzugehen. Es spielt also gar keine Rolle, ob ich schuldig bin oder nicht? Du trennst dich sowieso?«

»Es tut mir leid«, war Roisins törichte Antwort. Es klang furchtbar, und das war es auch.

»Okay. Na dann«, sagte Joe nach einer quälenden Pause. »Der Papierkram für die Wohnung ist erledigt – ich habe das heute zurückgeschickt. Dann werde ich mich nach einer Wohnung umschauen und meine Sachen zusammenpacken.«

»Ich will nicht, dass du mir deine Hälfte der Wohnung überschreibst. Das ist wahnsinnig großzügig, aber es ist zu viel.«

»Ich habe es dir versprochen, und daran halte ich mich auch. Außerdem bleibt uns dann erspart, dass die Sache sich ewig hinzieht, ein langwieriges Hin und Her beim Verkauf, Anwälte und der ganze Mist. Das kann ich echt nicht brauchen. Ich will einfach nur weg.«

»Okay.«

»Na ja, ich will nicht weg. Aber.«

Er sah Roisin durchdringend und düster an. Seine Miene sollte Abscheu ausdrücken, aber er wirkte auf Roisin eher wie der Rhett-Butler-Blick, der jederzeit in Geschrei oder in einen Versuch, sie zu küssen, ausarten könnte. Es war wie bei dem ersten Streit, als es so schien, als sei Joes Interesse endlich geweckt.

Roisin kam ein Gedanke, die klare Stimme ihres Unterbewusstseins: Jetzt, wo er dich nicht mehr haben kann, will er dich. Eine ermattete Liebe war plötzlich wieder zum Leben erwacht.

»Ich bleibe solange bei meiner Mutter, damit du deinen Freiraum hast«, sagte Roisin.

»Super.«

Es gab nichts Tröstliches zu sagen, das Joe ihr nicht geradewegs vor die Füße pfeffern würde. Dafür war es zu früh, und wahrscheinlich würde es nie eine passende Gelegenheit geben – für so etwas war es immer zu früh oder zu spät.

Roisin ging zur Tür. Sie fühlte sich elend und töricht, weil das Gespräch wegen ihrer voreiligen Anschuldigungen so schlecht gelaufen war. Es kam ihr so vor, als ob sie jemandem die Nachricht eines Todesfalls hätte überbringen müssen und wäre dabei auf sein parkendes Auto aufgefahren.

Wer wie ein Trampeltier auftritt, muss mit den Folgen leben.

»Gibt es einen anderen?«, fragte Joe, als sie die Tür aufzog.

»Wie bitte?«

»Oh, entschuldige, das Misstrauen ist nur in eine Richtung erlaubt? Gibt es einen anderen, von dem ich nichts weiß?«

»Nein, natürlich nicht.«

Mehr gab es nicht zu sagen.

Mit dem schwindelerregenden Gefühl, Geschichte geschrieben zu haben – wenngleich kein erbauliches Kapitel –, setzte sie sich ans Steuer. Sie hatte schon lange gewusst, dass dieser Tag kommen würde, aber es war trotzdem verstörend. Wie der Schock eines Todes nach langer Krankheit. *Es dauerte lange, aber am Ende ging es schnell.*

Genauso hatte Ernest Hemingway das Bankrottgehen beschrieben: Erst war es ein allmählicher Prozess, dann ging alles ganz plötzlich.

Auf der Rückfahrt durch den geradezu biblischen, sintflutartigen Regen, fragte sie sich, wie aus der Roisin, die noch vor wenigen Monaten der Therapeutin gegenüber lachend die Frage nach Untreue abgetan hatte, eine Frau geworden war, die heimlich ihrem Lebensgefährten nachspionierte. Vielleicht hatte Meredith recht: Der Entschluss zur Trennung war folgenschwer, weshalb sie einen objektiven Beweis dafür brauchte, dass es richtig war.

Sie zwang sich, der eigentlichen Antwort auf den Grund zu gehen, während sie mit tuckerndem Motor im stockenden Abendverkehr saß, die Tränen über ihre Wangen liefen und die Scheibenwischer hypnotisch monoton hin und her wischten. Warum hatte *Hunter* alles verändert? Abgesehen von der schlichten Tatsache, dass es darin um Sex und Treuebruch ging?

Die Antwort lautete: Joes Alter Ego auf der Leinwand hatte sie fest davon überzeugt, dass unterschiedliche Versionen von ihm existierten und Roisin nur mit einer von ihnen zusammengelebt hatte.

52

Roisin erzählte Lorraine in den darauffolgenden Tagen nicht, was geschehen war, und auch von Joes Eltern oder Freunden kam keinerlei Nachricht, die darauf hindeutete, dass er die Neuigkeit verbreitet hatte. Fay hätte sicher sofort angerufen.

Joes Bruder Grant war Dauersingle, und Fay hatte Roisin immer wie eine Ersatztochter behandelt.

Als sie etwas auf dem iPad nachschaute, lauerten dort immer noch die zweite Folge von *Hunter*, wenige Minuten vor Schluss abgebrochen, und die dritte Folge. Es war erbärmlich, dass sie sich nicht traute, sie anzusehen. Auch wenn sie schon einmal überreagiert hatte, konnte das jederzeit wieder passieren. Sie hatte sich völlig lächerlich gemacht.

Ihre Mutter war auch so schon am Durchdrehen wegen des bevorstehenden Dorffests. Weil Lorraine ohnehin von der Sorge um ihren gesellschaftlichen Status umgetrieben wurde, wollte Roisin nicht auch noch die Trennung von ihrem erfolgreichen Partner ins Spiel bringen.

Wie immer hätte Lorraine vor allem ihr eigenes Wohl im Sinn. Mit zweiunddreißig sei Roisin bald eine alte Jungfer, was, wenn sie keinen mehr wie Joe fände, was sei mit den Enkelkindern und – o weh, Grace und Imogen würden sie mit Häme überschütten! (Falls derartige Überlegungen zur Sprache kämen, könnte Roisin nicht garantieren, die Ruhe zu bewahren.) Am Ende müsste Roisin dann ihre Mutter beschwichtigen.

Die Wunde musste erst ein wenig heilen, bevor Roisin sich diesem Wirbel aussetzen konnte. Allerdings informierte sie Meredith und Gina, die mittlerweile wahrscheinlich genug von dem ganzen Hin und Her hatten, und sagte ihnen auch, dass sie die Einzigen seien.

Meredith

Das tut mir so leid. Es ist traurig, aber es musste ganz offensichtlich sein, und nun hast du es hinter dir. Man bleibt nicht mit jemandem zusammen, nur damit man ihn zu den Oscars begleiten kann. Xx

Gina

Genau, obwohl ich es wahrscheinlich tun würde. Hoffe, euch beiden geht es gut. Soll ich Joe schreiben? Xx

Roisin

Ja, das freut ihn bestimmt. Xx

Vermutlich war es das Beste, wenn Joe wusste, dass sie die Neuigkeit verkündet hatte. Könnte sie es an ihn delegieren, Dev und Anita die Nachricht beizubringen? Es Dev zu sagen widerstrebte ihr am meisten. Er war nicht vorgewarnt, die Unterhaltung würde also länger werden, als Roisin lieb wäre. Ausgerechnet demjenigen, dem der Brian Club am meisten am Herzen lag, müsste sie verklickern, dass es damit zu Ende war.

Kurz darauf bekam Roisin eine private WhatsApp von Meredith, die die Entscheidung, Dev Bescheid zu geben, einstweilig vertagte.

Es gibt frohe Botschaften von Anitas Uterus. Der Magen-Darm-Virus war keine Schwangerschaftsübelkeit, aber die Sache hat ihr immerhin einen solchen Schock versetzt, dass sie einen Test gemacht hat. In der Zeit, die es dauerte, bis das negative Ergebnis feststand, wurde ihr klar, dass sie weder Dev noch ihrer Familie so viele Monate vor der Hochzeit eine solche Überraschung bescheren will.

Jetzt nimmt sie wieder die Pille. Italien ist auch vom Tisch. Von Miami war keine Rede mehr, und ich hoffe, dein diskreter Einspruch hat dazu geführt, dass er sich das noch mal überlegt. Im Augenblick machen sie Urlaub in Sóller, um nachzudenken und den Rahmen abzustecken.

ÜBRIGENS: Jetzt, wo Gina den Geist von McKenzie endlich vertrieben hat, hat sie sich mit einem Kollegen namens Aaron verabredet. Im letzten Jahr war immer wieder die Rede von ihm gewesen, und ich hatte mich schon gefragt, ob sich da vielleicht etwas tun könnte, und nun sieht es so aus, als sei es so weit.

Es geht also voran, die Zeiten ändern sich, das Blatt wendet sich. Bei mir allerdings tut sich nichts. Ich hoffe, Matt macht sich gut als Angestellter. Ich vermisse ihn. Hoffentlich ist Gina seine erotische Upperclass-Ausstrahlung irgendwann so gleichgültig, dass wir ihn wiederhaben können. <3 M xx

Am Samstagvormittag vor Lokalöffnung kehrte Matt ins Mallory zurück und sah in seinem blauen Hemd so gut aus, dass Gina bei seinem Anblick seiner erotischen Upperclass-Ausstrahlung gegenüber wohl kaum gleichgültig geblieben wäre. Er hatte zwei Kartons im Arm.

»Wie lief es mit deinem Chef?«, fragte Roisin.

»Oh.« Überraschenderweise schien es ihn zu freuen, dass sie daran gedacht hatte. »Das Schicksal hat sich ganz verrückt gewendet. Der ehemalige Geschäftsführer hat erfahren, dass mich sein Sohn rausgeschmissen hat. Er ist ausgeflippt, hat mich wieder eingestellt und gemeint, ich soll mir als Bonus den restlichen August freinehmen. Ich hätte abgelehnt, denn wer ist schon gern da, wo er nicht willkommen ist. Aber der Sohn hat mir erklärt, er sehe es mittlerweile auch so wie sein Vater. Vermutlich hat es nicht geschadet, dass die Restaurantkette, die ich an Land gezogen habe, ständig nach mir gefragt hat.«

»Das ist unglaublich! Gut gemacht.«

»Ja, das stimmt. Weil deine Mutter darauf besteht, mich zu bezahlen, will ich meinen Lohn für eine gute Sache spenden. Die gute Sache ist hierbei das Dorffest von Webberley. Ich werde im Garten eine Bar aufbauen. Dafür habe ich Sachen bestellt, die in …«, er blickte auf seine Uhr, »… einer Stunde hier angeliefert werden dürften. Kannst du die entgegennehmen?«

»Na klar. Matt, du bist ein Held. Was ist in den Kisten?«

»Aller mögliche Firlefanz«, sagte Matt. »Wir verwandeln den Biergarten in eine Zauberhöhle. Aus denen hier machen wir einen Sternenhimmel. Vorausgesetzt, die nötigen Eisenstangen treffen heute noch ein.«

Er stellte die Kartons ab und zog unzählige Lichtergirlanden heraus, kleine Lämpchen an einem schwarzen Kabel.

»Ooh, wie schön.«

»Das ist noch lange nicht alles, meine Dame«, sagte Matt. »Das hier habe ich drucken lassen.«

Er setzte seinen Seesack ab, machte den Reißverschluss auf und hielt ihr einen Stapel Flugblätter hin. Darauf wurden die Festaktivitäten des Mallory Pubs beworben: BBQ, Cocktails und Spiele.

»Haha! Hat Lorraine das alles abgesegnet?«

»O ja. Ich zitiere: Tob dich nur aus, schlimmer kann's eh nicht werden.«

Roisin lachte und dachte darüber nach, wie sehr Matt diesen Ort veränderte. Sein Enthusiasmus für das Mallory wirkte zu einem gewissen Grad wie ein Gegengift gegen ihre Vorbehalte. Er drehte das Flugblatt um.

Erraten Sie das Gewicht von Meatball!, stand neben einem Foto des missmutig blickenden korpulenten Katers.

»Das war ein Glücksgriff mit der Handykamera«, sagte Matt und tippte sich auf die Nase. »Also dachte ich, das mache ich.«

»Was, wenn Meatball nicht auftaucht?«

»Schon klar, Berühmtheiten haben ihre Launen, aber ich denke, der Geruch nach Bratenfett, das zischend auf Grillkohle tropft, lockt Webberleys größten Netzwerker, sich unter seine Wähler zu mischen.«

Roisin lachte laut. »Und sich die Sorgen der einfachen Leute anzuhören und ihnen dabei die Pommes zu klauen.«

»Ganz genau. Dann mache ich mich mal auf in die High Street zum Händeschütteln, wenn es für dich okay ist, hier die Stellung zu halten.«

»Jepp.« Sie strahlte. »Viel Glück.«

Aus den Räumen hinter der Bar kam die erschöpft wirkende Lorraine.

»War das Matt?«

»Ja. Hast du das gesehen?« Roisin hielt den Flyer hoch.

Lorraine las ihn durch, und vor Freude wurde ihr Gesichtsausdruck sanfter, so wie es Roisin selten, wenn überhaupt je, erlebt hatte.

»Er ist so ein Schatz. Was für ein Pech für die Frauenwelt, dass er schwul ist.«

»Was? Matt ist nicht schwul.«

Lorraine fiel die Kinnlade runter. »Aber er ist doch viel zu schön, um hetero zu sein. Außerdem, sieh dir an, wie er sich anzieht!«

Roisin fing an zu lachen.

»Er hat doch diese hübsche, leuchtend grüne Jacke! Er ist nicht schwul? O Gott! Rosie, du musst Imogen von ihm fernhalten. Und Grace! Sie hat sich die Kieferpartie in der Schönheitsklinik an der Harley Street unterspritzen lassen, und ihr Selbstbewusstsein ist auf einem Rekordhoch.«

Mittlerweile krümmte sich Roisin vor Lachen.

Lorraine drehte das Flugblatt um und sah das Foto von Meatball. »Hm. Dieses durchtriebene Scheusal. Aber immer noch besser er als ich. Ich habe drei Kilo zugelegt, weil ich mich vor lauter Stress mit Schokokeksen vollgestopft habe.«

Roisin verdrehte die Augen und unterdrückte ihr Lachen. Leider war es typisch für Lorraine und die Beziehung zu ihrem Körper, sich immer wieder unnötig selbst schlechtzumachen.

»Und jetzt komm mir nicht wieder mit deiner Litanei, dass Diäten nicht funktionieren«, fügte Lorraine hinzu. »Wenn sie nicht funktionieren, warum sind dann die Leute nach Schiffbrüchen dünner, wenn man sie rettet?«

Diese Logik war natürlich unwiderlegbar, und Roisin hatte dieses Argument schon viele Male gehört, auch wenn ihre Mutter nie den BMI einer Schiffbrüchigen besessen hatte.

53

Du schreibst, es gibt auch vegetarisches Essen vom Grill«, sagte Lorraine, eine Faust in die Hüfte gestemmt, in der anderen Hand hielt sie Matts Flyer. Sie trug ein hübsches, cremefarbenes Wollkostüm. Man konnte über ihre Mutter sagen, was man wollte, dachte Roisin, aber sie sah im Bleistiftrock unbestreitbar gut aus. Sie musste horrende Summen in der chemischen Reinigung liegen lassen. »Das willst du nicht etwa Terence überlassen?«

»Nein. Damit sind Maiskolben und fleischlose Hotdogs gemeint«, antwortete Matt. »Für den Stand habe ich Roisin vorgesehen. Ich mache die Cocktails. Terry das Fleisch. Und du koordinierst alles und begrüßt die Gäste.«

»Gott sei Dank! Terrys Vorstellung von vegetarischem Essen kann man nämlich nur als makaber bezeichnen«, sagte Lorraine. »Er hat mal versucht, Vegetariern ein Pittabrot mit Scheibenkäse und einem Stück Fleischtomate unterzujubeln.«

»Ups. Durch so was ist der BTK-Killer wahrscheinlich auf die schiefe Bahn geraten«, witzelte Matt, und Roisin spuckte prustend etwas von dem Gin Tonic aus, den sie sich nach Pub-Schließung eingeschenkt hatte.

Nach einem Tag voller Vorbereitungen für das Fest und dem regulären Betrieb an der Bar hatten sie sich mit einem Essen vom Golden Dragon in Knutsford belohnt. Der größte Tisch am Fenster im Nebenzimmer war von Pappbehältern mit Aludeckeln übersät.

»Das hast du bloß gemacht, weil ich gerade auf Diät bin«, sagte Lorraine und legte zwei Frühlingsrollen auf einen Unterteller, hielt einen Augenblick inne und nahm sich dann noch eine dritte.

»Es ist genug da, Mum. Nimm dir, so viel du willst«, sagte Roisin.

»Wo denkst du hin!«, meinte Lorraine. »Ich nehme mir ein bisschen Huhn und gebratenen Reis mit Ei und lasse euch zwei allein. Wir sehen uns morgen.«

»Nacht, Lozza!«, sagte Matt und machte eine »Meinst du mich?«-Geste, als Roisin mit gespieltem Schock die Augen aufriss.

Nachdem Lozza im ersten Stock verschwunden war, erzählte Roisin Matt von der zweiten *Hunter*-Folge und ihrem gescheiterten Versuch, Joe dazu zu befragen. Dass sie ihm gegenüber behauptet habe, selbst bei Sesso gewesen zu sein.

»Ehrlich gesagt«, sagte Matt und stach mit der Gabel in ein knuspriges Stück Rindfleisch, »hätte ich dasselbe daraus gefolgert wie du. Das ganze Theater, das Joe darum gemacht hat, dich aus dem Schreiben herauszuhalten, also, ich weiß ja nicht. Du bist doch nicht der Typ, der durchdreht, wenn er sagt: Hi, Liebling, bin wieder da. Hab meinen Schal wieder. Hatte bei einer Zigarette ein interessantes Gespräch mit der Kellnerin, daraus lässt sich vielleicht eine Story machen. Aber jetzt geh ich mich duschen.«

Roisin nickte. Das war absolut richtig. Joe hatte mit einem Mal eine unnötige Geheimniskrämerei zelebriert. Allerdings hatte Roisin nicht die besten Voraussetzungen dafür geschaffen, um dieses Argument anzuführen. »Egal, ich trete mit sofortiger Wirkung vom Herumschnüffeln zurück«, sagte sie. »Es war kein netter Einstieg für die Verlautbarung: Ich habe mich entschieden, dass es vorbei ist, und tschüss.«

»Wirklich?«, fragte Matt. Er sah sie ungläubig an, was Roisin bekümmerte. Ganz offensichtlich war sie nicht als besonders entschlusskräftig rübergekommen.

»Ja. Aber sag meiner Mutter noch nichts. Anscheinend glaubt ihr mir alle erst, wenn ich es beweise und irgendwas Geschmackloses mache, bei dem ich am Ende meine Strumpfhose von einer Hecke pflücken muss oder so.«

»Apropos: Ich bin nächste Woche zu einem Event eingeladen. Die inoffizielle Eröffnung der Filiale einer Bar, die von meiner Firma beliefert wird. Die neue Bar ist in Ancoats. Die Managerin hat mich eingeladen, und ich dachte, warum nicht. Sie wirkt nett.«

»Managerin. Oha. So wie du zu einer unbekannten Dame gesagt hast: Begleite mich auf eine Dienstreise nach Lissabon? Warum nicht!« Roisin reckte den Daumen hoch.

»Du blöde Kuh«, meinte Matt und hob die Bierflasche an die Lippen.

»Aber denk dran, wenn du nächste Woche mit jemandem rumknutschst, dann war die letzte Person in deinem Bett Amelia Lee. Du darfst ihr das unbedingt erst hinterher sagen – das ist echt Furcht einflößend. Außerdem wirkst du womöglich wie ein gefährlicher Fantast.«

»Ich habe nicht mit Amelia Lee geschlafen.« Matt brach einen Krabbenchip entzwei und knabberte mit seinen schönen Zähnen daran. »Ich habe sie nicht einmal geküsst, wenn ich es mir recht überlege.«

»Wie bitte? Du bist mit ihr nach Portugal geflogen! Und mitten in der Nacht nach London gefahren!«

»Das Ganze war wie ein keusches ausgedehntes Vorsprechen für die Rolle des bürgerlichen Freunds, und ich habe nicht bestanden. Ich glaube nicht, dass sie jemals ernsthaft vorhatte, sich mit einem Normalo einzulassen. Sie kam mir vor wie eine Riesin, die mit einer Kiste voller Legosteine spielt.«

»Oh.«

»Ehrlich gesagt glaube ich auch, dass ihr bewusst war, welche Aufschneider-Rechte sich ein Mann erwirbt, wenn er sie ins Bett kriegt. Auch deswegen war sie sehr vorsichtig und pingelig.«

Roisin geriet ins Grübeln: Joe hatte Matt immer als skrupellosen Schurken hingestellt, doch wo waren die Opfer? Keine seiner Eskapaden schien Leidtragende hervorzubringen, sondern nur muntere und bereitwillige Beteiligte.

Roisin spießte ein Stück grüne Paprika auf. »Hattest du jemals eine feste Freundin? Ich kenne dich nur als … äh … vagabundierenden Junggesellen.«

»Übersetzt heißt das wohl: Warst du schon immer dieser gefühlskalte Schwanzwedler?«

»Schwanzwedler! Hahahaha. Nein, ich habe eher gemeint – warst du schon mal verliebt?«

»Ja, einmal. Na ja, ich bin es immer noch. Auch wenn ich jede Hoffnung vor langer Zeit begraben habe, bedeutet das nicht, dass ich sie nicht immer noch liebe. O Mann. Ich klinge wie der letzte Trottel. Wie ein schmalziger John-Mayer-Song.«

»Was ist passiert?«

Matt wischte sich Krabbenchipbrösel von den Händen. »Ich habe einem Freund von meinen Gefühlen erzählt, ich dachte, ich könnte ihm vertrauen. Er war damals nicht einmal single, also wäre ich nie auf die Idee gekommen, dass er eine Bedrohung darstellt. Er hat sie unmittelbar angebaggert, und sie sind seit damals ein Paar. Vor zwei Jahren sind sie ans andere Ende der Welt gezogen. Ich blocke sie in den sozialen Medien, um mir die unvermeidlichen Baby-News zu ersparen. In gewisser Hinsicht habe ich mich damit abgefunden, aber das ist etwas, was ich nicht ertragen könnte. Du scrollst durchs Internet, deine Tante ärgert sich über einen unhöflichen Kassierer bei ASDA, scroll, scroll, lustige Waschbärenvideos. Scroll, scroll, die Liebe deines Lebens ist VON IHM SCHWANGER.« Angewidert verzog Matt das Gesicht.

Das war ein beinahe unheimliches Spiegelbild von Ginas schicksalhafter Liebe für Matt, aber Roisin wollte Ginas Vertrauen nicht missbrauchen und ihm davon erzählen.

»Oje«, sagte Roisin. »Und seitdem ist keine Frau aufgetaucht, die an sie rankommt?«

»Nein, ich war nie wieder so einfach und unbestreitbar davon überzeugt, dass eine Frau die Richtige für mich ist. Gerechterweise muss ich zugeben, dass ich kaum jemandem eine echte Chance gegeben habe.«

Uff. Auch hier korrespondierten Gina und Matt zu hundert Prozent. Doch die gemeinsame Sprache trennte sie.

»Wenn ich eine Frau kennenlerne, habe ich manchmal das Gefühl, im Bewerbungsgespräch deshalb so gut abzuschneiden, weil ich den Job eigentlich gar nicht haben will«, erzählte Matt. »Klingt das jetzt übel eingebildet?«

»Ja, schon«, sagte Roisin. »Glaubst du, die Frau damals hätte Ja gesagt, wenn du sie rechtzeitig um ein Date gebeten hättest?«

Matt zuckte die Schultern. »Nein, wahrscheinlich nicht. Die romantische Vorstellung, dass ich mit unlauteren Mitteln ausgestochen wurde, ist wahrscheinlich nur ein Mythos, um mein Ego zu schonen. Hier gilt ja nicht: Wer zuerst kommt, mahlt zuerst. Ich glaube, für sie war ich unsichtbar.«

»Dass du unsichtbar bist, ist schwer vorstellbar«, sagte Roisin und zog eine Grimasse, um klarzustellen, dass er die Bemerkung nicht als Schmeichelei verstehen sollte.

»Kommt ganz darauf an, wonach man Ausschau hält«, erwiderte Matt sanft.

54

Was ziehst du zum Fest an?«, fragte Lorraine ihre Tochter. Roisin, die gerade einen Toast aß und dabei Zeitung las, hob zur Antwort wie ein am Wegrand pinkelndes Hündchen ihr Bein in die Höhe, das in einer schwarz gepunkteten Strumpfhose steckte.

»Aber nein! Rosie! Das ist völlig verrückt! Darin siehst du aus wie die Teenager, die am Postamt herumlungern und Cider trinken.«

Matt brach lauthals in Gelächter aus, und Roisin streckte ihm den Mittelfinger hin.

»Du *musst* ein Kleid anziehen!«

»Das ist ein Kleid«, sagt Roisin und deutete auf ihr Cord-Trägerkleid.

»Das sieht aus wie eine Schuluniform. Ein grober Sack. Leih dir eins von mir aus«, meinte Lorraine.

»Uh, nein! Es ist ein Fest für den guten Zweck und nicht *Let's Dance*«, stichelte Roisin auf jene gutmütige Art, die Eltern gegenüber als Freizeitbeschäftigung durchgeht.

»Wie nett«, erwiderte Lorraine, als hätte sie Roisin nicht ebenfalls kritisiert.

Seit Roisin wieder zu Hause wohnte, war sie in Kleiderfragen eher unbewusst zum Stil ihrer frühen Zwanziger zurückgekehrt: elastische schwarze Baumwollkleider mit Spaghettiträgern, robuste Schnürstiefel und darüber ein Flanellhemd. Das Haar in einem Knoten. Also mehr oder weniger Grunge-Stil. Immerhin trug sie jede Menge Make-up, also sollte sich ihre Mutter nicht beschweren.

Lorraines unermüdliche Anstrengungen, sich den Glamour

und die Schönheit zu bewahren, waren bewundernswert, aber Roisin fragte sich, ob sich ihre Mutter jemals erlauben würde, alt zu werden. Ob sie das überhaupt wollte. Gab es einen Ausweg aus dem Geschäft, Männern zu gefallen?

An ihrem vierzigsten Geburtstag hatte Lorraine ein flaschengrünes Abendkleid mit Schwalbenschwanz und hellroter Tüllbordüre getragen, das in Wadenhöhe in einen Wasserfall mündete und so eng anlag, dass es ihr mit einer Heißklebepistole an den Körper geklebt werden musste. In einem brechend vollen Nebenzimmer des Stanneylands Restaurants in Wilmslow hatte sie für Roisins Vater *Baby Love* von den Supremes ins Mikrofon gesungen. Damals waren ihre Eltern noch angesehen gewesen, auf eine gute Art. Die halbwüchsige Roisin war zu zwei Dritteln peinlich berührt und zu einem Drittel voller Ehrfurcht gewesen.

»Ich ziehe mich noch um, nur um das klarzustellen«, erklärte Matt, der auf dem Weg zu seiner morgendlichen Joggingrunde durchs Dorf war. Webberley besaß kein Fitnessstudio.

»Du wirst bestimmt wunderbar aussehen«, sagte Lorraine.

»Ach, na klar. Das Vorrecht des Mannes«, meinte Roisin.

Als Matt weg war, sagte Lorraine: »Gestern Abend habe ich mit deinem Bruder telefoniert.«

»Ah, okay.« In der Bemerkung schwang unüberhörbar ein *und* mit, das Roisin ignorierte.

»Ich habe ihm erzählt, dass du und Matt hier aushelft.«

»Ja.«

»Ryan hat gemeint, ich sollte … vorsichtig sein. Er macht sich Sorgen, dass Matt sich hier womöglich breitmachen will und vorschlägt, das Pub teilweise zu übernehmen. Ich habe ihm gesagt, er soll sich keinen Kopf machen, aber …«

»Was meinst du mit übernehmen?«

»Na ja, dass er Teilhaber werden will. Ganz offiziell.«

»Wie bitte?« Roisin war empört. Alter Ärger brach über sie

herein wie Wasser durchs offene Fenster eines untergehenden Autos. »Stehst du unter Drogen, oder was? Matt tut dir einen Riesengefallen, indem er hier für einen Appel und ein Ei schuftet. Er hat keine Hintergedanken!«

»Beruhige dich! Du kennst Ryan, er ist weit weg und übervorsichtig.«

»Er ist ein egoistischer Kotzbrocken, der Angst um sein Erbe hat, und das verpackt er in Sorge um dich.«

»Du unterstellst den Leuten immer das Schlimmste.«

»Oh, okay, dann sag mir, was nett daran ist zu sagen: Pass auf, dass dich Roisins Kumpel nicht über den Tisch zieht.«

»Er hat doch nur nachgefragt, ob Matt langfristigere Absichten in Bezug auf das Mallory hat.«

»Warum um alles in der Welt sollte jemand, wenn er diesen mittelmäßigen Laden sieht, denken: oho, eine Goldmine! Das Ding ist doch seit Jahren nichts als ein Klotz am Bein.« Roisins Worte kränkten ihre Mutter, aber es war ihr egal.

»Ja, aber Ryan kennt Matt nicht und weiß nicht, wie nett er ist. Er hat gehört, dass da ein Mann ist, der die Dinge anpackt, und wollte sichergehen, dass ich die Sache im Griff habe. Er wollte meine Interessen wahren. Mehr nicht.«

»So ist das immer bei dir. Was auch immer Ryan tut, du machst eine Tugend daraus. Wenn Ryan ernsthafte Bedenken wegen Matt hätte, könnte er sie doch mir gegenüber ansprechen! Schließlich kenne ich Matt und verbürge mich für ihn.«

»Das würde er bestimmt tun, wenn du ihn mal anrufen würdest, Roisin! Du hältst die Familie ja immer ziemlich auf Abstand.«

»DAS NENNST DU AUF ABSTAND HALTEN!?«, brüllte Roisin und wedelte mit den Armen. »Ich sitze hier!«

»Also echt, hätte ich gewusst, dass du so ausflippst, hätte ich nichts gesagt …«

»Undank ist der Welten Lohn, oder wie? Demnächst werden meine Freunde zu potenziellen Dieben abgestempelt. Als würde ich dich so einem Risiko aussetzen! Hat er zu diesem Thema ein Wort gesagt?«

Lorraine gab keine Antwort. Die Arme verschränkt und die Augen zur Decke gerichtet, sollte ihre gequälte Miene ausdrücken: Ich erdulde so gut es geht die schrecklichen Launen meiner Tochter.

»Übrigens hat Matt seinen Job wieder. Er hat eine feste Anstellung. Er könnte ja auch einfach seinen Urlaub genießen, bevor es wieder losgeht – stattdessen macht er hier Überstunden.«

»Klopf, klopf! Lampenfieber, oder wie? Haha!«

Terence kam herein, im Arm große Zellophanpackungen mit Brötchen.

Roisin war viel zu wütend, als dass es sie peinlich berührte, und sagte: »So ähnlich, ja. Ich lass euch zwei allein, damit ihr alles durchsprechen könnt. Sag Bescheid, wenn McKenzie alias der talentierte Mr Ripley anfängt, den Garten zu dekorieren, und Fünfpfundnoten aus der Kasse klaut.«

»Was ist denn los mit ihr?«, hörte sie Terry fragen, und ihre Mutter flüsterte theatralisch: »Sie hat Besuch von Tante Rosi, wenn du verstehst. Nimm es nicht zu ernst.«

Roisin stampfte in den ersten Stock hinauf, legte sich auf ihr Bett und stierte mit leerem Blick auf den runden Lampenschirm an der Decke, während sie wutentbrannt nachdachte. Sollte sie Ryan schreiben, was er sich dabei gedacht hatte? Aber sie verwarf den Gedanken sofort. Es war vollkommen klar, wie er darauf reagieren würde: Er täte es kurzerhand ab. *Mir war einfach nicht klar, welche Absichten er hat,* gefolgt von *Wie geht's dir?*, womit er nicht wirklich fragte, wie es ihr ging, sondern klarstellte, dass er ihrem Theater keine weitere Aufmerksamkeit schenken würde.

Auf verschlüsselten Nachrichtenplattformen sollte man besser keine Streitigkeiten austragen, zumindest nicht über zwei Kontinente hinweg.

Im Grunde war sie auch gar nicht auf Ryan wütend. Klar, er konnte ein Arschloch sein, aber das wusste sie bereits. Ein Arschloch, das dreieinhalbtausend Meilen entfernt lebte.

Sie war sauer auf ihre Mutter. Matt besaß so ein freundliches Wesen, und Lorraine setzte derzeit ganz auf ihre Unterstützung, weshalb Roisin ganz vergessen hatte, wie ihre Mutter wirklich war und warum sie meist einen großen Bogen um sie machte.

Lorraine nahm sich, was sie brauchte, und dann nahm sie noch ein bisschen mehr. Wenn Roisin aber selbst einmal Beistand nötig hatte – wie zum Beispiel Ryan gegenüber, der seine Schwester schlechtmachte –, dann stellte Lorraine sich blöd und machte sich vom Acker. Unterstützung wurde immer nur eingefordert, aber nie gewährt.

Warum erzählte sie Roisin überhaupt, dass er Matt schlechtgeredet hatte? Weil Ryan mehr Autorität besaß. Selbst jetzt, wo Matt und Roisin das Dorffest für sie retteten und Lorraine halfen, ihr Gesicht zu wahren, konnte die nicht anders und ließ auf subtile Weise durchscheinen, dass ihr Sohn der eigentliche Zampano war. Seine Zuwendung erhielt fünf Sterne. Worte wurden belohnt, Taten aber nahm sie selbstverständlich hin.

Vier Jahre nach dem Tod ihres Vaters hatte Lorraine eine Beziehung mit Gary, einem Mann, der hässliche Mokassins trug, ein unversichertes Auto fuhr und mit Roisin flirtete. Roisin wusste, dass Gary unter den Frauen in Webberley einen ausgesprochen schlechten Ruf hatte, und derlei Gerüchte waren selten ganz falsch.

Roisin versuchte, ihre Mutter zur Vernunft zu bringen. Ryan hingegen sagte zu Lorraine, sie solle tun, was immer sie glücklich mache. Er widersetzte sich Roisins Drängen, Zweifel zu äußern, obwohl auch er welche hatte. Ryan intervenierte nie, wenn es seiner Popularität Abbruch tun oder ihm Schwierigkeiten bereiten könnte. Lorraine und Gary verlobten sich; kurz darauf fand Lorraine heraus, dass er bereits verheiratet und vorbestraft war.

Beide Geschwister studierten damals, doch es war Roisin, von der Lorraine – mehr oder weniger mit der Pistole an der Schläfe – einforderte, dass sie ihr Studium für zwei Monate unterbrach, um ihre Mutter zu Hause durch den minderschweren Zusammenbruch zu geleiten und das Pub am Laufen zu halten.

Die Legende ihrer Mutter besagte, dass sie an dem Tag wie durch ein Wunder wiederauferstand, als Ryan sein letztes Geld zusammenkratzte und ihr einen riesigen Blumenstrauß schickte. Noch heute zitierte sie gerne die Nachricht auf der Karte, die bei Roisin regelmäßig einen Würgereiz auslöste: Seine Mutter sei eine Königin, die nichts als einen König verdient habe.

Mokassin-Gary wurde aus den Aufzeichnungen getilgt, und stattdessen erinnerte sich Lorraine nur daran, dass Roisin ein Vatertöchterchen gewesen war, das Lorraines Verehrer vergrault hatte.

55

Roisin marschierte ins Schlafzimmer ihrer Mutter und riss die Schranktüren auf, als handle es sich um einen Waffenschrank. Der überwältigende Regenbogen an schillernden Stoffen bescheinigte auf anschauliche Art, wohin das Renovierungsbudget des Mallory verschwand. An einer Reihe von Kleidungsstücken hingen sogar noch die Preisschilder.

Sie wählte ein metallisch schimmerndes schwarzes Abendkleid aus, das aussah, als hätte man Streifen hochwertiger Mülltüten zusammengenäht. Es war bodenlang und engte die Beine ein, war also nicht unbedingt praktikabel. Wenn schon, auch egal!

Roisin musste ein wenig am Reißverschluss ziehen und zerren, weil sie zwar genetisch nach ihrer Mutter kam, Brust und Hüften aber etwas großzügiger ausfielen als bei Lorraine. Als das Kleid endlich saß, verlieh es ihr eine erfreuliche Sanduhrfigur – alles war bedeckt und aufreizend eng anliegend, eine betörende Kombination.

Sie band sich eine gestreifte Schürze um und zog sich die Stiefel wieder an. Sie gefiel sich und fühlte sich in geradezu rebellischer Teenagerstimmung: wie ein It-Girl auf dem Glastonbury Festival.

Dieses Gefühl steigerte sich wenige Minuten später, als sie in der Bar mit ihrem schwarz funkelnden Hintern an ihrer Mutter vorbeischarwenzelte.

Sie erntete ein lautes »Oh, là, là!«, und sämtliche Köpfe der versifften Männerriege drehten sich nach ihr um. Sowie ein »NICHT DEIN ERNST! Das ist von Hervé Léger, und es ist NEU!« von Lorraine.

»Harvey Leg hat gemeint, das ist schon in Ordnung«, sagte Roisin und warf ihr eine Kusshand zu.

Als Roisin draußen ihren Posten einnahm, bestätigten sich ihre ursprünglichen Sorgen nicht – ganz im Gegenteil. Sie stand nicht etwa wie ein Dummchen da und ließ die Grillzange klackern wie Kastagnetten, vielmehr wurde sie von Kunden überrannt.

Eine Stunde nach Öffnung strömten die Gäste in den Garten des Mallory, über den sich – dank Matt – ein Dach aus altmodischen Lichterketten spannte und der von hölzernen, bunt bepflanzten Töpfen umgeben war. Es handelte sich ganz offensichtlich nicht um das übliche Stammpublikum: Scharen junger Frauen mit pfirsichfarbenen und wasserstoffblonden Haaren, Feenflügeln und Haarreifen, an denen Herzchen wippten.

Vermutlich hatte Matts Werbung auf der High Street den Ruf des Mallory als Hort der alten Garde dekontaminiert.

Roisins fleischloses Angebot entpuppte sich als extrem begehrt, seit es im Dorf deutlich mehr Veganer, Flexitarier und Gesundheitsbewusste gab als früher. Wobei eine gesundheitsbewusste Ernährung offenbar nicht ausschloss, literweise weißen Rum zu konsumieren.

Innerhalb von zwei Stunden waren Terence und sie ausverkauft.

»Wie die Heuschrecken!«, sagte Terence. »Zügellose Völlerei!«

Er hatte dieselbe Einstellung zu seinen Mitmenschen wie Lorraine und unterteilte sie in solche, die ihr Geld im Mallory ausgaben, und solche, die es bleiben ließen. In beiden Fällen empfand er sie als Zumutung.

Am meisten hatte Matt zu tun mit seinem *Fünf Cocktailklassiker zu je fünf Pfund*-Stand. Jede freie Minute nutzte er, um Limetten klein zu schneiden und Pfefferminzblätter zu hacken.

»Brauchst du Hilfe?«, fragte Roisin, und Matt drückte ihr den Eiskübel in die Hand. »Wenn du den auffüllen könntest, bitte?«

Roisin salutierte.

Terence ging hinein, um Lorraine zu helfen, und Roisin blieb im Garten, sammelte leere Gläser ein und leistete Matt Beistand.

Als platonische Freundin versuchte sie, nicht zu viel über den Anblick seiner Unterarme unter den hochgekrempelten Ärmeln und den leichten Schweißfilm auf seiner Stirn nachzudenken und ins Schwärmen zu geraten.

»Halloo, Roisin!!!«, trällerten Grace und Imogen im Chor, als sie sie entdeckten.

»Hallo! Schön, dass ihr gekommen seid.«

»Oh, das wollten wir uns nicht entgehen lassen«, erklärte Grace, beugte sich für ein flüchtiges Küsschen nach vorne, und Imogen folgte ihrem Beispiel. »Du hast dich ja Ewigkeiten nicht mehr blicken lassen, Roisin.«

Entgegen Lorraines düsteren Bemerkungen war es immer sehr entspannt und nett, wenn sie mit Grace und Imogen plauderte. Roisin vermutete, dass sich ihre Mutter schon lange von der besseren Gesellschaft ausgestoßen fühlte und Grace und Imogen fälschlicherweise zu Repräsentanten dieser Zurückweisung machte, weil auch sie eine alleinstehende Mutter plus Tochter und im selben Alter waren. Und Lorraine und Roisin bildeten die nuttige Version von ihnen im Halloween-Kostüm.

»Mein Gott, geht es hier zu. So voll habe ich das Mallory noch nie erlebt. Schön habt ihr es herausgeputzt. Richtig adrett«, sagte Imogen, und Roisin war froh, dass ihre Mutter nicht in der Nähe war, weil es exakt die Art Bemerkung war, bei der Lorraine die Wände hochging.

Wenn man eindimensional dachte, fasste man jede Bemerkung als Kränkung auf.

Obwohl Imogen nicht älter war als Roisin, trug sie einen samtenen Haarreif, einen Blazer und Loafer. Auf Polo-Ralph-Lauren-Art sah sie ziemlich gut aus. Alles, was sie am Leib trug, war entweder karamellfarben oder blassrosa wie ein abgetragenes Ballettschläppchen. Dem Stufenschnitt und den blonden Strähnchen nach zu urteilen, ging ihre Mutter wöchentlich zum Friseur.

Grace hatte ein dunkelblaues Kleid mit Miederteil und Plisseerock an. Sie zupfte an Roisins Schürze und sagte: »Trägst du darunter irgendwas Großartiges? Zieh das aus, lass uns sehen!«

»Oh … ich wollte nur verhindern, dass es Grillspritzer abbekommt.«

Roisin löste die Schleife an der Schürze, nahm sie ab und machte einen braven Mädchenknicks.

»Du lieber Himmel! Man kriegt dich ja nicht oft so aufgedonnert zu Gesicht – du siehst aus wie ein Vamp!«, sagte Grace anerkennend, während Roisin etwas verlegen in dem entwendeten Sonntagsstaat dastand.

»Ich liebe diese engen, figurbetonten Kleider«, stimmte Imogen ihrer Mutter zu. »Eine Zeit lang waren sie aus der Mode, aber jetzt sind sie ein Klassiker. Du hast die perfekte Figur dafür. Ich würde darin aussehen wie ein in Plastikfolie eingewickelter Koffer am Flughafen.«

Roisin lachte und war froh, dass sich keine wutschnaubende Lorraine in der Nähe befand.

»Der Typ da drüben, arbeitet der hier?«, fragte Imogen und sah zu Matt hinüber.

»Ach, Matt ist ein Freund von mir«, erklärte Roisin. »Er hilft nur aus.«

Lorraines Angst vor Imogens und Grace' Raubtierinstinkten in Gegenwart von Männern hatte Roisin nicht wirklich ernst genommen, aber womöglich hatte sie sich getäuscht.

»Er sieht wahnsinnig gut aus«, sagte Imogen.

»Oh, wäre ich zwanzig Jahre jünger …«, sagte Grace. »Immerhin mache ich Beckenbodengymnastik. Und Immo hat ein Vaginal-Jade-Ei von Gwyneth Paltrow!«

»Mum!«, schrie Imogen. »Wie geht es Joe?«

Ihr Blick hing immer noch an Matt, und Roisin entging die Anspielung nicht.

»Prima!«, sagte sie fröhlich.

»Wir waren totaaaal begeistert von SEEN«, sagte Grace. »Wir haben am Bildschirm geklebt, stimmt's, Imogen? Nie wären wir darauf gekommen, dass der Kurierfahrer eine Gesichts-OP hinter sich hatte! Wirklich clever, dein Mann. Besteht die Aussicht, dass du deine Mutter zur glücklichsten Frau in Cheshire machst? Ein bisschen TA TA TATA, TA TA TATA …?« Grace blickte sich um. »Sieh dir die Location an!« Sie zwinkerte.

»Ich möchte noch nicht heiraten, Grace. Hab mich noch nicht genug ausgetobt«, erwiderte Roisin, die wusste, dass Grace auf derbe Scherze stand.

»Oh! Du liebe Güte!«, kreischte die.

»Sie denkt, ich mache Witze«, sagte Roisin zu Imogen, die ebenfalls schrill aufschrie.

»Du bist echt superwitzig, Sheena«, sagte Imogen. »Das sage ich Mum schon immer.«

Grace und Imogen gehörten zu den Menschen, die freimütig einen Spitznamen aus der Luft griffen und einem ohne Bedenken anhefteten.

Die beiden gingen weiter, und eine halbe Stunde später sah Roisin, wie Imogen sich über eine Bemerkung von Matt beinahe am Boden krümmte vor Lachen. Sie richtete sich wieder auf, legte den Handrücken an ihren Mund und die andere Hand auf seinen Rücken. Roisin durchfuhr ein unerwartetes Gefühl, das sie nicht benennen konnte.

Sie schaute Matt an, und er bemerkte es. Sein Blick wanderte über ihr Kleid, das sich plötzlich zwei Nummern enger und deutlich gewagter anfühlte als zuvor.

Terence tippte ihr auf die Schulter. »Hast du zufällig den fetten Kater gesehen? Ich habe gleich Feierabend, aber ein paar amerikanische Touristen wollen unbedingt ein Foto mit ihm machen. Die halten ihn anscheinend für einen Promi. Ha, das wäre ja noch schöner. Ist unser Elvis hier draußen? Würde mich auf jeden Fall nicht wundern, wenn er auf dieselbe Weise ums Leben kommt.«

»Eben noch lag er unter dem Tisch dort drüben«, sagte Roisin und deutete in eine Richtung. »Soll ich ihn holen?«

»Das wäre sehr nett.«

Terence konnte Katzen noch weniger leiden als Lorraine.

Als Roisin auf dem Weg ins Haus an Imogen vorbeikam, packte diese sie am Arm.

»Ich muss los – das war ein wunderbarer Tag, vielen Dank! Wir müssen uns unbedingt bald mal in Manchester auf ein Gläschen Prosecco treffen. Schlag doch einen Termin vor.« Sie beugte sich vor. »Kannst du mir einen Gefallen tun und mir die Nummer deines Kumpels Matt schicken? Er ist echt unheimlich süß.«

»Na klar.« Roisin warf ihr über Meatballs dicken Kopf hinweg ein Lächeln zu. Ihr war klar, dass Imogen nur deshalb Lust auf Prosecco mit Himbeeren verspürte, weil sie Roisin über McKenzie aushorchen wollte.

»Danke!«, sagte Imogen und formte mit zusammengepressten Fingerspitzen ein Herz, woraufhin Roisin es sich beinahe anders überlegt hätte.

56

Als es zu dämmern begann, ging sie auf die Suche nach Matt. »Lief nicht schlecht, oder?«, sagte er mit verschränkten Armen und betrachtete zufrieden die sich langsam auflösende Menschenmenge. »Wir haben einen Haufen Geld für den guten Zweck gemacht, viel mehr, als wir uns vorgenommen hatten. Und deine Mum bezeichnet ihre Einnahmen als Goldrausch. Das war wirklich ein gutes Fest.«

Roisin schlang ihm den Arm um die Taille. »Gut? Absolut fantastisch. Sieh dir an, was du geschafft hast! Du bist einmalig. Das war ein Paradigmenwechsel.«

Es würde sich zeigen, ob Lorraine den Schwung beibehielt, den Matt in Gang gesetzt hatte, auf jeden Fall aber hatte er bewiesen, dass es möglich war, und einen sechzehn Jahre währenden Fluch gebrochen.

»Freut mich, dass ich eine Hilfe war«, sagte Matt. »Da wird mir gleich ganz warm im Innern.«

»Hoffentlich kommt das nicht von Terrys Burgersoße. Ich habe gesehen, wie er Fruchtcocktail von Del Monte hineingetan hat.«

Sie gackerten wie Beavis und Butthead. Roisin bemerkte, wie ihnen eine Frau in den Sechzigern von einem Picknicktisch aus einen bewundernden Blick zuwarf, die sie offenbar für ein Paar hielt.

Strahlend erwiderte Roisin ihren Blick. Auch Matt sah die Frau und musterte daraufhin Roisin.

Plötzlich fühlte sie sich befangen. Der Arm, den sie um Matt gelegt hatte und der ihre unkomplizierte Freundschaft veranschaulichte, wurde schlagartig bleischwer. Intensiv nahm sie jeden Millimeter ihres Arms wahr, der mit seinem Körper Kontakt hatte, spürte die Hitze seiner Haut unter dem Hemd. Was so leichtfertig geschehen war, fühlte sich plötzlich elektrisch aufgeladen an.

Lag ihr Arm überhaupt an einer normalen Stelle? Roisin konnte diese Frage nicht mehr mit Sicherheit beantworten. Ihre Gelenke waren steif wie bei einer Schaufensterpuppe. Irgendjemand hatte ihren Ellbogen gekrümmt und ihre Finger gebogen, und sie konnte nichts anderes tun, als diese Position beizubehalten.

Matt legte seine Hand auf ihre und schob ihren Arm hinunter. Ihr Atem stand still. Es war ein deutliches Zeichen, dass Roisin zu weit gegangen war und auch er sich unwohl fühlte. Aber … er ließ ihre Hand nicht los. Händchen haltend standen sie da und blickten in den Garten.

Fast unmerklich erhöhte Roisin den Einsatz und bewegte ihre Hand, sodass sich ihre Finger miteinander verschränkten. Matt drückte sie, und Roisin erwiderte die Geste. Was ging hier vor sich? Sie spürte Hochspannung in Körperteilen, die nicht ihre Hand waren.

Lorraine kam in den Garten gepoltert und rief wie ein Stadtschreier die letzte Runde aus. Roisin und Matt sprengten auseinander wie Füchse, die man mit Wasser bespritzt hatte.

Bis zum Ende der Schicht zerbrach sich Roisin den Kopf über das verstohlene Händchenhalten, und was es zu bedeuten hatte. Nichts, vermutlich. Sie hatte keine Ahnung mehr von Balzritualen.

Wurde sie zur schlimmsten Heuchlerin aller Zeiten, weil sie sich plötzlich zu Matthew McKenzie hingezogen fühlte? Sie hatte vergeblich nach einem Grund gesucht, warum sie bei Joe bleiben sollte, trotzdem war es moralisch nicht vertretbar, mit einem ihrer besten Freunde zu flirten, kaum dass sie sich getrennt hatten.

Joe musste nichts davon erfahren. Er würde nichts davon erfahren. Und im Übrigen auch Matt nicht. Zumindest nicht ausdrücklich.

»Kinder, ich geh ins Bett. Ich bin völlig erschlagen«, sagte Lorraine, als alles erledigt war, die Geschirrtücher über den Zapfhähnen hingen und die Abtropfbretter hochkant standen.

»Du siehst müde aus«, sagte Roisin und fügte dann, damit es nicht wie eine Beleidigung klang, hinzu: »Du hast es dir redlich verdient, erschöpft zu sein. Was für ein Fest! Und Meatball war die Attraktion des Tages!«

»Bieder dich nicht bei diesem Scheusal an. Du bist wie Neville Chamberlain mit Hitler. Vielen Dank euch beiden. Ich habe den ganzen Tag über Komplimente bekommen, dass es nirgends im Dorf so schön war wie bei uns.«

»Gern geschehen«, sagte Matt freundlich, und sie begab sich nach oben.

Roisin kam es so vor, als ob ihr Wutausbruch wegen Ryan ihre Mutter womöglich doch zur Einsicht gebracht hatte, und das war eine gute Nachricht.

»Nun gut, Roisin Walters«, meinte Matt, nahm zwei umgedrehte Gläser an ihren Stielen und stellte sie auf den Tresen. »Einen Manhattan?«

»O ja«, sagte sie, und ein Schauer überlief sie bei der Aussicht, allein mit Matt zu sein.

57

So gut hatte Roisin sich schon lange nicht mehr gefühlt. Sie hatte sich wieder mit dem Mallory anfreunden können, das sich nicht mehr wie ein Gefängnis mit Rüschengardinen anfühlte. Nun konnte sie es mit Matts Augen betrachten. Es umfing sie mit Wärme, statt ihr die Luft abzuschnüren. Der Schein der Lampen an der roten Wand, das dunkle Holz, die Sitznischen mit den genieteten Lederbezügen, die karierten Barhocker, das Rumpeln der Geschirrspülmaschine: All das war wohltuend. Genau wie die samtene ländliche Ruhe vor den Fenstern.

Früher hatte sie den Lärm in der Stadt als tröstlich empfunden und die Stille auf dem Land beklemmend. Die Zeiten änderten sich.

Der Manhattan tat sein Übriges.

»Ich fürchte, ich muss deine Telefonnummer an Imogen weitergeben«, sagte Roisin. »Unermüdlich im Einsatz.«

»Welche von denen war Imogen wieder? War das die mit diesem Ding auf dem Kopf, wie es die Kinder bei den Royals tragen?«

»Welche von denen? Uff. Allerdings darf ich mich heute wirklich nicht über deine Verführungskünste beschweren. Ich bin dir echt dankbar, dass du heute den Leuchtturm für all die Meerjungfrauen gegeben hast.«

»Sag so was nicht, bitte.« Matt zog die Augenbrauen zusammen.

»Warum nicht?«

»Das ist nicht gerade schmeichelhaft.«

»Wie kann so was nicht schmeichelhaft sein?«, fragte Roisin verwundert.

»Wenn damit ein schmieriger, herumhurender eitler Pfau gemeint ist. Eine subtile Verunglimpfung. Du klingst wie Joe.«

»Au weia«, erwiderte Roisin, aber er hatte recht. Es war in unnötigen Spott gekleidete Bewunderung.

Sie dachte darüber nach. Wenn Matt Leute wie Joe einschüchterte, dann geschah das nicht mit Absicht. Er war ganz einfach schön und klug. Deshalb sollte er den Preis dafür bezahlen, dass seine Überdurchschnittlichkeit die anderen verunsicherte, ihr Hohn war wie der Wegezoll, der ihm abverlangt wurde. Sie konnte verstehen, dass ihm das hin und wieder zu viel wurde.

»Vermutlich verliert es seinen Reiz, wenn einem ständig gesagt wird, wie scharf man ist«, sagte sie augenzwinkernd, um das Gespräch in ruhigere Fahrwasser zu lenken.

»Jetzt bin ich also eingebildet?!«

»Nein! Ich bin ehrlich nicht auf die Idee gekommen, dass sich jemand angegriffen fühlen könnte, weil man ihn als attraktiv bezeichnet.«

»Das hast du doch gar nicht gesagt, das weißt du genau. Du hast gemeint, ich bin ein Lüstling, der diese Tatsache heute zum finanziellen Vorteil aller genutzt hat. Auch ein erfolgreicher Lüstling bleibt ein Lüstling.«

»Okay, ich entschuldige mich, falls in meinen Bemerkungen angeklungen ist, dass Frauen dich attraktiv finden. Ich ziehe diese völlig unbegründete und verleumderische Anschuldigung zurück. Zufrieden?«

Sie lachten beide.

»Matt. Nicht, dass uns beiden noch übel wird vor lauter Ernsthaftigkeit, aber ich wollte deinen Einsatz wirklich nicht schlechtreden«, sagte Roisin. »Wie du das hier gemanagt hast, hat mich echt umgehauen.«

Er schenkte ihr ein warmes Lächeln. Die Jukebox stimmte *Slave to Love* an.

»Noch einen?« Er stand auf.

»Ja, bitte. O Mann, ich muss Mum dringend sagen, dass sie die

Jukebox aktualisieren soll. Hier laufen die Achtziger und Neunziger in Endlosschleife. Wie spätnachts in einem Uber.«

»Manche Menschen mögen es, wenn ihnen die Sachen vertraut sind. Du bist so ein Miesepeter!« Matt streckte die Hand nach ihr aus und sang lautlos: *Tell her I'll be waiting …*

Stöhnend und mit gespieltem Widerwillen nahm Roisin seine Einladung an und legte ihre Hand in seine. Sie glitt vom Hocker und ließ sich von Matt tanzend durch die Bar ziehen.

Sie legte den Kopf an seine Brust. Sie war sich nicht sicher, ob es nach dem Händehalten eine gute Idee war, aber es fühlte sich einfach zu schön an. Der enge Kontakt wirkte wie eine merkwürdige Mischung aus Feuerwerk und Geborgenheit. Genau das war es, was Roisin beim Händehalten empfunden hatte. Es fühlte sich gleichzeitig vollkommen natürlich an und doch unheimlich fremd. Beglückend neu und vertraut. Er war ein sicherer Hafen voller Gefahren.

Sie versuchte, ihren Gefühlen auf den Grund zu gehen, fragte sich, wie es wäre, wenn sie die rote Linie überschritten. Wenn sie … zueinander gehörten.

Stell dir vor, das hier ist echt.

Natürlich spielte Matt in einer völlig anderen Liga. Oder etwa nicht? Jedenfalls würde er sich unter Wert verkaufen.

Als Roisin zu ihm aufsah, stellte sie überrascht fest, dass er sie mit sehr ernster, beinahe gequälter Miene betrachtete. Das sah ihm so gar nicht ähnlich. Ihr wurde bewusst, dass sie sich in einen entscheidenden Moment manövriert hatten – das hier konnte nicht mehr als Albernheit durchgehen, nachdem sie einander so tief in die Augen gesehen hatten.

Was sollte sie jetzt tun oder sagen? Die Antwort war einfach, und Roisin konnte kaum glauben, was sie tat. Sie reckte sich und küsste ihn.

Ihre Lippen berührten sich, und Roisins Herz geriet ins Schlingern. Sie wollte das, sie wollte ihn, und auch wenn es völlig überraschend kam, es ließ sich nicht leugnen. Der Kuss war zaghaft, mehr als alles andere wirkte Matt schockiert. Immerhin, er reagierte. Die Zeit blieb stehen.

Ihre Gefühle für Matt McKenzie waren auf zweierlei Art gewachsen: erst allmählich, dann plötzlich. Langsam, aber am Ende schnell.

»Augenblick.« Matt hielt inne und runzelte die Stirn. »Wenn du Joe eins auswischen willst, kann ich zwar verstehen, dass ich eine mörderisch gute Wahl bin. Aber ich will nicht die Bombe sein.«

Wieder hatte er diesen bekümmerten Gesichtsausdruck. Sie hatte das Gefühl, einer bislang verborgenen Seite von ihm zu begegnen. Es war verwirrend.

»Ach so.« Roisin war verlegen und aufgewühlt und wusste nicht, was sie sagen sollte. Sie hatte nicht damit gerechnet, dass sie ihn küssen würde.

»Der Etikette zufolge solltest du wenigstens halbherzig versuchen, das abzustreiten!« Matt klang sowohl belustigt als auch gekränkt. Der alte Matt war zurückgekehrt, aber wenngleich seine Stimme fest war, hatte sein Gesicht sich gerötet. Sie hatte ihn berührt.

»Natürlich streite ich das ab«, erwiderte Roisin. »Ich würde Joe bestimmt nichts erzählen.«

Was genau erzählen?

»Du kannst dich auch, ohne ihm davon zu erzählen, an ihm rächen, denke ich«, sagte Matt leise.

Die beschissene Jukebox ließ sie hängen und klickte quälend langsam zum nächsten Titel. Sie standen in der unerträglichen Stille da, bis die Simple Minds mit *Alive and Kicking* loslegten. Genau betrachtet war es auch nicht sonderlich hilfreich, in voller Lautstärke YOU TURN ME ON um die Ohren gehauen zu kriegen.

»Es war nur …« Nur was? Dass sie von sinnlicher Begierde

überwältigt worden war und ihr Herz sich auch gleich dazugesellt hatte? Wie zum Teufel sollte man so etwas in Worte fassen – aus heiterem Himmel nach zehn Jahren? »Es fühlte sich richtig an«, beendete sie den Satz lahm.

»Und es hat nichts mit der *geschmacklosen* Sache zu tun, die du machen musst, um dir zu beweisen, dass es wirklich aus ist zwischen dir und Joe?«

Roisin sperrte den Mund auf. »O Gott! Das war nicht … das ist es nicht …«

Trotzdem konnte sie verstehen, was Matt meinte.

»Hm. Okay. Nimm's mir nicht übel, aber ich will nicht der Anlass sein, dass du irgendwas bereust«, sagte Matt. »Mein Körper soll nicht das Pendant zur leeren Apfelschnapsflasche sein.«

»Das wärst du niemals«, sagte sie aufgewühlt. Wie kam er bloß auf die Idee, austauschbar zu sein?

Die Simple Minds schallten durch den schwach beleuchteten Raum, während um sie herum all das Unausgesprochene wirbelte.

»Hm, dann geh ich mal ins Bett«, sagte Matt schließlich.

»Klar«, antwortete Roisin, ein selbstsicherer Einsilber, der das Chaos in ihrem Innern kaschierte. »Nacht.«

Verzweifelt suchte sie nach Worten, die die Tatsache, dass sie sich auf Matt gestürzt hatte, irgendwie normal oder unerheblich erscheinen ließen oder wie einen Witz, damit sie die Sache beilegen konnten. Doch sie scheiterte kläglich.

Als Matt fort war, strich sie das enge Wurstpellenkleid glatt und dachte: prima, Walters. Im Moment des Sieges hast du ordentlich versagt. Scheiße.

Sie barg ihr Gesicht in den Händen und fühlte sich wie mit sechzehn.

Aaah. Du hast Matt angebaggert, und er hat dir einen Korb gegeben. Aaah! O Mann, das ist so unendlich peinlich.

Glaubte er wirklich an diese Rachegeschichte mit Joe, oder war das nur eine schlagfertige Ausrede, damit sie ihn nicht belästigte?

Roisin griff sich eine Sprühflasche mit Desinfektionsmittel und wischte, untermalt von Spandau Ballets *True,* die Tische mit übertriebener Heftigkeit ab. Sie versuchte, nicht daran zu denken, wie unerträglich peinlich die Begrüßung morgen früh ausfallen würde.

Am besten murmelte sie irgendetwas über zu viel Alkohol, obwohl beide wussten, dass es eine Lüge war. Die Dynamik zwischen ihnen hatte stets darauf basiert, dass Roisin seinen Reizen gegenüber immun war, und sie fürchtete, damit war es für immer vorbei. Innerlich krümmte sie sich so sehr vor Scham, dass es sich anfühlte, als hätte sie sich den Magen verrenkt.

Hinter sich hörte sie ein Geräusch, und sie drehte sich um und sah Matt am anderen Ende des Raums stehen. Er sah sie an. Bevor sie ein Wort sagen konnte, kam er auf sie zu, zog sie in seine Arme und küsste sie wie in der Schlussszene eines Films. Es hatte nichts mit dem zögerlichen ersten Versuch gemein, es war tief und drängend, und ihre Hüften pressten sich aneinander. Zwar hielt Roisin in der einen Hand noch immer die Sagrotan-Flasche und in der anderen den Lappen, doch sie erwiderte den Kuss so gut es ging. Zungenkuss, wow.

»Was ist mit dem Apfelschnaps?!«, fragte sie, als sie Luft holten.

Matt strich ihr das Haar hinters Ohr und lächelte. »Ich dachte, wenn es schon eine einmalige Sache ist, sollten wir es schöner in Erinnerung behalten.« Kurz hielt er inne. »Tut mir leid, dass ich so uncool war. Ich war ein bisschen panisch.«

Das alles wurde immer verwirrender. Küsste er sie so gut, weil er angeben wollte? Fand er sie nun toll oder nicht? Der Kuss fühlte sich jedenfalls wie das Gegenteil von *nicht* an.

Noch bevor Roisin Gelegenheit hatte, darüber nachzudenken,

erschütterte sie ein so schrecklicher Gedanke, dass sie sich aus seiner Umarmung wand und Matt beinahe von sich schob.

»Oh NEIN«, sagte sie.

»Was?«

»GINA.«

»Ich hab nichts mit Gina.«

»Nein, ich weiß, aber Matt, sie ist meine beste Freundin! Eine meiner besten Freundinnen. Sie wäre am Boden zerstört, wenn wir beide …« Roisin wollte nicht anmaßend klingen. »Wegen uns. Du hast völlig recht, das darf absolut nicht passieren! Was zum Teufel habe ich mir dabei gedacht? Ich widere mich selbst an.«

»Na also, da wären wir. Da ist die Reue, die du heraufbeschworen hast«, sagte Matt mit tonloser Stimme. »Das ging noch schneller, als ich erwartet hatte. Wirklich erstaunlich.«

»Aber du verstehst doch das Problem?«

»Ja. Trotzdem hätte ich nie damit gerechnet, dass etwas, das ich nicht gemacht habe, mich derart teuer zu stehen kommt. Du weißt, dass ich diese Situation niemals ausgenutzt habe, oder? Es ist nie auch nur das Geringste passiert, und das wird es auch in Zukunft nicht.«

»Natürlich, das weiß ich. Das habe ich nie gedacht.«

Roisin merkte, dass Matt stocksauer war, und es war sein gutes Recht. Jemanden anzumachen und sich dann plötzlich zu erinnern, dass das doch gar nicht ging, weil die Freundin ihn auch mochte, erinnerte an Teenagerverhalten.

»Es tut mir leid«, sagte Roisin. »Wirklich.«

»Wahrscheinlich besser so«, sagte Matt. Ohne gute Nacht zu sagen, drehte er sich um und ging.

Aufgelöst blieb Roisin zurück.

58

Matt ist weg, ich soll dich grüßen.« Lorraine schunkelte im Takt von *Can't Speak French* von Girls Aloud, während sie im Multitasking eine Tasse schwarzen Kaffee trank und den Vorrat an Ginger-Ale-Fläschchen auffüllte.

»Was? Wo ist er?«, sagte Roisin, deren Angst vor der Begegnung mit Matt sich augenblicklich in Panik verkehrte, ihn zu verpassen.

Mit dem Kopf deutete ihre Mutter vor das Pub. »Da. Schau.«

Roisin schoss aus der Tür und holte Matt ein, der seinen Seesack über der Schulter trug. Seinen blutunterlaufenen Augen nach zu urteilen, hatte er wenig geschlafen, aber vielleicht projizierte Roisin nur ihre eigene schlaflose Nacht auf ihn. Darüber hinaus sah er herzzerreißend gut aus, und Roisin wünschte, ihr wäre dieser Umstand nach wie vor gleichgültig.

»Wohin gehst du?«

»Ah. Ich wollte dir noch schreiben. Ich fahre nach Hause.«

»Auf Dauer?«

»Ja. Ich denke, der Zeitpunkt ist günstig, jetzt, wo das Fest vorbei ist und deine Mutter neue Leute eingestellt hat«, meinte er. »Außerdem muss ich ja irgendwann an meinen eigentlichen Arbeitsplatz zurück.«

»Nicht wegen … mir?«

Auf seinem Gesicht zeichnete sich ein trauriges, entschuldigendes Lächeln ab. »Doch, auch wegen dir.«

Roisin machte den Mund auf und schloss ihn dann wieder. »Bitte«, sagte sie. »Geh nicht. Lass uns einen Spaziergang machen und darüber reden …«

»Da gibt es im Grunde nichts mehr zu sagen«, erwiderte er

höflich, doch es war eine Feststellung, keine Frage. Dagegen ließ sich wenig einwenden, aber Roisin hätte es trotzdem gern versucht.

Mit einem Riesenschreck bemerkte sie, dass Joe während dieses Gesprächs praktisch hinter ihnen gestanden hatte.

»Morgen allerseits. Oje, hoffentlich störe ich nicht. Ihr wirkt irgendwie angespannt«, sagte er.

»Was tust du hier?«, fragte Roisin entsetzt.

»Na, das ist ja mal eine herzliche Begrüßung. Ich mache eine Spritztour mit meinem neuen Auto.« Er deutete auf etwas Kleines, Schwarzes und Sportliches auf dem fast leeren Parkplatz des Mallory. »Hatte vergessen, dass der Fiat dir gehört, also habe ich mir den gegönnt.«

»Ich lasse euch zwei dann mal allein«, sagte Matt und verlagerte die Tasche von einer Schulter auf die andere.

»Ach, nein. Mit dir möchte ich auch reden!« Joes gespielte Munterkeit wirkte bedrohlich. »Zunächst einmal wollte ich dir das hier persönlich geben.«

Er überreichte Roisin eine kleine Schachtel mit einer großen roten Schleife. »Mein Schlüssel für die Wohnung. Ich habe alles ausgeräumt. Sie gehört dir.«

»Danke«, sagte Roisin steif und fühlte sich exakt so unwohl, wie von Joe beabsichtigt.

»Und zweitens habe ich auch ein bisschen Detektiv gespielt.« Sein Blick wanderte zwischen Matt und Roisin hin und her. »Wir sollten ein kleines Büro gründen – Powell, McKenzie & Walters. Das hätte doch was, haha.«

»Ich denke doch, dass ich euch beide besser allein l…«

»Weißt du noch, wie ich dich mehrmals direkt gefragt habe, ob du persönlich im Sesso warst und Fragen über mich gestellt hast? Und du hast Ja gesagt?«, fuhr Joe fort, ohne Matt zu beachten. »Mir kam das sehr unwahrscheinlich vor, aber du hast beim Leben deiner Mutter geschworen, dass es so war.«

Roisin krümmte sich innerlich.

»Nun, stell dir vor: Auch ich war bei Rick, und der hatte keine Ahnung, wer du bist. Aber er konnte sich an einen Besuch von Matt McKenzie erinnern, der eine Reihe von Fragen über eine Kellnerin stellte, die möglicherweise eine Affäre mit einem Gast hatte. Das war eine echte Überraschung, wie du dir denken kannst!«

Roisin verschränkte die Arme.

»Du bist doch sonst keine so schamlose Lügnerin, Roisin. Ich muss davon ausgehen, dass du ihn *unbedingt* schützen wolltest. Da musste ich mich doch fragen, warum. Und prompt kam mir die Erklärung! Na so was! Die zwei haben regelmäßigen Geschlechtsverkehr. Diese ganze Geschichte, dass du mir auf die Schliche kommen wolltest, sollte *das* hier bloß legitimieren.« Mit dem Finger zeigte er auf sie beide.

»Nein, haben wir nicht«, sagte Roisin.

»Soso. Na klar. Sieht ganz danach aus«, erwiderte Joe. »Hier herrscht eine ganz normale Stimmung.« Er machte eine herablassende Geste. »Fühlt sich alles total normal an. Zwei Kumpel führen vor dem Haus deiner Mutter ein emotional aufgeladenes Gespräch darüber, dass sie am Morgen *danach* dringend etwas bereden müssen.« Er betrachtete das Mallory. »Muss ich euch erst die Bärchenbettdecke von den verschlungenen Körpern reißen, damit ihr es zugebt?«

Hinter Joes verächtlicher Überlegenheit steckte rasende Eifersucht, wie Roisin jetzt feststellte. Sie machte den Mund auf, doch Matt kam ihr zuvor.

»Ich habe Roisin geholfen, weil sie eine gute Freundin ist. Mir war egal, was das für dich bedeutet, weil du kein Freund von mir bist. So einfach ist das.« Matt wirkte kein bisschen eingeschüchtert. Anfangs hatte es Roisin peinlich berührt, weil er dieser Szene beiwohnte, doch jetzt war sie froh über seine Anwesenheit.

Er hielt sich Joe gegenüber zurück, ließ sich von ihm aber keine Angst einjagen.

»Eine gute Freundin, na klar. Endlich ist für dich der Moment gekommen, um zu brillieren, hab ich recht?« Joe blickte von Matt zu Roisin. »Dauernd versuchst du, mich bei einem Fehltritt zu ertappen, und übersiehst dabei den eigentlichen Betrug, Roisin. Ein geübter Schürzenjäger hat da so eine Technik, die dir möglicherweise unbekannt ist. Er bietet dir verständnisvoll seine Schulter an, damit du dich wegen eines anderen Mannes ausheulen kannst, und unterfüttert gleichzeitig deine schlechte Meinung über diesen Mann. Irgendwann bist du fest davon überzeugt, dass er dein sicherer Hafen und Beschützer ist, lässt die Kleider fallen und gehst mit ihm ins Bett. Die ›Nicht wie die anderen‹-Methode. Es ist ein Schwindel, Rosh. Du bist bloß die Nummer des Monats.«

»Joe, reiß dich zusammen. Genug … das ist völlig daneben«, sagte Roisin.

»Ich gehe jetzt«, teilte Matt Roisin knapp mit. »Kommst du klar?«

»O Mann, als könnte ich ihr gefährlich werden«, sagte Joe.

»Sicher«, sagte Roisin dankbar, und Matt machte sich auf den Weg.

»Dir ist schon klar, dass ich weiß, dass du lügst?«, meinte Joe. »Man sieht es euren Gesichtern an.«

»Glaub, was du willst«, erwiderte Roisin mit größerer Souveränität, als sie tatsächlich fühlte. »Es ist nichts passiert.«

Joe sah auf die Schachtel in ihrer Hand. »Viel Spaß in deiner Wohnung. Ich hätte sie mit einem Fluch belegen sollen, wenn er über die Schwelle tritt. Ich will einfach nur, dass du es zugibst. Du warst so versessen darauf, die Trennung so hinzudrehen, dass ich der Bösewicht bin, und siehe da, noch bevor die Tinte unter der Scheidungsurkunde getrocknet ist, bumst du Matt. Du bist der

Bösewicht, Roisin. Du. Und was ihn angeht – der ist noch schlimmer.«

Roisin hielt jeden weiteren Versuch, Joe aufzuklären, für sinnlos. Er würde ihr ohnehin nicht zuhören. Sie ließ ihn gehen. Joe machte keine Anstalten, ihrer Mutter Hallo zu sagen, und sie musste fairerweise zugeben, dass ihr das ganz recht war.

Als Joe mit seinem teuren neuen Spielzeug aus der Einfahrt preschte, trat Lorraine aus dem Pub.

»War das Joe?«

»Ja.«

Natürlich war es total unhöflich, dass Joe Lorraine noch nicht einmal begrüßt hatte, und so blieb ihr nichts anderes übrig, als zu sagen: »Ich habe Schluss gemacht. Ich hatte nur noch nicht den Mut, es dir zu sagen.«

»Oje! Ich habe mich schon gewundert, dass du ihn kaum erwähnst«, sagte Lorraine. »Ist alles in Ordnung mit dir?«

»Ja. Es lief schon eine ganze Weile nicht mehr so gut zwischen uns. Wir haben uns auseinandergelebt. Es ging nicht mehr anders.« Sie schüttelte die Schachtel mit der Schleife. »Er hat mir zum Abschied seine Hälfte der Wohnung geschenkt. Ich bin mir ganz und gar nicht sicher, ob ich das hätte annehmen sollen, aber er hat darauf bestanden.«

»Solange es dir gut geht dabei«, sagte Lorraine und tätschelte ihr den Arm. Sie blickte über Roisins Schulter. »Oh, da ist Terence!«

Ihre Mutter war immer eine Fürsprecherin von Roisins Beziehung mit Joe gewesen, und das hatte sich deutlich verstärkt, als Joe Geld scheffelte. Insofern überraschte Roisin es, dass sie nicht nachfragte und keine wortreichen Einwände vorbrachte. Etwas war im Busch.

Eine Stunde später wusste Roisin ziemlich sicher, was im Busch war. Um einen Schlussstrich zu ziehen, und aus Mangel an anderen Zerstreuungen beschloss sie, die letzte *Hunter*-Episode anzusehen.

Sie ging auf den iPlayer. Als wäre sie seekrank, drehte es ihr den Magen um, als sie sah, dass der Film bereits abgespielt worden war. Lorraine hatte alle Folgen angeschaut. Starr saß Roisin da und versuchte, den Schock zu verarbeiten. Jede Hoffnung, dass ihrer Mutter die Bedeutung der Sexszene auf dem Küchentisch entgangen war, wurde zunichtegemacht, weil Lorraine unerwartet die Trennung widerspruchslos hingenommen hatte.

Roisin schaltete den iPlayer an und hatte das Bedürfnis, den Kopf zwischen die Knie zu stecken und eine Sicherheitsposition einzunehmen.

Was nun folgte, waren weitere Ermittlungstätigkeiten, die Erkenntnis, dass der Mörder der Vater einer der Kellnerinnen war, eine Menge Sex und eine Beförderung … Wieder einmal überraschte es Roisin, wie sehr sie die ganze Sache langweilte.

Schließlich kam der letzte Cliffhanger. Beccas beste Freundin Gwen machte Jasper Avancen, der sie mit großartiger Selbstbeherrschung abwies. Durch eine fehlgeleitete Nachricht fand Gwen heraus, dass Jasper wild herumvögelte, und erpresste ihn, ihren Reizen nachzugeben, andernfalls würde sie Becca davon erzählen. Gwen, die angeblich nicht Gina war, sondern Amber?

Im Nachspann sah man Jasper durch eine Straße in Manchester gehen und entgegenkommende Passanten anrempeln wie in einem coolen Musikvideo, während der Film mit *Knights of Cydonia* von Muse ausklang.

Wie von Joe angekündigt, versprach eine Stimme aus dem Off eine weitere *Hunter*-Staffel.

Erleichtert und verwirrt schaltete sie den Fernseher aus.

Sie dachte daran, wie Joe frisch aus Los Angeles heimgekehrt war und sie in einem langen Vortrag überredet hatte, ihnen noch eine Chance zu geben.

Du musst alle drei Folgen sehen, um zu erkennen, dass Hunters Verhalten nicht etwa verherrlicht wird. Es zahlt sich nicht aus, am Ende steht er gedemütigt da.

Wie bitte? Gedemütigt? War das Joes Vorstellung von einer wohlverdienten Strafe?

Roisin war ehrlich perplex. Plötzlich richtete sie sich kerzengerade auf. Ihr Unterbewusstsein hatte wieder Kontakt zu ihrem Bewusstsein aufgenommen.

Das ist es. Er ist ein Lügner. Ein Lügner, der nach allem greift, was ihm in einem bestimmten Moment aus der Patsche hilft. Stellt man ihn hinterher wegen widersprüchlicher Aussagen zur Rede, passt er die Geschichte an die neuen Umstände an. In seinem Drehbuch geht es immer um die Wirkung auf sein Publikum. Sowohl privat als auch beruflich.

Joe Powell hat keine festen Überzeugungen oder Verhaltensnormen. Er ist ein wortgewaltiges Chamäleon, und es geilt ihn auf, andere hinters Licht zu führen. Er hat keine Schuldgefühle. Und er wird es wieder tun. Wissen Lügner immer, dass sie lügen? Falls Joe es weiß, dann kümmert es ihn nicht.

Trotzdem hatte Joe recht, wenn er ihr die Sache mit Matt vorwarf, obwohl er eine falsche Vorstellung vom Ausmaß des Ganzen hatte. Doch selbst wenn sie sich schuldig fühlen sollte, sie konnte es nicht. Für ihn galt nur, zu überleben und den Sieg davonzutragen.

Ihr wurde bewusst, dass sie ihm kein Wort mehr glaubte und das Vertrauen unwiderruflich zerstört war.

»Fick dich«, sagte sie laut.

Roisin konnte Joe Powell nicht ändern oder verstehen, aber sie wollte definitiv nicht mehr Teil seines Lebens sein.

59

Brombeerrotes Haar bedurfte Unterhalt und Pflege, und so musste sich Roisin nach einer planlosen und von Zweifeln geplagten Woche den zwei Zentimetern kakaobraunem Haaransatz widmen.

Sie ließ sich in einem Salon in der City in Folie packen und mied ihren üblichen Friseur, damit sie mit Marco, der sich SEEN angeschaut hatte, nicht über sich selbst reden musste. Kurz gesagt, sie wollte nicht gesehen werden. Zwei Stunden lang versuchte Roisin, ihr dummes Gesicht im Spiegel nicht anzusehen. Wann immer sie ihren Gedanken freien Lauf ließ, landete sie im Mallory, wo sie, von Leidenschaft gepackt, im Halbdunkel und unterlegt von Spandau-Ballet-Klängen, abgeknutscht worden war. Bevor sie sich zur zweifachen Vollidiotin gemacht hatte.

Uaah.

Sie half immer noch im Pub mit, mittlerweile eher, um die leere Wohnung in Didsbury zu meiden, als ihrer Mutter einen Gefallen zu tun. Es war ein Luxusproblem, aber Roisin wusste mit Bestimmtheit, dass ohne Joes Besitztümer jeder Winkel der Wohnung stille Verbitterung ausstrahlen würde. Was jetzt? Glücklicherweise hatten sie sich keinen Hund angeschafft.

Roisin hatte ihren Friseurtermin am Freitag so spät wie möglich gelegt, damit sie im Anschluss mit Meredith und Gina etwas trinken gehen konnte. Sie trafen sich wie von Gina vorgeschlagen im Ivy, und nach gerade mal drei Schlucken von etwas, das mit »tini« endete, und fünf Minuten in der Gesellschaft ihrer Freundinnen fühlte sich Roisin wie nach einer wochenlangen Therapie.

Wieder einmal hatte sie sich darauf vorbereitet, welche Details der jüngsten Ereignisse sie offenbaren und welche sie verschweigen wollte. Es war ein Schleiertanz.

Sie erzählte von Joes und Matts unentschiedenem Duell vor dem Pub und Joes schmutzigen Anschuldigungen gegen Matt und Roisin nach seinem Besuch im Sesso. Roisin empfand tiefes Unbehagen, weil die Freundinnen so schockiert über Joes Unterstellungen waren, denn bis zu einem gewissen Grad lag er ja richtig.

»Ich verstehe, wie verzweifelt er sein muss, dass du ihn verlässt, aber Joe scheint ja richtig durchzudrehen«, sagte Meredith und stupste mit dem Strohhalm gegen die Eiswürfel in ihrem Glas.

Roisin krümmte sich innerlich, weil sie sich den Zuspruch der Freundinnen unter falschem Vorwand erschlichen hatte. So funktionierte das nicht, diese unvollständige Beichte genügte nicht.

Trotz der Gwen-/Gina-Figur und Joes Schwäche für Gina war Roisin immer klar gewesen, dass zwischen den beiden niemals etwas vorfallen würde. Das hatte weniger mit Joe zu tun als mit Gina. Es war absolut ausgeschlossen, dass sie, Meredith oder Gina einander jemals hintergingen oder ihre Freundschaft verrieten.

Da sich der Vorfall zwischen ihr und Matt wohl kaum jemals wiederholen oder eine Rolle spielen würde, musste sie Gina eigentlich gar nicht erst davon erzählen.

Aber während sie die beiden betrachtete, wurde Roisin klar, dass sie es tun musste, andernfalls stünde es für immer zwischen ihnen. Diese beiden Frauen waren die wichtigsten Menschen in ihrem Leben, sie durfte sie nicht hintergehen, indem sie diesen jämmerlichen Vorfall verschwieg. Sie könnte das Gefühl nicht ertragen, dass ihre Freundschaft davon überschattet wurde. Auch wenn sie sich damit eine Tirade von Gina einhandelte.

»Gina.« Roisin hatte das Gefühl, zu einem Bungeesprung anzusetzen, und hoffte, dass das Seil zwischen ihnen nicht reißen würde. »Ich habe etwas Dummes, Schreckliches getan, und ich kann das nicht für mich behalten. Ich habe Matt geküsst. Es war sehr schnell vorbei, aber ich ekle mich vor mir selbst. Trotzdem lag Joe mit seinen Unterstellungen total daneben.«

»Wow«, sagte Meredith. »Damit hätte ich nun nicht gerechnet.«

»O mein Gott!«, rief Gina.

Roisins angespannte Miene fiel endgültig in sich zusammen.

»Nein. O mein Gott«, wiederholte Gina, berührte mit der einen Hand Roisin und legte die andere an ihre Brust. »Im Sinne von: Damit hätte ich auch nicht gerechnet, aber auch: o mein Gott«, wobei sie den Satz wie eine Frage betonte und den Zeigefinger hob. »Ich glaube … das ist okay für mich. Ich habe mich schon gefragt, ob das Eingeständnis, dass ich Matt aufgeben muss, mich endlich von ihm heilt, und das hat es auch. Als wäre der Bann gebrochen, weil ich es laut ausgesprochen habe. Wie der Koboldkönig in dem Film *Die Reise ins Labyrinth,* wisst ihr noch? Du besitzt keine Macht über mich.«

»Der Koboldkönig? … egal, red weiter«, sagte Meredith.

»Echt?!«, fragte Roisin verblüfft.

»Ja. Habt ihr endlich über seine Gefühle geredet?«, sagte Gina.

Meredith zog die Augenbrauen hoch, und Roisin klappte die Kinnlade herunter. Sie starrten einander an, während Gina ihre Sangria austrank.

»Ich glaube, davon könnte ich noch eine vertragen«, murmelte sie gedankenverloren.

Gina hätte von Roisins Beichte überrumpelt sein müssen, tatsächlich aber war sie von allen dreien die Gelassenste.

»Seine was?«, fragte Roisin. Sie warf Meredith einen Blick zu. Deren »Keine Ahnung wovon sie spricht«-Miene war ein eindeutiges Dementi.

»Im Ernst? Bin ich die Einzige? Dabei habe ich immer gedacht, ich bin diejenige von uns ohne die feinen Antennen!«

Wieder sahen Meredith und Roisin einander fragend an.

Gina strich sich das Haar glatt. Sie hatte es zu einem französischen Zopf geflochten und, wie Roisin jetzt registrierte, strahlte förmlich.

»Hüstel. Also: Matt hatte schon immer eine absolute Schwäche für Roisin. Und zwar eine ziemlich ausgeprägte. Der würde auf einem Pferd mit einem dieser langen piksigen Dinger für sie kämpfen, ihr wisst schon.« Sie machte eine stoßende Geste.

»Ein Schwert?«, fragte Meredith.

»Nein, eher so was wie ein Speer.«

»Ich glaube, du meinst eine Lanze«, meinte Meredith.

»Können wir zur Sache zurückkommen?«, bat Roisin, die Ginas Gleichmut noch nicht recht zu trauen wagte. »Weißt du das von Matt selbst?«

Mit freundlich-mütterlichem Blick wandte sich Gina an Roisin wie an ein begriffsstutziges Kind. »Nein, natürlich nicht. Aber wenn man jemandem derart lange hilflos verfallen ist, dann kriegt man ein paar Sachen über ihn mit. Glaub mir, Matt McKenzie brennt schon seit Ewigkeiten für dich. Ich würde sogar sagen, er *schmachtet* dich an.«

60

Das ist mir völlig neu«, versicherte Meredith Roisin.

»Mir auch«, sagte Roisin und wandte sich an Gina. »Du hast nie ein Wort gesagt.«

Die zupfte an ihrem Ohrstecker. »Na ja … ich dachte, du wüsstest eh Bescheid und wärst zu höflich, es zu erwähnen. Außerdem warst du mit Joe zusammen. Mir war klar, dass Matt niemals aktiv werden würde. Dazu ist er viel zu anständig.«

»Woher weißt du das?«, fragte Meredith.

»Ach, es ist doch unübersehbar!«

»Na ja, offensichtlich nicht …«, widersprach Meredith.

»Okay. Erinnert ihr euch, wie uns Dev zu dem Ausflug in den Center Park gezwungen hat?«

»Uuh, ja«, sagte Roisin. Bei gemeinsamen Aktivitäten war er schon eine ganze Weile die treibende Kraft. (Im Übrigen, wo *war* Dev? Roisin hatte versucht, ihn zu erreichen, um ihm endlich den Bericht zur Lage der Nation zu geben und ihm die Nachricht beizubringen, dass es zwischen ihr und Joe vorbei war. Er müsste längst aus Sóller zurück sein, aber sie hatte so lange keinen Kontakt mit ihm gehabt, dass es ihr so vorkam, als wäre er nicht in Spanien, sondern viel weiter weg gewesen.)

»Matt wollte nicht schwimmen. Er hat seine Nase die ganze Zeit in diesen Mittelalterroman von Hilary Mantel gesteckt und hatte rote Backen. Hat jeden Blick auf Roisin im Badeanzug gemieden.«

Roisin kniff die Augen zusammen. »Er findet Thomas Cromwell halt interessanter als Wasserrutschen …«

»Quatsch! Er war so verrückt nach dir, dass er super gehemmt war, weil du nur so wenig anhattest. Wenn man sich jemanden tausendmal nackt vorgestellt hat, dann kann man nicht so tun, als sei nichts, wenn plötzlich eine Menge Haut zum Vorschein kommt. Ich weiß, wovon ich rede.«

»Also, ich muss schon sagen, auf dieser Beweislage würde ich keinen Prozess aufbauen.« Meredith machte dem Kellner ein Zeichen und signalisierte mit einer kreisenden Bewegung des Zeigefingers und anschließend einem Daumen hoch, dass sie dasselbe noch einmal wollten.

»Genau. Kein gesteigertes Interesse an meiner nicht wirklich makellosen Bikinizone überzeugt mich nicht so recht«, sagte Roisin und fing, hauptsächlich vor Erleichterung, leicht hysterisch zu lachen an. »Zumal das auf so ziemlich jeden anderen vernünftigen Menschen auf der Welt auch zutrifft.«

»Oh, doch.« Gina nickte bedächtig. »Es ist wirklich so. Ich könnte noch andere Beispiele nennen, das ist mir nur gerade eingefallen. Matt wirkt sonst nie schüchtern.«

»Hm, also lag es entweder an Roisin oder an Devs Flamingo-Badehose«, meinte Meredith.

»Warum habe ich nichts davon bemerkt?«, fragte Roisin.

»Du bist bescheiden und kommst überhaupt nicht auf die Idee, auf so etwas zu achten. Außerdem hat Matt ein erschreckend perfektes Pokerface«, sagte Gina. »Er ist viel rätselhafter, als wir denken. Zum Beispiel habe ich nicht das Gefühl, dass er ein besonders gutes Verhältnis zu seiner Familie hat.«

Hm, damit lag sie schon mal richtig, allerdings stand es Roisin nicht zu, diese Vermutung zu bestätigen.

»Ich habe dir das nie verübelt, Rosh. Ich finde dich ja auch großartig«, sagte Gina.

»Ich kann einfach nicht fassen, dass ich die ganze Zeit in einem verwickelten sexuellen Psychodrama gesteckt habe«, meinte Meredith.

»Egal, ob das mit Matt nun stimmt oder nicht, ich kann kaum

glauben, dass du so verständnisvoll auf meine Dummheit reagierst«, sagte Roisin zu Gina. »Danke.«

Gina legte den Kopf schief. »Ich weiß, dass ihr mir das nicht abnehmt, aber komischerweise geht es mir absolut gut dabei. Viel besser, als ich je erwartet hätte. Genau genommen muss ich mich bei dir bedanken. Wenn du mir das nicht erzählt hättest, wäre ich mir nicht so sicher gewesen.«

»Aber wie kann das sein?«, fragte Roisin ungläubig.

»Der Aaron-Effekt!«, sagte Meredith und faltete die Hände.

»Ja, das auch. Aber an dem Abend, als Matt mit Amelia weg ist, hat etwas bei mir klick gemacht. Oder vielleicht ist etwas abgestorben. Beinahe über Nacht habe ich aufgehört, in ihn verknallt zu sein. Ich hatte nicht damit gerechnet, dass es so plötzlich gehen würde. Ich glaube, am Ende hatte ich die Nase einfach gestrichen voll von mir selbst – sodass ich mich entliebt habe, versteht ihr?«

So ganz verstanden Meredith und Roisin es nicht, aber sie nickten.

»Und übrigens, wisst ihr was? Aaron war die Sache echt ernst. So richtig. Er war so schüchtern, dass seine Hände beim Anstoßen gezittert haben, als wir zusammen im Pub waren. Mir ist bewusst geworden, wie sehr ich das will. Ich will gewollt werden. Matt kann mir das nicht geben.«

Wieder nickten Roisin und Meredith.

»Letzthin habe ich gesagt, ich könnte die Vorstellung nicht ertragen, mich mit der Frau anzufreunden, sollte Matt endlich die Richtige finden. Aber wenn sie schon meine Freundin ist, dann wäre dieses Problem ja gelöst!«, sagte Gina abschließend.

Überrascht platzte Roisin heraus: »Ehrlich, das hatte nichts zu bedeuten. Das ging gerade mal ein paar Sekunden, bis ich ›Was tun wir hier?‹ gebrüllt habe. Morgen Abend hat er eh schon wieder ein Date bei der Neueröffnung einer Bar. Das übliche McKenzie-Business geht weiter.«

Die neue Runde wurde gebracht, und sie schwiegen, während die leeren Gläser eingesammelt und durch volle ersetzt wurden.

»Hm.« Eindringlich sah Gina Roisin an. »Wenn du die Sache nicht weiterverfolgen willst, dann tu es bitte nicht um meinetwillen. Ich will Matt nicht noch mehr Schaden zufügen. Er hat es verdient, glücklich zu sein.«

»Heißt das, er darf zurück in den Brian Club?«, fragte Meredith.

»Natürlich«, antwortete Gina.

»Ich denke, das musst du ihm persönlich sagen«, meinte Meredith, und Gina nickte. »Gut. Das wäre jetzt also geklärt. Können wir bitte versuchen, den Bechdel-Test zu bestehen?«

»Was ist das?«, fragte Gina.

»Da geht es darum, ob ein Film sexistisch ist oder nicht. Reden Frauen, wenn sie unter sich sind, auch über andere Themen als Männer.«

»Wir würden den problemlos bestehen, wenn du endlich mal mit einer Frau ausgehst, über die wir tratschen können«, sagte Gina, und Meredith stöhnte, während Roisin losprustete.

Sie kamen auf andere Themen zu sprechen, und Roisin tat, als höre sie zu, während ihre Gedanken bei dem verweilten, was Gina gesagt hatte.

Matt war in sie verliebt? Schon lange? Und zwar so richtig? Es widerstrebte ihr, an etwas so Verlockendes und Außerordentliches zu glauben. Und es zwang sie, sich über ihre eigenen Gefühle im Klaren zu werden.

Sie hatte ihren Freundinnen gegenüber ehrlich sein wollen, aber das, was sie ihnen offenbart hatte, bewies nur, dass sie nicht vollkommen aufrichtig war. Weder ihnen noch Matt noch sich selbst gegenüber.

61

Obwohl Roisin sämtliche Symptome durchlitt, leugnete sie die Krankheit nach wie vor stur. Als sein Name auf dem Handy aufleuchtete, fühlte es sich so an, als habe ihr jemand eine Adrenalinspritze in die Brust gestoßen.

Es war der Tag nach dem Abend mit Gina und Meredith. Ihre Finger tippten so hektisch auf die Nachricht von Matt McKenzie, dass sie vor ihren Augen verschwammen. Roisin hatte Todesqualen ausgestanden, weil er so lange nichts von sich hatte hören lassen, allerdings war auch sie nicht aktiv geworden. Sie wusste nicht, was sie sagen sollte. Sie hatte gehofft, dass Meatball zu Besuch käme und sie Matt ein Foto von ihm schicken könnte, aber Gerüchten zufolge machte er der Belegschaft der Pommesbude im Dorf den Hof.

Tut mir leid, dass ich dich am Wochenende mit Joe habe stehen lassen. Ich hatte den Eindruck, meine Anwesenheit macht die Sache nur noch schlimmer. Wie ist es gelaufen? x

Sie tippte zurück:

Es wurde nicht besser, aber hoffentlich war's das jetzt. Wie geht es dir? Ist heute Abend nicht die Bareröffnung in Ancoats? x

Gutes Gedächtnis! Ja, so ist es, das festa (selbstverständlich kleingeschrieben). Ich werde berichten, ob die Negronis was taugen. Liebe Grüße an deine Mum, Terence und natürlich Meatball. In meinem Zimmer liegt noch eine Tüte mit seinen Lieblingsbrekkies. Vielleicht magst du sie an ihn verfüttern. X

Hm. Ein großer Kuss. Betont versöhnlich, aber auch ein Schlusspunkt. Vielleicht verschickte man die ja auch leichter an Menschen, in die man nicht verknallt war?

Die Analyse der Größe von x-Küsschen war ebenfalls ein Symptom.

O Mann, sie vermisste ihn. Ohne Matts Gelächter und offen gestanden auch ohne den Anblick seiner muskulösen Arme, wenn er schwere Kisten schleppte, war das Mallory ein freudloser Ort.

Hätte Gina sie nicht so ermutigt, hätte Roisin niemals zu hoffen gewagt, doch deren Worte kreisten ihr unablässig durch den Kopf. War Gina einfach nur romantisch veranlagt und litt an den langfristigen Folgen des McKenzie-Störungssyndroms, oder hatte sie tatsächlich recht? Immerhin hatte sie sich nicht getäuscht, als es um seine Familie ging.

Verflucht noch mal, was sollte Roisin mit all den quälenden Gefühlen anfangen?

»Heute Abend sind Amy und Ernie da«, sagte Lorraine, als spürte sie Roisins Unruhe. »Möchtest du nicht was Schönes unternehmen?«

»Ja, könnte ich schon machen …«

Traute sie sich? Oder sollte sie warten, bis diese Verrücktheit sich wieder legte? Was, wenn … Was, wenn Matts Liebe seines Lebens da draußen in Ancoats auf ihn wartete, und heute war der Abend ihrer ersten Begegnung?, fragte sie sich. Dann wären die beiden für immer vereint, unaufhaltsam unterwegs Richtung Heirat und Babys, und Roisin würde sich den Rest ihrer Tage fragen, was passiert wäre, wenn sie nur mutig genug gewesen wäre.

Diese Schlampe musste aufgehalten werden.

In ihrem Kopf nahm ein Plan Gestalt an. Ein völlig durchgedrehter Plan.

Er hatte ihr den Namen genannt, festa, das musste doch ein Hinweis darauf sein, dass er sich wünschte, sie würde dort aufkreuzen, oder? Natürlich! Nein. Genau solche Sachen redeten sich Stalker ein.

Roisin zog das schwarze Kleid von & Other Stories an, für das sie einmal ein Kompliment von ihm bekommen hatte, und bestellte ein Taxi, weil sie sich sagte, dass sie einen Drink wollte, wenn es gut lief, und wenn es schlecht lief, dann bräuchte sie einen.

Hypernervös holte sie unterwegs die Puderdose heraus, um nachzusehen, ob sie auch keinen Lippenstift an den Zähnen hatte. Der Fahrer beobachtete sie.

»Das erste Date?«

»So was in der Art.«

»Wenn Sie nervös werden, dann stellen Sie ihn sich einfach nackt vor.«

»Genau das würde mich noch nervöser machen«, sagte Roisin.

Der besonderen Gelegenheit angemessen bot Manchester pflichtschuldigst einen Regenguss auf, der so heftig war, dass Roisin, die Handtasche über dem Kopf, in die Bar stürzte. Das festa war ein lang gezogener Raum mit hohen Decken voller freigelegter Lüftungsrohre und nackter, baumelnder Glühbirnen an Kabelsträngen. Zu so etwas pflegte Terence zu sagen: »Warum machen die Leute heutzutage die Elektrik nicht mehr fertig? Die Dämmung ist eine Katastrophe!« Er erinnerte seine Mitmenschen gern daran, dass er geprüfter Gas- und Elektrotechniker gewesen war, bevor er Barkeeper wurde.

Roisin bahnte sich den Weg durch die schön gekleidete Menschenmenge und fürchtete schon, dass Matt gar nicht da war. Sollte sie es riskieren und ihm eine WhatsApp schicken? Was genau sollte sie schreiben?

In dem Moment entdeckte sie ihn weit hinten vor einer Wand aus grünen Plastikpflanzen: sein unverkennbar markantes Gesicht. Ihr Herz wummerte, und ihre Handflächen wurden feucht.

Er sah sie und rief ehrlich erschrocken: »Roisin?«

Der Name der Bar war also kein Wink gewesen. Nein. Die Frau, mit der Matt redete, hatte einen hohen Pferdeschwanz, und um ihre endlos langen nackten Beine rankten sich die Riemchen ihrer High Heels wie Wilder Wein. Sie war atemberaubend. Falls sie die zukünftige große Liebe war, dann konnte sich Roisin jetzt schon die Kugel geben.

Beinahe wollte Roisin sagen: »Ein Versehen!«, während sie zurückwich und im Kopf die *Yakety-Sax*-Melodie hörte.

»Warum bist du hier?«, fragte Matt, stellte sein Glas ab und kam auf sie zu.

»Hallo. Können wir reden?«, sagte sie.

»Äh … ja.«

»Unter vier Augen? Draußen?«

»Muss es draußen sein? Es schüttet wie aus Kübeln!«, wandte Matt durchaus gerechtfertigt ein.

»Ich will nicht schreien.«

Hier drinnen würde sie die ganze Zeit die Augen der anderen auf sich spüren. Sie konnte ihm das nicht sagen, solange sich Menschen dicht um sie drängten. Oder schreiend die Musik übertönen, während *Age of Consent* von New Order ihnen das Trommelfell malträtierte.

Sie trat mit dem ratlosen Matt auf die Straße, und Matt deutete auf ein Vordach vor einem Geschäft.

Eilig rannten sie dorthin. Wie ein Wasserfall stürzte der Regen an den Seiten herab.

»Das wird jetzt der ultimative Belastungstest für die Lebensweisheit meines Vaters, dass man Mut niemals bereut.«

»Okay?« Matt wischte sich das Regenwasser von der Augenbraue.

»Ich mag dich wirklich sehr.«

Matt wirkte überrascht, aber teilnahmslos. Roisin fürchtete

schon, er sei verärgert, weil sie ihn wegen so einem Quatsch von der Party weggezerrt hatte.

Roisin hatte eine ambitioniertere Version dieser Rede vorbereitet, doch die warf sie augenblicklich über Bord. Offensichtlich war das Leben keine romantische Komödie. Eine großartige Liebeserklärung gegenüber einem ahnungslosen Menschen, den man sehr gut kannte, ähnelte kein bisschen der Szene auf der Neujahrsparty in *Harry und Sally* – es war vielmehr entsetzlich.

Es regnete, und sie nahm es wahr.

»Wegen der Sache von neulich. Du weißt schon. Mit Bryan Ferry und Spandau Ballet. Ich mag dich wirklich, und ich denke, wir sollten … es versuchen. Wenn du willst. Gina hat auch nichts dagegen.«

»Das wolltest du mir sagen? Du hast ihre Erlaubnis?«, fragte Matt, und Roisin wollte im Boden versinken. Dieser Zwischenfall würde sich in den kommenden Monaten und Jahren als Post-Joe-traumatische Belastungsstörung herausstellen.

»Und wenn Gina Nein gesagt hätte? Würdest du dich dann für Gina entscheiden?«

Zögernd nickte Roisin.

»Die richtige Entscheidung«, sagte Matt. Uff.

Dass Matt nicht sagte: Wow, ich dich auch, und sie in den Arm schloss, genügte Roisin als Antwort.

»Also …«, setzte Matt an. »Vielleicht überstrapaziere ich das mit der Aufrichtigkeit, aber ich habe es so satt, nicht zu sagen, was ich wirklich denke, und nicht zu wissen, was die anderen wirklich denken. Tatsache ist: Ich bin nicht der, für den du mich hältst.«

62

Inwiefern?«

Wollte er jetzt zugeben, dass er doch ein gnadenloser Schürzenjäger war?

»Vermutlich hältst du mich für diesen amüsanten Partylöwen, der dich nach einem Jahrzehnt Joe Powell über die Tanzfläche wirbelt und wieder auf die Beine stellt.«

Er holte Luft. »Allem Anschein zum Trotz …« Mit dem Kopf deutete er auf die pulsierende Menge in der Bar. »… gibt es in meinem Leben nicht sehr viele Menschen. Menschen, die mir etwas bedeuten. Ich habe keinen Kontakt zu meiner Familie, und in Zukunft werde ich nicht viel vom Brian Club sehen. Manchmal bin ich sehr einsam. Keine Ahnung, warum es mir so schwerfällt, das zuzugeben, aber so ist es. Eigentlich schäme ich mich nicht dafür, aber … augenscheinlich tu ich es doch.«

Das Gefühl, sich für etwas zu schämen, wofür man sich eigentlich nicht schämte, kannte Roisin nur allzu gut.

»Aber du bedeutest mir etwas. Du bist eine meiner ältesten Freundinnen, und ich liebe dich. Es schmeichelt mir, dass du denkst, du könntest eine Weile Spaß mit mir haben. Aber ich male mir aus, wie es danach wird, und das will ich nicht. Ich will unsere Freundschaft nicht auf eine unbeholfene WhatsApp alle zwei Monate reduzieren. Sich bemüht ungezwungen beim anderen melden und ausweichende Auskünfte über den aktuellen Partner geben. Man kann nicht unbeschwert befreundet bleiben, nachdem man mit jemandem so etwas erlebt hat.«

Roisin nickte.

»Wenn du einen Booster für dein Selbstbewusstsein brauchst, kann ich dir versichern, dass du ganz und gar großartig bist. Du wirst keine Probleme haben, jemanden zu finden. Aber ich kann das nicht. Falls es dich tröstet: Ich hasse ihn jetzt schon.«

»Danke«, sagte Roisin, »für das netteste ›Du? Ne danke, Liebes‹, das ich jemals hören werde.« Selbstironisch zog sie eine Grimasse.

Matt lächelte, schüttelte den Kopf und machte ein gequältes Gesicht. »Damit ist nicht nein, danke gemeint, sondern: Ich habe dich zu gern, um den Status eines engen Freundes gegen den des Quasi-Ex einzutauschen. Egal, wie nett die kurze Phase dazwischen ausfallen mag.«

Roisin sagte: »Ich verstehe schon.« Das war's. Trotzdem wollte sie etwas von ihrer zerfledderten Würde zurückergattern. »Aber ich lag nicht ganz falsch, zu glauben, dass du nicht völlig abgeneigt warst? Immerhin hast du mich geküsst … bevor mir Gina eingefallen ist.«

»Ich habe nie behauptet, dass es mir leichtfällt, dich abzuweisen.« Matts Lächeln war niederschmetternd. »Was ich meine, ist, dass der Preis für eine Affäre zu hoch ist.«

Allerdings … ging es ihr nicht um eine Affäre. Sollte sie das sagen? Ach, scheiß drauf. Nun kam es auch nicht mehr darauf an.

»Ich bitte dich nicht um ein Techtelmechtel.« Roisin hatte absolut keine Ahnung, ob dieses letzte Angebot ratsam war. Wenn man schon nicht zum richtigen Zeitpunkt aufhörte, sollte man wenigstens aufhören, bevor man sich endgültig zum Affen machte.

»Worum dann?«, fragte Matt.

»Was ich meine …« Roisin verstummte angesichts der unmöglichen Aufgabe, in dieses wunderschöne Gesicht zu sehen und die törichten Worte tatsächlich auszusprechen.

»Sei so unverblümt und anschaulich, wie du willst«, sagte Matt. »Ich denke, wir sind über hübsche Beschönigungen hinaus.« Er hob den Arm, um sie von einem Wasserschwall abzuschirmen, der es irgendwie seitwärts unter das Vordach geschafft hatte.

Tief holte sie Luft. »Was ich sagen will: Ich gehöre dir, wenn du mich willst. Ich will dich. Was ich meine ist: Ich denke, ich liebe dich.«

Es folgte ein Augenblick fassungsloser Stille.

»Seit wann?«, fragte Matt leise.

»Seit ein paar Tagen. Das klingt leichtfertig, ich weiß. Aber plötzlich … ist es einfach so. Als wäre es die ganze Zeit schon da gewesen.«

Matt blickte sie an, und sie erwiderte seinen Blick. In der Nähe sagte eine weibliche Stimme: »Entschuldigt die Störung, aber soll ich dir noch einen Drink holen, Matt?«

Er sah hin. »Nein, danke.«

Die Person zog sich zurück.

Roisin fragte sich, ob sie noch etwas sagen sollte, aber bevor es dazu kam, machte Matt einen Schritt auf sie zu, vergrub die Hände in ihrem Haar und küsste sie.

Sie legte die Arme um seinen Hals und dachte: Auch wenn das hier nur Mitleid ist, lass mich rausholen, was geht.

»Nur um ganz klar zu sein: Was hat das zu bedeuten?«, fragte sie, als sie sich voneinander lösten.

»Es bedeutet: Das hättest du gleich sagen können.« Matt strahlte vor Freude, so hatte Roisin ihn noch nie zuvor erlebt. »Dann hätte ich gesagt: Das trifft sich gut, denn ich liebe dich schon immer.«

»Weißt du, worauf ich Lust hätte?«, sagte Matt, als sie nebeneinander im Bett lagen. Matt nahm ihre Hand.

»Mach mir ruhig Angst«, sagte Roisin; bestimmt würde sie keine Angst kriegen, selbst wenn Grund dazu bestünde.

Ihr schwarzes Kleid lag am Boden von Matts Galerieschlafzimmer in seiner wirklich bekloppten Wohnung. Roisin hoffte, dass es sich hier nur um das erste Mal von vielen handelte und sie noch oft gemeinsam in diesem Bett landeten. Sich jemand nackt zu zeigen, den man schon so lange kannte, fühlte sich manchmal komisch an, aber im Großen und Ganzen war es einfach nur sehr, sehr schön.

»Auf einen Urlaub mit dir. Auf so einen, den es vermutlich nur in der Fantasie und auf Instagram gibt. UNO-Karten auf Tischen mit Teelichtern, große Gläser mit billigem Weißwein. Dahinter die Hafenlichter. So Zeug. Vielleicht ja auch Hummer mit Pommes.«

»Klingt nach Griechenland oder Italien. Allerdings kosten Urlaube in den Schulferien ein Vermögen. Dev-Doshi-Summen. Der Nachteil meines Jobs. O Gott.« Sie legte die Hand an die Stirn. »Ich freue mich echt nicht darauf, wieder zur Arbeit zu gehen. Ich hatte eine Panikattacke vor der Schulklasse, als sie ein Videoschnipsel aus *Hunter* abgespielt haben. Au weia.«

Matt verlagerte sein Gewicht auf den Kissen, legte den Arm um sie und küsste sie aufs Haar. »Du bist eine wunderbare Lehrerin, du kriegst das hin. Ich glaube fest an dich. Du wirst hocherhobenen Hauptes ins Klassenzimmer gehen.«

»Danke«, sagte Roisin. Sie betrachtete die opulente Umgebung, womit nicht nur Matt McKenzie gemeint war. »Wie viel von dem hier bist du? Nicht im Sinne von, was gehört dir …«

»Ja, ja. Willst wohl wissen, wie viel vom Familiensilber übrig ist?«

»Pah. Ich meine … du hast gesagt, der glamouröse Mann von Welt war nur … Fassade.« Sie wollte das Wort »einsam« nicht wiederholen, obwohl es sich tief in ihr Inneres gegraben hatte.

»Das ist eine gute Frage. Nach der Kündigung habe ich mich das selbst gefragt. Es ist nur halb ernst gemeint, auf verquere Weise. Als hätte ich bewusst eine Rolle gespielt, um andere Leute damit zu unterhalten.«

Ausgetüfteltes Casanova-Gehabe. Joe war mit seiner Einschätzung also nicht völlig danebengelegen.

»Die Maske gräbt sich ins Gesicht. Ich komme mir total idiotisch vor, dir und mir selbst einzugestehen, dass mein Leben so eine Art ironische Kunstperformance war, damit mich die Leute mögen.«

Roisin dachte daran, wie Matt im Mallory klaglos geschredderte Kringelnudeln aufgewischt hatte, die Terence in der Mikrowelle zur Explosion gebracht hatte, und erkannte, warum sie sich in ihn verliebt hatte.

»Ich finde nicht, dass du dich hinter irgendwas verstecken musst, um gemocht zu werden«, sagte Roisin nachdrücklich.

Matt drückte ihre Schulter. »Da ich nie Teil eines Paars war, habe ich Lust auf Paar-Sachen. Meinst du, dir wird übel, wenn ich dir Karten mit inspirierenden Liebesbotschaften schreibe und in deine Tasche stecke, damit du sie bei der Arbeit findest?«

Roisin brach in Lachen aus. »Auf denen steht dann *Lebe, lache, liebe,* oder was?«

»Auf denen steht … ich weiß nicht, du musst sie schon aufmachen, um das herauszufinden. Danach wirst du dich den ganzen Tag nicht mehr konzentrieren können. Oder vielleicht schreibe ich einen Witz.«

»O Gott, bitte nichts Schlüpfriges. Bei meinem Glück verliere ich den Brief, und ein Schüler aus der Zehnten macht ihn auf.«

»Versprochen. Ich schreibe nicht: Habe den Schlüssel zu deiner Dildo-Schublade gefunden.«

Roisin kreischte. »Warst du wirklich die ganze Zeit in mich verliebt?«, fragte sie dann.

»Ja. Ich habe es dir doch erzählt. Erinnerst du dich an die Frau, in die ich schon früher verliebt war? Über die ich mit einem Freund geredet hatte, der daraufhin die Initiative ergriff? Das warst du. Und Joe natürlich.«

Roisin setzte sich ein wenig auf. »Wie bitte? Im Ernst? Ich zitiere: Sie ist ans andere Ende der Welt gezogen.«

»Das war eine etwas überspitzte Umschreibung für West Didsbury. Ich musste eine falsche Fährte legen. Ich habe Angst bekommen, dass du mich mit deinen weisen braunen Augen durchschaust.«

Roisin brauchte einen Moment, um das zu verdauen. »Augenblick. Das war ich? Du hast mich auf Social Media geblockt?«

»Haha! Lustig, dass dich dieser Umstand mehr schockiert, als dass ich zehn Jahre lang insgeheim von dir besessen war. Doch, tut mir leid. Aber ich habe immer mal wieder reingeschaut, damit du nichts merkst.«

»Wegen der Baby-News?«

»Genau. Kürzlich habe ich die Gefahrenstufe, dass du ein Ultraschallbild postest, von Rot auf Orange herabgesetzt. Die Wahrscheinlichkeit war gering, aber es war nie ganz ausgeschlossen.«

»Ich fass es nicht. Warum hast du mich damals nicht gleich angesprochen?«

Roisin dachte an die Jahre in der Buchhandlung an der Deansgate zurück. Sie erinnerte sich an einen wahnsinnig gut aussehenden, umgänglichen jungen Kerl aus reicher Familie. Damals hatte es sie überrascht, dass er sich die Schufterei im Verkauf zumutete. Sie hatte ihn erst für einen Schnösel gehalten, aber Matt McKenzie hatte sich als einer der gutmütigsten Menschen erwiesen, denen sie je begegnet war. Und er sah aus wie aus Marmor gehauen. Roisin war davon ausgegangen, dass die Frauen bei ihm Schlange standen, und zwar eher nicht solche, die im Personalraum Salzstangen in Hummus tunkten und Klatschmagazine lasen.

»Ich wollte dich um ein Date bitten. Wenn wir nach der Arbeit was trinken gegangen sind, habe ich ständig versucht, die Sitzordnung so einzurichten, dass ich mit dir reden kann. Wie du dich vielleicht erinnerst, wollten eine Menge Leute an diesen Abenden neben Roisin sitzen. Aber wie gesagt, ich habe den Moment verpasst. Dann warst du mit ihm zusammen.«

Sie hatte Matt nie zuvor schüchtern erlebt. (Mann, Gina, du hattest recht.)

»Joe hat mich angesprochen, weil du ihm erzählt hast, dass du das vorhast?«

»Jepp. Er hat behauptet, du hättest das Timing erzwungen, nicht er. Ich habe ewig gebraucht, bis mir klar wurde, dass das Bullshit war.« Matt machte eine Pause. »Ich hätte das nicht erwähnen sollen. Jetzt steht er wieder zwischen uns.«

Unter dem Laken fuhr Roisin mit der Hand über seine Brust. Sie hatte ihm erklärt, sie müsse sich erst an all die Muskeln gewöhnen – sie habe gar nicht gewusst, dass man so viele Muskeln besitzen könne.

»Ich schwöre dir, ich denke nicht an Joe.«

63

Wahrscheinlich gab es noch unangenehmere Orte, an denen man den Anruf der Mutter des Ex-Freundes entgegennehmen konnte, als die in schwindelerregender Höhe liegende Wohnung des neuen Lovers am Morgen nach der ersten gemeinsamen Nacht, aber Roisin hatte keinerlei Absichten, mit ihnen Bekanntschaft zu machen.

Aus oben genannten Gründen wäre Roisin auch gar nicht rangegangen, aber als Fays Name aufleuchtete, hatte sie gerade am Handy herumgespielt und das Gespräch versehentlich angenommen.

Immerhin war sie allein – mit Matts Job waren manchmal recht unsoziale Arbeitszeiten verbunden, und er hatte zu einem Sonntagvormittagstreffen wegen seiner Neuanstellung gehen müssen. Er hatte ihr einen Schlüssel dagelassen.

»Behalte ihn«, hatte er gesagt, bevor sie sich noch einmal leidenschaftlich küssten, wodurch er sich verspätete. Wenn es nach Roisin gegangen wäre, hätte er sich gern noch mehr verspäten können.

»Hallo, Roisin. Ich wollte sagen, wie leid es Kenneth und mir tut, dass ihr euch getrennt habt.«

»Danke, Fay«, sagte Roisin. »Es ist traurig, aber hoffentlich kriegen wir das zivilisiert über die Bühne.«

»Joe sagt, du behältst die Wohnung?«

Fay bemühte sich vergeblich, sich die Missbilligung nicht anmerken zu lassen. Doch Roisin hörte es deutlich an ihrem vermeintlich neutralen Tonfall. Sie hatten die Sache längst durchgehechelt.

»Joe hat darauf bestanden, er meint, das sei gerecht, weil ich jahrelang seine Schriftstellerkarriere unterstützt habe. Es ist unheimlich großzügig. Vermutlich gelten andere Maßstäbe, jetzt, wo er so erfolgreich ist.«

Fay holte Luft. »Joe sagte auch, du hast ein Verhältnis mit jemandem, den ihr beide kennt? Mit einem Freund?«

O Gott. Verbrannte Erde, oder was, Joe? Dazu gab es keinerlei Anlass. Auch sie hätte Lorraine ein paar Einzelheiten auftischen können, hatte es jedoch nicht getan.

»Hm. Zur Trennung haben verschiedene Faktoren beigetragen«, erwiderte Roisin knapp. »Es hatte nichts mit Untreue zu tun.«

»Na ja, das dürfte jedenfalls nicht geholfen haben. Komm schon, Roisin.«

»Es ist nichts hinter Joes Rücken vorgefallen, Fay.«

Trotzdem war Roisin peinlich berührt. Es erfüllte sie nicht mit Stolz, dass sie sich in einen ihrer gemeinsamen Freunde verliebt hatte. Aber es war nur deshalb passiert, weil die Beziehung zu Joe bereits zerbrochen war.

Normalerweise wäre ihr Liebesleben anders verlaufen, erst sechs bis zwölf Monate Singledasein und daraufhin eine Beziehung mit jemandem, der keinerlei Verbindung zu Joe hatte. Aber das Schicksal war ein Chaos stiftender Schweinehund und schlug zur Unzeit zu, und so war es anders gekommen. Liebe war Liebe. Jedenfalls konnte Joe nicht behaupten, dass sie ihm – mit ihrem Busen – seinen Busenfreund gestohlen hätte.

Fay stellte noch ein paar Fragen über Roisins Befinden, wobei sie die Antworten wahrscheinlich überhaupt nicht interessierten. Offensichtlich ging es Fay nicht um ein stilvolles, freundschaftliches Lebewohl, sondern sie war derart aufgebracht, dass sie sich Roisins Rechtfertigungen nicht entgehen lassen wollte. Sie wollte Roisin zu dem Geständnis bewegen, dass sie ihren Sohn schändlich behandelt hatte, ähnlich wie ein Polizist, der den Tatvorwurf verliest. Um eins klarzustellen: Sie wussten Bescheid.

Es überraschte Roisin, wie sehr sie das mitnahm. All die Jahre, in denen sie für das Sonntagsessen Karotten geschält, Zeitungsausschnitte über SEEN verschickt und sich daran erinnert hatte, aus welcher kleinen Destillerie Kenneth den Gin am liebsten mochte, für nichts und wieder nichts. Sie war eine untadelige Schwiegertochter gewesen, und das alles löste sich nach ein paar ausgesuchten, beleidigten Worten von Joe in Luft auf. Mütter und Söhne. Sie dachte an Lorraine und Ryan.

Nachdem sie das Gespräch beendet hatte, sah sie, dass Joes bester Freund Dominic in der Leitung wartete. Stellten sich die jetzt schon an, um Roisin in den Arsch zu treten? Fast hätte sie den Anruf abgelehnt, aber durch die Auseinandersetzung mit Fay war sie in Fahrt gekommen, und so nahm sie ab. Sie war aufgebracht.

»Hi, Dominic!«, sagte sie.

»Roisin, Liebes. Wie geht es dir?« Sein altväterliches Gehabe gegenüber Frauen seines Alters fand Roisin schon zu den besten Zeiten lästig.

»Weißt du, mir ging es gut, bis Joes Mutter angerufen und mir unterstellt hat, dass ich eine habgierige, hinterlistige Schlange bin. Falls du etwas zum selben Thema vorbringen möchtest, würde ich dich bitten, darauf zu verzichten. Eine E-Mail tut es auch, wie man so schön sagt.«

»O nein! Mütter! Das tut mir leid«, sagte Dom beschwichtigend.

Roisin hatte damit gerechnet, dass er sich angegriffen fühlen würde, und verstummte.

»Vic und ich sind echt erschüttert. Das wollten wir dir sagen und nachfragen, wie es dir geht. Und das bleibt bitte unter uns, aber ich denke, Joe tut sich keinen Gefallen mit seinem arroganten, unverwundbaren Gehabe. Er ist total verzweifelt darüber, dich zu verlieren, auch wenn er sich nichts anmerken lässt.«

»Aha«, meinte Roisin.

»Wenn er über dich redet, scheint immer durch, wie sehr er dich achtet, Roisin.«

So, so, dachte sie. Sie hatte gewusst, dass es einen Hintergedanken gab, und da war er. Die Botschaft lautete: Gib Joe noch eine Chance.

»Für ihn bist du die einzige Frau auf der Welt. Für ihn bist du ein Kraftzentrum – so nennt er es.«

Roisin bemühte sich, verständnisvoll zu klingen. Sie wusste, Dom meinte es gut, vielleicht war es nur sein Auftreten, das sie so nervenaufreibend fand. Trotzdem war das hier Mansplaining – er erklärte ihr, wie sie Joe wahrzunehmen hatte, wie groß seine Liebe war. Kam Dominic gar nicht auf die Idee, Roisin nach ihrer Meinung zu fragen? Ihre eigene Trennung war von anderen vereinnahmt worden.

Doch es hatte keinen Zweck, das anzusprechen. Dom würde einfach nur darauf beharren, dass er Roisin klarmachen wolle, wie sehr Joe sie wertschätzte.

»Ich fahr heute noch rüber und bleibe über Nacht, damit er nicht allein ist. Vermutlich eine Nacht voller Tom Waits und Whisky. Hör mal, es geht mich ja nichts an, aber …«

An dieser Stelle kannst du eigentlich aufhören, dachte Roisin gereizt.

»Joe hat erwähnt, dass dich ein Bekannter von euch anbaggert. Er hat den Eindruck, dass man dem Mann nicht trauen kann. Dass er keine guten Absichten hat. Joe war sehr aufgewühlt und hatte Angst, du denkst, es geht ihm bloß um Besitzansprüche. Er hat lang und breit darüber geredet, als er letzthin auf einen Sprung bei uns war.«

Es handelte sich nur um eine winzige Andeutung, der Hauch einer Spur, die Roisin mit Leichtigkeit abtun könnte.

Aber *auf einen Sprung*? Wo Joe doch behauptet hatte, er habe bei Dom übernachtet?

64

Roisins Gedanken rasten, während Dom weiter über die nebulösen und undurchsichtigen Bösartigkeiten einer fiktiven Version von Matt McKenzie fabulierte.

Sie konnte Dom nicht direkt auf die Formulierung ansprechen, Joe sei »auf einen Sprung« da gewesen, denn dann würde er ahnen, dass sie Joe auf die Schliche gekommen war, würde in den Solidaritätsmodus unter Männern schalten und darüber schwadronieren, dass Joe natürlich nichts falsch gemacht hatte, und später bei ihm nachfragen.

Sie konnte nicht einfach entgegnen: Ach, hat er nicht bei dir übernachtet?, sondern sie musste schlauer vorgehen.

Roisin ließ einen Versuchsballon steigen. »Hoffentlich ist er nach eurem Jungsabend nicht zu betrunken bei seinen Eltern reingestolpert und hat sie geweckt.«

»Wann? Letzte Woche? Ach, nein«, sagte Dom. Er hielt inne, und Roisin dachte, er würde das Thema wechseln. »Er war schon um halb neun weg, er ging mit ihnen essen.«

»Ah, klar! Ich glaube, das hat er erzählt«, sagte Roisin ruhig.

Als sie auflegte, sträubten sich die Härchen an ihren Armen. Rein zufällig hatte sie eine unverblümte Lüge aufgedeckt. Eine Lüge aus jüngster Zeit. Sie wusste, dass Joe ihr irgendeinen Müll auftischen würde, wenn sie ihn damit konfrontierte.

Er habe einen ruhigen Abend für sich verbringen wollen, seine Seelenverfassung sei nicht so toll gewesen, er habe gewusst, dass Roisin nach dem Warum gefragt hätte, und dazu sei er noch nicht bereit gewesen, bla, bla.

Sie würde ihm ohnehin nicht glauben.

Warum sollte ich meine Eltern zur Verschleierung heranziehen, wo ihr doch dauernd telefoniert? Weil du darauf spekuliert hast, dass sie es nicht erwähnen. Die Lösung war nicht perfekt, aber sie war gut genug. Das Roulettespiel erhöhte vermutlich nur den Reiz.

Wo also war er gewesen? Roisin hatte angenommen, in Manchester, aber er musste in York gewesen sein. Er hatte Roisin ursprünglich gesagt, er wolle zu seinen Eltern, und Dom daraufhin zur Erklärung der widersprüchlichen Aussagen benutzt. Und er hatte sich nicht die Mühe gemacht und sein Alibi doppelt abgesichert.

Ockhams Rasiermesser: Joe war an jenem Sonntag in York gewesen, wollte aber nicht, dass irgendjemand wusste, was er dort tat oder wo er übernachtete, noch nicht einmal Dom. Offensichtlich schämte er sich seinem ältesten Freund gegenüber, weil er Roisin betrog – das sprach immerhin für ihn.

Aber mit wem? Er fuhr relativ regelmäßig nach York, aber meistens in Begleitung von Roisin. Seit sie die schöne Wohnung hatten, kamen seine Eltern ziemlich oft zu ihnen. Es konnte nicht ganz einfach sein, eine Affäre mit einer Frau in York aufrechtzuerhalten.

Möglicherweise hatte Joe ein heimliches Tinder-Profil, in dem er den Standort York angab, aber irgendwie erschien Roisin das unwahrscheinlich. Jaspers Aussage, dass nur Idioten Spuren auf ihrem Handy hinterließen, klang sehr nach Joe.

O Gott … und wenn er dafür bezahlte? Daran hatte Roisin bislang gar nicht gedacht, weil diese Vorstellung so schrecklich war, und eigentlich konnte sie den Gedanken auch jetzt nicht zulassen. Außerdem sah Joe so etwas gar nicht ähnlich. Sicher legte er großen Wert darauf, dass die Frau sich aus freien Stücken auf ihn einließ. Er genoss die Macht über andere. Etwas, wofür man Geld bezahlte, war jedermann zugänglich. Bei ihm hatte die Sache auch eine psychologische Dimension. Es ginge ihm nicht nur um den körperlichen, sondern auch um den Hirnfick.

Roisin googelte die Hotels im Stadtzentrum von York. Sie hatte oft genug zugehört, wenn Joe über seine bevorzugten Unterkünfte in London, New York oder L. A. doziert hatte. Wenn sie sich die möglichen Optionen so anschaute und ausschloss, dass es sich um eine Privatwohnung handelte – was natürlich gut möglich war –, dann war er sehr wahrscheinlich im The Royal abgestiegen, einem ehemaligen Bahnhofsgebäude aus edwardianischen Zeiten mit fünf Sternen. Sie hatten dort schon bei Hochzeiten übernachtet.

Joe liebte Pomp und Prunk. Für die trendigen Hotels mit den »Hallo nehmt mich mit«-Werbeblättchen neben dem Duschgel mit Feigenaroma hatte er nur Verachtung übrig. Außerdem bevorzugte man beim illegitimen Poppen vermutlich die Anonymität einer Kette, statt sich in einem winzigen Hotel fragen zu lassen, ob es einen besonderen Anlass gebe und ob man das erste Mal in York sei.

Roisin konnte nicht anders, sie musste dem auf den Grund gehen. Zugegeben, es war ein Schuss ins Blaue, aber es war immerhin ein Schuss.

Sie überlegte, wie sie den Datenschutz umgehen konnte. Die besten Chancen hätte sie wohl, wenn sie: 1. vorgab, selbst Hotelgast gewesen zu sein, statt nach einem anderen zu fragen und Argwohn auszulösen, und 2. mit einer finanziellen Frage aufwarten konnte, worauf das Gegenüber die Problemlösung über die Privatsphäre stellen würde.

Die Sache hatte nur einen Pferdefuß. Womöglich fragten sie Roisin nach einer Kreditkartennummer, und die könnte sie nur durch einen Vorwand in Erfahrung bringen – darauf verzichtete sie lieber. Joe und sie hatten getrennte Konten, die Bankauszüge erhielten sie digital, und selbst wenn sie irgendwie Zugang zu seinem Online-Banking hätte, hatte er ja vielleicht bar bezahlt. Es ging darum, nachzuweisen, dass er überhaupt da gewesen war.

Sie holte tief Luft. Im Internet suchte sie die Telefonnummer heraus, tippte sie ins Handy und lauschte der automatischen Ansage. Sie drückte die Fünf, um mit einem Mitarbeiter am Empfang zu sprechen.

»Guten Tag, The Royal York, was kann ich für Sie tun?«

»Hi! Ich war letzten Sonntag zu Gast bei Ihnen, am Fünfzehnten. Ich habe meine Kreditkartenabrechnung bekommen, man berechnet mir eine Wahnsinnssumme, und ich habe das Gefühl, da stimmt was nicht. Wahrscheinlich hätte ich es gleich bemerken müssen, aber ich hatte einen üblen Kater und habe bezahlt, ohne so genau hinzuschauen, haha! Könnten Sie vielleicht meine Reservierung noch mal checken und mir sagen, welches Zimmer ich ursprünglich gebucht habe?«

»Unter welchem Namen lief die Reservierung, bitte?«

»Roisin Walters. R, O, I, S, I, N. Walters mit S am Ende.«

Zwar standen ihre Chancen vermutlich am besten, wenn sie die Sache schnell über die Bühne brachte, doch erschien ihr das Risiko zu hoch, als Frau anzurufen und nach der Rechnung von einem Mann zu fragen. Da würden sicher die Alarmglocken schrillen. Sie musste es geschickt einfädeln.

Im Hintergrund hörte sie, wie jemand auf einer Tastatur tippte.

»Es tut mir leid, unter diesem Namen ist nichts im System eingetragen.«

»Oh? Ach, warten Sie … natürlich. Mein Freund hat das gebucht. Versuchen Sie es mit Joe Powell. P, O, W, E, Doppel-L. Dasselbe Datum natürlich.«

Erst in diesem Augenblick kam ihr der Gedanke, dass Joe möglicherweise einen falschen Namen verwendet hatte. Andererseits hätte er seine echten Kreditkarten verwenden müssen, und das hätte für seinen Geschmack wahrscheinlich zu sehr nach »Ehering im Handschuhfach« ausgesehen. Das Tippen, Schweigen und Atmen am anderen Ende der Leitung raubten ihr den letzten Nerv.

»Ah, genau. Ich habe Sie gefunden. Es war eine Suite, unter den Extrakosten ist hier nichts aus der Minibar gelistet, nur eine Flasche Champagner bei der Ankunft.«

Durch Roisins Venen pumpte reines Adrenalin.

»Oh, den Champagner hatte ich ganz vergessen!«, improvisierte sie bei Tempo hundertachtzig. »Haha! Wollte meine Visa-Abrechnung wohl einfach nicht wahrhaben, entschuldigen Sie. Vielen Dank für Ihre Mühe.«

Mit pochendem Herzen beendete sie das Gespräch. Hab ich dich, verdammt. Niemand, mit hundertprozentiger Sicherheit niemand, bestellte sich einen Champagner auf die Hotelsuite, um ihn dann allein, in Gedanken vertieft zu trinken. Kein Mensch versüßte sich so eine einsame Nacht. Eine Suite bewohnte man entweder, weil man auf Dienstreise war und über Spesen abrechnete, was auf Joe nicht zutraf, oder um mit jemandem eine schöne Zeit zu verbringen.

Sie hatte den unwiderlegbaren Beweis, den rauchenden Colt – allerdings ohne Fingerabdrücke.

Soweit mir bekannt ist, ist es kein Vergehen, in einem geräumigen Zimmer mit Bügelpresse eine Flasche Moët zu trinken.

Eines wusste Roisin sicher: Diesmal würde sie niemandem davon erzählen und niemanden hineinziehen.

Sie ging im Zimmer auf und ab, das Handy so fest umklammert, dass ihre Fingerknöchel weiß hervortraten.

Wie hatte Joe sich selbst bezeichnet? Als einen notorisch monogamen Langweiler? Ein notorisch monogamer Langweiler mit … einer Geliebten in York? Es war seine Geburtsstadt, das klang für Roisin nicht einfach nach einem One-Night-Stand.

Und was hatte Joe ihr über das Schreiben beigebracht? Abgesehen davon, dass es offenbar die Legitimation für mieses Verhalten war? Ein guter Plot entsteht durch die Figuren. Ergo war Joe, der als Pseudo-Single hoffnungsvoll auf einer App um Aufmerksamkeit buhlte, mit einem Profil, von dem man jederzeit einen Screenshot machen konnte, keine Option – ne. In seinen Augen machten so was nur die letzten Trottel. Und dass Joe dafür bezahlte – *nope*. Auch das wäre definitiv nichts für Männer seines Kalibers. In den Jahren knapper Kassen, als es absolut undenkbar war, eine Suite zu buchen, und später dann, als er rundum beschäftigt war – hätte Joe da überhaupt die Zeit für eine außereheliche Beziehung in einer anderen Stadt gehabt? Höchst unwahrscheinlich.

Joe hatte kaum je die sozialen Medien genutzt, und mittlerweile tat er es gar nicht mehr, insofern hatte er die Dame für nebenher wohl auch nicht dort aufgegabelt.

Zurück zu seiner Persönlichkeit: Er hielt sich für einen notorisch monogamen Menschen, und sein Selbstbild war ihm wichtig, auch wenn er sich die Regeln und Bedingungen zurechtbog.

Mit wem würde er ins Bett gehen, ohne seine Selbsttäuschung aufgeben zu müssen? Wer stellte eine irgendwie moralischere und ehrlichere Wahl dar für den selbst ernannten Mr Standhaft?

Bei wem besaß er einen Startvorteil, einen Vorsprung? Eine Freundin von Dom und Vic vielleicht, weshalb er nicht wollte, dass Dom davon erfuhr? War Dom nicht in diese Femme fatale namens Amber verknallt, die Ginas Doppelgängerin Gwen inspiriert haben sollte? War Joe der eigentliche Bewunderer von Amber? Es war waghalsig von Joe, andererseits machte es ihn glaubwürdiger, wenn er von sich aus gegenüber Roisin ihren Namen preisgab. Möglich war es. Ohne Nachname allerdings waren die Aussichten trübe, dass Roisin sie je identifizieren könnte.

Halt. Nein.

Die Antwort kam aus dem Nichts, wie Zauberei, von einer inneren Stimme. Oder vielleicht eher aus jenem Nichts, das mit zehn Jahren intensiver Studien einherging.

65

Die Frau vor ihr natürlich. Beatrice.

Vor einem Jahr, als sie auf der Hochzeit seines Schulfreunds Jim gewesen waren – jene, von der das schöne, unbemerkt aufgenommene Foto stammte –, war Joe beharrlich seiner Ex aus dem Weg gegangen. Er hatte auf Roisin eingeredet, weil er frühzeitig von der Feier aufbrechen wollte, und den ganzen Abend im Hintergrund an einer Wand gestanden.

›Weißt du noch‹ ist die unterste Gesprächsebene.

»Ich habe nicht die geringste Lust auf Small Talk, und Beatrice ist bestimmt total neugierig auf dich«, hatte Joe gesagt. »Wenn sie anfängt, Rosé in sich reinzukippen, und uns in ein Gespräch verwickeln will, sollten wir uns aus dem Staub machen.«

Roisin hatte nachgebohrt, warum er so eine Aversion gegen eine Begegnung mit Beatrice habe, und wollte wissen, ob er noch etwas für sie empfinde.

»Um Gottes willen, nein! Ganz im Gegenteil. Das ist alles so lange her, ich kann mich kaum mehr erinnern. Sie hat mir immer mal wieder geschwätzige WhatsApps geschickt, die ich nicht einmal gelesen habe – auf so etwas wollte ich mich gar nicht einlassen. Ich habe nur Sorge, dass Beatrice sich volllaufen lässt und sich auf uns stürzt, das ist alles.«

Roisin hatte die Umstände ihrer Trennung nie genauer hinterfragt, sie wusste nicht einmal, wie lange die Beziehung der beiden gedauert hatte. Sie war schuld an der Trennung, und das war schon unangenehm genug. Wenn du dich mit dreiundzwanzig verliebst, willst du nicht allzu viele Gedanken an die Kollateralschäden verschwenden.

Summa summarum hatten sie genau ein Gespräch darüber

geführt, als sie flatternd vor Nervosität bei ihrem ersten Date in einer Tapasbar gesessen hatten.

»Mir hat davor gegraut, es ihr zu sagen«, erzählte Joe, »aber als sie den ersten Schock überwunden hatte, lief es einigermaßen zivilisiert ab. Sie hat darauf bestanden, für immer und ewig in York zu bleiben, weißt du. Sie hat sich schon dagegen gewehrt, nach Manchester zu ziehen, und mich dort kaum je besucht. Ich wollte nicht in York bleiben, wir waren also eh schon an einem Scheidepunkt angelangt. Also, sie war nicht gerade begeistert über die Neuigkeit, das will ich dir nicht weismachen. Aber ich denke, ihr war klar, dass es zu Ende ging. Wir wollen Freunde bleiben, und ich werde freundlich zu ihr sein, aber kein Freund.«

Wer wusste schon, ob irgendetwas davon der Wahrheit entsprach?

Als an dem Abend der Hochzeit der Wein dann reichlich floss, hatte Beatrice Roisin mindestens einmal ausdauernd über den Saal hinweg ins Visier genommen, und ihr Blick war unergründlich bis feindselig gewesen. Es stand jeder Frau zu, die Frau abzulehnen und zu inspizieren, für die man verlassen worden war. Aber hoffentlich wusste Beatrice, dass nichts vor dem offiziellen Ende der Beziehung vorgefallen war.

Bea hatte glattes platinblondes Haar mit einem seitlichen Pony, der gerade lang genug war, um die Haare hinters Ohr zu streichen. Sie war sehr schlank und grazil, trug eine riesige Schildpattkette in Form eines Herbstblatts, einen Hosenanzug mit tropischem Muster und Plateauschuhe. Auf Roisin wirkte sie cool und selbstbewusst.

Roisin hatte sich die nervöse, provinzielle Frau aus Joes Erzählungen ganz anders vorgestellt, aber statt Joes Schilderung infrage zu stellen, hatte sie diesen Widerspruch ihren eigenen Vorurteilen und der Zeit, die vergangen war, zugeschrieben.

Joe hatte sein Unbehagen mit Langeweile verschleiert, aber im Rückblick erkannte Roisin, dass er nervös gewesen war.

Hatte er keine Lust auf diese Hochzeit und ging Bea nur aus dem Weg, weil sie ihm nämlich, ganz im Gegenteil, immer noch etwas bedeutete?

Handelte es sich bei seinen Andeutungen, Bea sei nie über ihn hinweggekommen, eher um gewagte Vorahnungen? Eine Rückversicherung, falls Bea auf der Damentoilette irgendetwas lalle, wovon Roisin ja keinen blassen Schimmer habe?

Zum ersten Mal wurde Roisin klar, dass sie in Bezug auf *Hunter* zwei Dinge miteinander verwechselt hatte.

Da war auf der einen Seite der wiederholte Sex mit einer Frau, die nicht deine Partnerin war. Auf der anderen Seite gab es den Sex mit einem wechselnden Reigen an Quasi-Fremden. Von Anfang an schien unwahrscheinlich, dass Joe gerissen, furchtlos und versiert genug für Letzteres war. Roisins Freundinnen hatten zu Recht darauf hingewiesen, dass ihm so etwas nicht ähnlich sah. Das war nichts anderes als der typische Hochseilakt, der eine Fernsehserie am Laufen hält, im wirklichen Leben aber nicht allzu oft vorkommt. *Ich bin kein Rufus Tate, und die künstlerische Freiheit, ein Restaurant zu räumen, fehlt mir im richtigen Leben.*

Das riskante Rendezvous bei Sesso passte nicht zu Joe.

Allerdings konnte Joe sich auch anders schuldig gemacht haben. Es konnte trotzdem der Funken sein, der das Feuer zum Lodern brachte.

Roisin stand vor der Frage, ob es vielleicht gar nicht um zahllose Frauen und junge Kellnerinnen ging, für deren Verführung Joe eine Viertelstunde Zeit hatte, sondern um eine andauernde Affäre. Hatte Joe die Stunden mit Beatrice zur Inspiration genutzt und ausgeschmückt?

Roisin war immer mehr davon überzeugt: Wenn es jemanden

gab, dann war es Beatrice. Mit ihr war Joe in diesem Hotel gewesen.

Roisins Desinteresse an Joes und Beas Anfang und Ende hatte sich als tödlich erwiesen – bei derartigen Doppeldeutigkeiten lief Joe zu Hochleistungen auf.

Eine große, kaum zu bewältigende Herausforderung stand ihr im Weg, endlich die Wahrheit über Joe Powell in Erfahrung zu bringen.

Sie müsste Beatrice dazu bringen, die Affäre einzugestehen.

66

»Das Ziel liegt in zweihundert Metern auf der rechten Seite. Sie haben Ihr Ziel erreicht.«

Die blecherne Stimme des Navis ahnte nicht, welch tiefgründige Wahrheit sie aussprach. Es war eine lange, kurvenreiche Straße gewesen vom Vorführraum eines Herrenhauses bis hierher. Sowohl im übertragenen als auch – in den vergangenen zwei Stunden – im buchstäblichen Sinn. Doch Roisin hatte das Gefühl, vielleicht endlich das Ganze abschließen zu können.

Zwei kleine Wunder hatten ihr in die Hände gespielt, nun brauchte sie ein drittes. Das erste Wunder bestand darin, dass Dominic unbeabsichtigt Joe der Lüge entlarvt hatte. Das zweite, dass Beatrice McMahon ihrer Internetrecherche zufolge einen Blumenladen im Zentrum von York besaß, der sich Blooms By Bea nannte.

Da vermutlich die meisten Floristen selbstständig waren und keine außerordentlich großen Umsätze machten, würde sie die Besitzerin zu Geschäftsschluss an der Ladentheke höchstwahrscheinlich antreffen. Auf jeden Fall war es angenehmer, als ihr vor dem Haus aufzulauern.

Roisin hatte ihr Auto in Webberley geholt und war zitternd und mit flauem Magen losgefahren, aber sie empfand keinerlei Wut oder auch nur Empörung. Warum war da kein Hass auf die Frau, die mit hoher Wahrscheinlichkeit ein intimes Verhältnis mit ihrem Lebensgefährten pflegte? Immerhin wusste Beatrice definitiv über Roisin Bescheid, anders als umgekehrt.

Die naheliegende Erklärung war, dass sie Joe nicht mehr liebte und sich in jemand anderen verliebt hatte. Die tiefer liegende, dass auch Beatrice getäuscht worden war.

Die entscheidende Frage, wie sie Beatrice dazu bewegen konnte, sich ihr zu offenbaren, ähnelte der Situation mit der Kellnerin bei Sesso: Was hatte sie davon? Wie sollte Roisin gegen die Loyalität ankommen, die Bea naturgemäß dem Mann entgegenbrachte, mit dem sie seit zehn Jahren ein unregelmäßiges Verhältnis hatte?

Denn in diesem Fall musste sie entweder ein gewissenloses Scheusal sein oder hoffnungslos verliebt, und Roisin tippte auf Letzteres.

Nach längerem Grübeln war Roisin zu dem Schluss gekommen, dass sie genau eine Karte ausspielen konnte. Falls es nicht funktionierte und sie Beatrice nicht auf ihre Seite zog, dann war's das. Diese Erkenntnis ließ sie nicht etwa verzweifeln, sondern war seltsam beruhigend und befriedigend. Sollte Beatrice sie zum Teufel schicken, würde Roisin nicht ins Schleudern geraten, denn ein »Weiter so« stand nicht zur Debatte.

Joe hatte eindeutig gelogen, und Roisin zweifelte nicht daran, dass er sie betrogen hatte. Wenn Beatrice nicht bereit war, das zu bezeugen, dann sollte es eben so sein. Es wäre schade, aber an Roisins Haltung würde es nichts ändern.

Außerdem konnte sich Roisin allenfalls zum Deppen machen, mehr nicht, falls sie sich täuschte und die Frau im The Royal nicht Beatrice gewesen war. Wenn sie die Sache friedfertig anging, musste sie sich hinterher für nichts entschuldigen außer für die gestohlene Zeit.

Der einzige Haken an dem Plan war, dass sie mit der Tür ins Haus fallen musste, nicht unbedingt ein aggressiver Akt, aber es geschah ohne das Einverständnis von Beatrice.

Doch es gab keine andere Möglichkeit. Eine Nachricht an Beatrice hätte unweigerlich zur Folge, dass Beatrice ihre Worte wieder und wieder las und sich fragte, ob Roisin aufrichtig war. Sie würde zwangsläufig zum Telefon greifen und voller Panik Joe anrufen, selbst wenn sie es hinterher bereute. Roisin könnte es nicht ertragen, wenn ihr Joe einmal mehr zuvorkäme. Beim nächsten Mal, sofern es eines gab, musste sie Joe aus dem Hinterhalt überfallen.

Roisin wollte Beatrice einen Vorschlag machen, und manche Versprechen konnte man sich nur von Angesicht zu Angesicht geben.

Sie stellte das Auto auf einem Parkplatz im Zentrum ab, den sie von ihren Besuchen als Joes Freundin kannte. O Gott, hoffentlich lief sie ihren ehemaligen Schwiegereltern nicht in die Arme! Sie müsste sich irgendeine Geschichte über einen Tagesausflug ausdenken.

Ihr Herz klopfte immer schneller, je mehr sie sich dem Ort näherte, den sie sich dutzendmal auf Google Maps angesehen hatte. Sie kam an einer Trockenreinigung vorbei, einem Geschäft für E-Zigaretten und den mit weißen Farbkringeln bedeckten Schaufenstern eines leer stehenden Hauses. Aus einer trendigen Bäckerei strömte ein wunderbarer Duft nach Teig und Zucker. Aufgeregt und zappelig folgte sie einem spontanen Impuls und kaufte ein paar Donuts, die frisch aus der Fritteuse kamen.

Sie setzte ihren Weg fort, und da tauchte es auf: ein honiggelbes Schild mit einem geschwungenen grünen Schriftzug und der Eingang, an dem dicht gedrängt Holzschalen mit Stiefmütterchen und eine Angebotstafel standen.

Das Herz schlug Roisin bis zum Hals, als sie die schwere Tür aufzog und das laute Scheppern einer altmodischen Ladenglocke ertönte.

Der Boden war mit Kunstrasen ausgelegt, von der Decke hingen dichte Kletterpflanzen, die wirkten wie außerirdische Eindringlinge, und in der Luft hing der typische moschusartige Geruch nach feuchter Erde.

Hinter der Theke stand eine schmale blonde Frau, die sich die

Brille ins Haar geschoben hatte. Sie trug Handschuhe und schnippelte mit einer Gartenschere lange Rosenstiele zurecht. Sie sah zu Roisin auf und erstarrte. Es war, als habe sie ein Gespenst erblickt, vermutlich traf es das ganz gut: die Lady, die spionierte.

Die Reaktion war bereits drei Viertel der Bestätigung, die Roisin brauchte. Sie blickte nach links, wo ein Mädchen im Teenageralter mit Nasenpiercing Roisin und ihre leicht dampfende braune Papiertüte betrachtete.

»Hallo. Bist du Bea?«, fragte Roisin die immer noch regungslose Beatrice.

Beatrice nickte in stummem Entsetzen.

»Könnten wir vielleicht unter vier Augen reden?«

Einen Moment geschah gar nichts. Vermutlich hätte Roisin noch nicht einmal dann eine Reaktion ausgelöst, wenn sie die Jacke zur Seite geschlagen und eine Pistole im Holster präsentiert hätte.

»Äh … ja. Oben«, sagte Beatrice mit zittriger Stimme. Sie kam hinter der Ladentheke hervor, legte die Schere hin, zog sich die Handschuhe aus und führte Roisin eine kurze steile Treppe hinauf in ein winziges Kämmerchen mit niedriger Decke, das als Büro und Lager diente. Es gab nur einen überladenen Schreibtisch und keine echte Sitzgelegenheit, also blieb Roisin stehen.

»Tut mir leid, dass ich hier so reinplatze. Vermutlich weißt du, wer ich bin. Roisin. Bis vor wenigen Tagen war ich die Freundin von Joe Powell. Ich möchte klarstellen, dass ich mit absolut friedlichen Absichten hier bin. Ich habe dir auch was mitgebracht.« Sie hielt der bestürzten Beatrice die Donuts hin wie einen Beutel Hundekötel. »Egal, was du sagst, ich bin dir nicht böse. Ich bin nur hier, um die Sache für mich abzuschließen.«

Sie stellte die Tüte auf den Schreibtisch.

»Wenn du willst, dass ich gehe, gehe ich sofort. Das hier hat nicht das Geringste mit einem Zickenkrieg zu tun. Der einzige

Mensch, den ich entlarven oder dem ich eins reinwürgen will, ist Joe. Mir ist egal, was du gemacht hast. Es geht mir nur um die Bestätigung, dass mir Joe nie die Wahrheit gesagt hat.«

Verständlicherweise war Beatrice wie vor den Kopf gestoßen. Roisin hatte nicht damit gerechnet, dass diese Mitteilung allein den Ausschlag geben und Bea spontan ihr Liebesleben einer fremden Frau gegenüber ausbreiten würde, die um fünf Uhr nachmittags mit süßen Teilchen (zwei mit Marmelade, zwei Kringel) in ihren Laden rauschte.

»Also. Mit dreiundzwanzig habe ich mit einem Typen aus York in der Buchhandlung Waterstones an der Deansgate gearbeitet. Joe. Er hatte eine Freundin zu Hause in York. Das warst du. Er flirtete mit mir, genau genommen sollte ich sagen, wir haben geflirtet. Das ging einen Monat, höchstens sechs Wochen. Ich bin nicht unschuldig, aber von meiner Seite aus wäre nichts weiter vorgefallen, denn ich wusste, dass es dich gab. Natürlich hätte ich mehr Abstand halten sollen.«

Roisin lächelte verlegen und holte Luft. Sie konnte überhaupt nicht einschätzen, wie ihre Worte aufgenommen wurden.

»Eines Tages kam er zu mir und sagte mir, er werde mit dir Schluss machen, weil er mich um ein Date bitten wolle. Später erzählte er mir, dass eure Beziehung zu dem Zeitpunkt schon ziemlich angeschlagen sei und ihr sehr unterschiedliche Vorstellungen hättet. Du wolltest auf keinen Fall nach Manchester ziehen. Die Trennung verlief sehr freundschaftlich. Du wolltest, dass ihr Freunde bleibt, aber er wollte das nicht. Ich habe mich nicht besonders wohl dabei gefühlt, dass er dich so schnell wegen mir hat sitzen lassen. Kein Wunder. Aber Joe hat alles dafür getan, damit ich nicht darüber nachdenke.«

Beatrice hatte die Stirn gerunzelt, so angestrengt hörte sie zu, wobei ihr natürlich wenig anderes übrig blieb.

»Wenn das alles wahr ist und du völlig einverstanden mit Joes

Darstellung eurer damaligen Situation bist, und … vielleicht ganz andere Gründe existieren, weshalb ihr, wie ich glaube, letzthin im The Royal Hotel wart, dann soll es so sein. Aber irgendetwas sagt mir, dass er mir über eure Trennung exakt das erzählt hat, was ich hören wollte. Und du womöglich auch nie die Wahrheit erfahren hast. Auch wenn wir oberflächlich betrachtet Gegnerinnen sind, haben wir vielleicht mehr gemeinsam, als wir denken.«

Beatrice sagte kein Wort und war vollkommen reglos.

»Andernfalls ist hier irgendeine Frau hereinmarschiert, hat uralte Kamellen ausgegraben und Hotelaufenthalte erwähnt, die dir nicht das Geringste sagen. In diesem Fall kannst du mich gern bemitleiden.« Roisin lächelte. »Ich hoffe bloß, dass du dich nicht angegriffen fühlst. Ich will einfach nur die Einzelteile zusammensetzen, nachdem ich mein Leben mit jemandem verbracht habe, der das halbe Puzzle vor mir verborgen hat.«

»Hm.« Beatrice räusperte sich.

Alles war in der Schwebe. Roisin hatte den Eindruck, dass eine vage Bereitschaft bestand, über die Sache zu reden, andernfalls hätte Beatrice sofort »Was soll das? Raus hier!« gebrüllt.

»Ich … tut mir leid, aber ich habe keine Ahnung, worum es hier geht. Ich habe Joe seit Jahren nicht gesehen.«

Roisin war traurig, aber nicht überrascht. »Ah. Okay. Das ist absolut in Ordnung. Entschuldige bitte den merkwürdigen Überfall. Und lass dir wenigstens die Donuts schmecken.«

Beatrice nickte.

Mit einem wackeren, stoischen Lächeln drehte Roisin sich um, stieg vorsichtig die Treppe hinunter und verließ den Laden, wobei sie dem Blick der neugierigen Verkäuferin auswich.

Klingelnd fiel die Tür hinter ihr ins Schloss, und Roisin ging die Straße hinunter und sog tief die frühabendliche Luft ein, während das Adrenalin langsam abebbte.

Okay, das war's. Sagte Beatrice die Wahrheit? Roisin war sich nicht sicher. Eher nicht. Sie hatte nicht wie jemand reagiert, der völlig verblüfft war, sondern eher wie jemand, der sich in die Enge getrieben fühlte.

Als sie auf dem Parkplatz die Autotür entsperrte, spürte sie eine Hand auf ihrem Arm.

Sie drehte sich um. Hinter ihr stand Beatrice, etwas außer Atem vom Rennen. Der Wind wehte ihr das Haar ins Gesicht.

»Roisin. Es tut mir leid. Du hast gesagt, du gehst, wenn ich antworte, dass ich keine Ahnung habe, wovon du sprichst. Ich musste sichergehen, dass du es auch so meinst, es keine Falle ist. Wollen wir ein Glas Wein trinken?«

67

Ein Glas geht, oder, auch wenn ich fahren muss?« Roisin lächelte Beatrice an, die leicht panisch wirkte, obwohl sie selbst vorgeschlagen hatte, etwas trinken zu gehen.

Sie hatte Roisin in eine Hipster-Bar mit Kupfertischen, Pet-Nat-Weinen und unbequemen Klappstühlen geführt, sich selbst ein großes Glas Weißwein und ein kleines für Roisin geholt.

»Zuallererst … o Gott.« Beatrice presste die Fingerspitzen an die Augenbrauen. Sie war sehr hübsch, auf zierliche, ungeschminkte, kontinentaleuropäische Art. Zwischen den Schneidezähnen war eine kleine Lücke, und sie sah aus wie das kluge, rätselhafte, umschwärmte Mädchen im Vorlesungssaal aus einem Indie-Film. »Zunächst einmal hat Joe mir erzählt, du hättest ihn angebaggert. Du hast ihn verführt, damit gedroht, es mir zu erzählen, und ihm die Pistole auf die Brust gesetzt. Hast gesagt, er müsse sich zwischen dir und mir entscheiden. Du hast alle Fotos von uns beiden verbrannt, er hätte kein einziges Bild mehr aus seinen frühen Zwanzigern. Du wärst eine Naturgewalt, Joe wurde von dir überwältigt. Ein Männer verschlingender Sukkubus in Unterwäsche von Agent Provocateur – kein Mann wäre vor dir sicher.« Beatrice verdrehte die Augen.

»Scheiß die Wand an!«, brüllte Roisin derb. Ihr Mund stand offen, und dann brach sie in derart dröhnendes Gelächter aus, dass der Barkeeper aufsah. »Im Ernst? Ich war das super unsichere Mädchen im Muppet-Show-T-Shirt und mit heillos überzogenem Konto.«

Obwohl sie mit etwas in der Art gerechnet hatte, war es trotzdem kaum zu fassen.

»Er erzählte mir das, was ich hören wollte. Eine miese Schlampe hatte ihn mir gestohlen, einfach nur, weil sie es konnte. Ro-sheen, Rooo-sheen. Ich habe dich Rolene genannt. Ich schäme mich so ...«, sagte Beatrice. »Das Übelste, was ich je getan habe, ist, dass ich mich trotzdem immer wieder mit Joe getroffen habe, obwohl ich wusste, dass er mit dir zusammen war. Als du vorhin in den Laden kamst, ist mein schlimmster Albtraum wahr geworden.«

»Genau, das bin ich«, sagte Roisin grinsend. »Eine Erscheinung geradewegs aus der Hölle.«

»Warum kippst du mir den nicht über den Kopf?« Bea deutete auf den Wein, an dem Roisin nippte. »Das verstehe ich nicht.«

»Weil vielleicht falsch war, was du gemacht hast. Aber nicht du hast mir Lügen aufgetischt oder falsche Versprechungen gemacht. Das war Joe. Ich bin die Frau, die dir deinen Freund gestohlen hat, du warst mir nichts schuldig.«

»Trotzdem war es scheiße von mir, Roisin. Ich wusste, dass ihr zwei zusammenlebt. Ich kann das nicht alles auf seine Lügenmärchen und mein Trauma schieben.«

Roisin begriff, dass sie Beatrice etwas zu bieten hatte, was ihr bislang nicht bewusst gewesen war und das sie nicht einkalkuliert hatte. Absolution.

»Trauma?«, fragte Roisin vorsichtig nach.

Beatrice strich den Pony zur Seite. »Joe und ich waren zusammen, seit wir siebzehn waren ...«

Roisin schnappte nach Luft, und Beatrice nickte.

»Doch. Joe war meine erste große Liebe. Das hast du gar nicht gewusst?«

»Nein. Mir gegenüber hat er den Eindruck vermittelt, es war ein Techtelmechtel nach der Uni, in dem ihr es euch gemütlich gemacht habt, aber ihr beide wusstet immer, dass es nichts Ernstes ist.«

»Ha, nein. Wir waren seit sechs Jahren ein Paar, als ihr euch kennengelernt habt.«

»Wow.«

»Ich war beunruhigt, als er nach Manchester gezogen ist. Es gab diverse Gründe, warum ich nicht mitkommen konnte. Die Ausbildung zur Floristin hab ich hier gemacht, und ich musste Geld sparen und noch eine Weile bei meinen Eltern wohnen bleiben. Ich wurde misstrauisch, als er mich nicht mitnehmen wollte, wenn ihr abends nach der Arbeit ausgegangen seid. Nur ein einziges Mal war ich dabei, und später fand ich heraus, dass er einen Abend ausgesucht hatte, an dem du nicht da warst.«

Roisin nickte.

»Irgendwann …« Beatrice drehte den Stiel ihres Weinglases hin und her. »… sagte er, dass er jemanden kennengelernt hätte und es aus zwischen uns wäre. Ich war am Boden zerstört. Diese Seite kannte ich gar nicht an ihm. Unbarmherzig und barsch. Als würde er sein Unternehmen umstrukturieren. Er hat nicht ein einziges Mal geweint. Keine Tränen.« Beatrice senkte den Blick. »Zumindest nicht vor mir.«

»Das tut mir so leid«, sagte Roisin.

Beatrice schüttelte den Kopf. »Du musst dich nun wirklich nicht bei mir entschuldigen! Die Sache ist die … das ist keine Entschuldigung, aber eins solltest du wissen: Es gab da einen Unfall. Sechs Wochen bevor Joe Schluss gemacht hat. Ich hatte eine Abtreibung. Wir waren viel zu jung, an der Entscheidung gab es nie einen Zweifel, aber trotzdem. Die Fernbeziehung war echt hart für mich, es ging mir wirklich richtig schlecht. Ich konnte nicht fassen, dass er mich kurz darauf sitzen ließ – wegen einer Frau, in die er bestimmt schon eine ganze Weile verknallt war. Die Vorstellung, dass er hierhergerast ist, um in der Klinik meine Hand zu halten, und eine Sekunde später mit dir was angefangen hat, hat mich fertiggemacht.«

»Verdammte Scheiße«, sagte Roisin. Unbekümmert, wie sie war, hatte sie angenommen, dass Joe sie kein weiteres Mal schockieren könnte. Sie hatte sich getäuscht.

Sie wollte sich nicht belügen: Hätte Joe ihr das alles erzählt, aber trotzdem darauf beharrt, dass er sich von Bea getrennt hatte und mit ihr zusammen sein wollte, dann wären sie vermutlich doch irgendwann zusammengekommen.

Aber wenn sie mitbekommen hätte, wie er mit seiner Ex umgeht – unter diesen Umständen –, dann hätte es ihr immerhin ein wenig die Augen über ihn geöffnet.

»Ich war völlig besessen von dir. Wahrscheinlich steigert man sich in solchen Situationen immer so rein, wenn man einen Rivalen hat. Ich habe alles gelesen, was ich im Internet finden konnte, Joes Facebook-Seite durchstöbert. Ich war so eifersüchtig auf dich, Roisin, das war richtig krankhaft. Ich habe fast zehn Kilo abgenommen.« Beatrice lächelte. »Es hätte mir geholfen, wenn du nicht so verdammt schön wärst, aber so ist es nun mal.«

»Ha, der jahrelange Fronteinsatz in der Sekundarstufe hat mich ziemlich altern lassen«, sagte Roisin. »Trotzdem vielen Dank.«

Roisin überkam ein Gefühl aufrichtiger, feierlicher, weiblicher Solidarität, weil sie ihre gemeinsamen Kräfte bündelten.

»Irgendwann warst du für mich keine normale Frau mehr, die vielleicht ihre eigene Geschichte hat, sondern ein mythisches Wesen. Am ersten Weihnachtsfest kam Joe ohne dich nach York. Mit einer Gruppe von Freunden waren wir im Pub. Ich habe buchstäblich gezittert, als ich ihn gesehen habe. Ich war psychisch total durch den Wind. Weil er ohne dich da war, habe ich mir eingeredet, dass die Sache mit dir eh nicht hält. Am Ende haben wir uns beide betrunken und auf dem Klo im Pub gevögelt.« Beatrice bedeckte ihre Augen mit der Hand.

Roisin musste an Joes scharfe Zurückweisung denken, als sie ihm die Sache mit Petra bei Sesso unterstellt hatte, an seine ehrliche Entrüstung. Obwohl er exakt das getan hatte, nur nicht mit Petra.

»Ich dachte, ich hätte gewonnen. Er wollte mich immer noch,

also würde er zu mir zurückkehren. Damals hatte ich überhaupt keine Schuldgefühle. Es war wie ein Krieg, ich wollte mir nur zurückholen, was mir gehörte. Ich habe ihn so sehr geliebt. Und ich war so schrecklich unglücklich.«

»Ja«, sagte Roisin. »Nur war Joe nicht unglücklich, sondern hat dich ausgenutzt.«

Beatrice nickte und sah Roisin mit ehrlicher Verwunderung an. Verständlicherweise hatte sie nicht im Traum damit gerechnet, dass Joes Freundin ihre Sichtweise vertreten würde.

»Das Problem war, nachdem es nun schon einmal an Weihnachten passiert war, geschah es wieder, als wir uns Ostern danach sahen. Wenn du es einmal gemacht hast, dann hast du eh schon ein schmutziges Gewissen. Es wurde zur Regel, eine feste Sache. Joe war allein in der Stadt, und wir landeten im Bett. Manchmal war ich selbst gerade in einer Beziehung, muss ich zu meiner Schande gestehen. Das hat ihm einen Kick gegeben.«

»Wie oft ist es passiert?«, fragte Roisin. »Keine Ahnung, warum das wichtig ist …«

»Nein, ich verstehe schon. Wahrscheinlich ein Dutzend Mal. Einmal im Jahr oder so.«

Roisin atmete aus. Jedes Jahr.

»Wie gesagt, anfangs wollte ich ihn wiederhaben. Natürlich habe ich an irgendeinem Punkt aufgegeben, Joe war da eher wie ein Gift, das ich nicht aus dem Organismus kriegen konnte. Ich hielt uns für Emma und Dexter aus *Zwei an einem Tag,* dabei war es einfach *Und täglich grüßt das Murmeltier* beim Vögeln.« Sie blickte Roisin an. »O Mann, wieso musst du jetzt auch noch als Kummertante herhalten!?«

»Weil ich genau genommen deine Kummerschwester bin«, antwortete Roisin.

68

Als ich *Hunter* gesehen habe, wusste ich instinktiv, dass Teile aus seinem Leben stammten. Aber er hat mich verunsichert und war stocksauer auf mich. Unsere gemeinsamen Freunde hielten mich für völlig durchgeknallt; weil er nämlich so ein guter Lügner ist«, erzählte Roisin. »Die prickelnden Szenen basieren auf euren Treffen, oder?«

Beatrice konnte ihr nicht ins Gesicht sehen, als sie antwortete: »Ja. Ich habe eine ganze Menge wiedererkannt. Er sieht die Sache mit mir nicht als Fremdgehen. Das hätte mir zeigen müssen, dass ich ihm nichts bedeute, aber …« Mit dem Finger machte Beatrice eine Drehbewegung neben ihrem Kopf.

»Es ist nicht wirklich wesentlich, aber etwas möchte ich unbedingt wissen«, sagte Roisin, und Beatrice verzog das Gesicht. »O Gott, nein, nicht das. Sondern: Wie habt ihr kommuniziert? Ich bin mir sicher, dass Joe keine Spuren hinterlässt. Wobei mir nie in den Sinn gekommen wäre, sein Handy zu checken.«

»O ja, das stimmt, das war ihm sehr wichtig«, sagte Beatrice. »Er hat das extrem genau genommen. Irgendwann hat er mich endlich im Handy eingespeichert, und zwar unter dem Namen seiner Agentur, als zweite Mobilnummer. Er hat mir gesagt, dass wir London statt York und im Berufsjargon schreiben müssen. Du weißt schon, so Sachen wie ›Hast du Zeit für ein Meeting, ich müsste den neuesten Entwurf mit dir besprechen‹. Total bescheuert.«

Es kann ziemlich aufregend sein, sich zu verstecken, und man kann eine richtige Kunst daraus machen. Genau das machte die Sache auch so prickelnd.

»Nach der Hochzeit von Jim und Libby habe ich das Ganze

endlich beendet«, sagte Beatrice. »Nachdem ich dich persönlich gesehen hatte. Ich hatte Joe das ganze Gerede über eure lieblose Beziehung abgenommen, dass du ein labiler, launenhafter Mensch seist und er nicht riskieren könne, dich zu verlassen, weil du aus Rache all seine Freundschaften zerstören würdest.«

Roisin vermochte kaum zu begreifen, dass jemand sie so hintergehen konnte, jemand, den sie geliebt und von dem sie geglaubt hatte, dass auch er sie liebte. Joe besaß multiple Persönlichkeiten, sie hatte mit einer Version gelebt. Bea kannte eine andere.

»Tief im Innern ahnte ich schon eine Weile, dass es nur ein Vorwand war, aber alles war so verkorkst, und ich wusste nicht, wie ich da wieder rauskommen sollte«, sagte Beatrice. »Aber dann habe ich mit eigenen Augen gesehen, dass es eine Lüge war. Als ich euch beide als Paar erlebt habe und du allen Leuten gegenüber total liebenswürdig und nett warst, hab ich kapiert, das war nicht gespielt. Du warst seine bessere Hälfte, und ich nur Beiwerk. Er hatte mich beschworen, nicht zur Hochzeit zu gehen, und da dämmerte mir, warum. Ich bin wirklich, wirklich dumm gewesen.«

»Hm. Joe war seit ungefähr einem Jahr ziemlich abweisend zu mir«, sagte Roisin. »Vielleicht war das ja der Auslöser.«

»Ich glaube, er kann es nicht ertragen, keine Kontrolle über andere zu haben. Kontrolle – das ist seine Vorstellung von Liebe«, sagte Beatrice, und Roisin hob spontan das Weinglas und stieß mit ihr an, Bea hatte den Nagel auf den Kopf getroffen.

»Aber was hatte es dann mit der Nacht im Fünf-Sterne-Hotel auf sich, wenn es doch vorbei war?«, fragte Roisin.

»Er hat gesagt, er hätte etwas Superernstes mit mir zu besprechen. Ich dachte, ein Elternteil von ihm sei krank oder so was. Ich kam an, sah den Sekt im Eiskübel und habe gar nicht erst den Mantel ausgezogen. Es war das alte Spiel, das unwiderstehliche Angebot, endlich wieder zusammen zu sein. Ich habe abgelehnt.«

Roisin kam der Gedanke, dass sie unter anderen Umständen Freundinnen geworden wären. »Du hast abgelehnt?«

»Ja. Meine Verliebtheit hatte schon länger nachgelassen, und ich wusste irgendwann, dass ich nicht mehr dasselbe wollte wie mit dreiundzwanzig. Außerdem hab ich verstanden, wie er tickt. Warum sollte er mir treu sein, wo er dir das alles angetan hatte? Darauf haben mich auch meine Freunde immer wieder hingewiesen.«

Roisin nickte. »Zu dem Zeitpunkt hatte er mir einen Neuanfang vorgeschlagen, eine Paartherapie, die Sache hing in der Schwebe. Vermutlich wollte er uns beide fragen und schauen, wer Ja sagt. Hätten wir beide Ja gesagt, hätte er sich eine von uns ausgesucht oder sich womöglich erst später darüber Gedanken gemacht.«

»Gut möglich«, antwortete Beatrice bestürzt. »Was er mit mir gemacht hat, war natürlich schwach und ein Fehler, aber das ist fast schon pathologisch, oder?«

»Was ich festgestellt habe«, sagte Roisin, »ist: Wenn du Joe bei einer Lüge ertappst, dann erfindet er eine neue, um die alte zu vertuschen. Schichten über Schichten. Wie wenn du alte Farbe und Tapete von der Wand abkratzt. Wahrscheinlich haben wir beide zusammen immerhin einen Teil der ursprünglichen Ziegelmauer aufgedeckt.« Wieder stieß sie mit Bea an.

Beatrice lächelte gequält und senkte den Blick. »Was ich dir angetan habe, ist unverzeihlich. Ich freue mich sehr, dass du mir verzeihst, aber das habe ich nicht verdient.«

»Ich musste wissen, wer Joe wirklich ist«, sagte Roisin. »Du hättest aus Selbstschutz schweigen können. Das hätten die meisten Leute getan. Und genau darauf hat Joe vertraut. Stattdessen warst du so anständig und hast die Wahrheit gesagt. Das war mutig. Deswegen hast du es verdient, dass ich dir verzeihe.«

»Du bist ein echt außergewöhnlicher Mensch.« Beatrice traten Tränen in die Augen, dann lachte sie. »Das Paradoxe daran ist …«

»Was?«, fragte Roisin.

»Jahrelang hat Joe ein einschüchterndes Bild von dir gezeichnet. Und jetzt stellt sich raus, du bist wirklich so – auf beeindruckende Art.«

Zurück am Auto wandte sich Roisin zu Beatrice um.

»Macht es dir was aus, wenn ich Joe mit dem konfrontiere, was ich von dir weiß, und auch sage, dass ich es von dir habe? Ich muss es nicht tun.«

Beatrice atmete aus. »… o Gott, doch, natürlich. Es ist ein gutes Gefühl, sich endlich nicht mehr verstecken zu müssen. Jetzt, wo du Bescheid weißt, kann er mich damit nicht mehr unter Druck setzen. Mach ihn fertig!«

Einen Augenblick schien Beatrice damit zu ringen, ob sie es wagen sollte, doch dann zog sie Roisin, vom Alkohol ermutigt, fest in die Arme.

69

Da sie Joe seine Post nachsandte, kannte sie seine Adresse und somit die genauen Koordinaten für einen Drohnenangriff. Roisin rief Joes WhatsApp-Nachricht auf, tippte die Postleitzahl in das Navi und fuhr von York geradewegs zu seiner neuen Wohnung in Chorlton.

Kurz nach acht Uhr abends traf sie ein. Vielleicht war er ausgegangen, immerhin war Freitag. Doch als sie aus dem Wagen stieg, sah sie ihn mit Dominic plaudernd und zwei Pizzakartons auf dem Arm die Straße heraufkommen. Für Joe stellte die Anwesenheit von Dominic eher einen ungünstigen Faktor dar, aber weshalb sollte Roisin um seinetwillen ihren Plan umwerfen?

Vielleicht war es gar nicht schlecht, wenn er alles mitbekam. Die Frauen würden kommen und gehen, aber sein bester Freund hätte immer ein Auge auf Joe. Sollte man zumindest meinen.

»Hi, Joe! Hi, Dominic«, begrüßte Roisin sie, als sie näher kamen.

Beide wirkten beunruhigt.

»Ich komme gerade aus York. Ich war mit deiner Ex Beatrice was trinken«, wandte sie sich an Joe. Kurzzeitig sah Joe so aus, als würde er gleich die Pizzas fallen lassen, und im Geiste speicherte Roisin diesen Moment für die Zukunft ab.

»Na ja, Ex. Ich sollte wohl eher sagen ›deine andere Freundin‹. Ich denke mal, wenn man zehn Jahre lang weiterhin mit einer Frau schläft, die einen liebt, dann steht ihr dieselbe Statusbezeichnung zu. Meinst du nicht auch?«

Joe regte sich nicht. Dominics Augen waren groß wie Unterteller. Anstandshalber hätte er sich zurückziehen sollen, aber offensichtlich wollte sich Dominic diese Sensation nicht entgehen lassen.

»Ich habe dich ausdrücklich gefragt, ob *Hunter* auf deinem Leben basiert, und du hast es nicht nur abgestritten, sondern mich auch noch als paranoid und widerlich bezeichnet, so etwas überhaupt in Betracht zu ziehen. Nach Beas Geschichten von Sex auf der Pubtoilette und hinter dem Glühweinstand auf dem Weihnachtsmarkt – Mann, dein Schniedel muss dir abgefroren sein – ist meine Neugier definitiv gestillt. Erstaunliche Auftritte, sowohl vor der Kamera als auch dahinter.«

Joe brachte noch immer kein Wort heraus. Stumm nahm Dominic ihm die Kartons ab, weil er vermutlich ebenso wie Roisin befürchtete, dass seine Peperonipizza mit extra Käse auf dem Gehsteig landete.

»Bea ist übrigens eine tolle Frau und hat definitiv etwas Besseres verdient, als von dir ausgenutzt und als Spielzeug benutzt zu werden.«

»Na ja, die Sache ist …« Joe klang heiser, nur ein armseliger Abklatsch seines üblichen schlagfertigen Selbst. »Du hast die Beziehung beendet, Roisin. Wir sind kein Paar mehr. Du gehst mit einem unserer engsten Freunde ins Bett. Ich denke mal, dein Recht, mit Unterstellungen um dich zu werfen und andere Leute zu kritisieren, geht gegen null.«

»Ein entscheidender Faktor beim Sex zwischen Matt und mir ist …«

Sie ließ die Bombe aufschlagen, die einen Krater riss. Offensichtlich war Joe sich in dieser Angelegenheit weniger sicher gewesen, als er vorgegeben hatte, denn er sah aus, als wolle er sich übergeben.

»… es hat erst angefangen, *nachdem* es zwischen uns beiden aus war. Beatrice und du aber habt seit unserem ersten Weihnachten hinter meinem Rücken rumgemacht. Tatsächlich warst du mir in unserer Beziehung zu keinem Zeitpunkt treu.«

Ein Augenblick verstrich. Roisin war froh, dass Dominic da

war, weil Joe die Sache dadurch nicht kaltschnäuzig abzustreiten wagte.

»Ich will nicht behaupten, dass ich immer ein Engel war, aber du kennst nicht die ganze Geschichte«, sagte er mit leiser, abweisender Stimme.

»Zu der auch gehört, dass du Beatrice bei einer Abtreibung Schützenhilfe geleistet und sie kurz darauf wegen mir verlassen hast. Keine Angst. Ich bin nicht hier, um deine Ausflüchte zu hören. Ich brauche keine neuen Lügen. Ich wollte dir nur sagen: Der Kick, den du vom Lügen kriegst – davon, dass dir die Leute glauben, was du mal eben so aus dem Hut zauberst, damit sie tun, was du willst –, das ist eine Form von Misshandlung. Du zerstörst das Leben anderer Menschen. Du musst damit aufhören.«

Dominic machte den Mund auf, doch Roisin kam ihm zuvor. »Untersteh dich, mich zu unterbrechen, Dominic, wenn du nicht eine wirklich phänomenale Erkenntnis zu bieten hast.«

Dominic klappte den Mund wieder zu.

»Ich bin kein Lügner«, sagte Joe. »In dieser Sache habe ich gelogen, weil es keinen Ausweg gibt, wenn man zwei Menschen gleichzeitig liebt. Es ist passiert, und es war nicht richtig.«

»Zwei Menschen gleichzeitig lieben, dass ich nicht lache. Dein Kopf muss ein sehr merkwürdiger, kalter Ort sein. An deiner Stelle würde ich mal mit einem Profi reden. Gott sei Dank bin ich das nicht. Nur eines noch: Ich wäre nie mit dir zusammen gewesen, hätte ich das mit Beatrice gewusst, und das war dir klar. Du hast dir mein Einverständnis erschlichen. Du hast mir zehn Jahre meines Lebens gestohlen. Unsere ganze gemeinsame Zeit war eine Täuschung.«

Joe brachte es kaum fertig, ihr ins Gesicht zu sehen. Dominic wirkte nicht mehr so, als wolle er etwas beitragen, genau genommen sah er nicht mehr so aus, als wolle er Joes Partei ergreifen, sondern starrte ihn von der Seite an.

»Also. Ich nehme deine Hälfte der Wohnung, Joe – vielen Dank dafür. Es kommt nicht annähernd an das heran, was du mir schuldest – meine Freiheit nämlich, nach all der verlogenen Scheiße, seit ich dreiundzwanzig war. Auf Wiedersehen.«

Sie drehte sich um und ging Richtung Auto.

»He. Da gibt es vielleicht noch eine überraschende Wendung für dich«, rief Joe.

»Versuch's nur«, sagte Roisin, ohne langsamer zu werden.

»Unter unseren Freunden gab es genau einen, der über mich und Beatrice Bescheid wusste. Stell dir vor, diese Person hat mir versprochen, nichts zu sagen und mein Geheimnis zu wahren. Da musst du dich doch ziemlich betrogen fühlen – dass er sich für mich entschieden hat und nicht für dich.«

Roisin zuckte die Schultern und holte den Autoschlüssel aus der Tasche, während ihr Herz raste.

»Frag Matt McKenzie, warum er dir das vorenthalten hat. Ich wette, seiner Qualifikation als weißer Ritter tut das keinen Abbruch.«

Roisin ließ sich nichts anmerken, obwohl ihr übel war vom Schock. »Was bist du für ein mieser Scheißkerl.«

»Ich will nur etwas Ausgewogenheit in die Schilderung der Tatsachen bringen. Vielleicht stört das dein Weltbild, aber da lässt sich nichts machen. Eine Sache würde ich im Gegenzug doch gerne wissen«, sagte Joe, während sie das Auto entsperrte. »Wie hast du das herausgefunden? Von sich aus hat Bea sicher nichts gesagt.«

»Ich habe mal wieder Detektiv gespielt. Das Austüfteln überlasse ich dir. Du bist doch der Geschichtenschreiber. Weißt du, wenn man etwas riskiert, dann gewinnt man irgendwann.« Sie zögerte. Ein letzter Schachzug blieb ihr noch. Sie konnte Dominic zeigen, dass seinem besten Kumpel wirklich niemand heilig war. »Ach ja, Dominic, darf ich dich was fragen? Wie heißt Victorias beste Freundin?«

»Äh. Die beste Freundin? Meiner Frau? … Jess.«

»Nicht Amber? Du kennst also keine Amber?«

Dominic zog die Stirn kraus. »Äh. Nein. Amber? Sollte ich die kennen? Wer ist das?«

»Dann kann ich also davon ausgehen, dass Gina die Inspiration für die Figur von Gwen war«, wandte sich Roisin an den finster dreinblickenden Joe. »Aber hat Vic nicht diese beste Freundin namens Amber, für die Dominic insgeheim schwärmt?«

»Was?!«, fragte Dominic.

»Ich überlasse es dir, Joe, dir etwas auszudenken, um diese Lügengeschichte wieder hinzubiegen. Lasst euch die Pizza schmecken!«

70

Mit dem Schlüssel, der ihr vor wenigen Stunden noch wie ein feierliches Versprechen erschienen war, sperrte Roisin die Tür auf. Sie fühlte sich mutlos und niedergeschlagen und legte den Schlüssel auf den Couchtisch, statt ihn wieder in die Handtasche zu stecken.

»Da bist du ja! Ich habe dir eine Sprachnachricht geschickt. Ich wollte dich fragen, ob du … Ist alles in Ordnung?«, fragte Matt, als er Roisins stockfinstere Miene sah.

Er drehte die Herdplatte ab und stellte die Musik auf seinem Handy leiser.

»Ich habe herausgefunden, mit wem Joe hinter meinem Rücken herumgemacht hat. Seine Ex von ganz früher, die er ursprünglich meinetwegen verlassen hat. Beatrice. In York. Ich war bei ihr, habe die ganze Geschichte gehört und hatte eben noch einen Showdown mit Joe. Um die Sache für mich abzuschließen, unter meinen Bedingungen.«

Sie machte eine Pause, und Matt nickte. Sie merkte, dass er besorgt wirkte.

»Nur hat er mir im allerletzten Moment eine wirklich scheußliche Sache erzählt. Er hat behauptet, du wusstest die ganze Zeit Bescheid. Sag mir, dass das nicht wahr ist, Matt.« Tränen liefen über ihre Wangen, und sie wischte sie fort. »Den ganzen Weg hierher habe ich gebetet, dass du sagst, es ist nicht wahr. Aber es stimmt, oder?«

Sie wusste, dass es so war. Joe würde so etwas nur einsetzen, wenn es sich hundertprozentig auszahlte.

»Dieser miese Scheißkerl«, sagte Matt.

»Nein, mach das nicht!«, kreischte Roisin. Ihre Gefühle brachen sich Bahn. Bei Joe hatte sie Fassung wahren müssen, aber jetzt gelang ihr das nicht mehr. »Mach daraus keinen Zweikampf zwischen euch beiden! Der entscheidende Punkt ist doch, dass du ein besserer Mensch bist als er, Matt.«

»Ich wusste von einem Mal. Da waren wir vielleicht sechsundzwanzig. Unfreiwillig.«

Roisin lehnte sich an die Wand. Sie hätte es wissen müssen – das mit Matt und ihr war einfach zu schön, um wahr zu sein. So war ihr Leben nicht.

In der Wohnung herrschte Stille, und die Geräusche der Stadt waren weit weg.

»Eines Abends hat er mich angerufen, er muss den Anruf in der Hosentasche versehentlich ausgelöst haben, und ich bin rangegangen. Ich habe nicht viel verstanden, aber genug, um zu erkennen, dass Joe dabei lieber nicht belauscht worden wäre. Er sprach jemanden mit Bea an.«

»Im Ernst, du hast gehört, wie er Sex hatte?« *Hunter*. Auch das hatte er in *Hunter* verarbeitet. Natürlich. Das Ganze war wie der Schauplatz eines Verbrechens, wo neben jedem Hinweis eine Tafel mit einer Zahl steht.

»Nein«, erwiderte Matt, »aber so gut wie. Sagen wir so, es war eine absehbare Möglichkeit. Ich habe ihm geschrieben und gefragt, was das soll. Er wollte sich gleich mit mir auf ein Bier verabreden und hat mir die Nummer aufgetischt, dass es ein Fehler war und er die Sache sofort beenden wollte. ›Bitte mach meine Beziehung mit Roisin nicht kaputt, sie ist die Liebe meines Lebens. Noch während wir hier sprechen, verschwinden meine zukünftigen Kinder aus dem *Zurück in die Zukunft*-Familienalbum‹. Er hat mir die ganze Verantwortung aufgebürdet. Flehte und bettelte und beschwor unsere Freundschaft, von der damals noch etwas mehr übrig war.«

»Wusstest du, dass sie seine Ex war?«

»Ja, er hat es mir erzählt. Die Ex würde gerade eine schwere Zeit durchmachen, er hätte Mitleid. Aus purer Dummheit habe er sich von ihr einwickeln lassen, eine einmalige Sache et cetera pp. Du weißt ja, wie schnell und überzeugend er einen beschwatzen kann.«

»Hast du ihm geglaubt?«

Matt schwieg einen Augenblick. »… die Begründung, wie es dazu gekommen war? Nein, das habe ich ihm nicht geglaubt. Ich hatte gehört, wie er mit ihr geredet hatte. Joe hatte mich beschissen, kein Wunder also, dass er es mit dir auch machte. Weil er erwischt worden war und merkte, was er aufs Spiel setzte, habe ich gehofft, er kommt zur Vernunft. Ich habe ihm geglaubt, dass er dich um nichts in der Welt verlieren will.«

»Ich meine: Hast du ihm abgenommen, dass er damit aufhört?«

Matt holte tief Luft. »Ich habe gehofft, dass er seine zweite Chance zu schätzen weiß. Sicher war ich mir nicht.«

»Die zweite Chance, die du ihm geschenkt hast. Du wusstest, wie Joe tickt, aber hast mich im Dunkeln gelassen?«

»Roisin, du kennst meine Erfolgsbilanz beim Einmischen in die Angelegenheiten anderer Leute. Würdest du bei Joe bleiben, würde doch keiner von euch beiden den Freund behalten wollen, der sich in eurem Leben als Whistleblower verdient gemacht hat. Ich gebe zu, es war egoistisch, aber du hast mir zu viel bedeutet. Ich wollte dich nicht wegen etwas verlieren, das er verbrochen hat.«

»Warum hätte es so ausgehen sollen? Ich hätte dir bestimmt nicht angekreidet, dass du mir die Wahrheit sagst, egal, welchen Schluss ich daraus gezogen hätte.«

»Aber so einfach ist das doch nicht. Joe hätte sich aus der Affäre gezogen, und ihr zwei hättet euch versöhnt. Ich wäre der Todfeind deines Freundes gewesen. Ihr hättet mich nach und nach ausgemustert, nicht mehr eingeladen, weil alles andere zu knifflig gewesen wäre. Ganz sicher wäre ich kein Teil eures Lebens geblieben, weil ich in diese Sache verwickelt war. Dafür hätte Joe schon gesorgt.«

»Aber das ist völlig irrelevant, weil ich definitiv nicht mit ihm zusammengeblieben wäre!«

»Das sagst du jetzt. Joe würde sich auch aus einem russischen Gefängnis herausreden.«

Roisin dachte darüber nach, dass Matt gemeint hatte, sie stehe auf böse Jungs. Vielleicht schraubte sie ihre Erwartungen einfach zu weit herunter. Wobei sie es möglicherweise nicht besser verdiente, immerhin hatte sie zehn Jahre lang nicht erkannt, wie Joe wirklich war. Trotzdem hätte die Möglichkeit zu diesem Weckruf vor sechs Jahren bestanden, hätte Matt so viel Anstand besessen, wie sie dachte.

»Kurz gesagt, du hast dich also nicht gefragt: Steht es Roisin zu, die Wahrheit zu erfahren, sollte sie das wissen? Sondern: Was ist das Beste für mich, und wie kann ich meine Interessen wahren?«

»Könnte ich die Zeit zurückdrehen, würde ich aus heutiger Sicht, älter und mit mehr Lebenserfahrung, keinen Augenblick zögern. Damals war ich total geschockt und dachte, dass es einen nicht weiterbringt, wenn man sich in die Beziehungen anderer Leute einmischt. Weder, wenn sie sich streiten, noch, wenn sie sich versöhnen. Das macht ein Paar unter sich aus.«

»Was ich nicht verstehe: Joe hat ständig gegen dich gestichelt und dich beleidigt. Hatte er keine Angst, dass du sagst: ›Okay, dann erzähle ich deiner Freundin, was ich weiß‹. Wie konnte sich Joe da so sicher sein?«

»Ha. Wie dir mittlerweile vielleicht klar geworden ist, ist Joe ein begnadeter Lügner. Weltklasse. Es war so unglaublich dreist, mich zum Feind zu erklären und als Flegel hinzustellen. Er durchschaut seine Mitmenschen. Nachdem Jahre seit meiner Entdeckung vergangen waren, hat er begriffen, dass es mich deine

Freundschaft kosten würde, wenn ich jetzt damit ankäme. Stell dir das mal vor. Ach, übrigens, er hat mich so auf die Palme gebracht, dass ich jetzt doch Lust bekommen habe, es ihm heimzuzahlen und eure Beziehung zu sprengen. Vielleicht hättest du ihn verlassen, mir aber hättest du in jedem Fall erklärt, mich zu verpissen. Er wusste, das würde ich nicht riskieren. Ihm konnte nichts passieren. Es gab eine Frist, innerhalb derer ich mit der Geschichte bei dir aufwarten konnte.«

»Weißt du, womit ich einfach nicht klarkomme, Matt? Wenn ich das auf andere Weise und zu einem anderen Zeitpunkt herausgefunden hätte, hätte ich akzeptiert, dass Joe dich in eine unmögliche Position gebracht hat. Aber vor nicht allzu langer Zeit in diesem Sommer habe ich mich völlig aufgelöst an dich gewandt, als Freund, im Vertrauen, und habe gesagt: ›Kann sein, dass Joe mich betrügt.‹ Du warst ein Verbündeter, ich habe mich dir anvertraut. Du hast mir deine Hilfe angeboten. Kannst du dir eigentlich vorstellen, wie dämlich und betrogen ich mir vorkomme, weil du mir die ganze Zeit was vorgemacht hast? Nur um mich bei Laune zu halten?«

»Ich habe das als Wiedergutmachung gesehen, ich habe dir nichts vorgemacht! Ich habe getan, was ich konnte, um für dich herauszufinden, was wirklich passiert ist. Ich wollte dir die Möglichkeit geben, die Wahrheit selbst aufzudecken.«

»Aber genau da hättest du es mir doch sagen können!«, wandte Roisin ein. »Das war deine zweite Chance! Willst du behaupten, das ist dir gar nicht in den Sinn gekommen? Während du durch mein Heimatdorf geschlendert bist, so getan hast, als denkst du darüber nach, und gesagt hast: ›Na ja, stimmt schon, das klingt tierisch suspekt, Rosh, aber wer weiß das schon.‹«

»Das stimmt«, sagte Matt. »Ich hätte das überdenken sollen. Stattdessen hielt ich es für das Beste, dir zu helfen, damit alles rauskommt.«

»Und wenn ich gesagt hätte: Ich habe mich getäuscht, Joe hat mich gar nicht betrogen. Ich habe mich bei ihm entschuldigt, wir haben uns versöhnt und sind jetzt verlobt. Hättest du dann bloß ›na so was‹ gesagt?«

Matt zuckte die Achseln. »Natürlich wäre ich am Boden zerstört gewesen, aber es wäre immer noch deine Entscheidung gewesen. Wie hätte ich denn intervenieren sollen?«

»Du hast die Verantwortung einfach abgegeben.«

»Hast du wirklich den Eindruck, meine Gefühle für dich sind immer schon oberflächlich gewesen und ich hätte mich bei der leisesten Komplikation aus dem Staub gemacht?«

»Weißt du, was ich denke? Du warst dir absolut klar darüber, dass du mir die Wahrheit hättest sagen können«, meinte Roisin. »Ich glaube, es ging dir wieder einmal nur um deine eigenen Interessen. Du hättest dir keine Lorbeeren damit verdient, sondern dir nur Probleme eingehandelt. Der Besuch bei Sesso hat dir deutlich mehr Ruhm eingebracht.«

»Ruhm?« Matt fuhr zurück. »Glaubst du, ich habe eine Belohnung für meine Hilfe erwartet? Das ist eine echt widerliche Anschuldigung. Teilst du wirklich Joes Meinung von mir?«

»Ganz ehrlich? Ich weiß es nicht«, sagte Roisin. »Vor einer Stunde hätte ich es noch für unmöglich gehalten, dass du herausgefunden hast, dass Joe hinter meinem Rücken herumgevögelt hat, und mit ihm übereingekommen bist, mir besser nichts zu sagen.«

»Weißt du was? Im Grunde bist du sauer auf mich, weil ich dir nicht gesagt habe, was für ein Typ dein Ex ist.« Mittlerweile war auch Matt wütend. »Aber du hättest nur genau hinschauen müssen. Joe war nicht nett, Roisin. Damals nicht und heute nicht. Es war nicht die Aufgabe anderer Leute, dir das klarzumachen.«

Es war ein Volltreffer in Roisins heikelste Schwachstelle. Diese Frage würde sie niemals auflösen: Wie sie das hatte übersehen können. Sie wurde von tiefer Scham und Bestürzung überschwemmt.

»Ich bin also ein dummes Mädchen, weil ich das nicht bemerkt habe? Das Opfer ist schuld? Die Frau ist schuld?«

»Das habe ich nicht gesagt, und das weißt du. Lass dich nicht auf seine Ebene herab.«

»Seine Ebene?«

Matt schüttelte den Kopf, verschränkte die Arme und wandte den Blick zu Boden. »Mir will nicht in den Kopf, dass du jemanden, der unfreiwillig einen Telefonanruf erhalten hat, auf dieselbe Stufe stellst wie Joe. Das ist doch nicht dasselbe.«

»Ich habe dich für einen Menschen gehalten, der mir gegenüber aufrichtig ist. Ich habe die Nase voll von Männern, die mich anlügen und hinterher rationale Begründungen dafür aus dem Hut zaubern. Egal, wie wortgewandt sie sind. Und egal, wie geschickt sie sind, die Sache umzukehren und mir in die Schuhe zu schieben. Dein Hausschlüssel liegt da drüben.«

Sie verließ die Wohnung, und er hielt sie nicht auf.

71

BRIAN CLUB

Dev
Neue Nachricht

Ping

Neue Nachricht

Ping

Neue Nachricht

Ping

Roisin legte die Malerrolle ab. Sie trug einen Schlafanzug auf links, hatte das Haar hochgebunden und unter eine Plastiktüte von Sainsbury's gesteckt, damit keine Farbkleckse darauf landeten.

In der Vergangenheit hatte sie es mit Kopftüchern versucht, die hübscher aussahen, aber ihre burgunderroten Haare nicht ausreichend schützten. Immerhin sah dich als Single niemand im Aufzug eines *Mars Attacks!*-Aliens mit Einkaufstüte auf dem Kopf.

Roisin wischte sich die Hände an einem Lappen ab und griff nach dem Handy. Sie sollte aufpassen, dass sie nicht versehentlich auf Videoanruf drückte.

Im Augenblick war sie dabei, den kapellenartigen offenen Wohnbereich im sogenannten Lamp Black von Little Greene zu streichen. Die Farbe war spektakulär, Joe hatte ursprünglich seine Zustimmung verweigert, was sich wie ein deutlicher Bruch mit der Vergangenheit anfühlte. Und auch ein deutlicher Bruch mit dem guten Geschmack. Nachdem sie drei Viertel des Projekts vollendet hatte, musste Roisin sich eingestehen, dass Joe in dieser einen Frage womöglich recht gehabt hatte. Es verlieh dem Raum die Aura eines Ladens, in dem Räucherstäbchen abgebrannt und Himalaja-Salzsteinkerzen verkauft wurden, die aussahen wie ein Klumpen Ohrenschmalz. Sie malte sich aus, dass Matt sagen würde: Es muss doch einfachere Möglichkeiten geben, die Pforten zur Hölle zu öffnen.

Matt.

Die Beschäftigung half ihr, die Gedanken an Matt McKenzie zu vertreiben. Beim Abkleben von Kanten oder Auswählen von Pinselgrößen für die Ecken dachte sie nicht ganz so viel an sein markantes Gesicht. Oder an seine Hände auf ihrem Körper, an das Gefühl, von ihm geküsst zu werden, an jeden intimen Augenblick, den sie miteinander erlebt hatten, was ihr kaum über die bedauerliche Entscheidung, die Beziehung zu beenden, hinweghalf.

Es waren die Spaziergänge, die sie ihm nicht vergeben konnte, dachte sie, während sie mit dem Borstenpinsel über die Bodenleiste strich. Die Wanderungen im Wald hatten ihr in dieser düsteren Zeit geholfen, nicht den Verstand zu verlieren. Dabei war Matt die ganze Zeit über Doppelagent gewesen. Er hätte an Ort und Stelle ihre Zweifel wegen Joe zerstreuen können. Aber er hatte ihr verschwiegen, was er wusste, und Roisin zum Narren gehalten.

O Gott, sie hatte ihm sogar von ihrer kurzen kummervollen, promiskuitiven Phase im Teenageralter erzählt. So sehr hatte sie McKenzie vertraut.

Wie hatte Gina es formuliert? *Ich fühle mich in seiner Gegenwart sowieso immer nackt. Dass er mich buchstäblich nackt gesehen hat, war einfach zu viel.*

Ja, genau. Der sichere Hafen während des Sturms war eher Sturm als Hafen.

Sie schaute auf die Nachrichten an den Brian Club.

Dev

RATET MAL, WER NICHT NACH SÓLLER GEFAHREN IST

IHR DÜRFT DEN FRISCH VERMÄHLTEN MR UND MRS DOSH GRATULIEREN!!

Darauf folgten zwei Fotos von Dev und Anita, ein Selfie, auf dem sie ihre Ringfinger in die Kamera hielten, und ein Bild vor der Little White Wedding Chapel in Las Vegas.

Während Roisin noch über diese Entwicklung staunte, traf eine weitere Nachricht ein.

Dev

Entschuldigt, dass das so überraschend kommt. Es war ein spontaner Entschluss. Warum warten. ABER! Falls ihr jetzt gedacht habt, ihr kommt um die Feier rum, habt ihr euch getäuscht. J 😀 <3

Wegen einer Absage konnten wir das Midland Hotel am **nächsten Freitag**buchen. ALSO SCHMEIßT EUCH IN SCHALE FÜR UNSERE HOCHZEITSPARTY!!

Meredith

IHR SEID VÖLLIG DURCHGEKNALLT

Ich krieg mich vor Lachen nicht mehr ein

Leider hab ich für nächsten Freitag schon Kinokarten. Trotzdem viel Spaß xx

Gina

Ich auch, derselbe Film. Da spielen The Rock und Sir Ian McKellen mit. Was für ein Pech. Gratuliere, Ihr Lieben! Xx

Roisin

DEV & ANITA – DAS IST GROßARTIG! Mr & Mrs! Wunderbare Nachrichten <3

Allerdings muss ich am Freitagabend zu Hause bleiben, weil der Typ von E.ON kommt, um den Zählerstand abzulesen. Echt Pech. Xx

Anita

IHR MIESEN SCHLAMPEN

Dev

Überall nur falsche Schlangen, Mrs Doshi. Sind jetzt ganz auf uns gestellt, Süße xoxo

Joe

(Ich gehe mal davon aus, dass die Frauen Witze machen) aber ich muss tatsächlich am Mittwoch nach Amerika. Tut mir so leid. L ☹ Viel Spaß, Leute, und Glückwunsch. Wir sehen uns. Xx

Roisin konnte ihre Erleichterung, weil sie den Ballsaal nicht mit dem missmutig schäumenden Joe teilen musste, nicht leugnen. Joe durfte auf gar keinen Fall merken, dass er Erfolg gehabt und sie und Matt McKenzie auseinandergebracht hatte. Hm.

Den Gedanken, dass sie nach Joes Pfeife tanzte, wenn sie Matt nicht verzieh, hatte sie verdrängt.

Dev

Kein Stress, Kumpel. Uns war das Risiko bewusst. Mit denen, die nicht kommen können, feiern wir später noch einmal nach. Gute Reise Xx

Als sie ihre Malerarbeiten beendet hatte, schrieb Roisin eine Nachricht an Meredith und Gina.

Hat irgendwer Dev & Anita die Sache von mir und Joe erzählt? Ich gehe davon aus, dass er mich sofort angerufen hätte, also wohl eher nicht, oder?

Meredith
Nein!

Roisin
Da Joe eh nicht dabei ist, sollte ich das vielleicht lieber auf nach der Sause verschieben?

Meredith
Gute Idee

Gina
Gleich nach Devs Nachricht habe ich Matt angerufen, und wir hatten ein echt gutes Gespräch. Er kommt auf jeden Fall zur Hochzeitsparty. Er will erst mal nicht zurück in die WhatsApp-Gruppe wegen dem Clinch mit Joe, aber grundsätzlich ist er bei Aktivitäten ohne ihn wieder dabei. Es ist ein gutes Gefühl, dass wir uns ausgesprochen haben. J ☻

Roisin wünschte, ihre überschwängliche Reaktion wäre nicht so unaufrichtig gewesen. Offensichtlich hatte Matt Gina nicht erzählt, was zwischen ihnen vorgefallen war, sie selbst hatte es nicht getan. Ihre Beziehung war vorbei gewesen, bevor sie richtig begonnen hatte, also hatte es ohnehin keinen Zweck. Irgendwann einmal würde sie den Freundinnen davon erzählen, noch aber brachte sie es nicht übers Herz. Das Bedürfnis, den Kuss zu gestehen, mochte noch groß gewesen sein; der Drang, über das zu reden, was danach geschehen war, hielt sich deutlich mehr in Grenzen. So schnell veränderten sich die Dinge.

Von Joe und Beatrice hatte sie den Freundinnen ebenfalls nichts erzählt. Auch das konnte warten.

Die krönende Ironie der Geschichte war, dass Gina sich unglaublich freute, weil Matt in den Brian Club zurückkehren wollte, aber Roisin keinen Augenblick daran zweifelte, dass er es niemals tun würde.

Den Rest ihrer Tage würden Roisin und Matt nun also mit dem Entschlüsseln von Informationen zubringen, die über Dritte ausgetauscht wurden. Uff. Natürlich gäbe es in Zukunft hin und wieder einen Anlass, bei dem sie Joe und der neuen Mrs Joe (Gott steh ihr bei) begegnen würde. Matt und die neue Mrs Matt aber wären eine absolute Tortur.

Roisin betrachtete die Reste der Grufti-Farbe in der Dose und seufzte schwer.

»Ich brauche ein schönes Kleid«, sagte sie laut in den rußschwarzen Raum hinein.

72

Roisin nahm einen schwarzen Satinpump aus dem Karton mit dem Seidenpapier und inspizierte ihn argwöhnisch. Der Absatz war dünn wie ein Essstäbchen. Sie steckte den Fuß hinein und stellte fest, wie unwohl und unbehaglich sie sich fühlte und wie schön die Silhouette ihres Beins mit dem angespannten Wadenmuskel war.

Verdammte Frauenmode.

Sie hatte ein Zimmer im The Midland Hotel gebucht, um sich für die Doshi-Hochzeit fertig zu machen und danach ohne Umstände ins Bett zu fallen. Um ehrlich zu sein, wollte sie auch einen Rückzugsort haben, sollte ihr die Party zu viel werden. Irgendetwas stimmte nicht mit den Stromleitungen in der Wohnung – sie brachte es nicht über sich, Cormac anzurufen –, und außerdem roch die ganze Bude nach Farbe.

Sie wusste nicht, ob Matt in Begleitung käme. Es wäre ein bisschen viel, sie gingen erst seit zwei Wochen getrennte Wege, andererseits erwartete sie nicht, dass sein Paarungsverhalten den Ritualen gewöhnlicher Menschen entsprach, und er schuldete ihr nichts.

Roisins Suche nach einem Kleid für den heutigen Abend war kläglich gescheitert, was sie nicht besonders überraschte, da sie nach einer magischen Rüstung für maximal hundertfünfzig bis zweihundert Pfund gesucht hatte. Sie wollte stylish und selbstbewusst, aber nicht übertrieben forsch wirken, eine Frau, die cool genug und ohne jede Anstrengung der Situation gewachsen war.

Nachdem sie ungefähr siebzehn Online-Bestellungen zurückgeschickt hatte, entschied sich Roisin für ein schwarzes Paillетten-Minikleid, das sie schon seit Ewigkeiten besaß, kombiniert mit blickdichten schwarzen Strumpfhosen, was Lorraine vermutlich zu der Bemerkung veranlasst hätte: Ich wünschte, du würdest es mal mit ein bisschen Farbe versuchen, statt immer die *Lausige Hexe* zu geben.

Das neue Schuhwerk immerhin sollte beweisen, dass sie bereit war, sich in die Schlacht zu stürzen.

Welche Ironie, dachte Roisin, dass sie nie einen Gedanken daran verloren hatte, welchen Eindruck sie bekleidet auf Matt McKenzie machte, bis er sie in unbekleidetem Zustand gesehen hatte.

Sich im gleichen Festsaal wie er zu befinden, wäre in Wendy Copelands Worten mal wieder LSO. Dennoch war es in sittlich-praktischer Hinsicht vollkommen unerheblich, dass Roisin schon beim Gedanken, ihm in die Augen zu sehen, erschauderte.

Ihre Verliebtheit löste sich nicht eben mal so über Nacht in Luft auf – sie musste einfach abwarten, bis ihr Gefühlshaushalt mit ihrem Intellekt gleichzog. Wer weiß, vielleicht verdiente der Umstand, dass es sich um einen schönen Menschen handelte, mit dem sie die beste Nacht ihres Lebens verbracht hatte, besondere Nachsicht.

Mir will nicht in den Kopf, dass du jemanden, der unfreiwillig einen Telefonanruf erhalten hat, auf dieselbe Stufe stellst wie Joe. Das ist doch nicht dasselbe.

Es fiel ihr zunehmend schwer, diese Wahrheit zu leugnen.

War sie enttäuscht? Ja. Aber … durfte Matt das Recht für sich in Anspruch nehmen, von ihr enttäuscht zu sein, weil sie Joe so lange nicht durchschaut hatte?

Während sie im Hotelbadezimmer zum fünften Mal ihr Augen-Make-up in der riesenhaften Vergrößerung des Rasierspiegels inspizierte, flüsterte ihr eine innere Stimme zu, dass nun, nachdem die Wut auf Matt mehr oder weniger verraucht war, womöglich nicht etwa Enttäuschung, sondern Angst zurückblieb.

Zwar sagte ihr der Verstand, dass Joe Powell eine absolute Ausnahme darstellte, aber ihr Herz war noch nicht so recht überzeugt. Die Vorstellung, dass Matt etwas vor ihr verbergen könnte … Würde sie zusammenzucken, wann immer sein Handy mit der Nachricht einer potenziellen Bewunderin vibrierte? Müsste sie sich mühsam daran hindern, nachzuprüfen, ob er die Dating-Apps tatsächlich deinstalliert hatte?

Also … willst du ihm keine zweite Chance geben, weil du ihn zu gern hast?, fragte die innere Stimme. Roisin befahl ihr, den Mund zu halten.

Ihr Handy gab einen Klingelton von sich. Meredith, Gina und Aaron waren da und warteten in der Lobby auf sie.

Als sie im Aufzug nach unten fuhr, überfiel sie die Panik. Wenn Matt nun wirklich eine Begleitung dabeihatte? Womöglich der hoch angesetzte Pferdeschwanz mit den efeuumrankten Beinen aus dem festa?

Roisin, rief sie sich zur Ordnung. Um mit Lorraine zu sprechen: Reiß dich scheiße noch mal zusammen.

Unten angekommen, begrüßte sie die anderen und erkannte schnell, dass Aaron ganz wunderbar war: ein schmaler Lockenkopf in dunkelblauem Anzug, der alle mit einem breiten Lächeln anstrahlte. Er muss wirklich in Gina verliebt sein, dass er sich den Spießrutenlauf mit all ihren Freunden so bald antut, dachte Roisin.

»Wow. Kaum zu glauben, dass Dev und Anita nur ein paar Tage Zeit hatten, um das alles vorzubereiten!«, sagte Gina, als sie den Festsaal voller weißer Luftballons, weißer Blumen und zwei riesigen Initialen aus Glühlämpchen betraten.

»Vermutlich eine Frage des Geldes«, raunte Meredith.

»FRAUEN. Man beachte: A&D, nicht D&A, das war mir sehr

wichtig«, sagte Anita und nahm sie in Beschlag. Sie trug ein saphirblaues Kleid mit einem wasserfallartigen Cape und sah aus wie die mildtätige Königin in einem Science-Fiction-Film. Ihr Anblick löste Begeisterungsschreie aus.

»Kommt mit, das müsst ihr euch ansehen.« Anita führte sie in eine Ecke mit Fotos von ihr und Dev, angefangen mit Kinderbildern über das erste Date bis hin zu Auslandsurlauben. Ziemlich genau in der Mitte war das Bild des Brian Club von vor zehn Jahren und daneben das neue aus Benbarrow Hall.

Roisin betrachtete sie und dachte daran, was sich zwischen diesen beiden Bildern für sie verändert hatte. Sie sah Joe an, der sein Gesicht verbarg, und Matt, der sich gleichzeitig nach vorne drängte und doch auf Abstand blieb, und dachte: Es war alles von Anfang an da, wenn man nur darauf geachtet hätte.

Das Rätsel von Joe Powell lautete nicht, wie sich der Joe von damals in den Joe von heute verwandelt hatte. Nicht er hatte sich verändert, sondern die Umstände.

Ohne dass es jemand merkte, tastete Meredith nach ihrer Hand und drückte sie.

»Hätten Sie Lust auf einen Drink, Miss Walters?«, fragte sie, und Roisin antwortete: »Ja, verdammt, und wie!«

Eine Stunde später entdeckte Roisin ihn in einiger Entfernung. Wie immer wirkte er schick in seinem hellbraunen Nadelcordanzug – was Terence daran erinnern würde, warum er so ungern in die City fuhr. Der Saal war groß genug, um respektvoll Abstand zu halten, und Roisin folgerte, dass sie es dabei belassen würden, statt das Gespräch zu suchen.

Als sie gerade mit einem attraktiven Cousin der Braut plauderte, fing sie Matts Blick am anderen Ende des Raums auf. Seinem Gesichtsausdruck ließ sich kaum mehr ablesen als ein steifes, auf Gegenseitigkeit beruhendes *Au weia*.

Es wurde spät, und Roisin hatte den Eindruck, dass Matt gegangen war. Die gelegentlichen flüchtigen Blicke, die ihr Herz zum Stocken brachten, versandeten irgendwann ganz.

Pfeif auf die Schuhe, dachte Roisin. Sie wollte sie gegen die Ballerinas eintauschen, die oben im Hotelzimmer waren. Eine innere Stimme sagte: Jetzt, wo er weg ist, musst du wohl niemanden mehr beeindrucken, was?, und wütend grummelte sie: »Halt's Maul.«

Als sie am Aufzug stand und die Schlüsselkarte aus der Handtasche kramte, hörte sie jemanden sagen: »Können wir kurz reden?«

Sie blickte zu Matt auf. Es machte die Sache nicht leichter, dass sie unter Alkoholeinfluss stand. Sie hatte keine Ahnung, was sie sagen sollte.

Er führte sie durch die Lobby und durch die Drehtür auf die Vortreppe am Taxistand. In der kühlen Nachtluft rieb sie sich die Oberarme. Der Herbst stand bevor. Davon abgesehen hatte sie nicht die geringste Vorstellung, was sonst noch.

»Ich will dich gar nicht lange aufhalten«, sagte Matt, die Hände in den Hosentaschen. »Okay, also … ich erzähle dir das nicht in der Erwartung, dass es irgendetwas ändert oder weil ich mich in einem besseren Licht darstellen will. Ich will einfach nur aufrichtig sein. Ich habe mir die Frage gestellt, warum ich dir nichts gesagt habe. Vermutlich wusste ich im tiefsten Innern, dass du mir die Freundschaft nicht aufkündigen würdest. Du hast recht, mir das um die Ohren zu hauen. Es entspricht nicht deinem Wesen. Der Grund war, ich habe meinen Motiven nicht getraut.«

»Verstehe«, sagte Roisin, ohne etwas zu verstehen.

»… vom ersten Tag an habe ich mir gewünscht, dass du Joe verlässt. Und plötzlich hatte ich eine Möglichkeit in der Hand, das zu erreichen. Ich wusste nicht, was ich tun sollte, weil mir meine eigenen Interessen den Blick vernebelten. Deswegen habe ich mir eingeredet, die hehre Lösung sei die, mich zurückzuziehen.« Matt holte Luft. »Du hast völlig recht, bei der Entscheidung ging es nur um mich und nicht um dich. Mein Ego und mein Selbstbild haben sich mal wieder durchgesetzt. Ich hätte zuallererst dich im Blick haben müssen und mich fragen sollen, was du dir wünschst. Das habe ich nicht gemacht. Und ich hätte dir spätestens dann sagen müssen, was ich wusste, als du mir von deinen Sorgen erzählt hast. Ich wollte vor dir gut dastehen, genau wie du gesagt hast. Das werde ich für immer bereuen.«

Roisin nickte.

»Aber ich habe dabei nie auf eine Belohnung gehofft. Du kannst mich für alles andere hassen, aber nicht dafür. Ich hatte längst die Hoffnung aufgegeben, dass du jemals etwas anderes als einen Freund in mir siehst. Das ist die Wahrheit.«

Roisin hatte sich keine Antwort zurechtgelegt. »Okay. Danke«, sagte sie. »Ich glaube dir.«

Es herrschte Schweigen, bis Matt schließlich sagte: »Gute Nacht, Roisin.« Er drehte sich um und ging weg, und Roisin wusste nicht, wie sie ihn aufhalten könnte oder ob sie es überhaupt tun sollte.

Sie ging wieder in das Hotel und vergaß, dass sie eigentlich die Schuhe hatte wechseln wollen. Sie spürte nicht einmal mehr, dass sie drückten, als sie in den Festsaal zurückkehrte.

»Ha, da ist sie ja!«, sagte Dev, als er sie im Türrahmen stehen sah. »Gestatten, Miss Walters?« Selbst im Menschengewühl auf seiner eigenen Hochzeit nahm Dev mit seinem außerordentlichen Gefühlsradar wahr, wenn sich jemand ein wenig verloren fühlte. Nie zuvor war Roisin so dankbar gewesen, von Dev in den Arm genommen und herumgewirbelt zu werden.

Nach ein paar Drehungen zu Joe Cockers *You Are So Beautiful* beugte sich Dev an ihr Ohr und sagte: »Hör mal.« Mit einem Blick nach hinten versicherte er sich, dass niemand zuhörte. »Ich weiß, dass ich das eigentlich gar nicht wissen darf. Ich werde niemandem ein Wort sagen, ich habe noch nicht einmal Anita davon erzählt. Er hatte nicht vor, mit mir darüber zu reden, aber dein Name kam zur Sprache, und er war offensichtlich total mitgenommen. Sag mir ganz offen, wenn ich meine Nase nicht in fremde Angelegenheiten stecken soll, Rosh. Aber wir waren was trinken und haben einander das Herz ausgeschüttet. Er ist bis über beide Ohren in dich verliebt, und es tut ihm wahnsinnig leid, dass er dich verletzt hat. Er ist ein sehr guter Mensch, weißt du. Ich weiß schon, ich neige dazu, die Menschen in positivem Licht zu sehen, aber er ist es wirklich. Ich glaube, du wirst es nicht bereuen, wenn du ihm eine zweite Chance gibst. Mehr wollte ich gar nicht sagen.«

»Das ist echt nett von dir, Dev«, erwiderte Roisin. »Aber die Sache mit Joe ist, dass er ein verdammt großes Talent hat, sich so darzustellen, wie es die jeweilige Situation verlangt. Ich kann dir versichern: Alles, was er dir erzählt hat, ist in Wahrheit weitaus komplizierter und schrecklicher. Du sollst nicht das Gefühl haben, dass du dich auf eine Seite stellen musst. Aber glaub mir, es ist besser so.«

Dev lächelte. »Ich rede von Matt.«

Jemand drängelte sich zwischen sie, und Dev ließ Roisin völlig verdutzt auf der Tanzfläche stehen.

73

Jämmerliches Gejaule riss Roisin aus dem Schlaf. Sie machte die Augen auf und blinzelte im Zwielicht hinauf zu dem runden Lampenschirm. Sie wusste nicht, ob es ein Traum oder Wirklichkeit gewesen war. Roisin würde an diesem Sonntag das letzte Mal im The Mallory aushelfen, bevor sie nach West Didsbury zurückkehrte und sich auf das neue Schuljahr vorbereitete.

»ROISIIIIIN! Roisiiiiin?«

Abrupt fuhr sie hoch, im Nacken sammelte sich der Schweiß. Sie griff nach dem Haargummi, das immer auf ihrem Nachtkästchen lag.

»ROISIN!«

Sie sprang aus dem Bett und tappte den Flur entlang. Beim Anblick ihrer Mutter, die im Seidennachthemd wie ein Häufchen Elend auf dem Korridor kauerte, hätte sie beinahe aufgeschrien.

»Was ist los?«

»Ich habe ziemlich schlimme Schmerzen«, sagte Lorraine und hielt sich den Bauch, während Roisin sich verschlafen die Haare zurückstrich und mit dem Gummi zusammenband. »Es ist der Magen.«

Erschrocken nahm Roisin das zitronengelb verfärbte, fahle Gesicht ihrer Mutter wahr und in der Nähe etwas, das wie Erbrochenes aussah.

»Ich ruf einen Krankenwagen«, sagte Roisin.

»Ich weiß nicht, ob das nötig ist. Es wird schon wieder … Ruf lieber diese Nummer an, bei der sie einem sagen, was man tun soll«, meinte Lorraine.

Sie versuchte, sich zu bewegen, und machte dabei unwillkürlich ein Geräusch, das Roisin von »extrem besorgt« in den Modus »ernsthaft verängstigt« versetzte.

»NICHT – bleib, wo du bist«, sagte Roisin, rannte zurück in ihr Zimmer, riss das Handy aus dem Ladegerät und tippte den Notruf. Es war ein unwirkliches Gefühl, diese Nummer im Alter von zweiunddreißig Jahren tatsächlich zu wählen.

Es war die Tochter einer anderen gewesen, die damals den Krankenwagen für ihren Vater gerufen hatte.

»Zentrale. Welchen Notdienst benötigen Sie?«

»Einen Krankenwagen. Für meine Mutter … wir sind im The Mallory Pub in Webberley. Nicht weit von der High Street …«

Mit sich überschlagender Stimme gab sie zweimal ihre Adresse durch, redete von Magenschmerzen und bestätigte, dass ihre Mutter bei Bewusstsein sei.

»Der Krankenwagen kommt, rühr dich nicht vom Fleck«, rief Roisin, als sie in den Flur zurückrannte.

»Danke«, sagte Lorraine. Dass sie nicht protestierte, erschreckte Roisin zu Tode.

»Wann haben die Schmerzen angefangen?«, fragte sie.

Es herrschte Schweigen.

»… jetzt bist du bestimmt sauer auf mich.«

»Sauer auf dich? Warum?«

»Ich habe schon eine ganze Zeit lang Bauchschmerzen.«

»Wie lange?«

»Seit Monaten. Ich habe mich mit Ibuprofen vollgestopft, als käme es demnächst aus der Mode, und einfach weitergemacht. Du kennst mich. Wie schon Liz Taylor sagte: ›Schenk dir ein Glas ein, zieh den Lippenstift nach und reiß dich zusammen.‹«

»MUM! Wie bitte? Du warst also gar nicht beim Arzt?«

»Nein.«

»Was war mit der Biopsie? Dem Knoten in der Brust?«

»Das war eine Notlüge. Aber es ging mir wirklich nicht gut.«

»Das alles hat gar nicht gestimmt? Der Verdacht auf Krebs war bloß erfunden?«

»Du wärst doch nie hergekommen, wenn du mich nicht für krank gehalten hättest! Ich wollte dich sehen. Aber ich habe dir gesagt, dass alles gut ist. Du musstest dir keine Sorgen machen.«

Roisin war sprachlos.

Keinem Menschen außer Lorraine Walters würde einfallen zu sagen: Sorry, ich habe zwar eine Lügengeschichte über einen Krebsverdacht und eine Untersuchung erfunden, aber bitte vergiss nicht, dass ich auch eine erfundene Entwarnung gegeben habe. PS: Im Übrigen bin ich so oder so ernsthaft krank.

»Aber du warst krank! Du hast bloß nichts dagegen unternommen!«

»Ich will keine alte, kranke Frau sein oder mit Glatze rumlaufen, Roisin. Entweder ich bin, wie ich bin, oder gar nicht.«

Lorraines Gesicht verzerrte sich, als der Schmerz in einer Woge über sie hinwegrollte, in deren Kielwasser unmittelbar eine Welle der Panik in Roisins Magen folgte.

»Willst du ernsthaft behaupten, du wärst lieber tot als glatzköpfig?!«

Lorraine versuchte, ihre Position auf dem Teppich zu verlagern, und zuckte zusammen. »Wie gesagt, ich wollte kein Theater. Ich wollte dich einfach nur sehen.«

»Wohl eher an der Bar.« Roisin verdrehte die Augen und wollte die Stimmung auflockern, auch wenn das ein unmögliches Unterfangen war.

»Amy und Ernest hatten schon ewig vorher angefragt. Ich dachte einfach, es wäre schön, etwas Zeit miteinander zu verbringen.«

»Meinst du nicht, dass Ryan verdient hätte, davon zu erfahren?«, fragte Roisin.

Lorraine zog die Schultern ein klein wenig hoch, mehr brachte sie nicht fertig. »Für ihn ist es eine weite Reise. In solchen Zeiten hat man als Mutter eben gern die Tochter an seiner Seite.«

Was genau das für Zeiten waren, müsste sich erst noch zeigen.

Roisin versuchte, das alles zu verstehen. Lorraine hatte die ganze Zeit Angst gehabt zu sterben, hatte sich derart gequält? Und keinen Arzt aufgesucht. Sie hatte Roisin angeschwindelt. Mit Schrecken dämmerte Roisin, dass ihre Mutter sich eher einer solchen Gefahr aussetzte, als ihr zu sagen, dass sie sie liebte und brauchte. Das war ihr immer noch lieber, als das Risiko einzugehen, ihre Tochter könnte sie zurückstoßen.

Außerdem hätte Roisin sie gezwungen, zum Arzt zu gehen. Aber es war auch so offensichtlich, dass Lorraine die Worte fehlten, um den Graben zwischen ihnen zu überbrücken, und so waren Lügenmärchen aufgeboten worden, um ihn zu füllen.

»Jetzt aber. Du musst mir die Lippen anmalen, bevor die Sanitäter kommen«, sagte Lorraine. »Der Lippenstift von Charlotte Tilbury in dem dunkelblauen Stepptäschchen mit den Blumen drauf. Es steht auf der Kommode in meinem Badezimmer. Walk Of No Shame oder Lost Cherry, bitte.«

»Du machst Witze, oder?«, sagte Roisin.

»Das könnte mein letzter Wunsch sein!«, kreischte Lorraine, und Roisin schnaubte und seufzte übertrieben, vor allem um ihre Panik zu verbergen. Natürlich verschonte ihre Mutter sie nicht und machte ihr überdeutlich klar: Lorraine blieb Lorraine.

Roisin rannte ins Zimmer ihrer Mutter und erschauderte, als sie das verschüttete Wasserglas am Boden sah. Ihre Mum war auf Händen und Knien in den Flur gekrochen. Sie kramte im Kulturbeutel und kniff die Augen zusammen, um die Namen der Lippenstifte zu entziffern. Fraglos würde Lorraine den falschen Farbton erkennen, selbst während sie von Schmerzen zwischen sieben und neun auf der Schmerzskala gepeinigt wurde.

Walk Of No Shame – das erschien Roisin auf allzu grausige

Weise passend. Ohne jede Reue? In ihrem langen Lauf beweist die Geschichte einen Hang zum schwarzen Humor. Sie entschied sich für Lost Cherry.

Denk nicht an deine Lüge gegenüber Joe. Denk nicht daran, was er dich beim Leben deiner Mutter hat schwören lassen. Denk nicht daran, denk nicht daran.

Sie kehrte zu Lorraine zurück, kniete sich hin und drehte den Lippenstift heraus.

»Ich fass es nicht, dass ich das wirklich mache. Na los, dann spitz die Lippen.«

Lorraine, die angesichts der unerträglichen Schmerzen offensichtlich alle Kraft zusammennehmen musste, reckte Roisin die Lippen entgegen, und die betupfte sie mit Farbe.

Es war eine absolut lächerliche und gleichzeitig unglaublich zärtliche Geste. Roisin durfte nicht zu genau darüber nachdenken, was hier gerade geschah, denn sie war nah daran, die Fassung zu verlieren.

»Auf den Lipliner können wir vielleicht verzichten«, meinte Lorraine und presste die Lippen zusammen, woraufhin Roisin »Aber hallo!« rief, um ihre Aufgewühltheit zu verbergen.

»Hör zu. Es gibt da was, worüber ich mit dir reden wollte«, sagte Lorraine, während Roisin die Kappe über den Lippenstift stülpte, als hielten sie einen kleinen Plausch, weil sie sich bei Sainsbury's mit ihren Einkaufswagen zufällig über den Weg gelaufen waren. »Falls ich keine Gelegenheit mehr bekomme.«

»Mum, bitte sag so was nicht.«

»Ich weiß doch, wie das läuft. Die pressen dir eine Maske aufs Gesicht, und das war's.«

»Mum!«

»Ich habe mir die Serie von Joe angeschaut. Die über den Polizisten, der eine Menge Ähnlichkeiten mit deinem Vater hat.«

Roisins Körpertemperatur fiel auf den Gefrierpunkt herab.

»Hat Joe das gemacht? Ist er fremdgegangen?«

Himmel noch mal. Ihre Mutter war schneller als alle anderen dahintergekommen. Wenn du einen Dieb schnappen willst, nimmst du am besten jemanden vom Fach.

»Ja«, antwortete Roisin. »Mit meiner Vorgängerin. Offenbar war es zwischen ihnen nie ganz vorbei.«

»Gut, dass du die Sache beendet hast. Hätte ich mit deinem Dad auch tun sollen. Ich habe ihn die Ansage machen lassen, und das bereue ich.«

Sie sah Roisin in die Augen, sie wusste genau, worauf sich ihre Mutter bezog. »Keine Sorge, schon klar.«

»Ich weiß, wie sehr du deinen Vater geliebt hast. Irgendwie konnte ich nie darüber sprechen, was … na ja, du weißt schon.«

Roisin wusste nicht, was sie darauf sagen sollte.

»Also, kommen wir zu Matthew. Wie stehen die Dinge da? Dir ist schon klar, dass er in dich verliebt ist, oder?«

Roisin stieß ein schwaches Lachen aus. »Woher weißt du das?«

»Ich habe Augen im Kopf und ein bisschen Verstand, Liebes. Noch zumindest.«

»… na ja. Wir waren kurz zusammen, aber dann habe ich herausgefunden, dass er seit Jahren von Joes Fehlverhalten wusste und mir nichts gesagt hat. Darüber war ich ziemlich wütend. Insofern sind wir momentan nicht zusammen.«

»Das ist ein Fall von ›Wie man es macht, ist es verkehrt‹. Rosie, es hätte wahrscheinlich nur Leid verursacht, wenn …«, ihre Stimme klang kläglich, weil sie solche Schmerzen hatte, »… er es dir gesagt hätte.«

Kein Mensch auf der Welt außer ihrer Mutter nannte sie Rosie. Warum bekommen Kleinigkeiten manchmal plötzlich eine so immense Bedeutung? Roisin sah auf die Uhr.

»Wo bleiben die denn?!« Roisin wollte Lorraine nicht in Panik versetzen, aber sie konnte ihre Angst nicht zügeln. Es fühlte sich an, als seien Stunden vergangen. Achtzehn Minuten. Das müsste doch reichen, oder?

Sie hörte ein Hämmern an der Haustür, und so schnell wie nie zuvor rannte sie die Treppe hinunter und durchquerte die Bar. Vor dem Haus standen Menschen in grünen Overalls mit reflektierenden Streifen, und Roisin brabbelte etwas über ihre Mutter und Schmerzen und »Sie ist oben«.

Roisin musste hinter ihnen stehen bleiben, als sie sich auf dem Treppenabsatz um Lorraine kümmerten und in zuversichtlichem Tonfall Fragen stellten, nach ihren Instrumenten griffen und mit geübten Bewegungen vorgingen.

Sie wusste nicht, was sie mit sich anfangen sollte, wo sie stehen und was sie tun sollte, sie verrenkte sich den Hals und sah den Sanitätern über die Schulter.

Roisin hatte gehofft, sie würden mit spöttelnder Stimme sagen, es sei nichts, stattdessen wurde aus dem Wagen mit den blinkenden Lichtern eine Trage herausgeschoben.

Plötzlich tauchte eine Sauerstoffmaske auf, und Roisin geriet außer sich.

»Ich will nicht, dass du gehst!«, schrie sie und sah Lorraine an, die nicht länger Patientin, sondern ihre Mutter war. Sie meinte nicht das Krankenhaus; sie meinte nirgendwohin, für alle Zeiten. Es war ein kindlicher Appell aus purer Trennungsangst, Panik vor dem endgültigen Verlust. Roisin brach in verzweifeltes Weinen aus, und Lorraine griff unbeholfen nach ihrem Arm und küsste ihren Handrücken, während man sie davontrug.

Die Blaulichtfahrt ins Krankenhaus war ein Albtraum. Hinter ihrem Schleier aus Tränen, die sich nicht ganz unterdrücken ließen, nahm Roisin alles nur verschwommen wahr. Zwar hatten Profis das Ruder übernommen, und sie hatte dankbar die Verantwortung abgegeben. Auf der anderen Seite aber konnten die piependen Geräte, das Martinshorn und die konzentrierten Bemühungen Dritter nicht länger den Ernst der Lage verhehlen.

»Wir geben Ihnen Bescheid, sobald wir Näheres wissen – nehmen Sie doch Platz«, sagte der Sanitäter, als ihre Mutter auf einer Trage hinter den Türen des Macclesfield-District-Krankenhauses verschwand und Roisin sie fremden Händen überlassen musste. Orientierungslos geisterte sie durch die Notaufnahme.

In ihr rangen der Flucht- und der Kampfreflex miteinander. Auf unabsehbar lange Zeit unter den grellen Lampen auf einer dieser Plastikschalen zu sitzen, erschien ihr genauso absurd wie der Vorschlag, einen Moriskentanz aufzuführen.

Sie sah auf ihr Handy. Kein Netz. Es war kurz nach drei.

Der Zeitunterschied nach Toronto betrug fünf Stunden. Möglicherweise würde Ryan den Anruf annehmen, aber es erschien ihr klüger abzuwarten, bis sie ihm Genaueres sagen konnte, statt ihm den Schlaf zu rauben, wo er doch die Kraftreserven vielleicht noch brauchen würde.

O Gott.

Um Handyempfang zu haben, musste sie nach draußen gehen. Sie scrollte durch die Kontakte und tippte auf seine Nummer. Es war egoistisch, ungerecht, sogar unverschämt. Aber sie konnte nicht anders. Sie wollte seine Stimme hören, und sonst gar nichts.

Diese Erkenntnis glich einer Röntgenaufnahme ihres Gefühlshaushalts. Alles Überflüssige war weggefallen, sie bestand nur mehr aus dem Wesentlichen, aus Knochen und Organen. Sie konnte erkennen, was wirklich wichtig war.

Hallo, hier ist der Anschluss von Matt. Derzeit kann ich euren Anruf nicht entgegennehmen. Falls ihr keine Abneigung gegen Anrufbeantworter habt, hinterlasst einfach eine Nachricht.

»Matt«, keuchte sie nach dem Piepton mit zugeschnürter Kehle, »ich bin's. Ich bin im Krankenhaus in Macclesfield. Es geht um Mum. Sie wissen noch nicht, was los ist …« Ihr entfuhr ein ersticktes Schluchzen. »Ich habe sie auf dem Boden gefunden, vor etwa einer Stunde, sie hatte Wahnsinnsschmerzen. Die Ärzte untersuchen sie gerade. Keine Ahnung, was sie mir die ganze Zeit vorgespielt hat, denn bevor ich Anfang des Sommers nach Hause gekommen bin, hat sie mir erzählt, dass sie eine Biopsie hatte und Entwarnung gegeben wurde. Typisch Lorraine war das alles gequirlte Scheiße. Sie hat die Schmerzen ewig ignoriert und sich mit Medikamenten vollgestopft …« Roisin merkte, dass sie ins Trudeln geriet. Sie hielt kurz inne und schluckte.

»… weißt du noch, wie du darüber geredet hast, dass du nicht so viele Menschen im Leben hast? Ich habe meinen Vater und meinen Bruder noch nie so sehr vermisst wie jetzt. Egal. Du musst nicht antworten oder zurückrufen oder irgendwas. Du schuldest mir nichts. Ich musste einfach nur mit jemandem reden. Nein, nicht mit jemandem. Ich wollte mit dir reden. Es klingt vielleicht blöd, aber es hat schon geholfen, dir diese Nachricht auf Band zu sprechen. Wie auch immer. Okay. Danke fürs Zuhören, auch wenn ich dir keine Wahl gelassen habe. Tschüss.«

Als sie das Krankenhaus betrat, hielt ein Arzt bereits Ausschau nach ihr.

»Miss Walters? Ich muss mit Ihnen über Ihre Mutter reden.«

Roisin betrachtete ihren Handrücken, auf dem der verschmierte Abdruck von Lost Cherry zu erkennen war.

Sie lauschte dem sanften Sirren der medizinischen Geräte, den raschelnden Geräuschen der Station hinter dem dünnen Vorhang, während der Tag anbrach.

Draußen vor dem Fenster nahm der Himmel eine kränkliche orangegraue Farbe an. Es war der schönste Sonnenaufgang, den Roisin je erlebt hatte, weil sie zuvor gefürchtet hatte, dass ihn ihre Mutter nicht mehr erleben würde.

Es hatte sich herausgestellt, dass dieser Notfall einen turbulenten, aber überschaubaren Zwischenfall darstellte, den Lorraine überleben würde und von dem sie Ryan später vom Bett aus telefonisch berichten könnte.

Noch tat sich Roisin schwer, diese Erkenntnis zu verinnerlichen und ihre Fantasie aus den dunklen Gefilden zurückzuholen, durch die sie während der Krise geirrt waren. Teilweise befand sie sich noch auf einer anderen Zeitachse.

Eines hatte sich jedenfalls gezeigt: Ihre Mutter brauchte sie. Und Roisin brauchte Lorraine. Nicht im Hinblick auf triviale, praktische Fragen, sondern grundsätzlich, was sie beide nie in Worte gefasst hatten. Roisin war so fixiert gewesen auf Lorraines Nachsicht gegenüber ihrem Vater und ihrem Bruder, dass sie zur Überzeugung gelangt war, sie sei ihrer Mutter egal. Aber sie hatte sich getäuscht.

Lorraine war bewusst, wie sehr ihr Roisin jene Dinge übel nahm, über die sie niemals reden könnte, ohne Verachtung und Ekel zu ernten und weiteren Schaden anzurichten. Dadurch war zwischen ihnen eine Mauer entstanden.

Roisin musste aufhören, die sie umgebenden Menschen zu bestrafen, die zwar Fehler gemacht haben mochten, aber sie aufrichtig liebten.

Heute Nachmittag wollte sie eine Tasche mit Lorraines Lieblingsparfum, ihrem Kindle und einem Schlafanzug vorbeibringen. Sie beugte sich vor und küsste das schlafende Gesicht.

74

Sie war auf dem Weg zum Ausgang der Notaufnahme, als sie ihn bemerkte. Mit verschränkten Armen saß er in seiner dunklen Jeansjacke auf einem der Plastiksitze, den Kopf zur Seite geneigt, die Augen geschlossen, einen Fuß aufs andere Knie gestützt.

Reglos starrte Roisin ihn an. Sie erfasste jedes einzelne Detail und speicherte es im Gedächtnis ab, während ihr das Herz anschwoll. Es war bereits kurz vor sechs, und Roisin fühlte sich benommen. Wie lange er wohl schon hier war? Sie hatte die letzten zwei Stunden am Bett ihrer Mutter gesessen, also musste er in der Zeit eingetroffen sein.

Sie legte ihre Hand auf Matts Schulter.

Erschrocken fuhr er aus dem Schlaf auf, sah sie an, rieb sich die Augen und versuchte, sich zurechtzufinden.

»Guten Morgen.« Verschlafen kam er auf die Beine.

»Guten Morgen. Du bist extra den ganzen Weg hergekommen?«, fragte sie.

»Ich bin sofort los, als ich deine Nachricht gehört habe. Wie geht es dir? Was ist mit Lorraine?«

»Sie ist …« Roisin biss sich auf die Lippen, um wenigstens den Anschein von Beherrschung zu wahren. Matts Anblick nach dieser schlaflosen und aufwühlenden Nacht könnte in einem Dammbruch enden. »Es geht ihr gut. Es war ein Blinddarmdurchbruch. So etwas kann lebensbedrohlich sein, aber sie konnten rechtzeitig eingreifen. Die wenigsten Patienten ignorieren eine Blinddarmentzündung so lange wie meine Mutter.« Roisin schnitt eine Grimasse.

»Oh, Gott sei Dank!«, sagte Matt.

»Sie behalten sie noch ein paar Tage hier, und sie wird einige Wochen total gerädert sein, aber ich bin so erleichtert.«

»Wenn sie den Notrufknopf drückt, um sich einen Kir Royal kommen zu lassen, dann weißt du, dass sie wieder ganz in Ordnung ist.«

»Du kennst sie einfach zu gut«, sagte Roisin mit belegter Stimme. Sie war von Dankbarkeit überwältigt, dass er da war. Die Liebe lag ihr wie ein Gewicht auf der Brust.

»Gehen wir an die Luft?«, fragte Matt nach einer bedeutungsschweren Pause, und Roisin nickte, als er die Tür aufschob.

Sie standen unter dem Vordach vor der Notaufnahme, ließen den Blick über das Krankenhausgelände schweifen, atmeten ein und aus, sahen einander an und schüttelten den Kopf. Bei einer plötzlichen Erkrankung kam es einem so vor, als würde man aus der normalen Welt in ein alternatives Universum katapultiert.

»Ich bin so froh, dass du da bist«, sagte Roisin.

Matt drehte sich zu ihr. »Also, Rosh, ich muss eins klarstellen. Ich bin nicht hier, weil ich irgendwelche Erwartungen ...«

Roisin packte ihn am Revers, vergrub ihr Gesicht an seiner Brust und heulte. Er legte die Arme um sie und hielt sie ganz fest.

»Alles ist gut«, beschwichtigte er sie. »Sie wird wieder gesund. Alles wird gut.«

»Ich weiß doch. Es ist nur ...«

Als Roisin sich ausgeweint hatte und wieder in der Lage war zu sprechen, sagte sie: »Mum hat mich angelogen, damit ich ihr im Sommer im Pub helfe. Sie wollte, dass ich bei ihr bin, weil sie dachte, sie hat vielleicht nicht mehr lange zu leben, aber das konnte sie mir nicht sagen. Das ist total verrückt.«

»Warum ist sie nicht zum Arzt gegangen? Von ›Ich habe Bauchweh‹ zu ›O weh, vielleicht war's das jetzt‹ ist es ja doch ein ziemlicher Schritt.«

»Ich weiß. Aber ich glaube, sie muss ihrem Bild von sich entsprechen und die glamouröse, selbstbewusste, jugendliche Lorraine sein, die den Laden schmeißt. Die Vorstellung, dass man sie auch nur zu einer Behandlung verdonnert, die dieses Selbstbild stört, hat sie völlig gelähmt. Offenbar hat ihr das mehr Angst eingeflößt als ein vermeidbarer Tod …«

Fassungslos blickte sie Matt an. »Sie denkt wohl, sonst wird sie nicht geliebt. Teilweise liegt das daran, dass mein Dad in dieser Hinsicht ein so oberflächlicher Mistkerl war. Mein Bruder hat schon vor Jahren die Flucht ergriffen. Da kommt er ganz nach unserem Vater. Und sie konnte ihrer eigenen Tochter nicht sagen: ›Ich habe Angst, ich brauche deine Hilfe.‹«

Roisin betrachtete Matt in der grauen Morgendämmerung. »Den Fehler werde ich nicht machen. Ich habe dich deswegen angerufen, weil du der eine Mensch auf der Welt bist, den ich sehen wollte.« Roisin lächelte. »Ich will nicht so tun, als halte ich mehr aus, als es tatsächlich der Fall ist. Ich brauche dich.«

Matt erwiderte ihr Lächeln. »Es gibt keinen Ort, an dem ich in diesem Moment lieber wäre als hier. Ich bin froh, dass du angerufen hast. Um ehrlich zu sein, war ich völlig aus dem Häuschen, als du angerufen hast, und wie oft im Leben kann man so etwas schon von Sprachnachrichten um drei Uhr früh behaupten?«

»Ich war viel zu streng mit dir, McKenzie, und du hast mit deiner üblichen Nachsicht reagiert. Möchtest du uns als widerlich verliebtem Paar noch eine Chance geben?«, sagte Roisin. »Eigentlich wollte ich dich das an einem netten Abend bei einem schicken Drink fragen, stattdessen stehen wir hier vor dem Krankenhaus von Macclesfield, weil ich an dein Mitgefühl appelliert habe und du hierhergerast bist. Neben einer Taube mit Klumpfuß, die an einer Pastete pickt.«

Sie deutete hinter seinen Rücken, und Matt wischte ihre Tränen fort. »Komischerweise will ich das mehr denn je«, sagte er.

Sie blickten sich in die Augen, und ohne Worte bekannten sie sich zueinander – ein gegenseitiges Verstehen, wie man es sich immer wünscht.

Roisin kratzte sich an der Augenbraue. »O Mann, ich hänge hier schon die halbe Nacht herum, ich schau bestimmt aus wie eine verschrumpelte Steckrübe.«

»In der Liebe geht es nicht darum, glamourös auszusehen. Hatten wir das nicht eben?«

»Ach ja, haha. Trotzdem.«

Roisin zögerte, als Matt sein Handy aus der Tasche zog, um nach einem Uber zu suchen. Sie befand sich in einem Zustand extremer Sensibilität, in einer Art emotionaler Hochauflösung. Sie hatte das sichere Gefühl, dass sie diesen Augenblick nutzen sollte, bevor die Normalität mit all ihren Tugenden und Lastern wiederkehrte.

»Egal, was passiert, Matt …«

Er sah sie an.

»Ich verspreche dir, dass wir einander immer die Wahrheit sagen können, ohne Angst, uns die Blöße zu geben. Ich glaube, am Ende vergiftet ein Geheimnis denjenigen, der es für sich behält.«

»Und was ist mit meinem letzten giftigen Geheimnis, dass ich vor langer Zeit ein Gedicht darüber geschrieben habe, wie ich dich das erste Mal gesehen habe? Du bist mit furchtlos erhobenem Kopf im strömenden Regen und ohne Jacke die Deansgate entlanggegangen. Später hast du mir erzählt, dass du einen Streit mit deiner Mutter hattest und einfach so aus dem Haus gestürmt bist. Das Gedicht war so schlecht – als ich es das letzte Mal rausgekramt habe, habe ich Tränen gelacht und bin gleichzeitig vor Scham im Boden versunken. Ich habe Roisin auf ›Queen‹ gereimt. Aber ich habe es nicht über mich gebracht, es wegzuschmeißen, weil es mich an dich erinnert hat.«

»O Gott! Das auch noch! Darf ich es lesen?«

»Ganz sicher nicht.«

75

Willkommen zurück!« Roisin lehnte am Pult und sah zu, wie die Schüler ihrer Zehnten, die jetzt eine Elfte war, nach und nach ins Zimmer trotteten.

Es musste sich um göttlichen schwarzen Humor oder einen offensiven Schachzug von Wendy Copeland handeln, weil ihr die allererste Stunde des neuen Schuljahrs ausgerechnet diese Klasse bescherte.

Ein paar Schüler beäugten sie herausfordernd, und Roisin begegnete den neugierigen Blicken mit einem strahlenden Lächeln.

»Na, waren die Ferien schön, Caitlin?«, fragte sie, und Caitlin Merry rümpfte die Nase.

»Schon in Ordnung. Zu schnell vorbei, um schon wieder in diesem Loch hier zu sitzen.«

»Da hast du recht«, erwiderte Roisin lachend.

»Geht es Ihnen wieder besser?«, säuselte Logan Hughes, womit er direkt auf das letzte Schuljahr Bezug nahm und den anderen ein Signal gab.

»Ganz wunderbar, Logan. Danke der Nachfrage.«

Schüler konnten Angst von Weitem riechen, aber genauso erkannten sie auch ihr völliges Fehlen. Es war merkwürdig, aber Selbstvertrauen verlieh einem ein beinahe greifbares Kraftfeld. Im Sommer hatte es Roisin im Stich gelassen, aber nun war es zurückgekehrt. Offensichtlich entsprang es einer geheimnisvollen Quelle im Innern und stand in direktem Zusammenhang mit dem Glücksgefühl, das sie ausstrahlte.

Mit jeder Sekunde, die verstrich, spürte Roisin, wie alle Teenagerhoffnung auf weitere Tumulte schrumpfte und erstarb. Miss war wieder ganz die Alte.

»Gibt es im nächsten Jahr neue Folgen von der Sexserie von Ihrem Mann? Miss?«, bohrte Logan weiter, der zweifellos am meisten darunter litt, dass ihnen ein Schauspiel versagt bleiben würde.

Roisin strich sich eine Strähne aus dem Gesicht, klemmte sie hinters Ohr und ließ einen Augenblick der Stille verstreichen, der die Aufmerksamkeit noch weiter steigerte. Die Spannung sollte sich erhöhen, damit die Kinder bei der Antwort die Gemütsruhe ihrer Lehrerin auch wirklich zur Kenntnis nahmen.

»Fernsehfilme sind fiktive Geschichten. Und die einzige fiktive Geschichte, über die ich mich mit euch unterhalten will, ist der Roman *Große Erwartungen* von Charles Dickens«, sagte sie, nahm das Buch in die Hand und grinste, als sie das allgemeine Stöhnen vernahm.

Sie schnappte sich einen Whiteboard-Marker und schrieb quietschend auf die Tafel:

Die zwei Versionen

Happy End vs. trauriges Ende

Sie drehte sich wieder zur Klasse um. Roisin war ganz die Alte. Nein, stopp, das stimmte nicht. Sie war ganz und gar im Hier und Jetzt. Ihr gefiel diese Person.

»In der heutigen Stunde wollen wir uns mit den beiden unterschiedlichen Versionen des Buchs auseinandersetzen. Ursprünglich hatte Charles Dickens einen anderen Schluss geschrieben, bei dem Pip allein blieb und Estella einen anderen heiratet. Die endgültige Fassung entstand, weil sein Freund, ein anderer Schriftsteller namens Wilkie Collins, das Ende zu trostlos fand. Er bestand darauf, dass Dickens es optimistischer ausklingen ließ.«

»Warum hat er nicht gesagt: ›Das ist mein Buch, Wilkie, du Dumpfbacke!‹?«, fragte Amir.

»Genau, hätte ich mir das angetan und mich Stunden über Stunden mit dem Ding abgerackert, hätte ich gesagt: ›Dann schreib halt ein eigenes Buch, Mann‹«, stimmte Pauly ihm zu.

»Da ist was dran. In der Literaturdebatte ist man sich bis heute nicht einig, ob Dickens sich dem Vorschlag hätte widersetzen sollen und ob es dem Text geschadet oder genutzt hat.« Roisin deutete an die Tafel. »Findet ihr, der Schluss, den ich euch ausgeteilt habe und den ihr über die Ferien gelesen habt, passt besser zur Geschichte – also dass Pip allein bleibt und Estella einen anderen heiratet? Oder das Ende aus dem Buch, in dem sich andeutet, dass Pip und Estella heiraten? Wer möchte dazu etwas sagen?«

»Pip sollte nicht heiraten«, meinte Logan Hughes. »Sie hat ihn schon mal verarscht. Außerdem, wer will denn schon mit … wie alt ist er … dreißig heiraten? Und überhaupt sollte er sich Philip nennen, oder meinetwegen Phil. Pip ist doch echt kein Name für einen erwachsenen Typen.«

»Aber das war doch früher«, wandte Pauly ein. »Damals war man mit dreißig ziemlich alt. Die sind mit vierzig oder zweiundvierzig gestorben.«

»Sehr richtig, Pauly«, sagte Roisin.

»Was finden denn Sie, Miss?«, fragte Amir. »Mögen Sie Happy Ends?«

Grölend rutschte Pauly vom Stuhl.

»Nein, ich meine in echt! Ich will das wirklich wissen! Ist so ›ein Ende gut, alles gut‹ nicht einfach bloß eine elende Lüge, Miss? Damit wir glücklich sind? Am Ende sterben eh alle, im Leben gibt es kein Happy End. Die Schriftsteller tischen uns Lügen auf.«

»Vielleicht kann ein glückliches Ende ja auch ein glücklicher Anfang sein?«

»Meinen Sie … weil man nicht weiß, wie es weitergeht?«, fragte Amir.

»Genau. Wenn Pip und Estella heiraten, dann ist das ein Anfang. Wir verlassen sie an dem Punkt, aber es ist nicht deren Ende.«

»Sie meinen, es ist ein Happy Start«, sagte Amir. »Okay.«

»Ja, ein Happy Start. Oder in einem Wort: Hoffnung«, sagte Roisin lächelnd.

»Wer möchte uns das letzte Kapitel vorlesen?«

»Ich, Miss!«, rief Amir. »Das kann ich gut.«

Unter den Klassenkameraden brach fluchendes Gelächter aus, in dem Amir schwelgte. Roisin dachte an die Hand, die er ihr ins Autofenster gestreckt hatte. Amir war ein lieber Kerl.

»Da bin ich ganz deiner Meinung. Leg los.«

Er räusperte sich und fing an. Zufrieden ließ Roisin den Blick über die Reihen mit den halbwegs braven Schülern schweifen.

Als er las: »Mein Geist wurde gebeugt und gebrochen, aber ich hoffe, er hat eine bessere Gestalt angenommen ...«, bemerkte sie aus dem Augenwinkel einen Umschlag in ihrer Tasche, der beim Packen am Vorabend ganz bestimmt noch nicht dort gesteckt hatte. Heimlich zog sie ihn heraus und las das einzelne Wort, das darauf stand.

Ihr Name, in seiner Handschrift.

Danksagung

Zuallererst danke ich meiner wunderbaren, unerschütterlichen und klugen Verlegerin Lynne Drew und der kompetenten Unterstützung durch die großartige Lektorin Lucy Stewart, die meine Arbeit beide stets zu einer Freude machten. Jedenfalls von meiner Seite aus. Sollte das auf euch nicht zutreffen, tut es mir leid, hehe.

Es ist ein Vergnügen, mit der gesamten Verlagsfamilie von HarperCollins zusammenzuarbeiten. Danke für eure Unterstützung, und ein High five an Holly Macdonald für das wunderschöne Design. Genau so haben Roisin und Matt in meiner Vorstellung ausgesehen.

Vielen Dank an Doug Kean, meinen großartigen Agenten, engen Arbeitspartner und Mann mit dem lustigsten Lachen (er lacht nicht immer über mich).

Was die Recherchen angeht, bedanke ich mich bei der klugen Sarah Ellison für ihre Einblicke in die Herausforderungen, die das Unterrichten an einer weiterführenden Schule im 21. Jahrhundert bereithält (wobei jegliche Fehler in diesem Zusammenhang und sämtliche unzüchtigen Kraftausdrücke meine eigene Erfindung sind).

Wieder einmal danke ich Julia Mitchell, Bewohnerin von Manchester und Expertin in allen Stilfragen, dass sie mich über eine der tollsten Städte der Welt auf den neuesten Stand gebracht hat.

Danke an meinen Filmagenten Mark Casarotto für den Namen SEEN! Übrigens halte ich es immer noch für eine gute Filmidee.

Slave to Love stammt von Bryan Ferry, nicht von mir, und ich bedanke mich für die kleine Leihgabe der ersten Zeile.

Des Weiteren muss ich zu meiner Schande gestehen, wie groß der Beitrag meines Freundes Leo Barker ist, des Flaneurs von Stoke Newington. Tatsächlich sind einige Passagen dieses rein fiktiven Werks deutlich inspiriert von seinen derben Eskapaden. Doch wir wollen uns in Schweigen hüllen.

Olly Richards habe ich einen Scherz geklaut, und eine Beobachtung in diesem Roman wurde mir großzügig von Justin Myers spendiert – vielen Dank euch beiden, dass ihr mir diese Diebstähle erlaubt habt.

Danke an meine loyale Erstleser-Truppe, Tara, Katie, Kristy und Sean. Ich wüsste nicht, was ich ohne euch täte, ich wäre total aufgeschmissen.

Ich danke meinen Leserinnen und Lesern dort draußen in der Welt – dass ihr mir eure Zeit schenkt, ist ein Privileg, das mich immer wieder von Neuem begeistert, und ich gebe mir alle Mühe, es zu verdienen.

Und wie immer danke ich Alex. Meine Arbeit ist eine Reise. Danke, dass du das Fahren übernimmst, während ich damit beschäftigt bin, die Landkarte zu lesen.

Tiefgründig und voller echter Gefühle –
die SPIEGEL-*Bestseller von Mhairi McFarlane*

Wir in drei Worten

Zu Unizeiten waren Rachel und Ben unzertrennlich. Beste Kumpels waren sie. Die Welt konnte ihnen nichts anhaben. Doch in der Nacht vor der Abschlussfeier ist etwas passiert. Seitdem haben sie sich nicht mehr gesehen. Zehn Jahre und 781 erfolglose Google-Suchen später stehen sie sich plötzlich gegenüber.

Vielleicht mag ich dich morgen

Wiedersehen macht nicht immer Freude. Schon gar nicht Anna, die nach 16 Jahren beim Klassentreffen mit genau jenem Typen konfrontiert wird, der ihr damals den Schulalltag zur Hölle machte. Damals, als sie noch die pummelige und so gern gehänselte Aureliana war. Wie wenig sie heute als schöne und begehrenswerte Frau mit dem Mädchen von einst gemein hat, wird klar, als James sie nicht erkennt. Anna kann es kaum glauben und wittert ihre Chance: Endlich kann sie ihm alles heimzahlen.

Es muss wohl an dir liegen

Mit ihren roten Haaren und ihren Kurven ist Delia nicht ganz der Model-Typ, aber dass Paul sie nach zehn Jahren gemeinsamen Glücks betrügt, trifft sie vollkommen unvorbereitet. Kurzerhand zieht sie zu ihrer besten Freundin Emma nach London und sucht sich einen neuen Job. Alles könnte gut werden. Wäre da nicht Adam, ein Skandalreporter und der härteste Konkurrent ihres neuen Arbeitgebers, der Delia das Berufsleben schwer macht. Und zu allem Übel setzt Paul auf einmal alle Hebel in Bewegung, um Delia zurückzugewinnen.

Irgendwie habe ich mir das anders vorgestellt

Da wird der schwule beste Freund schon mal zum schnöden Verräter, und die Heldin lässt sich vom falschen Mann küssen – und das ausgerechnet auf seiner Hochzeit, vor den Augen der Braut! Na Mahlzeit. Schon sind wir mittendrin in der Geschichte von Edie, die ein gnadenloser Online-Shitstorm zwingt, nach Nottingham zu flüchten. Dort muss sie sich nicht nur schmerzhaften Kindheitserinnerungen und ihrer kleinen Schwester stellen, sondern auch dem eitlen Schauspieler Elliot.

Sowas kann auch nur mir passieren

Wenn in Georginas Leben etwas schiefgeht, dann gründlich: Erst verliert sie ihren Job als Kellnerin, dann erwischt sie ihren Freund Robin im Bett mit einer anderen. Weil Tränen ihr noch nie geholfen haben, setzt Georgina Robin vor die Tür und sucht sich einen neuen Job. Leider ist ihr zukünftiger Boss kein Unbekannter: Lucas war zu Schulzeiten ihre große Liebe, bis zu jener schrecklichen Party-Nacht, ausgerechnet in der Bar, in der sie nun arbeiten soll … Als wäre das noch immer nicht genug, macht Robin plötzlich als Stand-up-Comedian Furore – mit Szenen aus Georginas alten Tagebüchern!

Aller guten Dinge sind zwei

Von heute auf morgen steht Laurie vor den Scherben ihres ganzen Glücks: Ihre große Liebe Dan trennt sich von ihr. Um sich selbst neu zu finden, wie er sagt – eine Neue hat er allerdings auch schon. Und die ist bald darauf auch noch schwanger. Eines Abends bleibt Laurie im Fahrstuhl stecken, und das ausgerechnet mit ihrem als Weiberheld verrufenen Kollegen Jamie. Gezwungenermaßen kommen die beiden ins Gespräch und stellen fest, dass sie einander nützlich sein könnten. Es geht ja nur um ein bisschen Schauspielerei. Oder?

KNAUR

Du hast mir gerade noch gefehlt

Seit Studienzeiten sind Eve, Susie, Ed und Justin beste Freunde – genauso lange ist Eve mehr oder weniger heimlich in Ed verliebt. Die Katastrophe nimmt ihren Anfang, als Eds Freundin ihm ausgerechnet während eines gemeinsamen Pub-Quiz-Abends einen Heiratsantrag macht. Dann ruft ein Unfall Susies älteren Bruder Finlay auf den Plan, und das schwarze Schaf der Familie sorgt für jede Menge Chaos. Als Eve feststellt, dass sich unter Finlays rauer Schale ein attraktiver Kern verbirgt, spielt Ed plötzlich mit dem Gedanken, die Hochzeit abzusagen. Was für Eve ein Grund zur Freude sein sollte, hat ihr jetzt gerade noch gefehlt ...

Fang jetzt bloß nicht an zu lieben

Obwohl Harriet Hatley die begehrteste Hochzeitsfotografin in Leeds ist, glaubt sie nicht an die Ehe und findet Romantik nur schwer erträglich. Als ihr langjähriger Freund ihr einen Heiratsantrag macht, gerät Harriet in Panik. Kurz darauf ist sie nicht nur Single, sondern braucht auch dringend eine neue Wohnung. Nur deshalb zieht sie bei Cal ein, ohne ihn vorher kennengelernt zu haben – mit einer unangenehmen Überraschung. Dann kommt Harriets bestgehütetes Geheimnis ans Licht und droht ihr Leben zu zerstören, und ausgerechnet Cals scharfsinniger Humor bewahrt sie vorm Durchdrehen. Doch reicht das, um sich gemeinsam der Vergangenheit zu stellen?

KNAUR